A ÚLTIMA NOITE EM TREMORE BEACH

A ÚLTIMA NOITE EM TREMORE BEACH

MIKEL SANTIAGO

Tradução
Paulina Wacht e Ari Roitman

Copyright © 2014 by Mikel Santiago

Grafia atualizada segundo o Acordo Ortográfico da Língua Portuguesa de 1990, que entrou em vigor no Brasil em 2009.

Título original
La última noche en Tremore Beach

Capa
Guilherme Xavier

Foto de capa
Lars Dahlstrom/ Getty Images

Preparação
Sheila Louzada

Revisão
Renata Lopes Del Nero
Luciane Gomide Varela

Dados Internacionais de Catalogação na Publicação (CIP)
(Câmara Brasileira do Livro, SP, Brasil)

Santiago, Mikel
 A última noite em Tremore Beach / Mikel Santiago; tradução Paulina Wacht, Ari Roitman. – 1ª ed. – Rio de Janeiro: Suma de Letras, 2017.

 Título original: La última noche en Tremore Beach
 ISBN 978-85-5651-029-7

 1. Ficção espanhola I. Título.

17-00837   CDD-863

Índice para catálogo sistemático:
1. Ficção: Literatura espanhola   863

[2017]
Todos os direitos desta edição reservados à
EDITORA SCHWARCZ S.A.
Praça Floriano, 19 — Sala 3001
20031-050 – Rio de Janeiro – RJ
Telefone: (21) 3993-7510
www.companhiadasletras.com.br

A meu pai, que nos deixou antes de ver este livro publicado.
Para ele.

Ouvi falar que alguns escritores chamam isso de *túnel*. Algo que se abre magicamente na cabeça e os transporta até um lugar onde as histórias, os fatos e os personagens são descritos com clareza. Assim, o escritor atua apenas como cronista do que vê. Escreve ou tecla com rapidez para não perder nenhum detalhe antes que a porta volte a se fechar. Olha os personagens, observa suas expressões, sente o que eles sentem e os vê partir em busca de alguma coisa. O escritor então os segue, como um espião, para depois nos contar o que viu.

    A ideia de inspiração não é muito diferente para os músicos. No meu caso, eu descreveria como algo que "vem do céu", não me perguntem por quê; sempre pensei que "isso" vem do céu, como uma revelação. A melodia é algo que todo mundo ouve, mas que poucos captam. Como se ela fosse uma borboleta fugidia, nós, compositores, temos uma rede na cabeça. Há redes maiores, mais eficazes, e outras não tão adequadas, mas todos nós, os compositores, nos desdobramos pelo mesmo fim: capturar essa melodia, esse suspiro de magia que "pressentimos" que existe à nossa volta, dominá-lo e, como se fosse uma relíquia, restaurar cada um de seus pequenos e maravilhosos detalhes, que só um ser supremo poderia ser capaz de desenhar. Nós somos, de certo modo, médiuns capazes de falar com outro mundo. Um mundo de fantasmas belos e fugidios. Fantasmas que estão aí para nos lembrar que não somos meros animais nascidos em meio a dores e destinados a morrer. Fantasmas que poderiam nos explicar a origem do mundo, o tempo e as estrelas.

PETER HARPER,
Contemporary Music Writer Magazine,
8 de fevereiro de 2003

PRIMEIRA PARTE

1

A tempestade, que algum meteorologista amante da Bíblia batizara de Lúcifer, vinha sendo anunciada havia dias. Seria um tanto excepcional até mesmo para Donegal, portanto cuidado: talvez voassem umas telhas, algum poste da rede elétrica. O locutor da Rádio Costa nos avisava a cada sessenta minutos: "Abasteçam seus geradores. Como estão de congelados? E enlatados? Suficientes? Não se esqueçam também de comprar velas e fósforos. Para os que moram perto do mar, amarrem bem seus barcos. E, se puderem, deixem os veleiros em um dique seco por esta noite".

Naquela mesma manhã, tinham anunciado ventos de cem quilômetros por hora e recomendado que se evitasse a estrada a partir do meio da tarde. Também avisaram que se esperavam chuvas fortes e inundações no interior, enquanto na área costeira todos se preparavam para uma noite infernal.

Eu tinha ido bem cedo a Clenhburran, para resolver umas coisas e fazer as compras de última hora. Era o único vilarejo em vários quilômetros ao redor, o que é muito importante quando a única ligação entre você e o mundo é uma estrada tortuosa e estreita que avança entre rochedos e escarpados.

A primeira tarefa da minha lista naquela manhã era levar o cortador de grama para consertar no armazém de John Durran.

— Já reforçou as janelas de casa, sr. Harper? — perguntou o próprio Durran quando me viu entrar na loja. — O senhor mora em Tremore Beach, não é mesmo? Lá o vento vai bater com bastante força nesta noite.

John Durran era um dos que estavam enchendo os bolsos com o *momentum* criado pelo ciclone. Junto à porta havia uma pilha de tábuas de dois ou três metros de altura, e, pendurado acima das tábuas, um cartaz fosforescente alertava os clientes: PROTEJAM SUAS JANELAS!

Também havia uma oferta especial de geradores a gasolina, velas, aquecedores a gás e outros itens de sobrevivência. Os poucos turistas ou residentes de fim de semana que estavam por lá abasteciam seus carros, para a felicidade de Durran. Era uma pena — para ele — que ainda faltasse um mês para o início oficial da alta temporada.

Respondi que estava preparado para a noite, mas que não tinha colocado tábua nenhuma nas janelas. Leo Kogan, meu único vizinho na praia, também não tinha feito isso e ainda me desaconselhou: "Não vai ser tão grave assim". Até então eu havia confiado na experiência dele, como residente veterano da praia, mas reconheço que o ambiente "pré-guerra nuclear" que se respirava na loja de Durran e as casas completamente forradas de madeira que vira na estrada naquela manhã estavam me deixando um pouco nervoso.

Empurrei o cortador até a oficina e expliquei a Brendan, o mecânico, que na véspera eu tinha batido novamente o equipamento (a segunda vez em dois meses) na mesma tampa de bueiro semiescondida no meu gramado.

— Uma Outils Wolf novinha e já com várias marcas de guerra, senhor. Se quiser podemos ir lá e colocar uma chapa de metal ou algo assim nesse seu bueiro.

Expliquei que a imobiliária que me alugava a casa se encarregaria disso (talvez realmente o fizessem até o fim do milênio) e perguntei quando a máquina ficaria pronta.

— Vou precisar trocar a lâmina e ver esse motor — explicou Brendan —, talvez dois ou três dias.

Fiquei de voltar dentro desse prazo e fui dar um passeio no porto. Ao descer pela Main Street, vi os pescadores protegendo seus navios, e Chester, o velho da lojinha de jornais e cigarros, me avisou que naquela noite viria algo "grande".

— Reparou que não tem gaivotas? — comentou ele, enquanto colocava minhas compras na sacola: um exemplar do *Irish Times*, um maço de Marlboro e o mais recente best-seller de mistério. — Um dia tão claro, e nem uma gaivota procurando comida. É porque sentem o cheiro, sabe? Foram todas para o interior. A esta altura, já devem estar cagando nos telhados de Barranoe ou Port Laurel. Se quer saber, acho que vem coisa grande por aí. Não vejo um dia assim antes de uma tempestade desde 1951. Naquela noite, o vento carregou ovelhas e tratores pelos campos. O cartaz da loja, esse que o senhor vê aí fora, saiu voando. Meu primo Barry foi encontrar na estrada de Dungloe, a quilômetros daqui.

Mas me lembrei de novo do meu vizinho, Leo, que insistira em dizer que não havia motivo para preocupação, que não aconteceria nada de mais — só a chateação da areia grudada nos vidros e de uma ou outra telha solta. E ele estava morando na praia havia três anos. Na verdade, nem mesmo a chegada do ciclone o fizera alterar seus planos para o jantar, marcado havia duas semanas. Ele tinha ligado na véspera para confirmar.

"Você acha prudente atravessar a praia nesta noite, com um apocalipse desses despencando sobre a costa?"

"São só três quilômetros, Peter!", respondera Leo, com seu habitual otimismo. "O que pode acontecer em três quilômetros?"

Por volta das seis da tarde, quando acordei de um cochilo, a frente da tempestade já era como um longo tapete no céu do entardecer. Deitei no sofá e observei através das grandes portas e janelas de vidro que formavam uma parede da sala: no horizonte, uma titânica formação de nuvens, alta como um penhasco e tão ampla quanto a vista alcançava, avançava como um exército implacável. Suas vísceras pretas relampejavam, prometendo uma batalha sangrenta contra a terra.

Quando me levantei, o best-seller de mistério — cujas primeiras cinquenta páginas tinham conseguido me fazer adormecer — caiu no aconchegante tapete de motivos astecas que decorava o centro da ampla sala. Peguei um violão que também estava no chão e o coloquei entre as almofadas. Depois, fui até as largas portas de correr e saí, sendo recebido por um vento furioso que agitava o gramado e as plantas do meu jardim como se fossem chocalhos. A cerca, uma fileira de estacas brancas que rodeavam o terreno, também resistia à poderosa investida dos elementos. Lá embaixo, na praia, a areia se erguia em nuvens que alvejavam a costa. Dezenas de grãos me acertaram dolorosamente no rosto.

Vendo aquela tormenta monstruosa se aproximar da costa, eu me senti como um pequeno inseto prestes a ser engolido por um gigante. Lembrei-me das tábuas de John Durran e me arrependi de não ter trazido várias. Caramba, aquilo era mesmo um monstro prestes a devorar o litoral! O que você estava pensando, Pete?

Voltei para dentro e fechei as portas da varanda. O trinco nunca se ajustava totalmente bem, mas dei uma boa pancada até ficar bem fechado. *Calma, não é o fim do mundo.* Subi e verifiquei, uma por uma, todas as janelas que davam para o norte.

O andar de cima consistia em um grande dormitório principal e um menor, com duas camas (que em poucas semanas teria seus primeiros hóspedes: meus filhos), além de um banheiro. Embaixo do telhado havia um pequeno sótão, cheio de caixas empoeiradas e malas velhas. Pela primeira vez em meses subi até lá, para me certificar de que a clarabóia estava bem fechada. Aproveitei e peguei um punhado de velas, que fui espalhando pela casa para o caso de faltar luz no meio da noite.

Tirei todos os aparelhos das tomadas e voltei para o térreo. A cozinha tinha só uma janela de frente para o mar, que era de vidro duplo e parecia resistente como dentes de cavalo. Saí para o jardim dos fundos. Apanhei duas cadeiras de madeira e as deixei dobradas dentro do galpão. Ali havia ferramentas e madeiras que algum morador anterior tinha comprado por algum motivo, além de uma machadinha, que eu usara uma vez para cortar lenha. Considerei pôr mãos à obra e fazer algum tipo de proteção, mas logo descartei a ideia. Provavelmente só conseguiria cortar um dedo com a machadinha, ou coisa pior. E, naquele lugar, sem ninguém que pudesse me ouvir, morreria sangrando e sozinho.

Fechei o galpão e voltei para a casa.

Na sala, furiosas rajadas de vento faziam os vidros tremerem. Será que chegariam a quebrar? Era melhor não arriscar. Encontrei um plástico bastante grande num pequeno armário da entrada, que tinha usado durante a mudança, para cobrir meu Steinway & Sons. Pelo menos protegeria o piano, caso os vidros se quebrassem e a chuva invadisse a sala. Uma vez coberto o piano (um meia-cauda de dois metros de comprimento e quase trezentos e cinquenta quilos), destravei as rodas e o empurrei para longe da janela. Ele deixou atrás de si um espaço cercado de cadernos, livros de partitura, frascos com lápis e muitas bolas de papel. Desliguei e fechei meu MacBook Pro e o coloquei no alto de uma estante afastada da janela. Fiz o mesmo com um teclado digital que usava nas gravações. Feito isso, a sala estava preparada para a mãe de todas as tempestades. Gotas de chuva começavam a bater nos vidros e ao longe soavam trovões ocasionais, mas nenhum raio ainda.

Então o telefone tocou.

Corri até o aparelho e atendi. Ouvi a voz de Leo.

— Olá, Harper, já vamos começar. Você vem ou não?

Com toda aquela correria, quase tinha esquecido meu compromisso com os Kogan.

— Desculpa, Leo, esqueci completamente — disse, andando com o telefone em direção à varanda. — Olha, você continua achando que não vamos precisar de tábuas nas janelas?

Ele riu, o que me tranquilizou, mas só um pouquinho.

— Durran meteu medo em você, não foi? Palmas para ele. Escuta, Pete, a menos que comecem a cair meteoritos, duvido que alguma coisa quebre suas janelas nesta noite. Mas venha antes que essa nuvem gigante chegue à costa. Dizem que vai ter muito raio.

Prometi que estaria lá em dez minutos. Quando desliguei, ri um pouco do meu próprio medo. *Não queria morar na praia?*, pensei comigo mesmo. *Alma de urbanoide!*

Subi para o banheiro e entrei no chuveiro quente para terminar de acordar. Tinha dado uma longa cochilada naquela tarde, depois de voltar do vilarejo. Na noite anterior não havia pregado o olho por culpa de Pat Dunbar, meu agente, que me ligara de última hora com notícias que me reviraram o estômago.

Pat, um homem de cinquenta e seis anos, acima do peso, recuperado de um princípio de infarto, era divorciado e agora casado com uma esbelta jovem russa de vinte e um. Morava em Londres, mas passava períodos do ano numa esplêndida vila no Mediterrâneo. Agora fumava menos, mas continuava bebendo como sempre. Tínhamos uma relação quase de pai e filho, só que, no caso, eu era (ou costumava ser) um filho que lhe rendia vinte por cento em comissão.

— Encontrei Alexander Wells na festa do Bafta — dissera ele, depois de iniciar a conversa com um educado *Como vai em sua ilha deserta?* — Falamos de você. Ele queria saber o que anda fazendo, se tem algum tempo disponível. Estão gravando uma nova série sobre o pirata Drake. Quer dizer, ele era pirata só para os espanhóis; na Inglaterra era um herói ou coisa parecida. É uma série sobre navios e guerras.

— Sei quem é Francis Drake — respondi, um pouco tenso, pois já sabia onde Pat queria chegar.

— O.k. Ótimo, me dispensa a contextualização histórica. Então, quando começamos? Estão procurando um compositor, e precisam para daqui a um mês. Eu disse que ia falar com você. Pode se reunir com ele em Londres em... na semana que vem, talvez?

Acho que era inevitável. Pat era meu agente, não minha mãe.

— Você pensava que eu ia perguntar pela sua saúde?

— Pat, você já sabe qual é a questão — respondi. — Estou comprometido com outra coisa. Pelo menos até setembro. Não vou deixar pela metade.

Houve uma breve pausa. Eu conhecia Pat Dunbar fazia anos e apostaria que estava repetindo minhas palavras para o ar, fazendo cara de imbecil.

— Não estou pedindo que deixe nada pela metade, Pete — insistiu, suavizando o tom. — Respeito suas decisões. Sempre respeitei, não é verdade? Não é mesmo? Só lhe peço que mantenha um pezinho na realidade. Que saia por um fim de semana desse retiro budista, vista um terno e tome um café com Wells e o produtor, que escute as ideias deles. Eu conheço você, vai acabar escrevendo o tema principal num guardanapo depois de cinco minutos de conversa. O que me diz?

Este é Pat Dunbar, pensei, *o gênio da psicologia barata, tentando uma técnica de supermotivação.*

— Tenho que ser fiel aos meus projetos, Pat. Se eu aceitar encontrar Alex Wells, já estarei assumindo um compromisso. Não vai ser legal para a gente, você e eu, se eu não estiver completamente convencido. Você sabe disso. É preciso estar afiado nessas reuniões. Além do mais, eu já estou envolvido em um projeto.

— Ah, é? Tem certeza?

— O que está insinuando? — perguntei, incomodado.

— É, eu sei: seu projeto pessoal — disse Pat. — Um disco experimental. É o que eu venho dizendo a todo mundo nos últimos onze meses. "Pete está dando um tempo para si mesmo." Onze meses, rapaz. Sabe a quantidade de coisas que acontecem nesse tempo? Eu recusei...

— Eu sei, Pat. Você já me repetiu a lista várias vezes: dois projetos de seis algarismos para videogames, um filme, e com esta são três séries.

— Posso dizer uma coisa que você não quer ouvir? O pessoal está começando a esquecer seu nome. Você está ficando com fama de esquisito, de imprevisível, e isso é como ter uma peste: a pior reputação que alguém pode ter. Por mais reluzentes que sejam seus prêmios Bafta, seus Globos de Ouro e sua indicação ao Oscar, você ainda não é um Elfman, nem um Williams, nem um Zimmer. Não se esqueça disso, hein? Lamento ter que ser chato, mas acho que alguém precisa lhe dizer essas coisas. Você ainda não pode se permitir certas extravagâncias.

Bem, era essa a bronca que me esperava fazia tempos. Finalmente havia chegado. Eu tinha esgotado a paciência até mesmo de Pat Dunbar.

Quando terminou, ele ficou em silêncio por alguns segundos. Deixou que nós dois respirássemos.

— Sabe, Pete... entendo que você tenha passado por maus bocados, certo? Eu também me divorciei. Sei como é uma merda o que você está vivendo. Clem lhe deu uma bela punhalada, e agora você está zangado com o mundo. Mas você precisa ajudar a si mesmo.

— É o que pretendo fazer — falei.

— Assim, se isolando do mundo?

— Não estou me isolando. Só precisava de um pouco de paz. Tinha que me afastar de tudo. — *Inclusive de você*, pensei. — Sem contar que eu só estava fazendo burradas, você sabe.

— Não foi burrada. Você estava abalado por causa do divórcio. Vamos chamar de acidente. Esses caras são muito apressados, não podem esperar ninguém. Fiz de tudo para manter você, mas não deu.

Estávamos falando do desastre que, entre outros problemas, tinha provocado o meu exílio. O filme que eu não conseguira terminar. A Fox. Seus advogados. Mais um golpe no sr. Harper e em suas finanças, como se não bastasse meu divórcio de Clem.

— Olha, Pat, sei que você é meu amigo — falei, tomando a iniciativa. — Sei que está me dizendo tudo isso na melhor das intenções, não só pelos seus valiosos vinte por cento, mas não quero voltar por enquanto. Sinto que estou quase lá, prestes a dar a volta por cima. O problema com Clem, todo esse maldito pesadelo, acho que isso vai me ajudar de algum modo. Mas preciso de tempo.

Agora Pat devia estar recostado no sofá, a cabeça jogada para trás, olhando para o teto. *Eu tentei, fiz tudo que pude.*

— Certo, Harper, não vou insistir. Direi a Wells que você não topou. Sempre confiei no seu instinto. Você tem um bom instinto. Continue com seu álbum, continue se recuperando e me avise quando quiser trabalhar, está bem?

Desliguei. Aquele "continue se recuperando" ressoava na minha cabeça.

Mas era verdade. Quem eu estava tentando enganar? Eu não tinha coragem de me encontrar com Alexander Wells porque não me sentia confiante. Pat sabia disso, a Fox sabia, a BBC sabia. Era de conhecimento de todo esse circuito. Um direto na mandíbula, mal defendido, e Peter Harper tinha perdido seu fôlego de tigre. Compunha alguma coisa, ouvia e jogava no lixo. No fundo, eu deveria agradecer a Pat por continuar arriscando sua reputação comigo.

Um blog dedicado ao mundo do espetáculo fizera o seguinte comentário a meu respeito alguns meses antes: "Passou meio ano prometendo algo à Fox, com um adiantamento mais que polpudo, e dizem que só conseguiu entregar um projeto cheio de sons da selva misturados com violinos. Dizem que o divórcio lhe fez mal. Eu diria que o virou pelo avesso".

Durante os últimos três meses, minha vida criativa havia sido uma frustrante agonia de tentativas e erros. Uma espiral maníaco-depressiva em que uma noite eu achava que tinha algo maravilhoso, a melodia que marcaria o ponto de virada do meu vazio criativo, para no dia seguinte vomitar ao ouvir aquilo (em sentido figurado, mas algumas vezes chegou a acontecer de verdade). Eu me levantava do piano, desesperado, e tinha que sair de casa para não explodir e não beber, consequência direta de explodir. Ia dar um passeio nas rochas de Tremore Beach, procurando caranguejos, com um leve desejo infantil de que uma onda imprevista acabasse com aquele sofrimento, ou ia dar um passeio pelos despenhadeiros até as ruínas do monastério de Monaghan, onde pedia a Deus, com grande vergonha, que me jogasse uma boia de salvação. Na maioria das vezes, porém, ia ao jardim e me dedicava a cortar a grama, que se tornara o maior entretenimento da minha vida monástica. E o gramado lá era lindo, digno do Palácio de Buckingham.

Depois de tomar um banho e fazer a barba, vesti uma camisa limpa e um blazer. Era bom sair de vez em quando do uniforme de jeans e camiseta. Peguei a garrafa de vinho chileno que havia comprado no Andy's naquela manhã, apaguei todas as luzes, peguei as chaves penduradas ao lado da porta e pus no bolso da calça.

Quando levei a mão à maçaneta, senti o frio da noite irradiado pelo metal e um leve tremor percorreu meus dedos, porque a porta vibrava com o vento de fora.

Então aconteceu. Algo que eu viria a lembrar tantas vezes no futuro. Uma voz me disse:

"Não saia de casa."

Era como uma voz sem rosto. Como um fantasma escondido nos meus ouvidos. Um sussurro que podia ter sido o vento. Ouvi em algum lugar dentro de mim: "Não abra esta porta. Esta noite não...". Minha mão ficou parada na maçaneta; meus pés, congelados, fundidos ao piso de lajotas.

Olhei para trás, para a sala às escuras. Ao longe, no oceano, um raio brilhou, iluminando o cômodo por um instante. Não havia ninguém, é claro. Aquela voz não era nenhum fantasma. Era minha. Tinha surgido na minha cabeça.

Será que é o que estou pensando...? Será aquela voz? Outra vez?

Até aquele momento, eu a tinha ouvido apenas uma vez. Muito nítida, com uma mensagem muito clara...

Desgraçada. Mas daquela vez era apenas uma manifestação do medo, pensei. *Assim como esta noite. Não seja criança, Peter Harper. Essas coisas não existem.*

(*Mas a voz não tinha razão* naquela *outra vez?*)

— Vamos, não seja criança — disse em voz alta, na solidão da minha varanda.

Apaguei a luz, saí de casa e bati a porta com força, como se quisesse espantar um fantasma.

2

Dirigi pelas dunas, numa confusão de água, vento e areia, até o alto da colina que separava minha casa da de Leo e Marie. Os moradores locais a chamavam de "Dente do Bill", em homenagem a um lendário contrabandista da região. Diziam também que a praia daquele trecho era uma das usadas pelos nazistas para descarregar armas para o Exército Republicano Irlandês durante o famoso Plano Kathleen, durante a Segunda Guerra Mundial. Se bem que, como todas as histórias que se contavam em Clenhburran, nenhum livro a confirmava nem a desmentia. Cada um que acreditasse ou não.

Um velho e retorcido olmo, cujos galhos denunciavam séculos de castigo infligido pelo vento, era o único marco antes do pequeno barranco de dez metros que caía suavemente até a praia. Era também o ponto em que o caminho se bifurcava: seguir pelo terreno úmido até Clenhburran ou descer até as únicas duas casas daquela praia. À esquerda, Peter Harper; à direita, Leo e Marie Kogan.

Parei um segundo. Na escuridão da noite, distingui o branco encrespado das ondas batendo na praia. Ao longe, alguns raios tinham começado a cair no oceano. Era uma vista espetacular naquela costa negra, sem luzes, onde só o braço dourado de um farol aparecia às vezes, rastreando a noite a partir de algum cabo longínquo.

Cinco minutos depois surgiram as luzes da casa dos Kogan, construída no finalzinho da praia, onde uma faixa larga de ardósia negra marcava o limite entre a areia suave e os afiados e perigosos recifes. Era uma construção bastante compacta, à qual tinham acrescentado uma extensão (de forma um tanto ilegal, como Leo me confessara) para ganhar espaço para uma garagem que agora estava ligada à cozinha.

Estacionei em frente à cerca, ao lado de uma minivan Ford que eu nunca tinha visto. No caminho até a casa, fiquei ensopado daquela chuva que caía como uma rajada de projéteis, adornada com as desagradáveis partículas de areia que espetavam a pele como milhares de agulhas. Leo deve ter visto as luzes do carro, pois saiu para me buscar com um guarda-chuva.

Era um homem da minha altura e com um físico atlético, invejável para quem está beirando os sessenta anos. Mandíbula proeminente, cabelo branco cortado a máquina um e um amplo sorriso que se abria fácil. Veio correndo, contornando algumas poças no caminho de pedras que atravessava o jardim dianteiro da casa. Encontramo-nos no meio do trajeto e nos cumprimentamos com um tapinha nas costas. Com todo aquele vento, seria inútil tentar falar. Depois, corremos para a casa.

— Eu já estava pensando que você fosse desistir — disse ele assim que nos vimos debaixo do telhado do saguão e reclamamos do mau tempo. — São umas gotinhas de nada.

— Mas é claro — respondi, acompanhando o senso de humor dele. — Uma chuvinha de verão.

Observamos o horizonte, os olhos semicerrados para evitar a areia. A gigantesca frente já estava a cinco ou seis quilômetros da costa, mas era difícil precisar. Havia começado a disparar um raio atrás do outro sobre o oceano.

Leo segurou meu braço.

— Vamos depressa, antes que a gente vire frango frito.

Leo e Marie tinham uma casa confortável, sem muita ostentação, decorada em um estilo rústico mas com algumas peças luxuosas, como um grande televisor Bang Olufsen e um piano de parede que Marie vinha aprendendo a tocar nos últimos anos, além de uma boa biblioteca, repleta de guias de viagens e livros de fotografia. Pelas paredes, sobre as cômodas e nas estantes espalhava-se uma coleção de lindas paisagens da Irlanda, pintadas em pastel e aquarela e assinadas por Marie ("M. Kogan"). Eu mesmo tinha uma que ela me dera uns meses antes, que agora descansava sobre minha lareira.

Marie veio me receber quando entrei. Era uma mulher alta e esbelta, que exalava elegância. Eu achava que ela tivesse nascido em alguma família rica ou aristocrática, até que uma vez me contou que os pais tinham um comércio atacadista em Nevada. Tal como Leo, parecia ter feito um pacto com o diabo para conservar a juventude. Certa vez, minha amiga Judie Gallagher brincou dizendo que talvez fossem vampiros, porque a pele de Marie era quase tão boa quanto a dela, que tinha vinte e nove anos. De fato, era uma mulher que fazia os homens maduros do vilarejo girar o pescoço para vê-la passar (alguns até se quebravam).

Nessa noite tinham sido convidados também Frank e Laura O'Rourke, donos da loja de flores e artesanato da Main Street, com quem Marie travara amizade havia pouco e que eu conhecia apenas de vista. Leo tinha me confessado que os achava um pouco arrogantes — "amam a própria voz e falam mal dos habitantes do lugar como se não tivessem nada a ver com eles" —, mas admitia que às vezes precisava fazer um esforço para socializar, principalmente numa comunidade pequena como Clenhburran, onde, no inverno, mal chegávamos a cento e cinquenta habitantes.

Depois de me dar um beijo no rosto, Marie me apresentou os O'Rourke, que estavam num sofá junto à lareira acesa, elogiando um brandy que Leo acabava de lhes servir e que logo depois estava em minha taça também. Laura se levantou assim que me viu e fez um estranho estardalhaço. Entrelaçou os dedos das mãos e disse que "era uma verdadeira honra" me conhecer.

— Tenho vários discos seus e adoro todas as canções, são... são... — disse ela, abrindo um lugar no sofá e batendo com a mão no espaço que acabava de criar para mim. — Tenho tantas perguntas a lhe fazer! Leo nos contou que às vezes você toca para eles — continuou, apontando para o piano. — Talvez possa nos dar a honra também...

Lancei um olhar assassino para Leo, que me devolveu um sorriso de pedra, mas depois me empenhei em responder da melhor forma às infinitas perguntas de Laura O'Rourke, enquanto esperava que seu marido — um homem de rosto magro e olhos frágeis, como um batráquio — desempenhasse seu papel de moderador social e a aconselhasse, em algum momento, a não me afligir com tamanho interrogatório. Isso não chegou a acontecer. Sentado ao lado dela, com brandy até quase a borda do copo, sofri o ataque da sra. O'Rourke sem interrupção.

— Vi você pela televisão na festa do Bafta dois anos atrás. Seu prêmio foi entregue por Darren Flynn e Kate Winslet. Ah, meu Deus, não acredito que esteja mesmo aqui, sentado comigo. — Ao dizer isso, ela pousou a mão no meu joelho e soltou uma gargalhada cujo som me fez rir. Leo riu também, e o sr. O'Rourke terminou seu brandy disposto a encher de novo a taça logo em seguida. — Conte, sr. Harper, como é Kate em pessoa...?

Aguentei como pude, contando uns casos batidos e percebendo que todas as minhas histórias pertenciam a minha vida de dois anos antes. Enfim, para meu imenso alívio, Marie nos chamou para a mesa.

Os O'Rourke se sentaram primeiro, e Laura se encarregou de me reservar um lugar entre ela e seu marido, mas fugi da emboscada bancando o distraído e terminei numa ponta, ao lado de Leo e em frente a Marie, que a essa altura já fizera aterrissar uma travessa de salada de massa com camarões ao vinagrete. E antes que a sra. O'Rourke pudesse contra-atacar com alguma de suas perguntas, fiz um comentário sobre o temporal, na esperança de desviar o assunto durante o resto do jantar.

— Está ficando feia a coisa — falei. — Ouvi dizer que os ventos chegariam a cento e sessenta quilômetros por hora.

— É normal chegar a cinquenta e cinco nós, até um pouco mais — comentou Leo —, mas não com tantas descargas elétricas nem raios. Hoje à tarde falei pelo rádio com o serviço de meteorologia de Donegal e disseram que vai durar até a madrugada.

— Radioamador? — perguntou Frank a Leo.

— Não... só uso o rádio para falar com a Defesa Civil, de vez em quando com Donovan e outros pescadores. Tenho o rádio mais para emergências, já que o telefone por aqui falha muitas vezes.

— Pois é — concordou Frank. — Se em Clenhburran já é ruim, imagino aqui.

— Como é morar num lugar tão solitário, sr. Harper? — interveio Laura. — Não tem medo? Mas, olhe, não precisa se preocupar. Aqui nunca acontece nada.

— É bom ouvir isso — respondi. — Na verdade...

— Se bem que ultimamente temos ouvido coisas, sabe? — continuou ela, aproveitando a pequena pausa que fiz. — Os Kennedy, por exemplo: invadiram a loja deles no ano passado. E ouvi que roubaram uma casa perto de Fortown enquanto os donos dormiam. São casos isolados, mas antes, pelo que dizem, nunca tinha acontecido nada desse tipo. Parece que é uma quadrilha da Europa oriental, mas Frank acha que é tudo invenção dos vendedores de alarmes.

— E eu concordo com essa opinião — disse Leo. — Não acredito que algum bandido viria até este fim de mundo para roubar uma televisão. De minha parte, me recuso a ter medo.

— Muito bem, Leo — falei.

— E você, Marie? — perguntou Frank. Ele havia ficado um segundo em silêncio, com o olhar perdido dentro da taça. — Como encara isso de ficarem sozinhos nesta praia isolada?

— Não pensamos muito, para dizer a verdade — respondeu Marie. — Já moramos em lugares muito mais perigosos e nunca nos aconteceu nada; quer dizer, nada além de um roubo ou um pequeno susto. Mas concordo com Leo: quem viria até este fim do mundo para roubar alguma coisa, não é mesmo? Há lugares muito mais fáceis para uma quadrilha de ladrões...

Um relâmpago cintilou lá fora, seguido, em poucos segundos, por um trovão terrível que interrompeu a conversa sobre ladrões e a devolveu ao tema da meteorologia.

— Enfim, dizem que não vai ser a última tempestade deste verão. Espera-se muita chuva em agosto. Talvez voltemos a ter inundações, como há dois anos.

Frank contou, então, como um amigo perdera em uma só noite milhares de euros em dinheiro, durante as inundações de Galway em 2008. Leo opinou que o planeta inteiro estava ficando enlouquecido com as mudanças climáticas.

— Eu nunca tinha visto um cúmulo-nimbo como o desta noite — disse Marie.

— Cúmulo-nimbo? — perguntei.

— Essa forma de nuvens. É estranha. Incomum por aqui. Tudo isso tem a ver com a mudança climática, não tenho a menor dúvida. Li na *National Geographic*. O clima da Irlanda está ligado à corrente do Golfo do México, fica mais ameno por conta desse fluxo de água quente, que agora está começando a parar. É isso que provoca esses vendavais. E causa também algumas alterações curiosas nas migrações das aves.

Fora da casa, a tormenta ia ganhando força e os raios se repetiam a cada minuto. A luz ia e vinha na sala de estar. Ficávamos alguns segundos completamente às escuras, a sós com a luz da lareira; outras vezes, um trovão interrompia a conversa, que era retomada com piadas.

Mas nem toda essa agitação conseguiu distrair Laura. Assim que terminou o prato de entrada, ela recomeçou o interrogatório: "Por que escolheu Clenhburran para morar?", "Pretende ficar muito tempo?".

A entrada e o vinho tinham me alegrado e predisposto à conversa. Expliquei que era a segunda vez que me isolava em Donegal para terminar de compor uma obra. A primeira fora quase quinze anos antes. Na época, fiquei na casa de uns amigos no sopé do Lagirslan, em frente a uma praia não muito diferente da que agora via todas as manhãs.

— Cresci em Dublin — contei. — Quando era menino, vinha a Donegal no verão, com meus pais. É um lugar em que ainda me sinto bem, protegido. Acho que me traz à memória os dias felizes da infância.

Assim que acabei de dizer isso, me dei conta de que tinha entrado em terreno perigoso, do qual não gostava de falar. Laura viu claro como água.

— Você tem família? — perguntou.

— Sim — respondi, com a voz de quem não quer ser ouvido. — Dois filhos.

— Eles chegam em algumas semanas, não é, Pete? — interveio Leo.

— Sim. Vêm passar as férias de verão. Espero que gostem daqui.

— Ah, claro que vão adorar — afirmou Marie.

Laura estava com cara de quem encontrou um filão mas tem vergonha de começar a bicar nele. Voltou a abrir seu sorriso esticado e me fez a pergunta que todos esperávamos.

— Mas você está... casado ou...?

— Divorciado — respondi.

— Ah. Lamento muito. É uma coisa terrível quando há crianças envolvidas, não é verdade? Minha prima Beth acabou de...

Então Leo decidiu servir mais vinho e tentar mudar de assunto. Marie se levantou, tirou os pratos e perguntou como queríamos os bifes. Eu me levantei para ajudá-la.

— Obrigado — sussurrei para ela na cozinha, com uma piscadela.

Chegou o prato principal, uns deliciosos bifes com purê de batata e verduras, o que me proporcionou um breve descanso. Laura parecia ter perdido o interesse por mim (talvez ao perceber que eu seria osso duro de roer) e decidiu se concentrar nos Kogan. Ouvira falar que vinham de Portland e que uma prima de Marie ainda morava lá, quando foi que decidiram se mudar para a Irlanda? Era verdade que tinham passado muitos anos na Ásia?

Imagino que circulassem no vilarejo muitas histórias sobre nós, os "novos" vizinhos. Talvez fosse uma lógica de pura sobrevivência. Uma comunidade tão pequena tem que se proteger e, para isso, precisa estar informada, conhecer seus integrantes, dispor de uma detalhada biografia de cada um deles. E Laura simplesmente estava obedecendo aos seus instintos ao fazer todas essas perguntas naquela noite. Leo respondia com muito mais boa vontade e abertura que eu. E, com umas boas doses de vinho, não teve dificuldade para narrar sua vida e suas aventuras pelo mundo.

Aos vinte e cinco anos, contou, decidira pendurar as luvas de boxe numa espelunca de Nevada e aceitar uma oferta de trabalho em San Antonio, Texas, para começar uma carreira como profissional de segurança. Marie já era sua namorada na época. Ela dançava num grande hotel de Las Vegas nas noites de sexta-feira e tinha sido backing vocal de artistas famosos como Tom Jones. O casal deixou Nevada para embarcar numa longa viagem só de ida. Nunca mais voltaram a morar nos Estados Unidos, exceto por uma breve estadia de três meses, quando a mãe de Marie faleceu, deixando ambos completamente órfãos e desamparados no mundo. Depois, ao se aproximarem da idade "em que uma pessoa já tem o direito de não fazer nada", começaram a pensar em lugares onde passar a velhice.

— Por algum motivo, sempre tivemos em mente dois lugares: Irlanda, ou Escócia, e Tailândia. Conheço muitos velhos que foram para a Tailândia. A partir dos cinquenta se ganha visto permanente no país, e, com uma aposentadoria ocidental, dá para levar uma vida confortável. Mas Marie sempre falava da Europa, das antigas costas da Irlanda... e...

Leo continuou falando de sua chegada a Clenhburran, uma história que eu já ouvira algumas vezes. Comecei a me distrair, minha cabeça viajando para longe dali. Outros pensamentos disputavam a atenção da minha mente... Aquela voz, sobretudo. A voz que tinha falado dentro de mim antes de sair de casa...

"Às vezes você vai ouvi-la."

... no minuto seguinte, eu não estava mais ali na sala dos Kogan. Tinha voltado à casa da minha infância, no norte de Dublin, perto de Coombe, àquela sala pequena onde a lareira estava sempre acesa, bem abastecida de carvão.

"O instinto é forte na nossa família. Nunca se esqueça disso, Pete."

Minha mãe sempre falava comigo sobre essas coisas com naturalidade, mas sempre em segredo, quando estávamos a sós. O sexto sentido; o anjo da guarda; a voz que nos protegia.

"Escute-a, pois ela existe para nos ajudar."

Minha mãe e minha avó a ouviam. Às vezes a voz falava com elas, dizia coisas para protegê-las e para proteger suas famílias.

"E agora ela vai nos contar a história do seu tio Vincent e o ônibus", dizia papai quando nos surpreendia durante essas conversas. "É melhor não entrar nesse tema fora de casa, senão algum dia vai acabar num manicômio."

"Você é cético demais", repreendia minha mãe, com afeto. Depois, me olhava com seus olhos cheios de estrelas e sorria. "Conhece essa história, Peter? Meu irmão Vincent, que Deus o tenha, por pouco não morreu muito mais novo. O ônibus que sempre o levava ao colégio bateu num caminhão. Morreram dezoito crianças, além do motorista e de uma professora. Mas Vincent não estava entre eles. Foi o único dia em sua vida que perdeu o ônibus. Sabe por quê? Quando ele estava saindo de casa, minha mãe viu que um dos botões de seu uniforme estava quase caindo. Ela mandou que a esperasse buscar sua caixa de costura, pois consertaria rapidamente. Enquanto ela cosia o botão, ouvindo Vinnie protestar porque ia se atrasar, a tal vozinha falou com minha mãe, dizendo: 'Não deixe Vinnie sair. Hoje não'. E minha mãe pregou o botão o mais devagar que pôde. E o fixou junto à outra ponta da camisa de propósito, para depois fingir surpresa e perder mais tempo o descosturando. Vinnie reclamava que ia perder o ônibus. 'Que perca!', gritou minha mãe. E assim foi. E naquele dia morreram todos os amigos dele. Não sobrou nenhum."

Essas histórias eram comuns em minha casa. Às vezes, meu pai chegava a se aborrecer. Dizia a minha mãe que aquelas coisas não eram boas para minha educação, que eu ia crescer acreditando em fantasmas e premonições, que já nos bastava a religião para acrescentarmos aqueles milagres à lista de falsas esperanças. Ele achava também que acreditar em pressentimentos não convinha a um bom cristão e que, além de tudo, era uma estupidez.

"Todas as mães do mundo se preocupam com os filhos quando vão sair de casa. Nesse dia, Deus quis que aquele ônibus batesse, e sua mãe pensou..."

Mas não havia sido só daquela vez, insistiu minha mãe. Tinha acontecido com ela própria, inclusive.

"E naquela manhã de 24 de março de 1968? Você estava lá, Patrick, ao meu lado, na cama. Não lembra?"

"Não, não lembro."

Mas lembrava, sim, disse mamãe, numa das longas tardes em que papai ia para o pub e eu ficava em casa estudando piano enquanto ela fazia um cachecol no sofá, junto ao calor do fogo.

"Acordei chorando, porque tive um sonho horrível. Um cemitério cheio de gente. Irlandeses. E eu sabia que uma coisa terrível estava prestes a acontecer. Quando contei ao seu pai, ele me disse que não me preocupasse, que tinha sido um pesadelo, só isso. Mas eu tinha uma sensação horrível. Era como se meu próprio filho tivesse morrido. Ao meio-dia, lembro que estava na cozinha, quando informaram pelo rádio que um avião indo de Cork a Londres tinha desaparecido no mar. Deixei cair a frigideira que tinha na mão e por pouco não caí também. Mais tarde, naquele mesmo dia, fiquei sabendo que um avião da Aer Lingus tinha explodido a vários quilômetros de Wexford, matando sessenta e um passageiros e a tripulação... Seu pai chegou em casa muito pálido, foi para a cama e não quis falar sobre o assunto por pelo menos um ano, mas foi assim que aconteceu, como estou lhe contando."

Essa era a história mais marcante, porém havia outras, muitas outras... Às vezes era só uma sensação intensa que acabava se provando verdadeira ("Katty Kennedy estava com uma cara de defunto hoje de manhã"... e três meses depois íamos ao enterro dela: câncer nos ossos), outras vezes era uma voz ("Onde está o solvente que deixei na cozinha?", perguntava papai... e mamãe dizia que o tinha jogado pela janela e que ele nunca mais deixasse nada parecido em sua cozinha, pois "uma voz me falou de uma garganta queimada, de uma pessoa ficando muda para o resto da vida"). E papai, claro, sempre fechava os olhos, suspirava e lhe dizia que não falasse dessas coisas quando estivesse fora de casa. Ah, mamãe, mamãe...

"Somos especiais, Pete. Você é especial. Olhe que coisas bonitas você escreve para o piano. Isso vem de algum lugar, um lugar divino dentro de você. Você é um pequeno anjo, sabia? Talvez algum dia também ouça a voz."

"Mas eu não quero ouvir vozes, mamãe... Papai diz que isso é coisa de gente doida, que vão me prender se eu ficar falando isso por aí."

Então minha mãe cobria meus olhos com a mão, fechava minhas pálpebras e acariciava meu nariz como se fosse roubá-lo.

"Loucura é viver a vida como se ela nunca fosse acabar, Peter Harper. Aproveite-a. Abrace-a. Não tenha medo da vida, e ela lhe dará o que você pedir."

O que você pedir.

Uma taça de vinho?

O que você pedir.

— ... Terra chamando sr. Harper...

Abri os olhos, ou melhor, ativei-os, porque na verdade já estavam abertos (embora fechados ao mesmo tempo), e vi a sra. O'Rourke com a garrafa de vinho pairando sobre minha taça.

— Perguntei se quer mais vinho...

— Não... — respondi, ainda retornando de minhas recordações. — Não, obrigado. Acho que já bebi o suficiente.

Depois da sobremesa, eu estava um pouco cansado e de saco cheio da Laura, cuja presença impedia qualquer tentativa de conversa com meus amigos, mas aceitei tomar um chá junto à lareira, onde havia alguns sofás. Laura, em pé com uma xícara na mão, elogiava a coleção de quadros de Marie. Perguntou quando começaria a dar aulas de pintura para as mulheres do vilarejo.

— Na verdade eu aprendi sozinha, por isso acho que não seria uma boa professora.

Laura demonstrou irritação com a resposta. Disse que gostaria de ter um quadro de Marie e comentou que "tinha um espaço perfeito na sala".

— Se você quiser, Marie pode fazer um retrato seu — interveio Leo. — Além de ser boa em paisagens, ela é uma excelente retratista.

— É verdade, Marie? — perguntei. — Se eu soubesse, já teria pedido um.

— Ah, sim. Antes eu costumava ganhar a vida com isso — respondeu ela. — Nos hotéis onde Leo trabalhava, fazia retratos de alguns clientes e...

— Fez um da mulher de François Mitterrand, podem acreditar — disse Leo, que se revelava como o melhor marqueteiro de sua tímida esposa. — E de Billy Crystal. Pagamos metade da casa com esse dinheiro — concluiu, em tom de brincadeira.

— Mas todos os que vejo aqui são da Irlanda — observou a sra. O'Rourke, olhando as paredes. — Não guarda nenhum de outros países?

Marie negou, sorrindo.

— A maioria fui dando ou vendendo pelo caminho. Quando cheguei à Irlanda não tinha mais nenhum, e agora nem há espaço em casa para pendurar, como vê. Estou pensando em doar alguns à paróquia.

Depois do chá, comecei a bocejar. O temporal tinha deixado de retumbar lá fora e fazia um bom tempo que a violência dos raios não apagava as luzes da casa. Além disso, Laura havia mencionado o piano pela segunda vez e, embora eu tivesse fingido não ouvir, sabia que ela voltaria a tentar. Pensei que era uma ótima oportunidade de voltar para casa. Levantei-me do sofá pedindo desculpas por ser um estraga-prazeres em plena sexta à noite.

Os O'Rourke anunciaram que fariam um jantar em sua casa muito em breve e que adorariam contar com minha presença.

— Quando seus filhos chegarem, quem sabe não possamos ir passear no veleiro de Frank.

Aceitei o convite apenas por educação e agradeci a Marie pelo magnífico jantar. Vesti o blazer, e Leo foi comigo até o carro.

Havia parado de chover, mas o vento continuava soprando com força. Leo, que estava um pouco alto, fez um comentário sobre os O'Rourke: que sempre se sentia vítima de um interrogatório quando estava com eles. Dei uma risada e respondi que conhecia bem a sensação. Então, quando já estávamos alcançando o carro, vi que Leo olhava fixamente para algo no céu. Levantei a vista e também vi.

Uma nuvem monstruosa pairava sobre a praia, sua gigantesca silhueta delineada pelo luar que conseguia atravessar as nuvens. Era um gordo e enorme suspiro preto, de uns dois quilômetros e meio de diâmetro, retorcido em uma estranha espiral e exalando pequenos tornados que morriam logo ao nascer.

— Caramba... como está feio isso — exclamei, sem parar de olhar.

— Muito. É melhor você ir rápido, antes que isso arrebente — respondeu Leo. — Tem certeza de que não quer ficar mais um pouco?

A imensa nuvem, plena de negrume, era como um grande deus da fúria, prestes a explodir. Estava imóvel, logo acima do Dente do Bill, por onde eu teria que passar dali a dois minutos.

"Não saia, Pete."

Por outro lado, como eu encararia os O'Rourke se voltasse com o rabo entre as pernas? *Vou ficar mais um pouco. Tem uma nuvem horrível em cima da praia. Além do mais, estou com um mau pressentimento sobre esta noite. Já falei sobre as premonições na minha família?*

"Esta noite, não."

Lembrei-me de meu tio Vincent e seu botão. Eu adoraria ter uma desculpa para não ir embora. Talvez, com muita sorte, o motor não pegasse. Ou talvez Leo me obrigasse a ficar. Ou talvez...

— Não... acho que se eu me apressar, chego em casa antes que isso aí comece a nos sacudir — respondi, apertando o braço de Leo. — Cuide-se, amigo.

E volte logo para casa. Aposto que sua nova amiga tem mais alguma pergunta a lhe fazer.

Leo ficou rindo enquanto eu descia de um salto a escada da varanda e aterrissava no jardim. Corri até meu carro e entrei. Leo continuava lá fora, para me ver partir. Inseri a chave e girei. O Volvo afogava com certa frequência, e nos dias de tempestade algumas baterias de carro se descarregam. Obrigam a gente a ficar na casa de amigos, para passar a noite...

O motor pegou de primeira.

3

Dirigi devagar pela estrada de cascalho estreita que subia as dunas, sentindo o vento balançar as duas toneladas de aço do meu Volvo V40 como se fosse feito de papel. Os faróis rasgavam a noite como dois sabres de luz. Eu tentava não perder de vista a margem direita da estrada, pois, à medida que me distanciava da casa de Leo em direção ao Dente do Bill, mais íngreme a estrada ficava, até se transformar, em certo ponto, num pequeno barranco sem nenhuma proteção além das moitas da duna.

Acima de mim, a grande e poderosa Deusa da Tempestade havia começado a retumbar, emitindo ruídos de nascimento.

Pisei um pouco mais fundo no acelerador. Não queria estar na estrada quando aquela grande Mãe do Fogo começasse a berrar, histérica, e a arremessar seus filhos sobre a terra. No entanto, quando cheguei ao topo da colina, o que vi me obrigou a frear.

Um galho atravessado na estrada.

Era grande, um dos quatro ou cinco galhos principais que restavam no velho e formoso olmo do Dente do Bill. Consegui ver que uma das pontas estava enegrecida, ainda fumegante. Deduzi que um raio o tinha arrancado e que, depois, a ventania das últimas duas horas o colocara no meio do caminho.

Estiquei o pescoço e dei uma olhada para cima através do para-brisa. O grande suspiro preto tinha começado a girar logo acima do meu carro. Clarões brilhavam em suas entranhas e ressoavam ameaças de trovão como roncos abafados de um gigante a quem houvessem perturbado o sono.

Se meu carro, em vez do Volvo V40, fosse um Land Rover Discovery como o de Leo, eu nem me preocuparia: seria só engatar uma marcha lenta e passar por cima do galho. Pela manhã, voltaria para tirá-lo de lá a machadadas. Mas meu carro velho jamais suportaria tal acrobacia, e eu tinha medo de arrebentar uma ou duas rodas se tentasse. Além disso, mais tarde os O'Rourke passariam pelo mesmo caminho e talvez não tivessem a sorte de ver o galho a tempo de parar.

Então decidi que agiria o mais rápido possível.

Mesmo enquanto saltava do carro me dava conta de como a situação era perigosa. Tudo o que eu sabia sobre tempestades elétricas me dizia que eu não deveria estar ali, no alto de uma colina, junto a uma árvore e debaixo de uma nuvem prestes a estourar.

Esta noite, não.

Eu tinha ouvido em algum lugar que carros fechados (assim como os aviões) não correm perigo durante tempestades de raios, devido a um fenômeno que faz a eletricidade percorrer a superfície sem afetar o que há dentro. Quase voltei para o carro. Talvez fosse melhor tentar dar a volta no galho... Mas que diabo. *Vamos lá. Estufe o peito e seja homem; não perca nunca o amor-próprio e o gosto pelas imprudências viris, nem que seja à custa de esticar as canelas.*

O vento estava muito forte. Olhei para aquele velho olmo, mutilado e fumegante, e senti o aroma que exalava: cheiro de queimado, mas não como uma lareira ou uma grelha de churrasco, e sim como uma lâmpada queimada, um fio gasto. Lembrei-me de quando minha filha, Beatrice, enfiou o dedo numa tomada da sala, aos quatro anos. A luz da casa apagou de repente, e a encontramos na sala com as sobrancelhas arrepiadas. E com o mesmo cheiro que eu sentia agora.

Acima da minha cabeça, a grande espiral de suspiro preto emitiu um poderoso rugido que fez a terra tremer. Levantei a vista uma última vez e distingui uma espécie de luz no interior daquela grande mãe prenhe. Um redemoinho de luz azul.

Raios não caem duas vezes no mesmo lugar, pensei.

Vamos logo. Quanto mais rápido isso acabar, melhor. Fui até o galho e peguei uma das pontas. O desgraçado pesava mais do que eu imaginara. Comecei a arrastá-lo para a beira da estrada, como se fosse o ponteiro de um gigantesco relógio que eu precisasse acertar. Lá embaixo, a praia estava na mais completa escuridão. Só se distinguia a espuma branca das ondas arrebentando na areia.

Quando cheguei à beira da estrada, o galho estava perfeitamente paralelo à via. Era mais que suficiente. Deixei-o cair pesadamente e limpei as mãos na calça. Depois dei um passo em direção ao carro, e então notei algo em volta.

Havia luz. Muita luz.

Primeiro pensei que fossem os faróis do Volvo. Talvez tivesse ligado os de neblina por engano, antes de sair, mas o fato é que estava tudo muito iluminado, talvez iluminado demais.

Aturdido, comecei a andar até o carro e só então notei que alguma coisa percorria meu corpo. Uma comichão fluía pelas vértebras, pelo pescoço, e ia morrer nos braços. Olhei para minhas mãos e percebi que os pelos estavam arrepiados, todos esticados como os espinhos de um ouriço. Era como se alguém tivesse colocado um gigantesco ímã em cima da minha cabeça.

Em cima da minha cabeça.

Olhei para cima. Era um redemoinho de luz azul, girando rapidamente, como um disco a mil revoluções por minuto. *Raios não caem duas vezes no mesmo lugar.*

Senti algo nas têmporas. A luz do carro feria meus olhos, virando uma grande branquidão. Tive tempo de perceber o que estava acontecendo. Foram poucos segundos, e acho que tentei chegar ao Volvo, mas não o alcancei. Então senti: algo me mordeu o corpo; o rosto, o ombro, as pernas. Algo que me sacudiu como um boneco e me fez voar.

Aquela caixa forte de mil toneladas atingiu em cheio minha cabeça. E me esmagou, me lançou de joelhos no chão, depois explodiu como se contivesse mil quilos de explosivo. Meus ouvidos não aguentaram aquele som. Desligaram. Ficaram em branco.

Então ouvi meu próprio grito e senti que caía de vez. Esperei até que meu corpo atingisse o solo, mas isso não chegou a acontecer. Continuei caindo num negrume sem fim.

4

Quando abri os olhos, senti uma náusea terrível. Onde estava? Qualquer que fosse o lugar, tudo rodava.

— Vejam! Ele acordou — disse alguém. Reconheci a voz: Marie.

Estávamos num carro a toda velocidade.

— Marie... pare, tenho que vomitar.

Senti uma freada brusca. Tentei alcançar a maçaneta, contendo o vômito, até que finalmente abri a porta e pus tudo para fora.

Outras portas se abriram. Ouvi passos. Pessoas se aproximavam.

— Tem uma garrafa de água no porta-malas. E guardanapos. Peguem vários.

Senti leves tapas nas costas.

— Isso, muito bem, larga tudo.

Havia outro carro atrás do nosso, os faróis iluminando a obra de arte que eu acabava de compor no asfalto. Ali devia estar o jantar inteiro: a massa, o magnífico bife e o bordeaux de Leo.

Alguém me deu uma garrafa de água já aberta. Bebi um pouco, me fez bem. Depois, me passaram um guardanapo. Assoei o nariz e limpei a boca. Sentia um gosto horrível, mas ignorei isso e agradeci.

Tentei abrir os olhos, mas sentia as pálpebras pesadas. Como os olhos de uma tartaruga velha. Na verdade, todo o meu corpo era o de uma velha tartaruga das ilhas Galápagos. Uma tartaruga de cem anos, no mínimo, já que devia estar com a pele rígida e ressecada.

— Já voltou a si? — perguntou outra voz, a de Frank O'Rourke.

— Parece que sim — respondeu Leo.

Ergui os olhos e tentei vê-los, mas só distingui silhuetas.

— O que aconteceu? — perguntei, em altos brados.

— Você desmaiou, Peter, mas já está melhor. Estamos a caminho do hospital.

— Hospital? — perguntei. — Está de brincadeira?

— Não, rapaz. É sério. Achamos que você foi atingido por um raio. Agora volte a se sentar. Daqui a alguns minutos já chegamos lá.

Não sei quanto tempo passamos no carro, mas voltei a desmaiar, e a lembrança seguinte que tenho é de estar na recepção de um hospital (o Dungloe Community, como vim a saber mais tarde) e ser carregado nos ombros de Leo e Frank; depois, de dois enfermeiros saindo de uma guarita e me deitando em uma maca. E Marie segurando minha mão e dizendo que ia ficar tudo bem, enquanto a maca era empurrada por um corredor.

— Você vai ver que não foi nada, Pete — disse uma voz.

Fechei os olhos e voltei a desmaiar.

A médica que me atendeu se chamava Anita Ryan, uma bela irlandesa de cabelo ruivo e rosto sardento. Era um pouco gordinha e falava de modo rápido e preciso. Tomou meu pulso, auscultou-me, examinou meus olhos com uma lanterninha.

— Sabe por que está aqui?

— Acho que fui atingido por um raio.

Ela me fez uma série de perguntas muito simples. Como me chamava, quantos anos tinha. "Como foi que aconteceu, sr. Harper?", "Onde sentiu o impacto?", "Dói alguma coisa?" Contei o que lembrava. O carro, o galho no caminho, depois a luz. O redemoinho azul. Senti uma pancada no crânio... e agora estava com uma dor de cabeça misturada com um forte enjoo. Além de sentir a pele retesada.

A médica me informou que fariam uma tomografia. Depois injetou alguma substância no meu braço e me devolveu à maca. Percorri outro corredor até uma sala de radiografias, onde me introduziram em uma máquina grande. Fiquei ali um bom tempo ouvindo ruídos e assobios ao meu redor. A dor de cabeça passou e a pele parou de repuxar. Imaginei que tivessem me dado algum tipo de calmante.

Uma hora depois, voltei a ver a médica, que já estava com todos os meus exames organizados em um negatoscópio. Ela me mandou sentar e me disse os resultados de tudo aquilo. Eram bons. Não tinham encontrado nada com que eu devesse me preocupar. A tomografia indicava que estava tudo perfeito. Aparentemente, eu tivera um desses raros "golpes de sorte", mas o fato de ter sentido a pancada na cabeça continuava preocupando a médica.

— Agora veja. Quero lhe mostrar uma coisa.

E me pediu que me sentasse na maca e me despisse da cintura para cima. Quando o fiz, sob a luz do consultório, descobri uma coisa incrível: a metade superior do meu peito, começando no pescoço, e a coxa esquerda estavam vermelhas e cobertas por uma série de marcas estranhas. Tinham o aspecto de folhas de samambaia, ou plumas, tão perfeitas que era como se alguém tivesse dedicado vários dias, ou mesmo semanas, a me tatuar com tinta vermelha.

Aquelas marcas, como ela me explicou, tinham o nome de "Figuras de Lichtenberg", em homenagem a seu descobridor, o físico alemão Georg Christoph Lichtenberg. Ele próprio não foi vítima de nenhum raio, mas se dedicou ao estudo das correntes elétricas na época. Aquelas tatuagens cutâneas resultavam da ruptura dos capilares durante a passagem da corrente elétrica pelo corpo, e a boa notícia era que desapareceriam em poucos dias. A médica me contou que dois anos antes tinha visto figura até mais fascinante, em forma de estrela-do-mar, nas costas de um pescador atingido por um raio.

— Ele também sobreviveu, graças a Deus — continuou ela. — Na verdade, embora a cultura popular diga o contrário, não é tão raro sobreviver a um raio. Tudo depende da energia que carrega, da área de impacto e, principalmente, do percurso que a corrente faz no interior do corpo. Sempre há um ponto de entrada, um trajeto interno e um ponto de saída, e, nesse percurso, o raio vai queimando tudo. Dependendo das áreas ou dos órgãos que percorrer, as lesões podem ser mortais ou não. No seu caso, tudo indica que teve sorte, mas mesmo assim terá que passar a noite em observação.

Leo e Marie me esperavam no quarto para onde me mandaram, já tendo sido informados de tudo pela médica. Eles me ofereceram seus celulares caso eu quisesse ligar para alguém.

— Não... — respondi. — Vou ficar bem. A médica falou que é só uma noite. Não quero assustar ninguém.

— Não vai avisar nem mesmo Judie? — insistiu Leo. — Acho que ela gostaria de vir visitá-lo.

— Não, meu amigo. Vai ser bom passar uma noite aqui sozinho, com os sedativos, sentindo o cheiro de hospital. Além do mais, Judie deve estar ocupada lá na pensão. Ontem me disse que tinha chegado um grupo de mochileiras alemãs. Mas, antes de irem, me contem como foi que aconteceu tudo.

Segundo eles, os O'Rourke saíram meia hora depois de mim, e foram eles que me encontraram. Meu carro ainda estava com o motor ligado e as luzes acesas. Quando me viram no chão, encharcado de chuva e lama, pensaram que já estivesse morto. Laura ficou tão abalada que ao chegarem ao hospital lhe deram um calmante, e Frank a levou para casa.

— Agradeçam a eles por mim, quando os virem.

— Pode deixar, mas vá se preparando para ser a nova piada da cidade — respondeu Leo, sorrindo. — Laura O'Rourke é especialista em aumentar histórias.

— Ah, imagino...

— Não sejam assim! — exclamou Marie.

Os dois insistiram em passar a noite comigo no hospital, mas os convenci a irem para casa.

— Não pretendo morrer hoje, podem ficar tranquilos. E eu jamais obrigaria um amigo a dormir nesse cavalo de tortura — justifiquei, me referindo às poltronas que havia no quarto.

— Vou deixar meu telefone, então — disse Leo, colocando o celular na mesinha de cabeceira. — Tenha uma boa noite, e cuidado com as enfermeiras.

Marie, depois de dar um cascudo no marido, me deu um beijo na testa e se despediu.

— Tenha bons sonhos, Pete.

Naquela noite, a eletricidade ainda devia estar percorrendo minhas veias, porque não consegui fechar os olhos. E a cabeça tinha voltado a doer.

Fiquei na cama acordado, escutando uma espécie de tique-taque que soava como um relógio no fundo mais remoto da minha cabeça. Estava sozinho no quarto, mas ouvia os sons que vinham do outro lado da porta — um gemido, passos de uma enfermeira, o aparelho de televisão no quarto de algum outro insone. Fazia muito tempo que eu não passava a noite num hospital. Ainda me lembrava da última vez? Claro que sim.

"Só fiquei... não deve ser nada, de verdade... um pouco tonta."

Deirdre Harper, minha mãe, tinha desmaiado na sapataria de um shopping, e as pessoas a ajudaram a se levantar. Meu pai a levou para a emergência, e quando cheguei, por um voo Amsterdam-Londres-Dublin, ela continuava em observação.

"Ela diz que está bem, que foi só um pequeno enjoo", disse meu pai. Achávamos que fôssemos voltar para casa antes mesmo do almoço. "Não é nada, você vai ver."

Era uma linda mulher de cinquenta e dois anos, cabelo castanho e um sorriso capaz de transformar um dia sombrio em um dia feliz; e é com esse sorriso que me lembro dela quando informaram que precisavam interná-la para fazer uma bateria completa de exames, despedindo-se com "até daqui a pouco"...

Naquele momento, ouvi a mesma voz que tinha me falado nessa noite antes de sair de casa: "Despeça-se de sua mãe, Peter. Lembre-se dela para sempre como a vê agora: com este vestido, este cabelo avermelhado, sua bolsa e seus sapatos marrons".

E ela deve ter visto em meu olhar. Lembro-me de seus olhos cheios de lágrimas, mas ela foi forte, não deixou que nenhuma descesse pelo rosto. Fez isso por meu pai, é claro. Voltou a dizer que estaria em casa ainda naquela tarde... talvez no dia seguinte. E saiu andando na direção das portas duplas de plástico que a engoliram para sempre e a transformaram em escrava de uma cama e uns tubos, despojada de seu cabelo, mas nunca de seu sorriso, até que Deus a levou, num dia difícil de novembro, dois meses depois, destroçando um lar feliz, fazendo meu pai virar uma sombra perpétua e abrindo um buraco em meu peito que nunca mais consegui fechar por completo.

À lembrança de minha mãe, deixei escapar duas lágrimas amargas na solidão daquele quarto. A madrugada continuou seu curso e meu corpo finalmente descansou.

Tive um sonho, e acho que ela aparecia. Estava assustada e queria me dizer alguma coisa, mas eu não entendia.

No dia seguinte, acordei ainda com dor de cabeça. A médica foi me ver após o café da manhã, me fez umas perguntas a respeito do tipo de dor que eu sentia. Era contínua ou pulsátil? Como se o coração batesse dentro da cabeça?

— Exatamente assim — respondi. — Como um latejamento.

— E em que parte dói? Na frente, atrás, de um lado ou em toda a cabeça?

Eu disse que era "dentro", mas que sentia a dor mais para o lado esquerdo. Visão dupla? Faíscas voadoras na vista? Dor abdominal? Transpiração excessiva? Lacrimejamento? Ela me receitou uns comprimidos, "dois pela manhã, dois ao meio-dia, dois antes de dormir e depois de cada refeição". Se a dor persistisse por mais de duas semanas, eu deveria voltar ao hospital. Não podia dirigir na primeira semana, só se fosse estritamente necessário. Nada de drogas nem álcool.

— Sexo pode, doutora?

— Só o estritamente necessário.

— Já é mais do que tenho feito.

No celular havia uma ligação perdida de Judie. Imaginei que Marie e Leo a estivessem mantendo informada de tudo.

Retornei a ligação. Depois de alguns toques, alguém atendeu. Era a inconfundível voz de Judie, amável, cheia de vivacidade, um pouco rouca ao final de cada frase.

— Loja da sra. Houllihan. Pois não?

— Bom dia — falei. — É que acabei de me mudar para a cidade e gostaria de saber onde posso alugar um bom filme pornô.

Judie deu uma gargalhada do outro lado da linha. Podia imaginá-la entediada atrás do balcão, lendo algum livro grosso, com uma xícara de chá iogue (de amora, ginseng ou alguma dessas outras estranhas variedades que ela apreciava) fumegando ao lado.

A loja da sra. Houllihan era, havia meses, o prédio mais chamativo de Clenhburran. Fachada cor-de-rosa, janelas pintadas de amarelo e uma fileira de flores, bandeirolas, sinetas e pequenos budas sentados nas janelas. Na parte de baixo ficava a antiga loja da sra. Houllihan, um comércio pensado para veranistas, que durante o inverno tradicionalmente funcionava como farmácia, livraria e loja de brinquedos; e como locadora de filmes. Com a aposentadoria da sra. Houllihan, dois anos antes, e a chegada da nova proprietária, a jovem e vivaz Judie Gallagher, a loja — e, por extensão, o vilarejo inteiro — havia sofrido uma pequena revolução. Agora o comércio contava também com aulas de ioga (duas por semana, ministradas por ela), salão de massagens e acupuntura. Além disso, o lugar acabara se transformando informalmente em base de operações das mulheres da cidade, que até então precisavam se conformar com os fundos da pequena igreja de Saint Michael para planejar e realizar cursos de todo tipo, assim como viagens de compras a Belfast ou Derry (e até uma a Londres, coisa que deixou os homens bastante preocupados durante dias) e outros eventos culturais, como a noite de cinema ao ar livre de Clenhburran, a ocorrer em julho. Nem é preciso dizer que estavam encantadas com seu novo centro de operações.

Além da loja e do centro "cultural", Judie também havia reformado a pensão no andar de cima. Agora havia ali dois quartos com beliches, destinados principalmente a mochileiros (entrara no guia Lonely Planet da Irlanda no ano anterior), mas também aos músicos que iam fazer *trad sessions* no Fagan's e aos turistas de passagem pela região que não conseguiam vaga em nenhum dos dois hotéis de Dungloe e ficavam desesperados, no meio da noite, implorando por uma cama onde dormir.

Além de tudo isso, Judie tinha a melhor coleção de DVDs de clássicos de todo Donegal.

— Bem, nosso acervo de cinema adulto é bem vasto — respondeu ela, ao telefone. — Tem interesse em zoofilia? Anões? Um pouco de bondage, talvez?

— Ah, tudo isso é ótimo, mas não tem nada com legumes? Tipo *Abóboras loucas III*? Sabe, eu cresci numa cidade muito pequena, com um pomar grande...

— Chega, Pete. — Judie riu de novo. — Como você está, caramba? Marie me telefonou e contou tudo. Por que não me ligou ontem à noite?

— Não queria preocupar você. Sabia que estava ocupada na pensão. Além do mais, não é tão grave como parece.

— Nossa, é como sofrer um acidente de avião e sobreviver para contar. Eu queria ter ido visitar você, mesmo que para isso precisasse deixar as alemãs trancadas por um tempinho. Bem, mas já está melhor? Como foi que aconteceu?

— Para dizer a verdade, até agora não consigo acreditar — falei, de repente me lembrando daquele momento. A luz. O redemoinho de luz azul. — Foi tudo muito rápido, mas acho que já estou bem. Só a cabeça ainda dói um pouco, mas a médica me passou uns remédios. Diz que em duas semanas já terei me recuperado.

— Marie disse que você não sofreu um arranhão, só ficou com umas queimaduras na pele.

— É, parecem tatuagens. Gostei do visual. Talvez eu faça uma depois disso. Aliás, você ontem perdeu um jantar maravilhoso. E os O'Rourke.

Judie soltou uma risadinha sarcástica.

— Sim, Marie me disse que foram eles que o encontraram. Ainda bem que não fui ao jantar, senão Laura O'Rourke teria espalhado todo tipo de histórias rapidinho, e a esta altura você e eu talvez tivéssemos até uns filhos sem saber. Imagino que ela tenha levantado sua ficha completa, acertei?

— Quase — respondi. — Eu resisti um pouco.

— Isso é o que você pensa... — disse ela, rindo. — Bem, precisa que eu vá resgatá-lo desse hospital?

— Sim, por favor. A médica já me deu os remédios e querem me mandar embora à tarde.

— Pois me dê duas horas. As alemãs estão tomando banho e vão sair depois do café. Eu vou assim que a pensão estiver vazia. Você sobrevive até lá?

— Acho que sim.

— O.k. Olha, agora preciso desligar. Tenho uma cliente na loja, e o mais incrível é que ela parece querer comprar alguma coisa. Até mais, Peter *Faísca*.

Duas horas depois, Judie me buscou na porta do hospital. Desceu de seu pequeno Vauxhall Corsa verde-garrafa e se jogou em meus braços. Tinha os melhores vinte e nove anos que se pode imaginar. Vigor, curiosidade, inteligência. E, além de tudo isso, uns jeans que lhe caíam maravilhosamente bem.

Na primeira vez que a vi, sentada a uma mesa do Fagan's e rodeada de fregueses que a devoravam com os olhos, pensei que devia estar de passagem. Até esse dia, meu ranking de belezas locais era liderado por Teresa Malone, a carteira da cidade, uma mulherona ruiva, de pernas longas e seios fartos, que eu tinha paquerado uma vez junto à cerca do meu jardim na hora de pegar a correspondência. Mas, por alguma razão, meu instinto de sobrevivência me alertava contra a srta. Malone (talvez temendo uma morte prematura por esmagamento no colchão), e desde que chegara a Clenhburran não tinha dormido com mulher nenhuma. Naquele dia, quando entrei no Fagan's, fiz o que costumava fazer como bom recém-chegado: sentei-me num canto do pub escuro e fresco e me preparei para sofrer a estudada indiferença dos locais. Pedi um chope que demorou a chegar e olhei em volta disfarçadamente. Em cada uma dessas olhadas, mais cedo ou mais tarde meu olhar acabava esbarrando em Judie; ela conversava com uma mulher que depois vim a conhecer como sra. Douglas.

Puxei conversa com outro cliente, um pescador chamado Donovan, um sujeito com mãos do tamanho de duas cabeças, e lentamente, entre uma história e outra, ultrapassei o limite dos três chopes. Naquela noite eu teria que dirigir com muito cuidado se não quisesse jogar o carro numa daquelas piscinas de lodo que se formavam na beira do caminho. Entre um gole e outro, meus olhos atravessavam o pub, já agora com um único e descarado objetivo. O pescador notou e acabou fazendo uma piadinha sobre como eu estava "distraído", enquanto coçava o nariz e dava uma risada. Admiti, um pouco envergonhado, que não conseguia tirar os olhos da moça e aproveitei para perguntar sobre ela. Como se chamava? Morava na cidade?

"Judie Gallagher", respondeu o pescador. "Um dia apareceu aqui, a pé, com a mochila nas costas. Não era turista, mas também não estava de passagem. De alguma forma ela sabia que a sra. Houllihan estava procurando alguém para substituí-la na loja, e assumiu o trabalho assim que chegou. Mora aqui desde então. Todo mundo gosta dela. As mulheres estão encantadas com seus cursos de coisas esquisitas. Os rapazes em idade de casar só faltam se jogar na frente dos carros para chamar a atenção dela. E os mais velhos, como eu, se contentam em tê-la por perto."

Não demorei muito a passar, certa tarde, pelo brechó da sra. Houllihan. De todas as desculpas que me ocorreram, escolhi o vídeo. Era um bom disfarce, e além do mais eu tinha ouvido (de Leo e Marie) que lá tinha uma boa coleção de clássicos do cinema, a um aluguel relativamente barato. Quando entrei, Judie estava ocupada com uma cliente. Olhou para mim, sorriu e me deu boas-vindas. Naquele dia — ainda lembro —, ela usava um top preto e uma saia de listras largas de várias cores. O top marcava seu corpo, e descobri que era muito mais magra do que parecera no Fagan's e que tinha peitos, pescoço e ombros maravilhosos.

Perguntei, como quem não quer nada, onde ficavam os filmes. Ela me indicou uma estante nos fundos. Agradeci e fui até lá, e quando me vi em frente à estante de vídeos fechei os olhos e pensei: "Como é bonita!". Senti meu sangue fervendo como um adolescente, mas tentei me distrair com os filmes. Era verdade que havia uma boa coleção. Pela presença de títulos como *O menino de ouro*, *Rambo* ou *Entre dois amores* (estes dois últimos em vhs), deduzi que a sra. Houllihan havia sido a fornecedora de sonhos e entretenimento daquela comunidade durante muitos anos. Nas prateleiras mais baixas (afastados dos sucessos de bilheteria), descobri a famosa Arca de Noé de clássicos que Leo e Marie tinham mencionado. Duas ou três dúzias de bons filmes de Billy Wilder,

Elia Kazan, Hitchcock e John Ford, além de outros mais modernos, de Almodóvar ou Woody Allen.

Enquanto lia a sinopse de *Tudo sobre minha mãe* (que tem trilha sonora composta por Alberto Iglesias, de quem sou admirador), ela apareceu ao meu lado e comentou que adorava o filme. Respondi que, de modo geral, achava bom tudo que Almodóvar fazia, com exceção talvez de um ou dois títulos, e assim começamos a falar de cinema, examinando os filmes que havia por ali. Enquanto conversávamos, eu ia reparando nela. Detectei seu sotaque *cockney*, pelo qual deduzi que era britânica, de Londres. Devia ter mais de vinte e cinco anos, com certeza, mas não parecia ter chegado aos trinta. Tinha aquele tipo de beleza que não cega, que a gente pode investigar e descobrir que as sardas ficam lindas naquele nariz e que os olhos parecem não ter fundo. Ela mexia as mãos nervosamente e tinha um pequeno e encantador tique no olho direito.

— Do Woody eu prefiro *Um misterioso assassinato em Manhattan* e *Tiros na Broadway*. São mais atuais, menos experimentais, só que...

E eu não parava de me perguntar o que fazia uma garota como ela numa cidadezinha como aquela.

— Esse box de Billy Wilder tem *A mundana*, *A primeira página* e *Cinco covas no Egito*, mas você paga como se fosse só um filme, o que acha?

Eu tentava não lançar olhares indiscretos, mas ela tampouco tirava os olhos de mim. Sempre que eu me virava para a estante e por um minuto falava olhando para o outro lado, quando voltava via suas duas preciosas safiras cravadas em mim, com uma expressão meio sorridente, como se estivesse planejando alguma travessura.

— Acho que vou levar o box do Wilder e um do Almodóvar: *Volver*. Sempre quis ver de novo... Acho que o título pede justamente isso.

Meu Deus, que piada horrível. A coitada riu por educação. Eu estava começando a me sentir idiota. *Só está sendo simpática, seu cabeça oca. Você está levando os filmes que ninguém aluga.*

Depois de oito anos de casamento, eu tinha esquecido como se paquera... Mas o que é que estou dizendo? Nunca soube. Nas poucas vezes que aconteceu, foi graças a elas, que se jogaram em cima de mim.

— Você mora por aqui? — perguntou Judie, por fim.

— Ah, sim, estou na região faz alguns meses. Moro em Tremore Beach.

— Ah! Então deve conhecer Leo e Marie. Eles vêm muito aqui à loja.

Duas clientes interromperam a conversa, e, como um idiota, decidi que era um bom momento para ir embora. Paguei, me despedi e saí respirando fundo.

Depois de Clem, eu só tivera duas aventuras estúpidas e fugazes, das quais quase me arrependia. A primeira, um mês depois de saber de Clem e Niels, com uma estudante de violino do conservatório de Amsterdam que conheci numa festa na casa de Max Scheiffer (um grande colega que sempre atuou como protetor da minha vida sexual antes e depois do meu divórcio). A segunda foi com uma ex-comissária da KLM que conheci não num avião, mas no supermercado. Além desses desafogos, não encontrei nenhuma outra mulher que atiçasse minha curiosidade como Judie Gallagher.

Voltei a vê-la uma semana depois. Assim que entrei na loja, nossos olhares se encontraram e dois sorrisos se acenderam.

— Oi!

— Oi!

Como ela estava ocupada, esperei pacientemente ao lado da estante de filmes, fazendo de conta que estava escolhendo. Então sua voz soou às minhas costas:

— Você é Harper, o músico, não é?

Marie era frequentadora assídua da loja, e eu tinha mencionado Tremore Beach na minha visita anterior, de maneira que Judie tinha somado dois mais dois e agora sabia algo sobre mim. Na verdade, sabia bem mais que "algo", pois Marie e ela, como eu viria a saber, haviam tomado um chá prolongado e falado sobre o "misterioso e interessante cara de barbicha" que alugara um filme na loja dias antes.

Dessa vez não tive nenhuma pressa. Os clientes entravam e saíam enquanto eu esperava pacientemente, olhando os filmes, os livros de meditação, ioga e remédios alternativos, ou as miniaturas de Buda enfileiradas em frente ao balcão. Eu não tinha dúvida de que ia convidá-la para sair naquela mesma noite, e foi o que fiz. Acabei propondo uma cerveja e um papo no Fagan's, e fomos para lá quando ela fechou a loja. Era uma noite de terça-feira e chovia muito. O Fagan's estava meio vazio e a apreciada mesa junto à lareira, livre. Foi onde nos sentamos para beber enquanto nossas roupas secavam.

Começamos falando sobre a cidade e sobre como tínhamos chegado ali. Contei de Amsterdam, Dublin, o divórcio e o bloqueio criativo. Contei minha vida inteira, e ela ouviu em silêncio, tomando Guinness, os olhos azuis, vivos e inteligentes cravados em mim. Quando chegou sua vez... bem, ela se limitou a umas frases vagas. Contou que era escocesa, de uma aldeia de pescadores ao norte de Inverness, onde "o mar rompia na praia fazendo um barulho ensurdecedor que enlouquecia as pessoas". Falou um pouco de sua família, que ela mesma definiu como "disfuncional e deprimente" e não fez muitos outros comentários. Acho que nunca mais os vira desde que saíra de lá, aos dezoito anos recém-completados.

Estudara psicologia em Londres e trabalhara num hospital. A partir desse ponto havia uma grande lacuna de cinco ou seis anos, que Judie resumiu numa frase: "Saí magoada de Londres". Depois viera uma longa viagem pela Índia, onde entrara em contato com o mundo espiritual, das energias, da medicina alternativa e da ioga. "Viajei sozinha, e pela primeira vez na vida me senti livre, forte e independente", contou. Foi quando decidiu morar num lugar que a fizesse se sentir humana, não uma máquina de produzir coisas para outros.

— Mas por que a Irlanda? — perguntei, incitando-a a falar mais. — Por que Clenhburran?

— Quando voltei à Europa, morei com uma amiga em Berlim durante um verão. Certa noite, pintamos as linhas da mão com tinta e as imprimimos num mapa. A minha linha atravessava a Escócia e terminava num lugar ao norte, entre duas penínsulas. Pensei: por que não?

— É sério? — perguntei. — Está me dizendo que veio para cá porque botou o dedo num mapa?

— O dedo não; a mão inteira.

Comecei a ficar impaciente com aquela mulher. Era bonita e inteligente, mas jogava um jogo estranho. Era como o pequeno príncipe de Saint-Exupéry, que adorava perguntar mas detestava responder. E essa história das linhas da mão, que nem ela mesma engolia?

No entanto, algo nela me atraía intensamente, um tornado no interior dos olhos. Fogo, rebeldia, sei lá. Como se o mar louco da Escócia ainda rompesse com força lá dentro. E sob aquela história teatral da Índia e das linhas da mão agitava-se uma personalidade doce, elegante e calorosa que despertava em mim uma curiosidade feroz. Era, em suma, como a velha lareira do Fagan's: um lugar onde se poderia passar a eternidade.

Quando o sr. Douglas afinal nos expulsou e saímos à rua, continuava chovendo. Corremos até a loja, onde eu havia estacionado o carro, mas Judie me disse que eu estava bêbado demais para dirigir e que não me deixaria ir embora daquele jeito.

"Tudo bem", falei, "eu pago uma diária para ocupar um beliche na sua pensão."

Ela sorriu e me chamou de bobo. E ali, debaixo da chuva, apoiados na lateral do meu Volvo, nos beijamos pela primeira vez. Depois subimos para a pensão, e durante todo o dia seguinte ela deixou pendurado o cartaz de LOTADO.

Conseguimos manter o segredo durante mais ou menos um mês, até que um dia Leo me fez uma visita surpresa depois de correr pela praia e encontrou Judie só de camiseta na minha cozinha, preparando café. Passou uma semana rindo da cara que fizemos ao sermos flagrados, e imaginávamos que o restante da cidade também já tivesse ligado os pontos. "O senhor aluga muitos filmes, sr. Harper...", "Aonde vão juntos de noite? Tem um cinema na sua casa?" Leo e Marie reconheceram que a notícia era um verdadeiro balão de oxigênio na enferrujada e rotineira vida social de Clenhburran.

"Mas a coisa é séria ou...?"

"Não... é só uma aventura. Amizade colorida. Cada um no seu canto. Sabe como é..."

A estrada que ligava Dungloe e Clenhburran era como um circuito de rali, mas não para Judie. Percorremos um trecho sinuoso de sessenta e cinco quilômetros em menos de cinquenta minutos, durante os quais eu ia pensando que seria irônico sobreviver a um raio para morrer na estrada no dia seguinte. Paramos no Andy's de Clenhburran para abastecer e comprar comida para o jantar, além de uma garrafa de vinho (*Se não tem no Andy's, é porque você não precisa realmente*, dizia o slogan). Depois, atravessamos a cidadezinha e tomamos o caminho da praia.

Entre Clenhburran e Tremore Beach havia uma longa extensão de prados, turfeiras e colinas suaves cortadas por uma estrada estreita de antigo uso militar. Depois de dezesseis quilômetros, a estrada se desviava rumo aos despenhadeiros e só se podia continuar por um caminho ainda mais estreito, de cascalho, que sulcava uma velha rota de pastoreio margeada por muretas de pedra, a cujos pés brotavam lindas flores silvestres todos os dias do ano.

Depois da última colina se avistava a imensidão azul do oceano. Nesse ponto, o cheiro do salitre com o do campo e o do gado, às vezes com o aroma da turfa queimada em alguma lareira longínqua. E exatamente depois, nesse preciso instante, a pequena e branca Tremore Beach, incrustada entre dois braços de ardósia preta, aparecia lá embaixo.

— Foi aqui que aconteceu — contei a Judie quando chegamos ao Dente do Bill.

Paramos e descemos do carro, e encenei ali o que me lembrava da noite anterior. O galho que eu tinha afastado estava largado de lado, com a ponta enegrecida, e no ponto onde eu me lembrava de ter sido atingido se viam marcas de pneus e areia removida.

— Na certa o pobre Frank O'Rourke me encontrou aqui, caído no meio da noite. Que susto deve ter levado.

— Posso até imaginar a mulher dele mandando passar por cima — brincou Judie.

Ela me abraçou. Ficamos em silêncio sentindo o vento, que soprava forte, mas que não traria tempestade naquela noite.

— Meu Deus, Pete, você nunca leu que não se deve ficar perto de nenhuma árvore em noite de raios? — disse ela, antes de me dar um beijo doce.

Naquela noite, Judie fez berinjela recheada e jantamos em frente à lareira com uma garrafa de vinho chileno do qual só tomei uma taça. Depois, ela me despiu e observou minhas queimaduras em forma de árvore. Fizemos amor no tapete e adormecemos entre as cobertas.

À meia-noite, a dor de cabeça me acordou. Era um latejar que parecia se originar no centro do meu crânio. Fui buscar os remédios que a médica me receitara, que tinha deixado no paletó. Tomei-os e voltei para a sala.

Judie estava tendo mais um de seus sonhos agitados. Pesadelos. Acordei-a com um abraço, para não assustá-la, e a beijei suavemente. Subimos para o quarto. Os lençóis estavam frios, e nos abraçamos para aquecer. Quando adormecemos, sonhei com Leo e Marie.

No sonho, estávamos no hospital de Dungloe, mas dessa vez não era eu o doente, e sim Leo. Eu o via deitado em uma maca, imóvel. Em algum momento do sonho eu percebia que estava morto. O sangue encharcava o lençol que o cobria. Leo estava de olhos abertos e sua boca parecia um poço negro sem fundo.

5

A ressaca do temporal durou dois dias. Depois, o clima ficou tão bom que muita gente pensou que fosse o verão chegando adiantado.

Passei dois dias doente em casa. Meu corpo doía e todos os músculos estavam cansados como se eu tivesse levado uma tremenda surra. E ainda por cima a dor de cabeça. Eu tomava os remédios metodicamente, mantinha o quarto bem escuro (a luz ainda incomodava um pouco os olhos) e passava horas ouvindo música clássica que jamais tinha chegado a explorar no meu iPod.

À noite, descia e tocava o piano, no sentido mais literal da palavra: roçava, apertava, acariciava, como se fosse uma lâmpada mágica que eu precisasse esfregar para fazer surgir um gênio amigo: *Boa tarde, Peter, você tem direito a três desejos.*

Só preciso de um: voltar a ouvir as melodias na minha cabeça.

Enquanto tomava banho, dava um passeio ou lia um livro. Cantarolar a melodia por um bom tempo, com medo de esquecer, e chegar em casa a tempo de escrever na pauta musical. Quantas vezes acontecera isso! Quantas coisas boas saíram do nada, dessa fonte mágica que parecia inesgotável! E, agora, ali estava eu: lendo guias para compositores, tentando compor por plágio. Estou fora do círculo mágico. Agora sou mais um dos medíocres, dos milhares e milhares de medíocres que passam metade da vida tentando criar algo razoável. Acabou a poeira de estrelas. Acabou e nunca mais vai voltar. Certa vez, numa festa na casa de veraneio de um magnata da televisão inglesa, conheci um desses compositores de "um só hit", um sujeito que tinha feito uma pequena fortuna com um único álbum, em meados dos anos 1990. Tinha praticamente bebido e cheirado toda a grana em três anos, até se ver trabalhando como copeiro para aquele magnata. Não é piada. Enchia os copos e falava feito um papagaio, o bobo pessoal de um milionário. Pelo menos ele tinha um trabalho. Tem gente que termina muito pior. Eu?

* * *

No quarto dia após o acidente acordei sem dor, só com uma pontada leve na parte de trás da cabeça. Estava me sentindo bem, com energia, e decidi aproveitar o tempo bom para fazer um pouco de trabalhos manuais. Vesti uma calça velha, uma camisa de lenhador e umas botas Timberland. Com o cabelo preso num rabo de cavalo e óculos Ray-Ban, parecia até Neil Young morando numa praia da Irlanda. Tomei uma xícara de Barry's Tea ouvindo The Kinks na Rádio Costa, cantando como era chato ser um "Herói do Celuloide", depois peguei o carro e fui à cidade. Queria comprar lixa, brochas e tinta para consertar a cerca do jardim, que estava bastante danificada depois de um inverno longo e inclemente. Aquela maldita cerca; se soubesse tudo o que ia acontecer a partir de então, eu a teria arrancado de vez.

Tal como Leo previra, minha história com o raio correu como um rastilho de pólvora em Clenhburran. No armazém de John Durran, cruzei com metade da população local e todo mundo perguntou por minha saúde. "O senhor nasceu de novo!", "Comprou um bilhete de loteria, sr. Harper?", "Já experimentou botar uma lâmpada na boca?" Durran nem me deixou levar o cortador de grama para guardá-lo na traseira do meu Volvo; chamou seu filho Eoin, um rapaz ruivo e sardento que sempre parecia estar em outra galáxia, e os dois o fizeram por mim.

— É melhor o senhor tampar o bueiro com massa, porque essa máquina vai acabar caindo de novo — aconselhou-me ele. — Se quiser, Eoin pode passar lá um dia desses e dar uma olhada. E não esqueça o que eu disse sobre o verniz: passe três demãos, porque senão esse maldito salitre vai acabar com ele antes do fim do verão.

Depois disso, fui dar uma volta pela cidade. Aos poucos começavam a aparecer caras novas. Clenhburran era uma comunidade pequena, não passava de cento e cinquenta almas no inverno, mas chegava a umas oitocentas no verão. O lugarejo não tinha muito mais que a High Street e a Main Street. Esta última descia até desembocar num pequeno porto, onde dois pesqueiros ainda honravam a velha profissão e descarregavam algumas lagostas frescas todas as manhãs. No inverno, a maior parte era embrulhada em cortiça e mandada no mesmo dia para o mercado de Derry, mas no verão, com a chegada dos turistas, havia certo movimento no entreposto de peixe do porto, e ali se fornecia aos restaurantes e hotéis dos arredores. De resto, a economia local se concentrava em gado (produção de leite, queijo e lã), turismo e um ou outro negócio artesanal, como fábricas de casacos e boinas de tweed.

A Main Street começava quase fora do povoado, no entroncamento com a estrada regional, e nela ficava um dos pontos sociais (além da igreja de Saint

Michael) mais importantes daquela pequena sociedade: o Andy's, uma mistura de posto de gasolina, padaria, lanchonete, banca de revistas, venda de cigarros e café self-service. Lá se encontrava praticamente tudo. Combustível para aquecedor, adubo, turfa, baterias de carro, peças para motor de lanchas, sementes de flores, gelo, cerveja...

Os outros poucos estabelecimentos de Clenhburran se distribuíam pela Main Street, sem qualquer ordem aparente. O armazém de Durran no alto, o Fagan's, um restaurante chinês e, finalmente, a loja-pensão-centro social e cultural da sra. Houllihan.

Encontrei Judie na loja, em reunião com um grupo de mulheres, entre elas Marie, que estava organizando a noite de cinema ao ar livre de Clenhburran, a ser realizada em julho. Estavam discutindo qual seria a melhor localização para a tela e o projetor.

O fator decisivo era o tempo. Era preciso um plano B caso começasse a chover, risco possível mesmo num verão tão bom como o que todo mundo previa. O velho depósito junto ao porto poderia servir de refúgio, se fosse o caso, mas isso levaria a muitas alterações nos planos.

Laura O'Rourke também estava lá. Era a primeira vez que eu a via desde a noite do acidente. Ela fez um relato bastante exagerado de como tinham me encontrado caído no meio da estrada "quase morto" e como ela não tivera coragem de descer do carro.

— Frank se ajoelhou e verificou seu pulso, enquanto eu só conseguia fazer uma oração por sua alma, sr. Harper — disse ela, segurando minha mão, seus olhos iluminando umas lágrimas que não chegaram a cair. Depois, disse que ia me pedir um favor, em nome dos organizadores do evento de cinema ao ar livre: — Acho que você é a pessoa certa para o discurso de abertura, Harper. O que acha? Talvez possa até tocar uma pequena peça. Ah, sim! Seria maravilhoso.

Pensei que Judie ou Marie viriam em minha ajuda, mas não, pelo contrário: opinaram que era uma ideia fabulosa.

— Quem sabe você não acompanha ao piano um curta-metragem mudo? — sugeriu Judie. — Só não sei como fazer para levar um piano até o porto.

Fiz que sim, como que dizendo *É uma ideia incrível, mas seria complicado demais levar meu Steinway até o porto de Clenhburran*.

— Não precisa ser um piano "de verdade", não é mesmo, Pete? — disse Marie. — Pode ser um elétrico, com teclas pesadas. Poderíamos alugar um. Acho uma ideia brilhante, Judie.

As mulheres aplaudiram de imediato, e não pude deixar de sorrir e concordar levemente com a cabeça, só me restando a esperança de que alguma coisa desse errado e o plano terminasse fracassando (que não encontrassem um piano, que fosse muito caro transportá-lo), mas entendi que não haveria escapatória e que teria que fazer algo, fosse discurso, tocata, qualquer coisa, na noite de cinema ao ar livre.

Ofereci a Marie levá-la de volta para Tremore Beach, mas ela estava esperando Leo, que vinha de Dungloe. Aproveitei para beliscar o lindo traseiro de Judie e deixar bem claro que Harper já estava recuperado e pronto para a ação quando ela quisesse. Depois, me despedi das damas da cidade, peguei o carro e voltei para a praia com meu Volvo entulhado de coisas até o teto. Abri as janelas e enchi os pulmões com aquele cheiro gostoso de salitre e turfa que era único no mundo.

Minha casa ficava em um pequeno promontório no final da praia. Era uma construção bastante moderna (dos anos 1970), de dois andares, com telhado de ardósia e uma grande varanda de madeira. Construída em cima da duna, dava acesso à praia por uma escada. Esse detalhe da escada era algo que eu imaginava desde menino (talvez por ter visto em algum lugar). Quando Imogen Fitzgerald, a corretora que encontrara aquele lugar para mim, disse que tinha "uma escada de madeira que afunda na areia...", foi como se apertassem um botão na minha cabeça. "Sim! É isso o que tenho em mente. Quando podemos ir ver?"

Fomos lá em outubro de 2009, num entardecer metálico com grandes e estranhas nuvens no céu. A casa resplandecia como um tesouro encontrado na areia. A fachada branca era cercada de grama, com uma charmosa cerca de madeira em volta da propriedade. Na frente, o oceano, uma praia de três quilômetros encaixada entre dois braços de despenhadeiros. Quase fechei negócio antes mesmo de entrar.

Diziam que Tremore Beach ficava na região mais ventosa da península e que por isso ninguém construía lá. Eu também já ouvira dizer que a terra no local era muito arenosa e que todos os anos cedia mais alguns centímetros, o que explicava as fissuras nas paredes da minha casa e o fato de o lavabo do térreo ser ligeiramente inclinado.

Leo achava que simplesmente tínhamos sorte. Nos últimos anos haviam surgido *cottages* de veraneio como cogumelos depois da chuva, e aquele lugar era o que se esperava ao imaginar Donegal: uma extensa praia deserta, dunas cheias de capim, campos extensos e só o vento com quem conversar.

"Acha que eu poderia colocar um piano aí dentro?"

Imogen, que no fundo era uma boa amiga, me alertou de todas as dificuldades.

"Isto aqui não é Amsterdam ou Dublin, Peter: há pouca ou nenhuma cobertura de telefone, problemas com o fornecimento de água e de eletricidade.

A casa exige muita atenção. A grama cresce, a fossa precisa de manutenção... sem falar na solidão. Fica a dezesseis quilômetros de uma cidadezinha perdida no meio do nada. Você vai depender do carro para tudo, e aliás recomendo que compre uma bicicleta, por precaução, mas acho que a casa mais próxima está habitada o ano todo, o que é uma vantagem..."

Além do mais, é preciso dizer que o aluguel era bastante alto (e em breve subiria mais, com a alta temporada), mas nada disso me demoveu da decisão. Aquela casa tinha aparecido em minha vida como um talismã, no momento certo, quando eu mais precisava. Aceitei todas as cargas e problemas como um simpático desafio. Disse que sim naquela sala, olhando a paisagem da ampla varanda e já pensando em colocar um Steinway & Sons ali mesmo, em frente à janela, e que na primavera e no verão poderia tocar de janelas abertas para um único ouvinte: o mar.

"Tem certeza, Peter? Vai ficar aí sozinho, com seu piano, e algumas noites só vai ter vento ao redor."

Um vento ensurdecedor que não deixaria que se ouvisse música, nem o telefone, nem gritos de socorro se alguma coisa acontecesse.

"Sim", falei afinal. "É exatamente o que eu estava procurando."

Almocei uma salada, na varanda, enquanto lia o jornal e acompanhava o percurso lento de um cargueiro ao longe. O mar estava calmo naquela tarde. Um grupo de gaivotas se apossou da praia, perto das rochas, e explorava um arroio de algas negras que aparecera naquela manhã, talvez em busca de caranguejos ou outras criaturas para comer. Havia umas pequenas cavidades nas rochas, infestadas de insetos, que eu sabia que Jip ia adorar. Uma delas era tão grande que ele mesmo caberia ali em pé, e sem tocar no teto. Uma vez eu a explorei superficialmente, e parecia avançar alguns metros até virar um corredor estreito. Um esconderijo perfeito. *Para me esconder... de quê?*, perguntei a mim mesmo logo depois.

Senti então a dor de cabeça, instalada como um peso em algum ponto remoto no centro do meu cérebro. Lembrei-me dos comprimidos; me levantei, peguei o prato e o jornal e fui buscá-los na cozinha.

Algumas horas depois eu estava no jardim, rodeado por todas as novas tralhas que tinha comprado no armazém de Durran, tentando começar minha tarefa, quando vi Leo correndo na beira da praia. Ele também me viu, de longe. Levantou o braço em um aceno e fez um desvio para minha casa.

Tremore Beach tinha cerca de três quilômetros de extensão, delimitados por dois braços de rocha negra. Leo fazia três ou quatro vezes o trajeto e ainda chamava de exercício básico. Certa manhã, lembro que estava sentado ao piano e o vi tirando a roupa em frente ao mar. Era fevereiro e, embora fizesse bom tempo, o mar era quase um bloco de gelo em estado semilíquido. Leo Kogan se jogou de calção de banho nas ondas prateadas do Atlântico, e quase chamei a polícia pensando que estava tentando se matar.

"Que nada. É muito bom para a circulação! Você devia experimentar", disse ele alguns dias depois, quando nos encontramos no caminho da várzea, ele indo ao povoado e eu voltando com umas compras.

Esse tipo de coisa contribuiu para que, a princípio, Leo e Marie me parecessem um casal um tanto estranho, ou extravagante, não sei escolher a palavra. Pareciam não ter filhos, nem trabalho, e tinham uma excelente qualidade de vida. Além do mais, apesar da idade avançada, ambos conservavam um estado físico invejável. Pensei que fossem milionários ou gente exótica, mas a vida isolada que levavam, e naquela casa, que não deixava de ser simples, contradizia um pouco essa teoria.

Um dia, quando fazia apenas duas semanas que eu chegara, os dois apareceram de improviso na porta, com uma cesta de doces e uma garrafa de vinho.

"Bem-vindo, vizinho!", disseram, entrando e indo quase até o outro lado da sala.

Devo admitir que no princípio mantive uma fria amabilidade em relação a eles. Eu tinha me isolado naquele lugar para me concentrar no meu trabalho e temia que aqueles vizinhos tagarelas começassem a bater na minha porta toda manhã, querendo conversa. Mas aconteceu o contrário. Meu primeiro mês na casa foi cheio de problemas. O aquecedor geral não funcionava direito e a casa ficava gelada, tanto que dormi algumas noites em frente à lareira, coberto com vários edredons e mantas. A imobiliária prometera mandar alguém para consertar, mas Leo se adiantou, oferecendo-se para dar uma olhada na instalação elétrica. Além de uma boa revisão no quadro da casa, me emprestou um gerador a gasolina.

Aos poucos, fui me acostumando a vê-los quase todos os dias. Não era difícil, naquele lugar. Ou via Leo correndo na praia de manhã, ou nossos carros se cruzavam no caminho da turfeira, ou nos encontrávamos na cidade durante as compras. Além disso, um mês de residência naquele lugar me mostrou como era importante ter alguém por perto. Durante o inverno, a área das praias ficava quase deserta, e, sendo Tremore Beach um dos pontos mais isolados da península, Leo e Marie eram os únicos seres humanos em vários quilômetros ao redor.

Embora eu não seja dos mais apreensivos ou medrosos, na solidão daquele lugar não me parecia má ideia ter uma boa relação com os vizinhos.

Certo dia, um mês e meio após minha chegada, nos encontramos no Fagan's e rapidamente nos sentamos à mesma mesa. Foi desses papos intermináveis e agradáveis. Leo e eu bebemos mais que a conta e Marie nos levou para a casa deles. Terminamos nós três esvaziando uma garrafa de Jameson, cantando e rindo, até que finalmente caí no sofá, onde passei a noite. Acho que foi a partir desse dia que nos consideramos bons amigos e nos demos permissão oficial para visitar um ao outro quando bem entendêssemos.

— Quer uma ajuda com esses pincéis, vizinho? — ofereceu ele ofegante.

— Não seria nada mau — admiti. John Durran me dera uns conselhos para a restauração da cerca, mas eu sabia que Leo era bem mais habilidoso que eu para essas coisas. — Pago o serviço com umas cervejas.

— Combinado. Só me empreste uma camiseta seca, rapaz. Estou quase derretendo com este calor.

A primeira coisa a fazer é lixar, disse Leo, e tem que ser bem a fundo, senão a tinta não penetra direito. E me deu um pedaço da lixa dizendo que era melhor eu me encarregar da parte da cerca que ficava à esquerda da entrada, enquanto ele fazia o outro lado. Calculei uns quarenta mourões no total e pensei que, trabalhando depressa, talvez termimássemos o serviço antes de anoitecer. É claro que esse cálculo era uma esperança infundada.

Quando o sol começou a ficar laranja e se aproximar do mar, eu só tinha lixado três estacas, enquanto Leo, em compensação, conseguira terminar oito. Onze das quarenta, em quatro horas! Aquilo não era tão divertido quanto cortar grama, francamente. Então eu disse a Leo que já era suficiente por aquele dia e o convidei para tomar uma cerveja.

O mar estava calmo, e soprava uma brisa morna. O horizonte parecia uma tela pintada com grandes pinceladas de laranja, vermelho, azul e preto. Levei duas cadeiras para o jardim e quatro garrafas de Trappistes Rochefort 6 que tinha comprado três semanas antes numa loja de Derry especializada em bebidas belgas. Sentados com os pés na grama, brindamos contemplando o sol. A médica tinha dito que nada de álcool, mas que diabo! Achei que podia abrir uma exceção. Além do mais, aquelas porcarias de remédios não pareciam estar funcionando muito bem. Talvez um bom gole ajudasse.

Depois da primeira Rochefort (quase oito por cento), já estávamos animados e falando de tudo. A crise, o euro, o dólar, Obama... Leo não era excessivamente patriota, pelo menos não como outros americanos-irlandeses da região, que faziam sua bandeira tremular fora de casa e jogavam beisebol no verão. Ele criticava abertamente a intervenção dos Estados Unidos no Iraque e no Afeganistão e lamentava que o país estivesse passando por uma "era sombria" de terror desde o Onze de Setembro. Contou-me que tinha trabalhado no Regency de Kuwait até dois meses antes da invasão.

— Escapamos por acaso. Durante a invasão, aquilo foi transformado numa prisão. Então fiquei contente de que Bush tivesse mandado as tropas.

Leo contava muitas histórias de hotéis. Tinha passado a maior parte da vida neles, em muitos e bem variados, espalhados pelo mundo. Las Vegas, Acapulco, Bangcoc, Tóquio... A lista se estendia para além de uma dezena, mas nunca cheguei a contar. Quando pensava que já tinha ouvido todas as histórias de seu repertório, ele começava um caso novo. "Este bolo me lembra um veneno que serviam em Shanghai", "Só chorei uma vez por causa de um carro, e foi quando saí de Buenos Aires."

Leo havia trabalhado em um ofício tão clássico quanto romântico: "detetive de hotel", um cargo que agora só existe nos grandes estabelecimentos. A maioria, como me explicou uma vez, contrata empresas de segurança que não têm sequer sede fixa. Mas nos hotéis de "grande classe" continua existindo uma equipe de segurança interna.

As histórias dele pareciam não ter fim, sempre surgia uma nova para contar, que ele havia esquecido até então. O grande executivo flagrado pela esposa com três prostitutas na cama, que se viu obrigado a pular na piscina do hotel para escapar; a madame decadente que roubava de si mesma para receber o seguro; a belíssima filha de um magnata que se revelou cleptomaníaca; o casal que alugava suítes e tentava sair sem pagar. Muitas, muitíssimas sobre ladrões de todas as cores e tipos. Vigaristas que diziam representar grandes fortunas perdidas no Pampa; grandes investimentos assinados na mesinha de um hotel, vítimas desesperadas querendo justiça.

"Havia um sujeito que chamávamos de 'Flaco', porque pensávamos que fosse argentino. Depenou mais de cem pessoas em cinco anos. Às vezes usava bigode, outras vezes óculos, cabeleira ou uma careca. Era um mestre do disfarce. Percorria hotéis de luxo do mundo todo seduzindo os novos-ricos que caíam no seu feitiço. Propriedades na América do Sul, minas em Costa Rica... Qualquer coisa. Era muito bom com tinta e papel; criava verdadeiras obras de arte, escrituras, bônus, ações... Estava sempre com muita urgência para sair do país e precisando de dinheiro rápido. Agiu dez vezes em meus hotéis, e em cinco conseguimos filmá-lo com as câmaras de segurança. Ainda me lembro desse homem saindo tranquilamente pelo hall do último hotel em que trabalhei, depois de faturar quase dez mil dólares em dinheiro vivo."

Terminamos as outras duas Rochefort, e o sol mergulhou por completo no oceano. Leo disse que precisava ir antes que Marie fosse buscá-lo com uma vassoura, mas antes me lançou um olhar malicioso.

— Escute, posso lhe fazer uma pergunta muito pessoal com a desculpa de que estou bêbado? O que, aliás, é culpa sua.

— Diga, Leo — respondi rindo —, mas só porque é culpa minha.

— Como vão as coisas entre você e Judie? Continuam com a amizade colorida?

— É, bem... — falei, levando a mão ao rosto e massageando as pálpebras. — Sim. Continuamos.

— E quando vai pedi-la em namoro? Sabe como é, formalmente.

Terminei a massagem nos olhos e sorri para ele. Não era a primeira vez que ele me vinha com aquela história de Judie, falando sobre como as coisas eram diferentes na sua época, e que quando a gente se interessa de verdade por uma mulher não pode ser preguiçoso e coisa e tal.

— Já expliquei, Leo, estamos em outro momento...

— Ah, é! — disse ele, dando umas batidinhas na têmpora, de brincadeira. — Estou lembrado. Você me contou. Mas é que sempre que vejo vocês dois juntos, penso: que casal bonito! Mas é coisa minha, de velho metido. Vou calar minha boca.

— Não, tudo bem, eu gosto de saber sua opinião. Mas por enquanto nenhum de nós dois quer levar a coisa muito a sério.

— Claro, Pete, claro. Esqueça o que falei.

— E você tem razão, ela é uma mulher maravilhosa.

— É.

— É.

Fez-se silêncio. No mar, uma onda se desmanchou lentamente sob o céu alaranjado. A superfície da água parecia em chamas.

— Bem, tenho mesmo que ir. Senão, Marie me dá uma vassourada. Continuamos amanhã com a cerca?

— Quando você quiser, obrigado. Não quero abusar.

— Que nada, amigo. Para mim é um prazer. Além do mais, também conto com você quando precisar de ajuda com a minha cerca. Vai chegar sua vez.

— Pode contar comigo.

Leo saiu caminhando pela praia, debaixo de um céu cada vez mais azul-escuro, e voltei para casa sentindo a dor de cabeça recomeçar. Tinha os comprimidos, mas antes precisava forrar o estômago.

Nunca fui um grande cozinheiro, mas às vezes, em algumas ocasiões, gosto de fazer um *bangers and mash*, e todos os que provam dizem que é de lamber os dedos. Comecei a cortar batatas enquanto ouvia a Rádio Costa num radinho de pilha que, como muitas outras coisas, tinha encontrado no armário da entrada logo que me instalara na casa. "Espera-se um mês de julho quente, com alguns temporais, mas muito sol." Fiquei contente em ouvir isso. Queria que Jip e Beatrice tivessem férias maravilhosas.

Jantei meus *bangers*, lambi os dedos e tomei os remédios. Uma hora depois, deitado no sofá avançando nas páginas do best-seller de mistério, a dor começou a diminuir, mas continuava lá dentro, como um relógio. Se eu continuasse assim na semana seguinte, teria que telefonar para a médica.

6

Não sei quando adormeci, nem quando voltei a acordar. Por algum motivo não olhei o relógio, mas muito depois desejaria saber a que horas tinha acontecido tudo aquilo.

Algo me acordou. Um barulho. Ou será que foi a dor de cabeça primeiro? Abri os olhos e ouvi aquelas batidas. Na porta? As coisas em volta apareciam indistintas aos meus olhos. Talvez nem tivesse ouvido nada. *Deve ter sido um sonho*, pensei. *Ou algum objeto que caiu.*

Estava deitado no sofá. Tinha adormecido ali, como muitas outras vezes, mas me sentia imerso em uma espécie de névoa. O latejar na cabeça voltara mais forte, e a primeira coisa que pensei foi: *Esta dor não é normal, Peter. Você tem que ir ao hospital amanhã mesmo.*

Tinha começado a chover, e eu ouvia as gotas batendo nas janelas e no telhado. Outro temporal? Então ouvi novamente. As batidas. Fortes, urgentes, na porta.

— Oi? — gritei com esforço, como se as palavras fossem blocos de cimento, que eu precisasse levantar uma a uma. — Tem alguém aí?

Sentei no sofá, os pés descalços apoiados no tapete, o livro aberto ao lado, e fiquei em silêncio, esperando uma resposta. *Não é possível*, pensava. *Você não ouviu isso. É tarde da noite, muito tarde, ninguém viria até aqui para vender alguma coisa.* Peguei o livro, fechei-o e afastei o cobertor que ainda envolvia meus joelhos. Esperei um pouco. A sala estava em penumbra. Os vidros vibravam com o vento, mas o resto da casa continuava em silêncio. Não havia nenhuma luz lá fora, nem som de motor algum.

Quando já estava começando a achar que tinha sido produto da minha imaginação, voltei a ouvir, alto e nítido: batidas na porta. Uma, duas, três. Com pressa, com força. Por que diabos não tocavam a campainha? Estendi a mão para o interruptor do abajur que ficava junto ao sofá. Apertei, mas a luz não acendeu.

— Que droga... — resmunguei.

Levantei-me e fui até o saguão, tentando outros interruptores, mas parecia que toda a casa estava sem luz. *Deve ser isso*, pensei, *um problema com a eletricidade*. Na certa era Leo, ou Marie, ou algum funcionário da prefeitura, ou um bombeiro, ou um marciano. Cacete, já devia ser mais de três horas da manhã!

A porta não tinha olho mágico, mas ao lado havia um vidro colorido alto e estreito. Lá fora estava tudo muito escuro, não se via nada.

— Oi? — gritei. — Quem é?

Dei ao visitante alguns segundos para responder, mas esses segundos transcorreram em silêncio absoluto. As chaves estavam penduradas ao lado da porta, numa pequena cabeça de duende sob cujo sorriso uma plaquinha dizia: "Os *leprechauns* me enfeitiçaram esta noite!". Eu raramente a trancava à chave, só com um trinco. Levei a mão lentamente ao trinco e o puxei, embora pensasse que talvez não fosse uma boa ideia. Abri a porta.

Encharcada, tiritando sob a chuva, abraçando a si mesma e chorando, Marie apareceu do outro lado. Marie, minha elegante e sóbria vizinha que eu tinha visto ainda naquela tarde, na loja de Judie. Ela me dissera então que estava esperando Leo para voltarem juntos para casa. Leo, que tinha ido a Dungloe resolver umas coisas e já estava voltando. Tudo isso passou pela minha cabeça em menos de um segundo. Isso, e o sabor ácido das más notícias. O cheiro que o manto da morte exala quando surge em nossa vida.

— Marie! — gritei. — Meu Deus! O que houve?

Ela não respondeu. Continuou quieta, em frente à porta, iluminada pela luz tênue e intermitente da lua. Seu olhar apontava para algum ponto entre meu queixo e meu peito. Estava fora de si.

Fiz com que entrasse e se sentasse num sofá forrado com imitação de veludo que havia no saguão. Dei uma olhada pela porta. Não havia sinal de carro nenhum exceto o meu. Estava claro que Marie viera correndo, talvez pela praia, no meio da noite. Fui rapidamente até a sala e peguei um cobertor que estava no encosto do sofá. Peguei também uma garrafa de Jameson no bar.

— Vamos, beba um pouco, para se aquecer.

— Peeete... Peeeete.

Estava em choque. Fora do ar. Seus olhos dançavam, perdidos, e seu rosto era uma caveira com olheiras. Seu cabelo estava colado no crânio. Acariciei-o, tentando infundir um pouco de paz ou calor humano. Ela levantou os olhos para mim. Dois olhos assustados, que dançavam meio enlouquecidos nas órbitas.

— Marie. Calma. Seja o que for, vou ajudá-la.

Ela usava um pijama violeta e um penhoar, ambos completamente encharcados pela chuva e sujos de areia. Os pés, descalços, também estavam sujos de areia. Pus o cobertor em seus ombros e esfreguei seus braços, rapidamente. Senti sua respiração ofegante. Seu corpo ardia como se ela tivesse acabado de correr uma maratona. E a respiração soava asmática, como se tivesse acabado de empreender um grande esforço físico. Por um instante temi que tivesse um infarto ali mesmo.

— So... cor... ro.

— O que aconteceu, Marie? Onde está Leo?

A pergunta despertou algo na mente dela, e sem dúvida era algo ruim. Ao ouvir o nome do marido, Marie assumiu uma terrível expressão de dor.

— Leo!

Ela fechou os olhos e seu corpo foi se inclinando na minha direção. Desmaiou.

— Marie! Ah, meu Deus, meu Deus...

Encostei-a na parede e lhe dei uns tapas leves, tentando reanimá-la, mas era como bater em carne morta. Então me ocorreu: estava perdendo um tempo valioso. Se Leo estava com problemas, eu precisava agir o quanto antes. Corri até a sala e procurei meu celular. Fui encontrá-lo debaixo de um livro de partituras, mas estava completamente apagado. Sem bateria.

Calculei que a polícia levaria pelo menos meia hora para chegar — isso caso Barry, o *vigia* de Clenhburran, não tivesse ido dormir em Dungloe, como fazia várias vezes por semana. O mesmo acontecia com a ambulância: no mínimo meia hora para o pessoal acordar e chegar, vindo de Clenhburran. E talvez não tivéssemos tanto tempo.

Voltei ao saguão. As chaves do Volvo também estavam penduradas no *leprechaun* sorridente. Peguei-as e saí.

— Vou dar uma olhada — falei em voz alta, embora nem Marie nem ninguém pudesse me ouvir.

Naquele instante me lembrei da outra voz, de várias noites antes.

"Não saia de casa. Esta noite, não."

Lá fora chovia forte. Corri até o Volvo, mas antes de chegar parei um pouco sob a chuva, observando algo que me chamou muito a atenção: a cerca do jardim, que Leo e eu tínhamos passado duas longas horas lixando pela manhã, estava quebrada. Um trecho de uns dois metros, perto da entrada da casa, estava derrubado no chão. Corri para o carro enquanto as gotas cada vez mais gordas me molhavam. O que será que tinha acontecido? Talvez tivesse sido Marie, por alguma razão. Ou o vento. Mas o vento a teria arrancado do chão, não quebrado algumas estacas. Que diabo! Nem a noite do furacão a havia tirado do chão. A última opção que me passou pela cabeça, antes de ligar o carro e arrancar, foi que talvez um raio pudesse ter caído sobre ela.

Mais tarde você vê isso, agora preste atenção, pensei. *Concentre-se em dirigir e em não se arrebentar.*

Não sei o que pensei naquele momento. Estava nervoso, mas me mantinha no controle. Não sabia o que esperar. Havia acontecido alguma coisa na casa de Leo e Marie, isso era certo, mas por que não tinham me telefonado? *Ora essa, porque seu celular estava desligado.* O.k., mas então por que ela tinha percorrido toda aquela distância debaixo de chuva, tendo dois carros na garagem? Haveria uma resposta para isso?

Lembrei-me de Claire Madden, uma vizinha do bairro que morei na infância, em Dublin. O marido da sra. Madden sempre a espancava quando chegava em casa bêbado feito um gambá. Ela ou a filha batia à nossa porta, chorando, dizendo que o homem as tinha expulsado de casa. Às vezes estava com o nariz sangrando, outras vezes com o lábio rachado. Quando apareciam, às vezes no meio da noite, em noites chuvosas como aquela, minha mãe ia acordar o pastor Callahan, que morava na igreja a poucos metros dali, e ele vinha e se sentava com elas num quarto e ficavam conversando durante uma hora. Lembro que a ouvia chorar, gritar que "não podia viver sem ele", e eu me perguntava por que será que dizia isso. Eu sonhava matar aquele homem, sonhei muitas vezes isso quando era pequeno. Seria possível que Leo fosse um desses? O velho e sorridente Leo: teria ele enlouquecido? Não... não era possível.

Atravessei o Dente do Bill rapidamente e agora descia a estrada em direção à casa de Leo e Marie. Notei que o limpador do para-brisa, pulando de um lado para o outro a toda velocidade, havia começado a chiar contra o vidro. De repente estava seco. A chuva tinha parado. Até se viam algumas estrelas no céu. Onde tinha ido parar o maldito temporal?

A casa dos dois me esperava completamente às escuras. Não havia nenhum carro estacionado em frente ao jardim, e a garagem estava fechada. Avancei devagar, observando com atenção os arredores. Tinha sido construída ao lado de um dos braços de rocha que delimitam Tremore Beach, mas em cima das pedras tampouco se via nada. Tudo parecia em ordem. O mar estava tranquilo. As ondas quebravam mansamente na areia, a cinquenta metros da casa.

Estacionei junto à cerca, desci do carro e entrei no jardim.

A brisa noturna (*Sério: onde foi que se meteu esse temporal?*) soprava suavemente uns mensageiros do vento, que executavam uma lânguida melodia no saguão da casa.

Tentei abrir a porta, mas estava fechada, e pelas janelas adjacentes só se via a sala escura.

Toquei a campainha e bati na porta.

— Leo! Leo! Você está aí? Grite se estiver me ouvindo!

Esperei alguns segundos. Se Leo não respondesse, eu tentaria a entrada da garagem, que se ligava à casa pela cozinha. E se também essa estivesse fechada, quebraria uma janela da sala.

Estava quase botando em prática esse plano quando uma luz se projetou no gramado do jardim. Levantei o olhar e vi que era de uma janela do primeiro andar. Umas sombras se moveram atrás das cortinas, e pouco depois ouvi passos descendo rapidamente a escada. Segundos depois a sala se iluminou, e então a porta se abriu. Eu estava de punhos cerrados e dentes trincados.

— Peter, meu rapaz! O que houve?

Era Leo. Com um roupão preto por cima do pijama. Com cara de quem tinha acabado de sair da cama. Só isso. O rosto surpreso, talvez um pouco zangado, mas normal, completamente normal; o rosto de alguém que foi acordado em plena madrugada.

— Como assim, o que houve? — respondi. — Eu é que pergunto.

Fez-se um breve silêncio. Leo me olhou de cima a baixo. Depois olhou ao longe, observando o jardim.

— Peter, são... — consultou o relógio — ... três e pouco da manhã, e você acabou de bater na minha porta. Acho que sou eu que devo fazer perguntas.

Olhei fixamente para ele. Ele não sabia, isso estava claro. Não sabia que Marie estava na minha casa, e fiquei em dúvida se deveria lhe contar que sua esposa estava no meu saguão, toda molhada, tiritando de frio e de pavor; que, sabe-se lá por quê, tinha atravessado a praia em plena noite para me pedir ajuda.

Respirei fundo. Soltei o ar e peguei-o pelo ombro. Preparei-me para ser o mais delicado possível naquelas circunstâncias.

— Escute, Leo, não quero assustar você, mas...

Mas quando começava a contar minha história, vi uma sombra se movendo às costas dele, vindo da escuridão da casa.

— Cuidado! — gritei, tentando puxá-lo na minha direção.

Mas Leo, peso médio e estrela local de boxe na juventude, não era fácil de mover. No entanto, antes que eu pudesse protegê-lo do perigo que o ameaçava, reconheci a pessoa que havia aparecido atrás dele.

E naquele instante enlouqueci (enlouqueci, enlouqueci) um pouco.

Com um belo penhoar de seda, o brilhante cabelo ruivo preso num rabo de cavalo e o rosto limpo (meio sonolento, mas sem uma única mancha), Marie apareceu na porta.

— O que foi, Pete? — perguntou, como se tudo aquilo fosse uma brincadeira, recostando-se no ombro forte do marido.

— Meu Deus — falei, deixando escapar uma gargalhada que soou estranha até aos meus próprios ouvidos. — Meu Deus.

7

— E o que aconteceu depois? — Judie ouvia a história com entusiasmo, sentada no sofá de couro de sua saleta, no escritório da loja. — Você voltou para casa?

Era o dia seguinte, uma e meia da tarde. Quando apareci com umas olheiras tremendas e um desesperado "Preciso lhe contar uma coisa", Judie fechou a loja assim que conseguiu despachar uma turista inglesa que parecia decidida a conhecer cada mínimo detalhe da construção de miniaturas de casas-farol (havia três delas à venda, e nenhuma fora vendida em cinco anos; dessa vez também não).

Estávamos trancados no pequeno aposento dos fundos, um lugar escuro, cercado por armários abarrotados de objetos, que Judie havia decorado com luminárias de papel, budas e outros enfeites orientais até dar-lhe o aspecto de "templo do bom carma". Tinha ali dois bons sofás de couro, velhos mas muito confortáveis, e uma mesinha de chá que a sra. Houllihan deixara como legado. Um bule de chá verde fumegava no centro, e ao lado, num cinzeiro gravado com o símbolo do yin e do yang, ardia um baseado fininho. Judie guardava o nome de seu fornecedor como quem guarda um segredo de Estado, mas eu achava que sabia quem era: um daqueles músicos que de vez em quando pernoitavam lá.

— Voltamos juntos — respondi, sorvendo o chá. — A princípio insistiram em que eu ficasse com eles, mas eu tinha certeza de que havia deixado a porta aberta e que aquela mulher, fosse quem fosse, estava no saguão da minha casa. Leo não me deixou dirigir. Marie e ele se vestiram às pressas e me acompanharam até minha casa.

— E então? — Judie me observava com seus imensos olhos azuis, mais abertos que de costume.

Eu ia narrando a história quase como se ainda estivesse lá.

— Nada. A casa estava às escuras, em silêncio. A porta estava fechada e não havia ninguém no saguão, nem uns míseros rastros. E a cerca do jardim, que eu tinha visto quebrada e derrubada, continuava no lugar, inteira. A terra estava seca, sem o menor sinal da chuva que tinha me encharcado quando eu saí de casa.

— Caramba — disse Judie.

Ela pegou o baseado e deu uma tragada. Puff, puff, o dragão mágico. Depois, me ofereceu.

— É de dar calafrios — comentou ela.

— Nem me fale — respondi, soltando a fumaça bem devagar. — Eu tinha tanta certeza de que aquela mulher continuava lá, que quis telefonar para a polícia antes de entrar.

"Leo levou a ideia a sério, mas disse que não podíamos esperar. Saiu do carro, deu a volta na casa e minutos depois voltou para o carro, perguntando se eu tinha a chave. Respondi que sim, que estavam no mesmo chaveiro que as do carro. 'Viu alguma coisa?', perguntei. Ele disse que não, mas que precisávamos verificar melhor. Ele iria pela porta dos fundos e me pediu que eu tentasse entrar pela principal. Marie ficaria no carro, vigiando o caminho para o caso de alguém sair."

— Nossa mãe, parece até aquelas séries policiais. Mas é claro, Leo foi tira ou coisa parecida, não foi?

— Detetive — corrigi. — Mas mesmo assim foi surpreendente vê-lo, aos sessenta anos, agindo com tanto sangue-frio.

— Continue — pediu Judie. — Depois...

— Leo e eu nos encontramos na sala. O saguão estava intacto, sem pegadas nem nada. Só o sofá desarrumado, onde eu tinha dormido, e umas partituras no piano com as últimas anotações que eu me lembrava de ter feito antes de ir dormir. Revistamos o resto da casa. Nada. Ninguém. Nenhuma mulher tinha estado lá.

— Pelo menos não no mundo real.

Fizemos chá quando chegamos à minha casa, e continuei contando. Leo e Marie me pediram que tentasse relembrar todo o "pesadelo". Marie ouviu tudo com uma expressão contrariada no rosto, pois "Não é agradável ser protagonista de um pesadelo em alta definição", mas acabou brincando com a história: "Não é todo dia que a gente sabe que o vizinho sonha com você de camisola debaixo de chuva".

— E Leo? — perguntou Judie. — O que ele disse?

— Bem, você sabe como ele é. Tentou manter o senso de humor; contou a história de um sujeito que quebrou as pernas ao cair do terceiro andar de um hotel, enquanto andava sonâmbulo pelo quarto. Para ele, tudo não passou disso: sonambulismo.

— É possível que você seja mesmo sonâmbulo? Você dorme como pedra, Peter, e nunca fala durante o sono.

— Clem nunca me disse nada sobre isso durante os nossos dez anos de casados. E eu tive um tio sonâmbulo, meu tio Edwin, que às vezes mijava na geladeira, outras vezes saía de pijama para dar uma volta no meio da noite, mas nunca se lembrava de nada do que fazia. A esposa ia persegui-lo de roupão e o levava de volta para casa. Às vezes até duas vezes na mesma noite, mas nunca lembrava por que tinha se levantado, nem o que pretendia fazer. Mas eu me lembro de tudo que fiz, e mais que isso: lembro a razão dos meus atos. Dirigi meu carro, e isso foi REAL.

— Eu também não acho que tenha sido um caso de sonambulismo, pelo menos não um caso comum — disse Judie. — O que você acaba de me descrever parece mais um caso de delírio onírico, ou de sonho lúcido.

Ela olhou para mim, e imagino que tenha visto um grande ponto de interrogação em meu olhar.

— É raro, mas acontece — continuou ela, enquanto servia mais chá em duas pequenas xícaras com desenhos de dragões chineses. — Algumas pessoas acordam no meio de um sonho e "percebem" que estão sonhando. Ocorre mais frequentemente durante a infância e a adolescência, mas há casos conhecidos entre adultos, e de fato tem gente que conserva essa capacidade de forma permanente ao longo da vida. — Ela se calou por um instante. — O que foi? Por que está me olhando assim?

— Nada — respondi, sorrindo. — É que acabei de me lembrar que a garota da loja de incensos e ioga é também psicóloga formada.

— Idiota...

— Acha que pode ter acontecido isso comigo? — perguntei. — Um sonho? Mas, se foi um sonho, quando acordei?

— Essa é a parte da história que parece inexplicável. Talvez você tenha acordado assim que saiu de casa e entrou no carro. Talvez mais tarde. Você disse que a tempestade "desapareceu" de repente. Pode ter sido nesse momento. Ouvi falar de sonâmbulos que são capazes de dirigir um carro por quilômetros, comprar um hambúrguer e voltar para casa, mas o seu caso parece diferente. Pode ser uma sequela do acidente com o raio.

Eu tinha pensado exatamente isso de manhã, ao acordar. A dor de cabeça continuava, mesmo tendo engolido meia cartela de comprimidos. Enquanto tomava café, eu passara um tempo pesquisando na internet e encontrara casos parecidos. Pesadelos hiper-realistas, despertares bruscos e até ataques epiléticos parciais pareciam ser problemas comuns depois de um choque elétrico. Todos os transtornos do sono que aquele raio podia ter me provocado não caberiam num livro inteiro.

Mas por que eu tivera justamente aquela visão, não outra? Por que não, por exemplo, uma grande orgia de focas na praia? Ou um ônibus de coelhinhas da

Playboy perdido no meio da noite? Ou um mundo de cores e gatos falantes, como em *Alice no país das maravilhas*?

— Você acha que eu devo voltar ao hospital? Contar tudo isso à médica?

— É melhor esperar um pouco — respondeu Judie. — No hospital só vão lhe dar mais remédios, talvez ansiolíticos ou coisa mais forte. Veneno para amortecer sua mente. Deixe passar alguns dias. Talvez seja só questão de tempo. Enquanto isso, se voltar a acontecer... — Ela se levantou e foi até sua mesa, voltando com um pequeno caderno de espiral em que estava preso um lápis pequeno. — Tente escrever. Dizem que ajuda.

O CD de The Frames que tocava no antigo aparelho de som tinha acabado havia um tempo. Judie deixou o baseado no cinzeiro e me avisou que precisava sair, mas que eu ficasse lá até ela voltar.

— Esta noite você dorme aqui, Pete. Não tem ninguém na pensão, e imagino que você não vá querer voltar para essa casa sozinho depois do que aconteceu.

Adormeci. Quando acordei outra vez, eram quase oito horas. Uma série de toques de campainha me devolveu ao mundo. Ouvi Judie falando com alguém na porta, depois voltou e me encontrou de olhos abertos no sofá.

— Sinto muito — disse ela, pegando as chaves da pensão. — Esperava ter a casa só para nós, mas chegaram alguns hóspedes inesperados.

Explicou que eram uns músicos de Belfast que vinham tocar no Fagan's naquele fim de semana. Eles ocupariam toda a pensão (eram cinco no total, incluindo as namoradas). Falei a Judie para não se preocupar.

— Não tem problema, eu volto para Tremore. Tudo bem.

— Nada disso. Vou dizer a eles que procurem algum hotel em Dungloe.

Não aceitei. Sabia que ela precisava do dinheiro, embora nunca admitisse. Mesmo com as vendas da loja, as aulas de ioga e a pensão, alguns meses ela ficava no limite. Às vezes eu abria sua geladeira e só havia leite, manteiga e uma maçã. Mas Judie era orgulhosa demais para aceitar um empréstimo.

— Ainda temos o sofá-cama, certo?

— Mas é muito estreito, e você sempre diz que espeta a sua bunda.

— Bem, então tenho uma ideia: vamos beber, e quando voltarmos para casa não vou nem sentir minha bunda.

E assim fizemos.

Quando entramos no Fagan's naquela noite, Chester apertou minha mão e começou a se sacudir como se estivesse sendo eletrocutado. Adrian Cahill, o garoto da sapataria (onde às vezes se improvisava um pub de última hora), tentou pôr duas lâmpadas nas minhas orelhas para ver se acendiam. Eu teria que esperar meses até as piadas sobre Peter Faísca diminuírem. Era nisso que dava morar numa cidadezinha onde nunca acontece coisa alguma.

Com um pouco mais de seriedade, o pescador Donovan e seus amigos observaram com curiosidade as queimaduras no meu braço — cada vez menos visíveis, mas ainda lá — e me perguntaram se ainda sentia alguma coisa. Falei da dor de cabeça que ia e voltava. O diagnóstico foi quase imediato:

— Você precisa é de uma cerveja, sr. Harper. É como diz o ditado: "Uma Guinness por dia...".

Certo. A médica tinha dito "nada de álcool" e era a segunda vez que eu infringia essa regra, mas realmente estava precisando de um gole. Sentir a suavidade da cerveja nos lábios, fumar um Gauloise na porta do pub e conversar com cada uma das pessoas que passavam por ali. Os músicos chegaram algum tempo depois e ocuparam a mesa ao lado da lareira. Logo depois começaram a tocar.

Leo e Marie também apareceram, por volta das dez, quando o pub já estava lotado. Em Clenhburran não havia horário de fechar nas sextas à noite; a única regra era beber até que a lareira consumisse todo o carvão ou os barris entregassem seu último litro de ouro negro.

Leo pediu uma rodada e trouxe as canecas para a mesinha de canto onde Judie e eu nos apertávamos. Marie fez um brinde pela minha saúde.

— Mental — acrescentei.

Todos rimos. Acho que estávamos precisando.

Unidos naquela massa de carne e calor, com os músicos tocando animados suas flautas e violinos, fui caindo num doce porre. Não tinha jantado muito, de modo que o álcool me subiu rapidamente à cabeça, onde a pontada continuava, muito longínqua, mas ainda batendo como um relógio, tiquetaqueando no centro mais recôndito do meu universo cerebral. O pessoal fez uma roda de dança no meio do pub e eu continuei sentado com Leo e outros fregueses, tentando acompanhar o ritmo deles na bebida. Leo se envolveu numa grande discussão a respeito da União Europeia com Donovan e Kelly, as duas melhores mentes políticas locais, e fui me distraindo lentamente até perder o fio da conversa.

Alguém veio me acordar. Marie. Pegou minha mão e me levou para dançar com os outros.

— Vamos, Harper. Quero ver o que sabe fazer com essas duas pernas que Deus lhe deu.

Cometi o erro de aceitar a proposta. No mesmo instante em que me levantei, o violonista começou a rasgar os acordes de "Cotton-Eyed Joe", e me vi rodeado por uma multidão que gritava *"Circle mix!"* e girava em volta de mim. Sobrevivi como pude ao caos inicial e terminei me agarrando às piedosas mãos de Marie, que, como uma bailarina experiente, me fez girar feito um pião. Mas acontece que a força da inércia é forte demais, e o nível da minha bebedeira era profundo demais; assim, em determinado momento me soltei de Marie, antes de puxá-la comigo, e desabei sobre uma mesa, derrubando uma bela coleção de canecas e regando de cerveja três rapazes. Caí de bunda no chão, e nesse momento o pub inteiro explodiu numa gargalhada uníssona.

— Acho que você está um pouco bêbado, Harper — disse Judie, me ajudando a me levantar.

— É — concordei, ainda atordoado. — Devo estar.

Quando as coisas voltaram ao lugar, o chão foi seco e os rapazes receberam novas canecas, Teresa Malone, a carteira, apareceu ao meu lado no balcão, meio bêbada também, e começou a puxar conversa. Disse que tinha ficado muito preocupada ao saber do meu acidente. Eu já estava bem? Sentia alguma dor? Havia alguma coisa que ela pudesse fazer por mim? Acompanhou essas dulcíssimas palavras com uns carinhos no meu cabelo e, antes que eu percebesse, tinha estacionado seus dois grandes seios no meu peito. Judie estava do outro lado do pub, conversando com duas mulheres sobre a organização do ciclo de cinema, e me dava umas olhadinhas safadas enquanto Malone me cozinhava em fogo brando. Seria ela a única pessoa em todo o povoado que não tinha conhecimento do meu caso com Judie?

Eram três ou quatro da manhã quando Judie e eu saímos do Fagan's, cambaleando. Durante todo o caminho de volta ela fez piada sobre os avanços de Teresa Malone.

— Ouvi dizer que ela faz uma ou outra parada mais "demorada" no seu trajeto diário... — comentou Judie. — Alguma vez já...?

— Ah, o que é isso, Judie! Eu quase não recebo correspondência.

— Na certa entrega algum panfleto de propaganda. Se ainda não entregou, é questão de tempo.

Quando nos deitamos no desconfortável sofá, as molas espetaram nossos traseiros como tínhamos imaginado. Nos beijamos e nos acariciamos apaixonadamente, mas eu estava cansado demais e adormeci antes de poder ir mais longe.

No meio da noite, um rápido movimento ao meu lado me acordou. Era Judie. De novo.

— Não, por favor — choramingava baixinho. — Não... não... não...

E mexia as mãos debaixo das cobertas, tentando se defender de alguma coisa. De alguém.

Mexi a cabeça na escuridão, assustado, mas depois entendi que não estava acontecendo nada. Era Judie, seus pesadelos, só isso. Abracei-a e esperei passar.

Às vezes ela levava um minuto para se acalmar; outras vezes (as primeiras), eu acabava a acordando, assustado com o rumo que as coisas iam tomando.

— Por favor, por favor, POR FAVOR.

Era uma tortura vê-la assim, sofrendo aqueles pesadelos horríveis, sem poder fazer nada, mas ela mesma me dissera: "Deixe, que passa. São ataques de pânico. Ansiedade. Eu fico bem num instante".

Senti seu corpo magro tremendo sob meus dedos. Quem treme assim por ansiedade? "E essa cicatriz, Judie? Isso também é ansiedade?" Uma longa estrada que partia do seu quadril e subia por trás, até quase o meio da coluna. Eu a descobri quando a acariciava, numa das nossas primeiras noites.

"Uau... que bela estrada você tem aqui atrás", comentei.

Ela se virou bruscamente na cama, ocultando a cicatriz.

"Foi um acidente de moto", explicou rapidamente. "Não gosto de falar sobre isso."

Depois, se levantou e foi fazer o café, e aprendi uma coisa sobre Judie: que tinha um segredo, que havia uma parte de sua vida sobre a qual "não se falava".

— Calma, meu bem. Sou eu, Peter. Estou aqui — falei para sua linda carinha assustada.

— Não — respondeu ela, pondo a mão no meu peito, empurrando-me um pouco, afastando-me dela. — Não... por... poooor... favooooor.

Quem fez isso com você, Judie? E o quê?, pensei, enquanto a olhava.

Uma vez eu lhe perguntara sobre os homens de sua vida. Não costumo me meter nesses assuntos, mas uma noite morri de ciúmes ao saber que ela estava jantando com um rapaz argentino que se hospedara em sua pensão. Não consegui pregar o olho. Naturalmente, nunca lhe confessei. Afinal de contas, tínhamos uma "relação" adulta, sem compromissos. Mas no dia seguinte puxei o assunto, e mais uma vez — estilo Judie — tive que me conformar com frases telegráficas.

"Houve um homem. Uma relação longa. Acabou muito mal." Fim da história.

Ela foi se acalmando. Eu a acariciei e a beijei com suavidade até que parou de tremer totalmente. Relaxou as mãos e acabou pousando-as de novo no colchão. Todo o seu corpo se soltou. Disse alguma coisa, uma frase ininteligível, e finalmente pareceu cair num sono profundo.

Eu ainda demorei a dormir. A imagem de Marie como um espectro na minha porta não me deixava em paz. Pensei no sonho em que Leo aparecia banhado em sangue. Pensei na voz que me alertara a não sair de casa naquela noite do temporal. E agora Judie, com aqueles pesadelos terríveis... Por um segundo me ocorreu que talvez tudo aquilo estivesse conectado, mas logo esqueci essa ideia.

Naquele fim de semana, Leo e eu acabamos de lixar a cerca e começamos a pintura. Os dias estavam propícios, sem chuva e com pouco vento, por isso nos apressamos para dar a primeira mão antes que o clima mudasse. Ao meio-dia de domingo, Marie apareceu com uma quiche que tinha feito na véspera, e almoçamos sentados no jardim, conversando tranquilamente. Eles devem ter notado que eu tinha algo de estranho, pois toda hora levava a mão à cabeça e aos olhos, incomodado.

Terminei confessando que a dor de cabeça tinha começado a me preocupar. Tomava os remédios com disciplina, depois do café, do almoço e do jantar, mas isso só aliviava a dor por algumas horas. Durante a noite sempre acordava com vertigem e dores, e demorava a dormir de novo. A médica tinha marcado uma consulta para dali a duas semanas, mas Leo e Marie me aconselharam enfaticamente a telefonar e pedir para adiantar a consulta. Decidi seguir esse conselho, e na terça de manhã estava no Dungloe Community Hospital.

Anita Ryan me recebeu com um sorriso esplêndido, delineado com um batom vermelho-fogo, e me mandou sentar.

— E então, sr. Harper, como vão as coisas?

— A dor continua aqui dentro — respondi —, no fundo da minha cabeça.

E parecia que as drogas não conseguiam atingi-la, não encontravam o caminho para seu remoto esconderijo. Ia e voltava. Às vezes eu passava um dia inteiro sem me lembrar da dor, e de repente ela aparecia. Era como uma dor de barriga, só que na cabeça: se você espera um pouco, ela passa, mas você sabe que corre o risco de voltar enquanto não se sentar na privada e botar para fora tudo o que tem lá dentro.

A médica lia meus relatórios enquanto eu explicava a situação. Quando terminei, entrelaçou os dedos de unhas perfeitamente pintadas e coroados com uma aliança dourada.

— O senhor já sofria de enxaquecas antes do acidente?

— Não — respondi. — Só um pouco de dor de cabeça quando trabalhava demais, mas sempre passava no dia seguinte. Também tive problemas nas cervicais, devido à minha profissão.

— Ah, sua profissão... — disse ela, buscando nos papéis. — Não me consta aqui...

— Músico. Compositor.

Seus dois olhos verdes se fixaram em mim de uma forma diferente. Era uma sensação a que eu já estava acostumado.

— Ah, que interessante. Que tipo de música compõe?

— Contemporânea. Trilhas sonoras, musicais de vez em quando.

A dra. Ryan esqueceu os papéis por um instante. Seus olhos se dilataram, um sorriso brilhou em seus lábios.

— Algum trabalho que eu possa conhecer? Sou fã de música.

Escolhi minha resposta-padrão para ser reconhecido no ato. Perguntei se ela tinha visto *A cura*, com Helen Beaumont e Mark Hammond. Fora a estreia mais badalada da BBC dois anos antes, uma série de enfermeiras e soldados ambientada na Primeira Guerra Mundial. Já estava na terceira temporada.

— Não me diga que a trilha sonora é sua! Adoro a música da abertura. Aquela que começa com o piano. Não sabia que morava por aqui.

— Só estou passando uns meses na região. Terminando um trabalho.

— Ah, claro, claro. Bem típico de artistas, não é mesmo? Enfim. Que coincidência. — As palavras da médica ficaram alguns segundos no ar, e ela voltou a examinar os papéis. — Bem, vejamos, seu caso é um pouco estranho. A cefaleia pulsátil que me descreveu é um sintoma habitual de enxaqueca. E não é muito comum apresentar enxaqueca depois de uma lesão por necrose cerebral, como a queda de um raio. No seu caso, seria mais provável uma dor contínua, que fosse crescendo até impedi-lo de dormir, ou algo parecido. Mas uma cefaleia que vai e vem, que desaparece durante um dia inteiro, é... é estranho. Acho que vamos ter que dar outra olhada aí dentro.

Primeiro ela fez uma nova exploração com a luz nos olhos, acompanhada por mais perguntas sobre a dor (e as mesmas respostas de três semanas antes). Após uma breve espera, voltei ao meu lugar preferido do hospital: o donut gigante. A grande máquina do barulho e da claustrofobia. Dessa vez, fizeram uma ressonância magnética nuclear. Eu já estava me acostumando a me sentir uma pizza sendo requentada em um micro-ondas.

Por fim, a dra. Ryan me disse que iam analisar os resultados e que me ligaria dentro de um ou dois dias. Enquanto isso, voltaríamos ao maravilhoso mundo dos comprimidos. Um betabloqueador seria meu novo companheiro diário (três por dia), para evitar a ocorrência das enxaquecas. E uns analgésicos, para aliviar a dor.

Aproveitei o momento em que ela estava escrevendo todas essas receitas para falar das visões e do episódio de sonambulismo que tivera dias antes. Não fui muito explícito, basicamente resumi a experiência dizendo que "acreditava" ter vivido algo que não vivi.

O semblante dela ficou um pouco sombrio ao ouvir tudo aquilo.

— Pesadelos e alucinações são sequelas bastante comuns de um raio, mas nunca ouvi falar de episódio de sonambulismo parecido. Pode ter sido provocado pelo choque.

— Vejo que não tem muita certeza... — falei, e já era tarde quando percebi que minha frase podia soar um tanto arrogante.

Ela recebeu a crítica com um sorriso.

— Nada é muito matemático quando se trata do cérebro, sr. Harper, mas entendo sua preocupação. Se preferir, pode consultar outro especialista.

— Desculpe, não foi o que eu quis dizer...

— Tudo bem, não se preocupe. Nenhum médico que se considere profissional teria a pretensão da razão absoluta num caso como este. Espere um segundo.

Ela se levantou e foi até uma estante, onde pegou uma pequena agenda, que começou a folhear.

— Em Belfast tem um médico excelente, especialista em problemas de sono. Chama-se Kauffman. Escreveu muito sobre o tratamento de sonambulismo e de transtornos do sono com uso de hipnose. É uma autoridade na matéria. Talvez seja interessante você lhe fazer uma visita.

Anita escreveu o nome e o telefone do médico num papel, que me deu junto com as receitas.

— Mas, para ser sincera, acho que é só uma questão de tempo para essa sua cefaleia desaparecer.

Concordei, decidido a ser o mais simpático que pudesse com a médica depois daquele deslize. Eu me despedi e saí do consultório lembrando o que Judie me dissera: "Só vão lhe dar mais remédios". Quase quis dar um tempo antes de tomar um comprimido daqueles. E decidi não consultar ainda aquele médico da cabeça em Belfast. Talvez a dra. Ryan tivesse razão e tudo acabasse se solucionando naturalmente.

Eu não queria ficar sozinho naquela tarde, mas Judie estava ocupada na pensão e, embora eu tivesse cogitado fazer uma visita a Leo e Marie, quando passei pelo cruzamento do Dente do Bill minhas mãos acabaram virando o volante na outra direção.

Em casa, o mar entregava um suave movimento de ondas na praia e nuvens flutuavam no horizonte. Tirei os sapatos e caminhei pelo gramado. Eu tinha cortado a grama dois dias antes, mas talvez fosse preciso dar um retoque. Não queria entrar em casa e ter que enfrentar o piano. Simplesmente sabia que não ia funcionar, e preferia evitar uma crise de ansiedade.

Acabei parando em frente à cerca de madeira. Leo e eu tínhamos dado a primeira demão de branco em quase metade das estacas, cuja cor resplandecia em contraste com a grama.

Ajoelhei-me e observei a terra em volta das estacas, sólida e lisa. A grama crescia profusamente ali. Nenhum sinal de ter sido removida ou cavada. Segurei a madeira com as duas mãos e tentei sacudi-la, mas ela resistiu com a firmeza de uma árvore.

Fiquei lembrando como a tinha visto algumas noites antes. No chão, partida em dois, a terra em torno das estacas removida. Era como se algo, um golpe violento, a tivesse arrancado do solo. Sentei na grama e fiquei ali por um tempo, pensando. O que significaria aquilo? Algo dentro de mim dizia que era um símbolo, uma mensagem.

Afinal, tive uma ideia. Voltei para casa e procurei entre as pastas e revistas até encontrar minha agenda de telefones.

A ligação foi para minha amiga Imogen Fitzgerald, da imobiliária. Tive sorte, a encontrei ainda no trabalho. Sua voz logo soou, rápida e brilhante. Imaginei seu rosto sardento e seus belos olhos irlandeses se afastando por um instante da tela do iMac.

— Como vai, Pete?

Eu tinha pensado em procurá-la duas semanas antes, por conta do bueiro da fossa sanitária; pois bem: foi essa a desculpa que quebrou o gelo. Expliquei o problema e ela me prometeu mandar alguém para arrumá-lo *ipso facto* (o que devia significar um mês depois). Enquanto isso, aconselhou-me, era melhor eu colocar uma tampa ou um ralo de metal em cima, para evitar que o cortador voltasse a cair ali. Depois fiquei sem assunto, sem desculpas para continuar a conversa. "Como vai tudo por aí? Se habituando à nova vida?", comentava ela.

Sem saber como expor a questão, decidi ir direto ao ponto. Perguntei desde quando eles trabalhavam com aquela propriedade e se tinha acontecido alguma coisa "estranha" ou notável de que ela se lembrasse.

— Temos essa casa em nossa carteira há cinco anos. Pertence a uma família americana, de Chicago. Você sabe, descendentes de irlandeses. Eles vêm passar um verão, se apaixonam pela lenda e compram uma casa, mas nunca mais voltam. Foi alugada só três vezes nesse período. Há três anos, durante o verão, por uma família também americana. Dois anos atrás, durante a primavera e o verão, por um estudante alemão que estava pesquisando aves migratórias. Também consta uma locação em fevereiro de 2007... estranho, não há muita informação sobre essa vez. Algum problema, Pete? Encontrou um cadáver? Ou um tesouro, talvez?

— Era uma mulher a pessoa que alugou a casa em fevereiro? — perguntei.

— Aqui não diz nada, Pete, sinto muito. Provavelmente foi alguém de dentro da empresa. Às vezes eles fazem isso. Pagaram por transferência bancária, adiantado. Posso pesquisar, se quiser, mas só se você me disser o que está acontecendo.

— É uma bobagem, Imogen, você vai achar graça. Outro dia veio aqui uma amiga que disse que sentia... uma "presença" na casa. Estávamos jantando e tínhamos bebido um pouco. Ela me disse que sempre teve uma espécie de sexto sentido e que sentia a presença de uma mulher.

— Um fantasma? Nossa, Pete, não me...

— Não a levei muito a sério — interrompi —, mas queria saber se pode haver alguma verdade em tudo isso.

— O.k. Vou ver, Pete. Mas não fique falando essas coisas por aí. A casa já é bastante difícil de alugar.

— Pode deixar, Imogen. Obrigado.

Ao me despedir, eu me sentia um pouco idiota. Tinha notado um pouquinho de sarcasmo na voz dela, mas, de fato, não era meio ridículo fazer aquele tipo de perguntas? Tentando esquecer o assunto, fui até o depósito, peguei o cortador e me pus a trabalhar. O som do motor irrompeu como um trovão na tarde sossegada.

SEGUNDA PARTE

1

Jip e Beatrice podiam ter aterrissado em Belfast, o aeroporto internacional mais próximo de Donegal, mas pensei que devíamos aproveitar e fazer uma visita ao velho Harper, que não via os netos ("os holandeses", como os chamava) devia fazer um ano. Eu os buscaria de carro, passaríamos uma noite em Dublin e depois iríamos para Clenhburran, para começar as férias.

Falei por Skype com Clem, minha ex-mulher, uma semana antes da data prevista para a viagem, e ela concordou com a ideia. Disse que queria dividir comigo o custo das passagens, mas insisti em arcar com todas as despesas daquelas férias na Irlanda. Era um pouco de orgulho besta, ainda mais com minhas economias não estando tão sólidas como eu gostaria, mas não podia permitir que o dinheiro do grande Niels — o novo namorado de Clem — manchasse um único centímetro das nossas idílicas férias.

Como era uma chamada com vídeo, eu podia vê-la. Estava com um cabelo curto e ondulado — que ficava bem nela — e um pouco bronzeada; imaginei que os dois tivessem viajado recentemente para algum dos destinos exóticos que costumavam frequentar. Em suma, continuava sendo a mulher atraente e inteligente de sempre, só que agora nossas conversas eram um pouco diferentes. Eu tentava fazer as velhas piadas, arrancar-lhe um sorriso e até cortejá-la. Mas tudo isso ia de encontro a uma nova e dolorosa frieza: a de uma mulher que não corresponde mais. Uma mulher que se desapaixonou de você.

Ela me contou que Niels iria à Turquia a negócios, coincidindo com as férias das crianças, e que estava pensando em ir também. Uma viagem pela Capadócia, no interior do país. Respondi que parecia impressionante, mas foi com certo sarcasmo ou inveja malcurada.

— Você me parece meio adoentado — comentou ela. — Como está?

— Não é nada...

Levei um raio na cachola e desde então comecei a ter umas visões bizarras, mas fora isso estou em plena forma.

— Passei a noite tocando. Sabe como é, aqui não tem muito mais o que fazer. — Concluí esse projeto de piada com uma risada mais falsa que dinheiro do Banco Imobiliário.

— Ótimo. Como anda isso aí? Está sendo produtivo?

Eu sabia que Clem estava genuinamente interessada, que não havia nenhuma maldade atrás de suas palavras, mas tudo que ela dizia me soava como um ataque direto. *O que quer saber? Mas que pergunta! Você já sabe! Não passei a noite tocando, e sim rolando na cama, relembrando a grande merda que é minha vida. Lá pelas quatro da manhã fui à cozinha e tomei um copo de leite quente com uísque. Dormi uma hora e voltei a acordar. E assim vou indo.*

— Devagar e sempre — foi o que acabei dizendo. — Acho que estou entrando numa nova fase, num novo...

Ouvi outra voz em algum lugar daquele imenso apartamento em Oost que se desenhava atrás dela: Niels. Clem desviou a atenção por alguns instantes e perdeu minha grande frase a respeito da nova etapa criativa e espiritual em que eu estava entrando (corto a grama, pinto a cerca, sou o Karatê Kid). Depois voltou a me olhar, com um sorriso de pena. Disse que precisava sair. Niels a estava esperando, talvez para fazerem algo fantástico. Um grande encontro social, um almoço refinado nos arredores de Concertgebouw, algum evento maravilhoso e completamente fora do meu alcance.

— Tenho que desligar, Pete. Não se esqueça de preparar os papéis do aeroporto para poder pegar as crianças, está bem? Volto a ligar na semana que vem.

Jip e Beatrice chegaram no dia 10 de julho, num voo Amsterdam–Dublin da Aer Lingus.

Naquela manhã, me levantei bem cedo. Fui um dos primeiros clientes do Andy's. Enchi o tanque do Volvo, comprei um copo grande de café com leite e duas barras de chocolate e acrescentei à cesta dois CDs para ouvir no caminho: *Harvest*, de Neil Young, e uma coletânea de Fleetwood Mac.

Dirigi o dia todo, fazendo uma única parada em Ballygawley, para comer uns *fish & chips* e ir ao banheiro. Depois, no meio da tarde, cheguei à avenida que contorna Dublin, que àquela hora estava com um tráfego intenso. Segui para o novo e reluzente aeroporto internacional, cujo novo e futurista terminal tinha pouco a ver com a antiga caixa de sapatos da qual eu havia partido muitos anos antes rumo a uma nova vida. Cheguei com antecedência suficiente para organizar a papelada das crianças, tomar mais um café e fumar um cigarro na área externa de dois metros quadrados reservada para fumantes.

Às cinco e meia, com apenas vinte minutos de atraso e apesar dos fortes ventos que varriam a pista, o Aer Lingus EI611 pousou sem problemas. Vinte minutos depois, Jip e Beatrice apareceram no meio de uma multidão de passageiros que seguia uma funcionária encarregada de guiá-los do avião até a área de saída. Iam de mãos dadas, os dois com o rosto sério e alerta de criança que viaja sozinha pela primeira vez. Beatrice, a mais velha, de treze anos, puxava uma mala cor-de-rosa de rodinhas, e Jip, de oito, levava sua mochila-tartaruga. Após três meses sem vê-los, meu coração deu um pulo. Pareciam ter crescido pelo menos uns vinte centímetros cada um.

Demoraram a me ver. Estavam me esperando, junto com a funcionária do aeroporto, com as sobrancelhas franzidas e uma expressão de "cadê o papai?". Jip foi o primeiro a me avistar na multidão. Soltou a mala e foi correndo se jogar nos meus braços. Depois Beatrice voou acrobaticamente até meu outro lado, e quase acabamos os três no chão. Reclamaram que minha nova barba espetava, e Beatrice fez um comentário sarcástico sobre meu rabo de cavalo. Respondi que era muito melhor que andar com a juba ao vento. Não tinha passado por um barbeiro nos últimos dois meses, podia acabar até sendo preso.

— Não vão prender você, papai — disse Jip, e olhou para a funcionária, uma sorridente loira de olhos azuis. — É que o meu pai é famoso.

Entreguei à moça o formulário de entrada de "Menores Não Acompanhados" e ela fez uma última assinatura. Depois falou pelo rádio com o check-in para conferir os detalhes e com isso deu por concluída a responsabilidade do aeroporto sobre as crianças.

— Os dois se comportaram muito bem durante todo o voo — disse ela, acariciando o lindo cabelo dourado de Jip, que sempre despertava esses impulsos de ternura nos adultos. — São crianças muito corajosas.

Chegamos ao centro de Dublin por volta das seis e meia da tarde. A velha cidade continuava como sempre. A Dame Street e uma fila de táxis engarrafados; o Olimpia; os grupos de turistas se dirigindo aos milhares ao grande caldeirão do Temple Bar; a música de uma *trad session* subindo ao céu e se mesclando com a fumaça da fábrica de cerveja. A velha, suja, canalha e divertida Dublin.

O grande Patrick Harper — corpo do tamanho de um armário, mandíbula forte, rosto perfeitamente barbeado, cabelo curto e perfumado com Old Spice — nos esperava na casa da Liberty Street com a melhor coisa que um viúvo irlandês pode fazer em termos de jantar caseiro: ensopado com bacon, batatas ao forno e uma grande torta gelada recém-saída do Tesco da esquina.

Jantamos enquanto as crianças preenchiam o silêncio. Estavam entusiasmadas com as férias, claro, e não paravam de fazer perguntas sobre Donegal e a casa na praia, planejando todas as aventuras que viveríamos juntos. "Vamos poder tomar banho de mar? Você vai comprar um barco inflável?" "Ah, mas é claro, isto aqui é o Mar do Norte, mas talvez as focas nos deem um lugarzinho." "No guia *Lonely Planet* tem um lugar muito legal chamado Estrada dos Gigantes, você vai levar a gente lá?" "Claro, filhos, vamos fazer tudo. Tudo que vocês quiserem."

— Você também vai, vovô? — perguntou Beatrice.

Meu pai esboçou um sorriso triste e negou com a cabeça.

— Não, filhinha, hoje em dia não há nada que me tire deste bairro. Nem mesmo uma bela casa de praia.

Papai perguntou como iam na escola, e eles responderam que "tudo bem"; como sempre, mentiam bastante mal. Eu sabia que Jip havia tirado boas notas, mas continuava sem muitos amigos, basicamente zero. Beatrice, por sua vez, ia de mal a pior, em todos os aspectos. Dizia que "não dava a mínima" para essas coisas porque quando crescesse seria música como o pai, e eu tampouco tinha sido um bom aluno no colégio: "Não é mesmo, papai?". Amaldiçoei o dia em que me ocorrera me gabar disso diante dos meus filhos.

Beatrice tivera uma pontuação de Gymnasium na prova do ano anterior. No sistema educativo dos Países Baixos, isso equivale a "mente brilhante que cursará universidade e terá muitas chances de ser um líder de nossa sociedade". Seus professores no pequeno colégio do bairro de Oud West concordaram em promovê-la (a opinião do professor é a "outra" única coisa que pesa na decisão final), e ela, portanto, poderia escolher um novo colégio e uma série de disciplinas, além de algumas obrigatórias no Gymnasium, como o grego e o latim.

Clem, com o apoio de Niels, fizera pressão para que Beatrice se matriculasse no instituto Arbelaus, um dos mais famosos de Amsterdam, onde Niels fora aluno de destaque. Muito longe (a quilômetros de distância) de apreciar a ideia, Beatrice anunciou que abriria mão de seu nível de Gymnasium para estudar em uma instituição em outra região da cidade, junto com suas duas melhores amigas. Havia entrado na adolescência numa orgia de dor: um divórcio e um pai morando em outro país, portanto suponho que estivesse pouco ligando para seu brilhante futuro. A pedido de Clem, fui visitá-los em Amsterdam. Passei um dia inteiro com Beatrice, falando da vida, das decisões e de como era difícil voltar atrás quando a gente escolhe mal. "Sempre se arranjam amigos, aonde você for." Bem, acho que fui o culpado por tê-la convencido, e Beatrice acabou indo para o Arbelaus, e, nossa, o ano começou em grande estilo: com uma briga apenas dois meses após o início das aulas. As famílias foram chamadas. Fez-se uma reunião no gabinete do diretor. Niels, ex-aluno, recorreu a sua influência. Clem desabafou comigo e quase voltei a

Amsterdam para tirar minha filha daquela gigantesca piada de mau gosto em que a estávamos metendo. No Natal, passei a semana inteira com eles por lá, e parecia que o pior tinha passado (pelo menos em relação a Jip). Decidimos manter a calma. Até o infalível Niels estava começando a se perguntar se tinha tomado a decisão correta. Clem contratou uma psicóloga infantil que nos cobrou mil euros para dizer o que já sabíamos: que o divórcio estava por trás de toda aquela instabilidade. Então decidimos que no verão, pelo menos na primeira parte, as crianças passariam três ou quatro semanas comigo, longe de tudo. Donegal seria nosso refúgio.

Instalei os dois no primeiro andar, em meu antigo quarto quando criança, onde eu não entrava fazia anos. Lá, uma velha fita adesiva continuava prendendo meus pôsteres de Thin Lizzy, Led Zeppelin, Queen... até um anúncio fotocopiado do show de uma das minhas primeiras bandas adolescentes: "Punzi & The Walking Zombies na sala BomBom da Parnell Street. Dia 26 de maio de 1990".

— Esse era o seu quarto, papai? Você dormia aqui?
— Toda noite — respondi —, até os dezoito anos.
— E depois você conheceu mamãe e foi morar em Amsterdam, não foi?
— Foi. Isso mesmo.

Puxa vida, como o tempo voa, pensei, olhando o cartaz de Punzi. Daqueles quatro egos insuportáveis, só Paul Madden, o baterista, continuava em atividade, tocando "Sweet Caroline" em casamentos e batizados e com uma noite permanente no Mother Reilly's, de Rathmines, fazendo versões de Thin Lizzy, Led Zeppelin, The Stones e Creedence. Os outros casaram, tiveram filhos e seguiram profissões diferentes, esquecendo a música para sempre. Só eu tinha conseguido ganhar a vida com isso, e não foi exatamente fácil. As gerações são como um grande orgasmo, e eu devo ter sido o espermatozoide sortudo que conseguiu chegar ao óvulo dos músicos que vivem do próprio trabalho. Palmas para mim. Pensando bem, eu já devia ir recarregando a bateria e sair daquele buraco, senão em breve teria que mandar meu currículo para a banda de casamentos e batizados do meu amigo Paul.

A poeira se acumulava sobre os meus diplomas do Royal Conservatory e alguns insólitos troféus esportivos (da minha equipe de *hurling* escolar e de uma corrida do meu clube de atletismo, onde nunca passei do nível da mediocridade). Depois de pôr as crianças para dormir (Jip ocupou um pequeno colchão que papai tinha preparado no chão), fui examinar minha velha estante de livros e perguntei se queriam que eu lesse uma história. Beatrice disse que não precisava, que iam ver desenho no iPad. "É o que fazemos sempre em casa."

— Tem wi-fi aqui na casa do vovô? — perguntou depois.
— Wi-fi...? Não... acho que não.
— Ah, tá. Vou tentar roubar de algum vizinho.

Antes que eu pudesse abrir a boca para expressar minha oposição paternal à ideia, Beatrice já havia encontrado uma rede aberta e entrado para ver seu e-mail, seu WhatsApp e seu Facebook (onde uma tal Anikke tinha postado a foto de uma ninhada de gatinhos).

Fiquei um pouco por perto enquanto eles começavam a ver o desenho e me perguntei se Clem já tinha esquecido nosso velho costume de contar histórias para as crianças, ou se elas é que não se interessavam mais. Depois, quando Jip caiu no sono e Beatrice estava quase, saí do quarto com todo o cuidado e desci a escada.

Papai estava sentado em frente à televisão, em seu confortável sofá ao lado da janela que dava para a Liberty Street. Pensei que aquela era a imagem que resumia sua vida nos últimos anos, sozinho, na penumbra, virando-se com o indispensável para sobreviver. Não tinha engordado nem emagrecido muito, mas o cabelo já estava totalmente branco e, embora se vestisse com asseio, usava roupas velhas, na certa compradas quando mamãe ainda era viva. Chorei por dentro; por fora, tratei de sorrir.

Sentei numa cadeira à mesa de jantar e lhe ofereci um cigarro, mas ele respondeu que tinha parado de fumar e de beber em casa.

— Sua mãe nunca gostou — justificou.

Respeitei sua nova regra e deixei o maço no bolso do casaco. Em troca, perguntei se ele queria chá e ele aceitou. Fui à cozinha e pus água para esquentar. Enquanto isso, dei uma olhada na geladeira e nos armários. Não encontrei nada muito alarmante: comida básica, enlatados e algumas frutas. Nenhuma bebida alcoólica, e tudo parecia limpo e arrumado. Fiquei grato por Deus conservar a cabeça do meu pai no lugar. Como filho único, eu tinha lutado contra a culpa desde que mamãe morrera, pensando que talvez devesse ficar mais perto, para cuidar dele a cada minuto. Mas quando as coisas desandaram com Clem e voltei para Dublin, percebi que morar naquela cidade, e com papai, acabaria destruindo a pouca autoestima que se recusava a morrer dentro de mim.

Voltei para a sala com o velho bule cor-de-rosa e duas xícaras com motivos turísticos de Amsterdam. Era um suvenir que eles deviam ter comprado no batizado de Beatrice, a única neta que minha mãe conheceu. Quando Jip nasceu, papai se satisfez em conhecê-lo por fotografias e ouvindo-o pelo telefone até fazermos a primeira visita. De fato, não havia nada que o tirasse de Dublin — daquela casa, na verdade — desde que mamãe se fora.

Tomamos o chá e conversamos um pouco sobre amenidades. Enfim, papai me perguntou sobre Clem e sobre o divórcio, como estava sendo para mim. Falei um pouco de Clenhburran, de alguns amigos que fizera e da casa na praia. Omiti qualquer referência a Judie. Falei que estava me adaptando pouco a pouco e comecei a falar do meu bloqueio criativo, mas papai nunca se interessou muito por essas coisas (ou talvez fosse um assunto realmente tedioso para um ex-operário de ferrovia).

— E as crianças? — perguntou ele, depois. — São elas que mais perdem com essa história, Peter, não se esqueça. Não as use para a guerra de vocês. Cristo, isso eu nunca lhe perdoaria.

Na última vez que eu estivera lá, tendo chegado por terra de Amsterdam, tinha contado a ele a história do colégio novo de Beatrice, como eu tinha me oposto à mudança justo naquele ano já tão conturbado (se bem que os argumentos de Clem até que não eram fracos: o colégio do bairro tinha virado um ninho de confusões, drogas e brigas). Naquela vez também perguntara a papai como estava, e ele quis saber se precisava mesmo dizer.

"Olhe em volta, rapaz", disseram seus olhos. "Nem tirei as fotos do lugar. Está tudo exatamente onde sua mãe deixou. Inclusive eu. Passo o dia sentado neste sofá. Às vezes vou ao pub, atordoo a cabeça com umas cervejas, até consigo rir de alguma piada. Depois, quando volto para casa e abro a porta... às vezes sonho que vejo luz aqui dentro e por um instante penso que é sua mãe. Então a imagino me ouvindo chegar e me chamando com aquela voz que parecia música. Sonho que me abraça com um sorriso, porque estava sempre de bom humor, e que afugenta os demônios da minha cabeça. Imagino-a sentada ao meu lado, em silêncio, tricotando um cachecol enquanto eu vejo televisão, numa das mil tardes monótonas e felizes que passamos juntos. Quer saber como estou? Pois eu arrancaria este maldito coração se tivesse coragem. Pularia na linha do trem. Meteria a cabeça no forno. Mas não consigo. Ela me mandou seguir em frente, mas também não consigo. Por isso vivo aqui no meu buraco, esperando chegar meu prazo de validade. Ficou um pouco mais claro?"

Houve um pequeno silêncio, a televisão ainda soando ao fundo. Um programa sobre os Chieftains no RTE 1.

— Sofri um acidente há duas semanas — comecei. — Nada grave. Um raio me atingiu perto da minha casa de praia.

Consegui fazer papai desviar a cabeça da televisão por um segundo.

— Caramba... Você está...?

— Estou bem. Só com um pouco de dor de cabeça, mas a médica disse que é normal. Tive sorte. Deve ter entrado e saído, como uma bala.

— Nossa, Pete, ainda bem que não foi nada de mais — disse meu pai, me dando dois pescoções, gesto que lhe agradeci tremendamente. — Você devia comprar um bilhete de loteria.

— Sim, é o que dizem. — Sorri enquanto bebia meu chá. — Mas quer saber uma coisa curiosa? Naquela noite, logo antes de sair de casa, tive uma espécie de mau agouro. Uma premonição. Como se alguma coisa dentro de mim me dissesse para não sair de casa... essas coisas.

Minhas palavras se extinguiram no ar e a flauta de Paddy Moloney, na televisão, se encarregou de preencher o silêncio. Meu pai ficou encarando a tela, rígido, mas com o olhar perdido.

— Pai... você me ouviu?

— Ouvi — acabou dizendo, sem tirar os olhos da televisão. — Uma premonição. Quer dizer, como aquelas que sua mãe tinha, não é?

— É... sim — respondi. — Acho que sim. Mas, claro, sei que você não acreditava.

— Era verdade — disse ele então, me interrompendo. — Sua mãe tinha. Acho que você também. Um sexto sentido, ou seja lá como se chame.

Pisquei, ainda incrédulo com o que tinha acabado de ouvir. Olhei para meu pai e vi uma camada de lágrimas brilhantes em seus olhos. Senti, também, minhas faces e minha garganta começarem a arder. Era o preço de me lembrar de mamãe.

— Eu sempre fazia graça com essas coisas, sabe? Quando ela me contava a história do tio Vincent e o botão. Eu me fazia de incrédulo. Alguém tinha que ser realista na família, um contrapeso para toda aquela loucura... E reconheço que a princípio não acreditava, mas quando aconteceu a história do voo de Cork, o acidente... Sabe do que estou falando?

— Sei — respondi.

— Aconteceu exatamente como sua mãe dizia. Naquela manhã ela acordou chorando, e me abraçou. Contou o que tinha visto. Uns enterros. E ao meio-dia deram a notícia pelo rádio. Eu estava na estação, trabalhando, e tive que ir para a rua respirar. Fiquei com medo, sabe? Medo de que sua mãe tivesse alguma... alguma doença ou algo assim. Por isso eu evitava o assunto. Mas era verdade. E agora que você está me contando isso, acho que você também tem. Esse "dom". Afinal, a mãe dela tinha, e ela também. É uma coisa que vem dessa família. Que passa de pai para filho.

As palavras dele ressoaram nos meus ouvidos. Um calafrio percorreu meu corpo. De pai para filho. E se Jip, ou Beatrice...?

Papai continuou olhando para a televisão em silêncio, como se quisesse dar por encerrado o assunto. Na verdade, creio que não estava prestando muita atenção, mas talvez não houvesse mesmo muito mais a dizer. Escutamos os Chieftains e, depois, uma entrevista chata de um lutier de Galway falando sobre seus violinos. Meia hora depois, Pat Harper se levantou, desligou a televisão e disse que ia para a cama.

— Deixei aí dois cobertores — disse, apontando para o amplo sofá em frente à lareira. — Se sentir frio aqui embaixo, acenda a lareira ou me peça mais um cobertor. Você sabe como sua mãe adorava essas coisas. Ainda tenho uns vinte quilos de cobertores às traças lá no quarto.

— Boa noite, pai. Durma bem.

Ele bagunçou meu cabelo ao passar por mim.

— Você também, filho, e... não mate os barbeiros de fome, hein?

Isso... foi uma piada?

Eu me deitei no sofá, puxei um cobertor de lã e fechei os olhos. Pensei que depois de um longo dia na estrada fosse dormir na mesma hora, mas meu corpo não se rendia. Para piorar, apesar de ter tomado os novos remédios depois do jantar, a dor de cabeça continuava. Era um desses dias frustrantes em que eu ficava por um triz de perder o controle e começar a bater com a cabeça na parede. A dra. Ryan não podia me ajudar. Nem o veneno mais forte da farmácia conseguia arrancar aquele prego do meu cérebro. O que mais eu podia fazer? O nome do tal médico de Belfast, Kauffman, me voltou à mente pela quarta ou quinta vez nos últimos dias. Mas eu não queria estragar as férias das crianças. Meu Deus. Teria que aguentar.

Peguei o maço de cigarros do bolso do casaco e, com o cobertor nos ombros, fui fumar no jardinzinho dos fundos. Era uma noite clara, de lua cheia, e fumei olhando as velhas casas dublinenses, com seus telhados e chaminés tortas se recortando contra as estrelas. Depois, ao voltar para a sala, passei ao lado do meu velho piano de parede. Sentei na banqueta e abri a tampa do teclado. Um velho aroma de marfim e madeira chegou ao meu nariz, trazendo lembranças muito antigas.

"Músico? Tire esses sonhos da cabeça, Peter Harper! Você é filho de uma costureira e um ferroviário, entende? Não tem nada de principesco nesta família. Você tem sangue de operário nas veias... não tente fugir do seu destino! Aprenda uma profissão e esqueça os sonhos impossíveis. É tudo culpa sua, Ma', por meter essas ideias malucas na cabeça dele."

Encontrei um velho caderno de partituras num vão da banqueta. Velhas melodias rabiscadas às pressas. Ideia ao vento.

"É, mamãe", respondi, acariciando uma dessas primeiras composições e sentindo que meus olhos deixavam escapar uma lágrima fugaz, "a culpa foi sua. Toda sua."

O cigarro, ou talvez a distração, me aliviou daquela dor. Fui me deitar no sofá e, depois de me virar e revirar sobre as velhas molas, finalmente consegui pregar os olhos.

Alguma coisa me acordou pouco depois. A lua cheia iluminava suavemente a sala, e senti um cheiro intenso de tabaco pairando no ar. Foi esse cheiro, forte e penetrante, que me alertou.

Ergui o olhar e vi um cinzeiro cheio de guimbas ainda ardendo na mesa da sala. Eu tinha apagado meu cigarro num dos vasos sem plantas do jardim dos fundos, portanto só podia ser papai.

— Mas, pai, você não disse que...?

Eu me recostei no sofá e então distingui mais alguma coisa junto ao cinzeiro. Algo que me fez levantar e ir até lá. Uma garrafa de uísque e, ao lado, um copo pela metade. Quando me aproximei da mesa, no centro da sala, vi um jornal aberto.

Aquilo, sim, me deixou preocupado. Papai teria se levantado no meio da noite para tomar um drinque e não lembrara que eu estava dormindo na sala?

Mas, lentamente, meus olhos se concentraram naquele jornal. Era o *Irish Times*, o que meu pai comprava, aberto em uma grande manchete. O luar tênue me permitiu distinguir as palavras maiores:

TRAGÉDIA EM DONEGAL
Crime violento faz quatro vítimas fatais no pacífico povoado de Clenhburran.

Um cigarro continuava ardendo no cinzeiro, soltando uma coluna sinuosa de fumaça fina na escuridão deserta do ambiente. Então reparei que a garrafa estava completamente vazia.

Alguém me diga que isto é um sonho, pensei.

A fotografia que ocupava dois terços da primeira página estava muito escura, mas mesmo assim identifiquei a figura de um policial montando guarda. Era um lugar na costa. Um lugar que poderia ser qualquer um, ainda mais naquela escuridão. O que se distinguia claramente, aos pés do guarda, eram quatro corpos cobertos com lençóis brancos, como quatro larvas gigantescas, e, no primeiríssimo plano, uma fita plástica dessas que a polícia usa para isolar a cena do crime.

Aproximei os olhos o máximo que pude, mas não consegui ler o que dizia embaixo da foto. Nem no texto do artigo em si. As letras eram pequenas e imprecisas demais à luz do fogo agonizante. Voltei a olhar para a foto, e alguma coisa nela me era tremendamente familiar. Seria aquele o telhado da casa de Leo? Minha garganta estava a ponto de gritar, de soltar um berro terrível que atravessaria paredes e janelas e acordaria a cidade inteira. Corri até a porta em busca do interruptor. Queria ler aquilo. Sabia (temia) o que ia descobrir. Leo, Marie e... Judie, talvez?

Mas por que papai não tinha me dito nada? Será que não sabia que eu morava naquele lugar? Teria acontecido naquela mesma tarde? Quando?

Achei o interruptor, e a luz inundou a sala. Por um instante a luminosidade me desconcertou, e senti a cabeça se queixando com uma aguda pontada proveniente do Centro Peter Harper de cefaleias crônicas. Fiquei apoiado na parede até conseguir abrir de novo os olhos.

Então, quando vi a sala iluminada, havia algo diferente.

Fui de novo até a mesa, em busca do jornal. A mesa estava vazia. Não havia jornal, nem uísque, nem cigarros. Só a velha toalha de crochê e o porta-guardanapo de porcelana adornado com uma flor falsa, que sempre estiveram lá.

2

— Diz à Beatrice que é minha vez de jogar!
— O iPad é meu.
— Mas a mamãe disse que a gente ia dividir!
— Beatrice, por favor...

A caminho do norte. No carro ouvíamos Fleetwood Mac. No banco traseiro, meus dois filhotes discutiam pela posse do novo milagre tecnológico. Na frente, sem afastar o olhar da estrada, eu dirigia em silêncio, pensativo.

Você não viu aquilo. Não estava lá. É o maldito raio, a médica disse: "Essas visões são normais, vão desaparecer com o tempo". Pois se comporte como adulto e faça o que precisa fazer. Vai estragar as férias de Jip e Beatrice por causa de uns pesadelos?

— Tudo bem, deixa eu só terminar o jogo e depois eu dou. Só um minuto.
— Mas você está jogando já faz quase meia hora!
— Ah, deixa de ser idiota. E você nem tem relógio, como pode saber?

Mas papai admitiu. Disse que mamãe realmente via coisas. Pressentia. E eu me lembro daquela voz me alertando a não sair de casa naquela noite. E talvez todas estas visões sejam... sejam...

Quando finalmente deixamos para trás o condado de Louth, eu quase já tinha racionalizado o pesadelo do jornal na casa de papai. E chegando a Fermanagh, quase uma hora depois, minha mente já tinha arquivado o caso. *Pesadelos hiper-realistas causados por choques elétricos. Preciso começar a tomar esses remédios. Talvez também visite o psicólogo que a médica me indicou: Kauffman. Vou ligar para ele assim que as crianças voltarem para casa. Mas, agora, concentre-se em dirigir, em levar seus filhos para a casa da praia e dar a eles as melhores férias possíveis. Os dois merecem, tiveram um ano difícil. Olhe só para eles. Não se lembra das caras que fizeram no dia em que vocês tentaram explicar as coisas? "Às vezes duas pessoas adultas não querem mais ficar juntas..." "Mas vocês não são duas pessoas adultas", pareciam dizer com os olhos, "vocês são PAPAI E MAMÃE, o mapa do nosso mundo; não há nada além de vocês, dá para entender?" E depois a casa nova, o colégio novo. Eles passaram um mau pedaço graças a seus queridos papais, com seus sentimentos adultos e suas decisões soberanas. Então deixe de bobagens. Esqueça esses medos e faça o que eles esperam de você. Não estrague as coisas outra vez, Peter Harper.*

Jip estava com dor de barriga. Coisa típica dele; sofria de prisão de ventre, e as viagens não ajudavam nem um pouco. Depois de circundar Letterkenny, paramos num posto Texaco para comprar água e alguns mantimentos pouco saudáveis: Mr. Tayto sabor vinagre, barras de chocolate e uma grande garrafa de Orangina. Jip tentou durante cinco minutos no banheiro do posto, mas só conseguiu evacuar uma pequena e frustrante pedrinha.

— Fique tranquilo, espere até chegar em casa — falei. — Lá vamos fazer um longo passeio pela praia e você vai ver como dá vontade.

Chegamos à casa por volta das seis da tarde, horário em que a visão do mar era espetacular. Umas estranhas nuvens elípticas estavam pousadas sobre o oceano, coloridas pelos últimos raios da tarde, dando a impressão de naves extraterrestres gigantescas. O mar estava verde, muito vivo, e a areia da praia tinha um tom rosado. E, num primeiro plano contra esse lindo fundo, surgia a casa, no alto da colina, cercada de grama reluzente (e bem cortada).

— Uau, papai! — exclamou Beatrice ao vê-la. — É um sonho!

— É, filha — respondi, pegando seu rostinho com as duas mãos e acariciando-a. — É, sim.

As crianças quiseram descer para a praia assim que chegaram. O vento estava forte, mas, depois de tantas horas enlatados dentro do carro, era normal que quisessem esticar as pernas. Depois de estacionar, descemos a escada de madeira que dava na praia, que naquela tarde estava envolvida por uma nuvem de salitre e poeira. Jip começou a pular contra o vento, abrindo o casaco e tentando ser levado como uma pipa. Beatrice começou a tentar também.

— Olha, papai! Estou voando!

Estimulado por aquele ataque de imaginação infantil, também tentei virar uma pipa. Tomei impulso, saltei o mais alto que consegui e abri o casaco impermeável lá no alto. O vento me empurrou tão forte que me desequilibrou e me jogou de cara no chão. Uma forte dor no ombro foi o castigo por ter esquecido meus quarenta e dois anos e noventa e dois quilos. Mas Jip e Beatrice foram me socorrer, me levantando às gargalhadas, e voltamos juntos para casa.

Marie tinha se esmerado no jantar daquela noite. Assim que cruzei a porta de sua casa detectei uma mistura de aromas deliciosos: pão recém-assado, bolo...

Jip e Beatrice, um pouco tímidos, entraram atrás de mim, desejando ser invisíveis. Mas Leo, que havia aberto a porta para nós, apertou a mão deles.

— É um prazer conhecer os famosos Jip e Beatrice — disse.

— O prazer é todo meu — respondeu Beatrice.

E Jip copiou a resposta.

— Que bem-educados, sim, senhor! — exclamou Leo, com uma piscadela.

Marie apareceu um minuto depois, como sempre perfeitamente vestida para a ocasião. Tinha preparado duas sacolas de presentes de "boas-vindas", cada uma com um caderno de desenho, um estojo de lápis de cor, uma borracha e quinquilharias variadas. Jip e Beatrice agradeceram timidamente e, depois de pedir licença (o que só faziam porque estavam em casa alheia), começaram a desembrulhar os presentes e foram desenhar na mesinha.

— Tomem cuidado para não sujar nada, hein? — adverti, enquanto Marie tirava da mesinha algumas fotos velhas e os cinzeiros, para lhes dar mais espaço.

Judie chegou minutos depois. Quando ouvi seu velho Vauxhall estacionando lá fora, comecei a ficar nervoso. As crianças tinham ouvido falar dela, tanto quanto de Leo e de Marie, e pensavam que fosse mais uma amiga que eu fizera em meu novo lar na praia, só isso. Eu tinha planejado contar a verdade durante a viagem de carro até ali, explicar sutilmente que era uma amiga "muito especial" do papai, algo tipo namorada, mas acabara não encontrando um bom momento.

Leo deve ter notado a tensão do momento e desapareceu na cozinha para "ajudar Marie".

— Você pode abrir? — perguntou ele.

Não fuja, covarde!, pensei enquanto concordava.

Judie também estava um pouco nervosa quando abri a porta. Nenhum de nós dois tomou a iniciativa de dar um beijo e quase rimos da estupidez da situação. *Quer apertar minha mão, querida amiga?* Notei que tinha se vestido e se maquiado de um jeito um tanto especial, com uma saia preta e uma blusa lilás que lhe davam um ar de professora "boazinha". Só faltavam os óculos.

Ela foi até a mesinha da lareira, onde Jip e Beatrice estavam ocupados com os desenhos, e se agachou para ficar à altura deles.

— Oi — disse, estendendo a mão. — Meu nome é Judie.

— Oi, Judie — respondeu Jip, dando-lhe um beijo espontâneo no rosto (afinal, tinha sangue Harper nas veias e gosto por mulheres bonitas). — O meu é Jip.

— E o meu, Beatrice — acrescentou minha filha. — Gostei das suas tranças. — Apontou para o cabelo de Judie. Pareciam dois cipós que caíam da testa até a parte de trás da cabeça, formando um pequeno coque em forma de flor.

— Se quiser, posso fazer em você — respondeu Judie. — Seu cabelo é muito bonito.

— O seu também é — disse Beatrice, educadamente. — Você mora aqui?

Seria uma pergunta inocente? Talvez ela achasse que Judie fosse filha de Leo e Marie. ("Você se surpreenderia se soubesse como pode ser sensível o instinto de uma criança.")

— Não — respondeu Judie. — Leo, Marie e seu pai são meus amigos e me convidaram para jantar. Eu moro na cidade. Você passou por lá na vinda, não passou? Trabalho numa loja.

— De roupas? — respondeu Beatrice.

— Bem, tem uma seção de roupas de segunda mão, mas na verdade vendemos de tudo. Livros, vídeos, suvenires...

— Quando eu crescer, quero ser estilista, ou ser música, como papai.

— Garota esperta! — exclamou Leo, que nesse momento voltava com uma pilha de pratos.

— E você, Jip? — perguntou Judie. — Já sabe o que vai ser quando crescer?

— Apresentador de televisão — respondeu ele, tão determinado que fez todo mundo rir.

Marie nos chamou para a mesa e fomos nos sentar. Jip e Beatrice ficaram nos meus dois lados, e Beatrice pediu a Judie que se sentasse junto dela.

Bem, até que não é um mau começo. Judie me dirigiu um sorriso cúmplice, e notei que Leo e Marie também sorriam para si mesmos.

A entrada foram lulas empanadas servidas com uma salada de tomate e mozarela. As crianças, cujo estômago só tinha recebido um pobre sanduíche de posto de gasolina e umas batatas fritas, tiveram que fazer um grande esforço para não comer logo com as mãos.

Marie perguntou como tinha sido o voo. Uma verdadeira aventura viajar sozinhos pela primeira vez, não é?

— As aeromoças deram brinquedos para a gente — disse Jip —, e depois teve "truculências".

As "truculências" de Jip provocaram uma boa gargalhada geral e uma subsequente rodada de piadas sobre as "truculências" das viagens de avião.

Judie lembrou que conhecera Amsterdam anos antes. Tinha uma grande amiga lá e lembrou que passara alguns dias visitando a cidade e as feiras de rua.

— Foram fazer compras no Dia da Rainha?

No último Dia da Rainha (o dia nacional da Holanda, que se comemora a 30 de abril), Beatrice tinha preparado seus próprios falafels no mercadinho de Vondelpark e vendeu absolutamente tudo. Talvez porque era a única que, além do falafel, oferecia um copo de sangria recém-preparada. Jip (isto não foi ele quem contou, eu soube por Clem) saiu por aí tocando violão, mas só conseguiu arrecadar dois euros e dezoito centavos depois de duas horas repetindo "Malagueña" debaixo de uma árvore. Após esse tempo, largou o instrumento de lado e anunciou que queria parar com as aulas chatas de violão, porque com isso "não tinha como ganhar a vida". O pai lhe deu total apoio.

Leo estava inclinado sobre a cadeira de Jip e conversava com ele como bons amigos.

— Você vai adorar este lugar, rapaz, é cheio de coisas incríveis. Seu pai já falou do monastério de Monaghan? Fica do outro lado dos despenhadeiros. Os vikings atacavam o lugar duas ou três vezes por ano e nunca conseguiram tomá-lo de vez. Os monges daquela época eram duros de roer. Dizem que enterraram um grande tesouro nas redondezas, para o caso de os vikings atingirem seu objetivo, e que esse tesouro ainda está enterrado por lá.

— É verdade, papai? — perguntou Jip, me olhando com olhos arregalados.

O monastério de Monaghan consistia em três paredes meio desmoronadas com meros vestígios de seu esplendor passado.

— Bem, meu filho... se alguém enterrou alguma coisa por aí, duvido que se possa encontrar. Deve estar a mais de mil metros debaixo da terra.

Deixei Jip e Beatrice conversando com Leo e Judie, respectivamente, e fui ajudar Marie a tirar a mesa. Entrei na cozinha com uma pilha de pratos e Marie me pediu que os deixasse ao lado da pia. A cozinha de Leo e Marie era um espaço quadrado com uma janela que dava vista para as dunas e uma porta para a garagem (a ampliação ligeiramente ilegal que Leo tinha feito dois anos antes). Todos os móveis, menos um freezer preto, eram de madeira clara laminada. Na porta da geladeira havia pelo menos uma dúzia de ímãs-suvenires de cidades europeias: Viena, Amsterdam, Londres...

— Não precisa, vamos colocar tudo no lava-louça — disse ela quando me viu pegar um pano. — Como foram as coisas em Dublin? Como está seu pai?

— Sobrevivendo — respondi friamente. — Continua morrendo um pouquinho a cada dia, mas acho que gostou muito de ver as crianças. Eu o vi rir pela primeira vez em bastante tempo.

Marie era mulher de poucas palavras e normalmente mantinha certa distância em relação às pessoas, por isso me pegou desprevenido quando acariciou meu ombro e sorriu com afeto.

— Lamento que seu pai esteja assim, mas talvez a vida dê algo de bom a ele... quando se livrar desse luto.

— É... talvez... — Deixei as palavras morrerem em meus lábios. — Obrigado, Marie.

Ela acabou de pôr os pratos no lava-louça e fechou a máquina agilmente com o quadril. Aplaudiu e riu.

— Viu que rápido?

Depois, me pediu ajuda para levar pratos limpos para servir o bife.

— Como vai a dor de cabeça? Está conseguindo dormir?

— Mais ou menos.

— Alguma novidade da médica?

— Receitou mais remédios, mas decidi não tomar. Acho que é um veneno, que vai me destruir mais do que pode consertar. Vou sobrevivendo com aspirinas. Não estou mal. Ela também me deu o telefone de um especialista em transtornos do sono, um sujeito de Belfast que faz hipnose. Estou pensando em procurá-lo.

— Continua tendo sonhos estranhos? — perguntou ela, com uma pretensa tranquilidade, mas notei um silêncio pesado depois da pergunta.

Em minha mente apareceu o jornal na mesa da sala de papai, com a manchete do massacre em Donegal, as formas compridas aos pés de um policial. Quatro mortos. Quem?

Sorri.

— Tive um pesadelo ou outro — limitei-me a responder —, mas nada "grave" como da outra vez. Nada que me faça vir de carro até aqui e acordar vocês no meio da noite. Lamento muito, de verdade, por tê-los assustado.

Marie estava sorrindo quando pôs um bife na frigideira.

— É bom saber. Para dizer a verdade, fiquei preocupada, Pete. Eu não sou como Leo. Acredito nessas coisas, em sonhos. Acredito que tudo vem de algum lugar... — Ela levantou a pontinha do bife com um garfo. — Este está pronto, me passe um desses pratos.

Na mesa havia seis pratos já preparados, com salada e batata assada. Peguei um deles e deixei perto da frigideira. Marie fisgou o bife e o pousou com cuidado no lugar reservado para ele.

— Quer dizer que aquele sonho pode ter algum significado? — perguntei.

Mais um bife na frigideira. Marie falava com os olhos grudados nele.

— Se fosse algo repetitivo, poderia ser que sim. Mas, enfim, se foi uma vez só não deve ser nada.

Pensei no jornal. No sonho em que Leo aparecia banhado em sangue.

— Ah, entendi — respondi, com a voz entrecortada. Depois fiquei em silêncio. Peguei outro prato e deixei-o perto do fogão.

— Se fosse algo recorrente, podia ser um alerta. Entende o que estou dizendo? Algo que talvez você tivesse que decifrar.

Continuei calado, olhando para Marie, tentando ler nas entrelinhas de sua frase. O que ela estava tentando me dizer?

— Pronto — disse ela, pondo o segundo bife no prato. Nesse momento olhou nos meus olhos e eu nos dela. Nossos olhares se encontraram no ar durante um longo segundo. — Se quiser, pode falar comigo, Pete. Sempre que precisar.

— Obrigado, Marie.

— Agora leve para lá estes dois pratos, antes que esfriem. E não me esperem para começar a comer.

Na mesa, a conversa prosseguia animada. Beatrice contava histórias de uma viagem que eles tinham feito ao sul da Espanha pouco tempo antes. Jip, com o material de desenho em cima da mesa, pediu a Leo que desenhasse dinossauros. Estava na fase dos dinossauros.

— Não... — disse ele, corrigindo o traço de Leo. — O *Protoceratops* tem que ter um escudo no pescoço.

— Ahhhh, claro, claro — respondeu Leo.

— Vamos, é hora de comer — falei. — Depois você pode pedir a Leo que desenhe toda a coleção.

Quando terminamos o prato principal, todos concordaram que Marie tinha se superado com aquele jantar. Enquanto esperávamos a sobremesa, notei que Jip estava calado havia um bom tempo. Comecei a desconfiar do motivo, e uns minutos depois minhas suspeitas se confirmaram quando ele se levantou e foi sussurrar no meu ouvido:

— Papai... — começou ele, ruborizado. — Preciso ir...

— Ao banheiro, campeão? — completei.

Jip confirmou com uma carinha envergonhada. Era muito complicado ter um intestino caprichoso, e ainda mais complicado quando decidia se manifestar em casa de desconhecidos.

O banheiro ficava lá em cima, no final do corredor. Eu me levantei, explicando que íamos "resolver um assunto urgente". Felizmente, para os pudores infantis de Jip, nesse momento Beatrice estava distraindo os outros com uma história sobre as casas flutuantes de Amsterdam, de modo que Jip e eu desaparecemos escada acima sem chamar muita atenção.

No banheiro, me aconteceu uma coisa que imagino que acontece com todos os pais que perdem alguns meses na vida dos filhos: fui me agachar para ajudar Jip a tirar o cinto, e ele me disse algo como "Já sei fazer sozinho, pai", enquanto abaixava a calça até os tornozelos e se sentava no vaso.

— Então eu espero lá fora, filho. Boa sorte aí.

Saí e fechei a porta rindo baixinho.

O corredor dava acesso a três quartos: o de Leo e Marie (um aposento grande, com uma cama king e um amplo closet), um quarto de hóspedes e outro que utilizavam como quarto-curinga, que chamavam de "escritório", onde Leo guardava seus pesos e aparelhos de ginástica e Marie passava horas jogando paciência no computador. Andei silenciosamente pelo corredor, as mãos nas costas, ouvindo os ecos das conversas e das risadas na sala. Pensei que o primeiro contato entre Judie e as crianças não tinha sido nada mau, e que Leo e Marie eram vizinhos encantadores. Que jantar! Tinham até se dado ao trabalho de preparar aquelas sacolas com presentes! E o melhor de tudo era que eu já estava um dia inteiro sem me lembrar da dor de cabeça. Não que tivesse desaparecido totalmente — ainda notava aquela pulsação no centro da minha cabeça —, mas não tinha dado as caras durante o dia inteiro. Era como se todo o meu organismo estivesse dizendo *Fique bom: Jip e Beatrice chegaram.*

Fui até a escada, passando ao lado de uma estante que ocupava metade do corredor, e voltei pelo mesmo caminho. Dei umas batidas de leve na porta do banheiro.

— Tudo bem aí dentro, campeão?

Jip levou alguns segundos para responder "Sim, papai", com a voz de quem está fazendo força. Clem também tinha intestino preso, e pelo visto o pobre Jip tinha herdado isso dela. Em compensação, Beatrice e eu éramos a alegria da casa quando se tratava de deixar o intestino fluir.

Dei outra volta e dessa vez parei em frente à estante. Era um móvel estreito, que cabia perfeitamente entre o quarto de visitas e o "escritório", cheio de livros, filmes e CDs nas prateleiras centrais. Havia umas fotos antigas de Leo e Marie coladas num dos lados de uma prateleira. Fotos de quando eram bem mais jovens. Numa delas apareciam abraçados num campo de trigo, sob um céu alaranjado. Em outra, numa praia rodeada de palmeiras, Leo se dirige à água carregando Marie, que parecia não concordar muito com a ideia. Não contive uma pontinha de inveja. No fundo, sempre pensei que Clem e eu acabaríamos como dois sexagenários felizes como Leo e Marie, com uma casa cheia de fotografias, e nossos filhos, talvez nossos netos, nos visitando nos fins de semana ou no Natal.

Não sei bem como, acabei com um daqueles livros nas mãos. Era um volume de contos de Mark Twain, uma edição bastante antiga. Peguei-o, virei um pouco e fiz as páginas correrem sob meu polegar. Parei numa página qualquer e li:

Como podia pensar outra coisa? Mas, diga-me algo mais... de quem é esse retrato que está na parede? Não será de um irmão seu?

R. Ah, sim, sim, sim! Agora me lembro, era meu irmão... William... nós o chamávamos de Bill. Pobre Bill, caramba!

P. Mas por quê? Morreu, por acaso?

R. Bem, acho que sim. Mas nunca poderemos afirmar categoricamente. Existe um grande mistério em torno dele.

P. Isso é lamentável, muito lamentável. Desapareceu, então?

Li um pouco mais até que, entediado, o devolvi à estante. Olhei para a porta do banheiro. Jip não dava sinais de estar terminando. Não se ouvia nenhum som. Continuei pesquisando a coleção de livros. Numa das laterais da estante, sustentando uma pilha de volumes, havia um grande tomo de fotografias de parques naturais da América do Norte. Peguei-o com cuidado para não derrubar a fileira perfeita de livros e abri. Por alguns instantes me distraí olhando as fotografias do Grand Canyon, do Yosemite e do lago Powell, relembrando uma viagem de trailer que Clem e eu fizemos logo depois do casamento, de Chicago até Los Angeles, percorrendo trechos da infame Rota 66. Quando fui recolocar o volumoso tomo no lugar, meus olhos deram com algo nos fundos da estante. Era uma espécie de rolo de papel, mas uma das pontas estava ligeiramente esticada e se divisava um toque de cor. Pensei logo que devia ser uma tela enrolada. Alguma pintura que Marie não devia ter emoldurado, deduzi.

E que por algum motivo escondeu aqui, pensei em seguida. E me surpreendi sentindo a tentação de ver o que era. Foi como um sussurro dentro da minha cabeça: *Sim, faça isso, Pete!*

Nem pensar. Que diabo é esse ataque de bisbilhotice agora?

Tentei abrir espaço entre os outros livros para encaixar de volta o grande volume de fotos, mas a pilha estava tão desequilibrada que acabei provocando um pequeno desmoronamento e todos os livros caíram para o lado, como peças de dominó. Os mais próximos da borda foram parar no chão.

Bravo, sr. Desajeitado!

Lá embaixo se ouviam risadas e fragmentos de conversas. Fiquei contente ao constatar que ninguém tinha ouvido. Poderiam pensar que eu estava metendo o nariz onde não deveria, o que não era verdade.

Ou era?

Apanhei os livros do chão e arrumei a pilha. Fazendo isso, vi que estava perfeitamente alinhada para deixar um espaço de alguns centímetros atrás. Um espaço que só era usado para aquela tela enrolada.

Dá uma olhada, vai, insistiu a vozinha na minha cabeça.

Eu ia esquecer tudo aquilo, ia me virar e continuar andando pelo corredor, talvez bater na porta para ver como estava Jip e, acima de tudo, não ia bisbilhotar aquela tela, porque alguma coisa me dizia que ela estava ali, escondida, por algum motivo. Marie tinha outros quadros, expostos por toda a casa, mas aquela pintura, justamente aquela, não estava à mostra. Devia existir uma boa razão para isso. E algo na minha cabeça, algo incontrolável, me dizia para dar uma olhada:

O que está esperando? Você sabe que quer olhar.

Espiei a escada. As conversas e risos prosseguiam na sala. Além do mais, a escada de Leo e Marie rangia facilmente, como se estivesse a ponto de quebrar. Se alguém começasse a subir, eu teria tempo suficiente para me desfazer da prova do crime. Quanto ao pobre Jip, eu continuava sem ouvir o barulho da descarga.

Se fiz alguma travessura quando era criança, devo ter feito a mesma cara que eu fazia naquele instante.

Um cheiro suave de tinta chegou ao meu nariz quando desenrolei a pequena tela. Devia ter uns cinquenta centímetros de altura por quarenta de comprimento. Era o retrato de uma criança, um bebê de meses. O quadro sugeria que estava deitado entre algodões, mas também podiam ser nuvens. O bebê tinha uma expressão feliz e pacífica. Tudo nele era quietude. O rosto era a parte mais detalhada, com uns olhos muito brilhantes, que encaravam e perseguiam o olhar do espectador. Fiquei como que hipnotizado. Não conseguia parar de olhar, mas ao mesmo tempo sabia que talvez tivesse pisado em terreno proibido. Queria devolver aquilo ao seu lugar o quanto antes.

Embaixo, à direita, havia uma assinatura. Eu esperava ver o anagrama de M. Kogan, com o "K" partindo da haste esquerda do "M", que era como Marie assinava todas as suas obras (incluindo a que eu tinha em cima da minha lareira), mas a assinatura era claramente outro nome: "Jean Blanchard".

— Jean Blanchard... — murmurei. — Quem será? Outra pintora, isso é óbvio. Alguma mulher aqui de Clenhburran? Mas por que Leo e Marie guardariam o retrato de um bebê pintado por outra pessoa?

— Tudo bem aí em cima?

Quase dei um pulo ao ouvir a voz de Leo, ao pé da escada. Enrolei a tela às pressas e quase a joguei por uma porta. Mas, ao que parecia, ele continuava lá embaixo.

— Sim... ele está com dificuldade — respondi, enquanto guardava a tela de volta. Depois, apareci no alto da escada e acenei. — Mas nada grave.

— Certo. Sem pressa — brincou Leo. — Diga a Jip que a sobremesa está esperando.

— Pode deixar. Um pouco de motivação extra nunca é demais.

Eu me virei de volta. Estava andando para o outro lado do corredor, com a intenção de bater na porta e perguntar a Jip se tinha conseguido resolver o "problema", quando vi algo no chão, em frente à estante. Um recorte de jornal.

Fui apanhar. Imaginei que tivesse caído, sem que eu percebesse, de algum dos livros que eu tinha folheado... ou talvez até de dentro da tela. Era meia página de jornal, recortada com cuidado. Num dos lados havia o pedaço de uma propaganda em caracteres orientais; no outro, o lado que claramente interessava a quem o recortara, tinha a seguinte notícia:

THE STANDARD. Hong Kong, 14 de dezembro de 2004

LOCALIZADO VELEIRO À DERIVA E SEM TRIPULAÇÃO
PERTO DE MAGONG.

A tripulação, um casal norte-americano residente em Hong Kong, pode ter sido vítima de um sequestro.

Jim Rainsford, Hong Kong.

Uma brigada de salvamento marítimo localizou ao meio-dia de ontem, terça-feira, um veleiro à deriva cinquenta milhas ao norte da Table Island, no arquipélago de Magong. Trata-se do *Fury*, cujo desaparecimento as autoridades registraram no domingo passado. Um dos homens do helicóptero de salvamento comprovou que o veleiro estava vazio, e por isso se realizaram buscas dos seus tripulantes, um casal norte-americano residente em Hong Kong, durante toda a tarde.

A embarcação, de doze metros de comprimento, foi dada como desaparecida no domingo à tarde, por volta das duas horas, quando os responsáveis pelo porto esportivo de Kowloon alertaram que o veleiro tinha partido na véspera "sem provisões para mais que um dia de navegação".

Um pesqueiro avisou ao serviço de salvamento marítimo da Table Island que havia um barco esportivo navegando, aparentemente à deriva, a várias milhas da ilha. Nessa mesma tarde foi confirmado que se tratava do *Fury* e, graças ao número de matrícula, foram feitas as conexões necessárias até se descobrir o porto de origem da embarcação.

Embora ainda seja cedo para saber as circunstâncias que envolvem o desaparecimento dos tripulantes, fontes policiais de Magong, em vista das boas condições climáticas na zona durante os últimos dois dias e de uma análise superficial do barco, descartam um acidente em alto-mar. Foi levantada a hipótese de um ataque pirata seguido pelo sequestro do casal, cuja identidade não foi revelada. Contudo, "ainda é preciso analisar o barco para saber mais detalhes e, caso seja confirmado que foi um ato de pirataria, esperar uma possível exigência de resgate...".

O barulho da descarga no banheiro me acordou. Dobrei o papel e joguei-o atrás dos livros, no espaço onde estava a tela, torcendo para que tivesse caído daquele lugar. Depois, pus as mãos nas costas e esperei que Jip aparecesse na porta.

— Pronto, papai — disse ele, com um semblante de pura satisfação.

Respondi com um "parabéns" mais frio que o normal. Ainda estava atônito com aquela descoberta insignificante, mas que ao mesmo tempo podia significar tantas coisas.

Tentei disfarçar meu desconcerto durante o resto da noite, mas acho que não consegui. Em certo momento, Judie beliscou minha coxa debaixo da mesa e sussurrou:

— Aconteceu alguma coisa?

Eu sorri, negando com a cabeça. Uma hora depois, nós três começamos a bocejar e decidimos dar o jantar por encerrado.

Quando voltamos para casa, Jip e Beatrice reclamaram que as camas estavam frias. Era verdade. Os cobertores e os lençóis que eu tinha preparado uma semana antes tinham absorvido umidade, por isso desci para preparar sacos de água quente na cozinha. De tão exaustos que estavam, os dois dormiram antes que eu voltasse. Coloquei os sacos nos seus pés e fiquei algum tempo sentado na ponta da cama de Jip, olhando para os dois.

Consultei o relógio: passava da meia-noite. Eu tinha tudo para estar cansado. Tinha dirigido desde Dublin naquele mesmo dia e, depois de uma noite em que não dormira muito bem e daquele jantar delicioso, meu corpo deveria estar implorando por um bom descanso. Curiosamente, porém, não estava com o menor sono.

Desci para a sala, liguei meu MacBook e me sentei no sofá. Abri a página principal do Google e digitei umas palavras ao acaso:

"Blanchard" "Kogan" "Hong Kong"

O que eu estava procurando? Uma ligação? A confirmação de uma teoria inusitada?

"... um casal norte-americano residente em Hong Kong..."

E se for algo mais simples? Talvez esse casal norte-americano seja "outro"; amigos, conhecidos. Aliás, você se lembra de Leo ter mencionado Hong Kong alguma vez nas histórias dele?

Durante quase duas horas vasculhei a rede tentando todas as combinações de palavras que consegui imaginar: "Blanchard" "Kogan"; "Hong Kong" "Fury" "Kogan"; "veleiro" "Kogan"; "veleiro desaparecido" "Hong Kong" "Leo Kogan" "Marie Kogan"... Mas os buscadores da internet me davam resultados insubstanciais. Coisas sem ligação. Havia um tal de Richard Kogan em Newport Beach, Califórnia, que mantinha um site sobre navegação a vela. Também encontrei um casal de Blanchard (Celine e Dario) que morava na Martinica; os dois, um quarentão acima do peso e uma garota mais jovem, apareciam em várias fotos cruzando os cristalinos mares caribenhos a bordo de um veleiro. Nenhum dos dois se parecia, nem de longe, com Leo ou Marie. O buscador me forneceu vários links sobre pessoas chamadas Leo Kogan, mas nenhuma delas era meu vizinho. Havia um Leo Kogan pintor em Lyon. Outro Leo Kogan advogado em Nova York. Procurei suas fotos de perfil no Facebook e no LinkedIn. Explorei o catálogo de imagens referidas a qualquer Leo Kogan do mundo. Em nenhuma delas (pelo menos nas primeiras cem ou duzentas que vi) aparecia alguém sequer remotamente parecido com meu vizinho. E o mesmo em relação a Marie. A princípio, isso não era nada estranho. Afinal, muita gente consegue escapar desse grande buraco negro chamado internet.

Concluí essa tediosa e improdutiva investigação "dando um Google" (expressão que aprendi com Beatrice) em mim mesmo: "Peter Harper recebe o Bafta por melhor trilha sonora"... dois anos antes. "Peter Harper na capa da *Mojo*"... dois anos antes. "Peter Harper em documentário sobre compositores contemporâneos"... dois malditos e longos anos antes. E, finalmente, Clem, que, para minha surpresa, tinha criado um perfil no Facebook e agora exibia as fotos de sua nova e radiante vida e de suas viagens com Niels, coisa que jamais fizera comigo... Será que tinha vergonha?

Observei uma foto dos dois se beijando ao lado de uns coquetéis decorados com motivos tropicais, em alguma idílica praia tropical. Deixei que meu rancor, meu ódio, minha inveja e minha vaidade ferida dançassem por algum tempo no estômago. Depois, desliguei o computador e fui para o andar de cima. Dei uma olhada no quarto das crianças. Jip tinha se descoberto um pouco e Beatrice continuava na mesma posição, como sempre. Dormia feito uma pedra. Podia-se construir um castelo de cartas na sua linda barriguinha e ele continuaria em pé no dia seguinte. Escovei os dentes e fui para a cama, onde fiquei deitado de olhos abertos, encarando o teto. Pensei em conversar com Leo sobre tudo aquilo. A tela, o estranho recorte de jornal. Poderia dizer que o encontrara por acaso (não foi assim mesmo, afinal?), mas depois percebi que era uma estupidez. Aquilo estava escondido, só faltava uma placa de NÃO TOQUE. E eu meti a mão. Reconhecer que eu havia feito isso seria como reconhecer que andara mexendo na gaveta de calcinhas da esposa dele. Uma forma rápida de destruir uma boa amizade. Decidi ficar calado. Talvez pudesse puxar o assunto de outra forma. Talvez, afinal, não houvesse nada de importante em tudo aquilo.

Adormeci, e naquela noite tive um sonho.

Meu sonho se passava numa noite clara, cheia de estrelas, e eu estava tocando piano na sala, com a vidraça aberta e o som do mar interferindo amigavelmente na música.

Uma melodia genial. Não sei de onde a havia tirado, mas era minha melhor ideia em muito tempo. Minhas mãos percorriam o piano de cima a baixo, apertando as teclas com precisão como se estivesse ensaiando havia anos aquela peça desconhecida. A música saía do meu coração, como todas as coisas boas que escrevi na vida, e eu pensava: *Consegui de novo!* Precisava anotá-la em algum lugar, mas tinha tanta certeza do que estava tocando, aquilo soava tão dentro de mim, que não tive medo de esquecer.

Telefonaria para Pat naquela mesma noite. Com certeza o acordaria, mas não importava, ele ficaria feliz com a notícia. Eu lhe diria que finalmente tinha conseguido. Que Peter Harper estava de volta. Minhas mãos voltavam a ser amigas da minha cabeça. Minha fábrica de sucessos voltava a funcionar. Eu sentia que nunca mais passaria uma tarde deprimente dedilhando acordes à toa. Sentia que era novamente uma fonte de ideias.

Mas então, quando minha melodia avançava, uma das teclas parava de funcionar. Emitia um som mudo, como um martelo batendo num dedo. O fá sustenido da quarta oitava.

Depois foi o dó da sexta. E o mi, uma oitava acima.

TOMTOMTOM.

Quando eu olhava para baixo, descobria, com horror, que estava coberto de sangue.

As teclas estavam sujas, havia marcas de dedos em toda parte. Marcas sangrentas. Virei as mãos e vi que as palmas estavam, também, cobertas de sangue. Mas não havia nenhuma ferida... de onde vinha aquilo? Apertei uma das teclas e notei uma pequena borbulha vermelha entre elas. O líquido acabava transbordando e escorria pelo marfim branco até cair, como uma densa gota de sangue, no chão.

Eu me afastava, assustado. A banqueta caía no chão, atingindo o piso como um grande martelo.

A tampa superior do piano estava fechada. Eu nunca a deixava fechada, mas naquela noite estava. Eu ia até lá e a segurava pelas extremidades, a erguia com cuidado, como um mecânico abrindo um motor. Via logo que tinha alguma coisa errada ali. Onde estava a chapa dourada? Lá dentro só se via uma cavidade escura. Eu tirava uma das mãos da tampa e a metia na cavidade escura em busca das cordas, mas sentia que ela mergulhava num líquido quente. A caixa de ressonância estava cheia de...

— Meu Deus.

Sangue.

Eu levantava mais a tampa, para poder ver. Divisava a banheira, e no centro um corpo nu emergindo daquele grande charco vermelho.

Judie. Com os pés e mãos amarrados.

— Me ajude, Pete — gemia ela. — Ele já vai voltar. Hoje me mata. Ou amanhã. Me ajude.

Meu corpo começava a tremer.

— Vou tirar você daqui, Judie. Vou tirar.

Eu tentava achar o suporte da tampa, mas não conseguia, e tampouco podia soltar a tampa...

— Por favor, por favooooooor... Ele é um monstro. Vai me usar um pouco mais e depois me matar, Peter. Vai me cortar em pedaços.

Então eu notava uma presença atrás de mim, na sala. Fechava o piano. Abafava a voz de Judie, que continuava dizendo aquelas coisas terríveis mas sem sentido. Dava meia-volta. Imóvel no meio do saguão estava uma sombra.

— O tempo acabou, Peter.

Calva. Com aquelas terríveis manchas negras na pele que a faziam parecer um monstro. Magra como um esqueleto. Como estava nos seus últimos dias de vida, quando a quimioterapia já a tinha queimado toda por dentro.

— Mamãe!

Vestia seu penhoar verde, o que sempre usava em casa. E, apesar da aparência terrível, seus olhos transmitiam uma compaixão e uma doçura que transformaram aquele pesadelo num sonho bom. Então, antes que eu pudesse chegar até ela, antes de minha mãe se desvanecer no ar, ela abria a boca e dizia:

— Vá embora desta casa, Peter.

3

Com a chegada do verão, o povoado começou a ficar repleto de turistas. A placa de PARE na estrada de Clenhburran deixou de ser um sinal simbólico que o pessoal já estava acostumado a ignorar. Agora a rodovia dava sinais de vida; havia começado um contínuo pinga-pinga de trailers, carros e hordas de motociclistas para cá e para lá em diferentes pontos da costa. O posto-mercadinho Andy's aumentou o estoque de comida e abriu uma seção especial de churrasco com todos os itens necessários para um dia feliz em família. Além disso, agora sempre havia uma pequena fila de três ou quatro pessoas fazendo compras. Na cidade, surgiam caras novas e se ouviam novos sotaques. Inglês, escocês, americano, além do acento inconfundível do pessoal de Cork, ou de algum dublinense do norte. O Fagan's, que durante o inverno era um refúgio mais ou menos solitário, ficava animado todas as noites da semana. Keith Douglas inaugurou um Beer Garden nos fundos, onde se podia ficar com a caneca de cerveja para fumar em cadeiras confortáveis, rodeado de barris e outros trastes.

Os primeiros dias na casa da praia estavam sendo felizes e tranquilos. Eu me levantava antes das crianças e preparava um café da manhã com torradas, ovos fritos e bacon. Comíamos sentados nas cadeiras do jardim, de frente para a idílica vista do oceano, depois descíamos para a praia. Alguns dias, quando havia muito vento, nos limitávamos a dar um longo passeio à beira-mar. Jip tinha encontrado uma rede de pescador e adorava catar conchas, pedras estranhas e cadáveres de caranguejo entre as rochas no fim da praia. E, como eu tinha pensado semanas antes, adorou explorar o interior da pequena caverna, fantasiando com um tesouro escondido lá no fundo. ("Leo disse que havia tesouros vikings, não foi?")

Outras vezes, quando a temperatura estava boa, até tomávamos banho de mar. Jip tinha uma atração fatal por água e sempre acabava entrando até o pescoço e saindo rapidamente, todo arrepiado. No terceiro dia, fui a Dungloe e comprei umas camisetas de neoprene. Por nada deste mundo queria correr o risco de que ele pegasse um resfriado de verão, e a água, apesar do tempo bom, continuava em seus dezesseis graus. Já Beatrice preferia ficar lendo na toalha. Na nossa primeira visita oficial à sua loja, Judie lhe dera o primeiro livro da saga *Crepúsculo*, e agora Beatrice estava completamente fascinada. Devorou a primeira parte em dois dias e longas noites. Tive que obrigá-la a apagar a luz de madrugada. De minha parte, estreei uma prancha de surfe que tinha encontrado no depósito do jardim; não consegui ficar em pé nenhuma vez, mas pelo menos me mantive de joelhos em cima de uma onda e acenei para meus filhos antes de cair no meio da espuma.

Às vezes Judie aparecia lá em casa, e saíamos para dar um passeio todos juntos. As extensas dunas, cheias de atalhos entre a grama e a areia, eram perfeitas para se perder naquelas tardes mornas de verão. Judie e Beatrice iam alguns metros à frente de Jip e de mim e ficavam conversando, rindo, brincando... parecia que estavam se entendendo perfeitamente. Jip e eu ficávamos na nossa área: descobrir insetos, encontrar paus ou pedras de forma e tamanho singulares. E meter tudo num saco, naturalmente. Além do mais, desde que Leo lhe contara a história dos vikings e do monastério de Monaghan, Jip tinha certeza absoluta de que encontraríamos um tesouro, e se atirava sobre qualquer objeto brilhante que sobressaísse na areia (mais de uma vez eram vidros de garrafa, que tive que ir correndo tirar da mão dele).

A loja da sra. Houllihan competia com o Andy's na venda de produtos de praia, por isso Judie estava com bastante trabalho naquela semana. Na terça-feira, me pediu o Volvo para ir buscar um grande pedido de mercadoria em Dungloe: pazinhas, baldes e ancinhos de plástico; redes e barracas; maiôs, óculos de mergulho, roupas de verão...

— Você vende mesmo tudo isso? — perguntei.

— O pessoal fica meio doido com o verão — respondeu ela. — E este parece que vai ser muito bom.

Era verdade. Havia semanas que as previsões meteorológicas estavam prometendo tempo bom durante o mês de julho inteiro e a primeira metade de agosto. Talvez com risco de ocorrer alguma tempestade elétrica, mas, de modo geral, bom.

Alguma tempestade elétrica (com nuvens negras em forma de suspiro, raios, trovões, talvez alguma visita na madrugada), mas, em geral, bom.

Depois de concluída a tarefa de carga e descarga, Judie voltou com o Volvo no meio da tarde, e a convidei para ficar e jantar conosco.

Enquanto as crianças se divertiam com um frisbee no jardim dos fundos sob um anoitecer lilás e o cintilar das primeiras estrelas, Judie e eu cozinhávamos juntos, conversando sobre isso e aquilo. Era um momento doce, estar com ela e as crianças naquela casa em frente ao mar, preparando um prato gostoso para o jantar, com um bom filme depois. Eu tinha consciência de que meu cérebro estava substituindo Judie por Clem naquele cenário, minha mente estava fazendo um remendo na imagem quebrada da família que tanta falta me fazia. Mas, enfim, autoenganação ou não, mentira ou verdade, eu me sentia bem; mais do que bem, até: feliz. E era uma sensação bastante nova.

Por outro lado, desde que as crianças estavam lá em casa nós dois tínhamos deixado de ter intimidade. Passar a noite juntos, nem pensar.

— Opa! O abraço do urso? — disse ela, surpresa, quando a envolvi por trás, num momento em que as vozes de Jip e Beatrice pareciam distantes. — Tome cuidado, senão eles vão ver.

— Estou meio descontrolado — respondi. — Muito saliente, como se diz por aí. Por que não fica aqui esta noite?

Ela negou com a cabeça.

— Já falamos sobre isso, Pete.

Sim, falamos. Tinha parecido muito razoável: ela não se sentiria à vontade com as crianças em casa. Para mim tampouco era um passo fácil, mas talvez eu estivesse mais preparado. Afinal, Clem morava com Niels. Meus filhos tinham que vê-lo de pijama toda manhã, escovando os dentes todo desgrenhado e com o rosto por barbear. Judie era uma imagem muito mais bonita.

— Mas em algum momento vamos ter que... — respondi, dando uma mordidinha no pescoço dela.

— Eles perguntaram alguma coisa?

— Não. Ainda não. Mas vão perguntar. Eu os conheço. Estão maquinando nas suas malévolas cabecinhas.

— E o que você vai dizer?

— Sei lá. Que somos amigos com direito a carinhos... Não sei. O que nós somos exatamente, Judie? Namorados?

Ela baixou a cabeça e continuou cortando o tomate em rodelas.

— Certo — continuei. — É uma palavra um pouco "forte", talvez...

— Não — disse ela —, tudo bem. Pode dizer a eles que somos namorados.

Senti um formigamento tipicamente adolescente quando ouvi isso.

— ... a menos que seja um problema para você — completou ela.

— Não — respondi sem hesitar. — Nada disso. Bem, no dicionário do século XXI, "namorados" não significa exatamente que vamos nos casar.

— No dicionário do século XXI eu gosto de você, você gosta de mim, nós dois nos damos bem e não dormimos com ninguém mais. Não vamos assinar nenhum papel nem usar nenhuma aliança e vamos tentar ser sinceros um com o outro. Chame como quiser.

— Judie, é a coisa mais romântica que me disseram nos últimos dois anos.

Ela se virou, pôs as mãos nos meus ombros e me beijou docemente na boca.

— E olhe que não tentei ser romântica. Espere só e vai ver.

Então ouvimos a voz de Jip, que tinha começado a chorar lá fora. Beatrice veio correndo do jardim com o frisbee na mão.

— Jip tropeçou, pai.

Fomos até lá. Ele estava sentado na grama, ao lado da fossa sanitária, se queixando do joelho, e logo imaginei o que tinha acontecido. O maldito bueiro da fossa, que tinha quebrado duas vezes a lâmina do cortador de grama.

— Estou pensando há meses em comprar uma chapa de metal para tampar isso — expliquei a Judie enquanto nos aproximávamos do lugar do acidente —, mas por algum motivo sempre esqueço. Está muito escondido na grama e é fácil tropeçar.

Peguei Jip no colo e o levei para a sala. Judie me perguntou onde havia remédios, e eu disse que procurasse no armário da entrada. Ela voltou com uma grande caixa metálica onde havia algodão, band-aids, iodo, tudo ainda fechado (eu tinha comprado na farmácia de Dungloe quando me instalara na casa, mas, curiosamente, nunca tinha precisado de nada), além dos comprimidos para dor de cabeça prescritos pela dra Ryan (os que comprei mas decidi não tomar).

Embebi um algodão no iodo e comecei a desinfetar a ferida de Jip. Ele estava perseguindo o frisbee no ar e enfiara o pé no bueiro, batendo o joelho com força. Um belo ferimento de guerra, mas, felizmente, não muito profundo.

— Será que vai precisar de antitetânica?

Judie disse que não era necessário, porque o arranhão tinha sido na pedra.

— Basta um pouco de iodo.

Enquanto limpava a ferida, Judie quis saber sobre os betabloqueadores e outros remédios que estavam ali.

— Foi isso que lhe receitaram no hospital? — perguntou.

Respondi que sim.

— Nossa mãe, ainda bem que você decidiu não tomar.

Beatrice se sentou ao nosso lado e se encarregou de acariciar o cabelo do irmão e tentar animá-lo, enquanto eu derramava um pouquinho de água oxigenada e terminava de limpar o joelho dele.

Judie continuava em pé ao nosso lado, mas notei que tinha ficado calada olhando um papel que encontrara na caixa de remédios. Estava com uma expressão de surpresa no rosto.

— Onde você arranjou isto? — perguntou, erguendo o papel diante dos meus olhos.

— É, Kauffman — li. Era o papel em que a dra. Ryan tinha escrito o nome e o telefone do psicólogo de Belfast. Devo ter jogado na caixa junto com o resto dos remédios quando voltara da última consulta, e praticamente tinha esquecido.

— A médica me indicou. Parece que ele é especialista em transtornos do sono... Você o conhece?

— Ele foi... meu professor na universidade, mas acho surpreendente que ela o tenha recomendado.

Fiquei intrigado com a expressão de Judie. O olhar dela transmitia medo.

— Falei com ela sobre... — olhei de soslaio para Beatrice e Jip, pensando que talvez não devesse tocar naquele assunto — ... sobre os sonhos que tive depois do acidente. Pensei que talvez fosse uma boa ideia falar com ele. Você acha que vale a pena marcar uma consulta?

— Talvez — respondeu ela —, mas talvez seja cedo para ir tão longe. Além disso, já se passaram duas semanas e você não voltou a ter nenhum daqueles p... — ela olhou para Jip e Beatrice — ... daqueles sonhos agitados, não é mesmo?

Lembrei o mais recente, o que não tinha lhe contado, no qual ela estava amarrada na chapa do meu piano, numa poça de sangue, dizendo coisas horríveis a respeito de um homem que vinha atacá-la e...

— Ai! — reclamou Jip quando apertei um algodão empapado de iodo, talvez com excessivo ímpeto.

— Desculpe, campeão — falei, aliviando a pressão. — Bem, continuo tendo uns sonhos estranhos. Mas nada grave.

— É por causa do raio, papai? — perguntou Beatrice, que, como sempre, estava sabendo de tudo.

Dois dias antes, voltando de um passeio pelos rochedos, eu lhe contara a história em poucas palavras, principalmente porque tinha certeza de que eles iam acabar ouvindo em algum momento. Minha versão era bastante sintética e omitia as partes mais mórbidas (por exemplo, o fato de ter ficado mais de quinze minutos inconsciente numa sarjeta). Para as crianças, a aventura se resumia a que papai tinha ido tirar um galho da estrada e um raio "caiu muito perto" e "o queimou", da mesma forma que alguém se queima quando aproxima demais os dedos de uma vela acesa.

— Sim, meu bem, é por causa da história do raio — respondi —, mas já estou ficando bom.

— Você viu as queimaduras em forma de árvore, Judie? São alucinantes.

— Sim, Beatrice, são muito impressionantes. Mas quase não dá mais para ver, não é, Pete?

De fato, já tinham sumido quase completamente.

— Acho que vai acabar acontecendo a mesma coisa com a dor de cabeça. Mesmo assim, se você quiser posso telefonar para Kauffman e fazer uma consulta informal.

— Não, esquece — falei. — Vamos esperar mais um pouco.

Peguei o band-aid que Judie me passou e apliquei na ferida de Jip. Depois, Beatrice e ele saíram de novo para brincar com o frisbee, e recomendei que evitassem a parte dos fundos do quintal, onde ficava o bueiro, para evitar mais acidentes. E gravei um lembrete mental: *Pôr uma tampa naquilo*, que no dia seguinte já estaria esquecida.

Quando acabamos de cozinhar, o tempo estava tão bom que pusemos a mesa na varanda e jantamos à luz do entardecer. Judie aproveitou para me falar sobre a noite de cinema ao ar livre, que seria dentro de dez dias.

— Todo mundo está empolgado com a ideia de você tocar. O que acha?

Eu tinha pensado um pouco no assunto e considerado a ideia de interpretar o tema principal de *Cinema Paradiso*, de Ennio Morricone. Era uma peça curta e que praticamente não precisaria treinar, porque já a havia tocado centenas de vezes. Judie gostou da ideia. Disse que já tinham até conseguido um teclado para o evento, de oito oitavas. A esposa de Keith Douglas, do Fagan's, frequentara uma escola de música para adultos em Letterkenny havia alguns anos e desde então tinha um piano elétrico juntando poeira na sala de casa.

— Imagino que sirva — comentei.

— Prepare alguma coisa para falar, também.

— Um discurso? — perguntei.

— Não, só umas palavras. "Olá, queridos vizinhos, é uma verdadeira honra estar aqui esta noite..." Essas coisas. Você é a única dessas duzentas almas que já esteve num estúdio de cinema ou que já falou com um diretor. Todos estão ansiosos para ouvir alguma história. Só não fale demais.

Depois do jantar, vimos um filme todos juntos. Judie se despediu por volta de meia-noite. Fiquei olhando as luzes traseiras vermelhas do seu Vauxhall Corsa até desaparecerem no alto do Dente do Bill, enquanto pensava na estranha reação que ela tivera ao ler o nome de Kauffman.

"Foi meu professor na universidade."

Um especialista em problemas do sono. Uma mulher atormentada por pesadelos sobre os quais não quer falar.

Bem, ela não era a única...

Na manhã seguinte aconteceu uma coisa que deveria ter me deixado alerta, de olhos bem abertos.

Fomos dar um passeio à beira-mar, descalços. Jip apanhava seus tesouros, Beatrice tagarelava. Quando chegamos ao final da praia, bem onde se formavam umas pequenas tocas na rocha preta, não cabiam mais tesouros na rede de

Jip, de modo que ele começou a passá-los para mim e encheu meus bolsos de conchas e pedras. Beatrice tinha começado a escrever seu nome na areia: B-E--A-T-R-C-E.

— Falta o i! — gritou Jip.

— Escreve o seu, então, se é tão esperto.

Jip afundou o pezinho na areia e começou a desenhar um longo J, que, quando chegou a ter o traço superior, as ondas se encarregaram de apagar até a metade. Zangado com a natureza, ele resolveu dar um chute na onda seguinte e acabou molhando completamente a calça, o que fez a irmã dar uma boa gargalhada de escárnio (claro). Mas Jip tinha aperfeiçoado suas habilidades mafiosas. Primeiro foi se queixar comigo, antes de concluir que aquilo era assunto a ser resolvido como uma *vendetta*. Ele foi correndo até Beatrice e, quando ela se virou, chutou o mar para molhá-la pelas costas. Ela reagiu na mesma hora, deixando Jip com água até o último fio de cabelo. Ele então foi correndo se refugiar nos braços do seu (seco) pai, mas a essa altura Beatrice já havia partido para um ataque em grande escala que terminou me deixando todo molhado também. Seguiu-se uma guerra sem limites.

Beatrice começou a persegui-lo, e Jip correu para as rochas. Eu ainda estava rindo quando o vi acelerando mais e mais, como se de repente percebesse que corria um perigo real, e o vi ir direto para uma daquelas pequenas tocas na rocha.

— Jip! — exclamei. — Ei, Jip!

Mas ele já estava longe, e o vento soprava nos nossos ouvidos. Jip tinha acelerado tanto que estava com dois metros de vantagem da irmã. Então se jogou na areia e, engatinhando a toda velocidade para o interior de uma pequena cavidade, a menor de todas, do tamanho exato dele, para que Beatrice não pudesse alcançá-lo. Ela deu um chute na areia em frustração e tentando sujar o traseiro do irmão, mas ele já havia desaparecido lá dentro.

A entrada da gruta não devia ter mais que meio metro de altura, e o mar batia a poucos metros dali. De repente senti que não estava gostando nem um pouco de que Jip tivesse sumido naquela escuridão estreita. Acelerei o passo. Beatrice estava ajoelhada, tentando enxergar alguma coisa, mas o maldito buraco absorvia a luz como um véu preto.

— Jip! — gritei, agora sem medo de parecer imperativo e assustado. — Saia daí agora mesmo. Este lugar é perigoso.

Minhas palavras reverberaram, um eco curto e seco, e depois mais nada. Senti meu coração bater mais depressa. Beatrice me olhou sem dizer nada; acho que ambos percebemos que estava acontecendo alguma coisa errada ali.

— Jip, faz o que o papai mandou! — gritou Beatrice. — Sai daí.

Temi que ele tivesse encontrado outra saída, do outro lado, onde só havia rochas afiadas polidas por uma maré pesada que às vezes explodia em jorros de espuma. Subi em uma das rochas, ferindo meus pés descalços, para tentar localizar outra abertura.

— Jip! — Minha voz saiu aterrorizada. — Está me ouvindo, filho?

Os mais terríveis cenários desfilaram à minha frente naqueles poucos segundos.

Não havia como avançar mais, tampouco vi nada se mexer sob meus pés, então voltei para a areia. Beatrice tinha entrado na gruta até onde seu corpo permitia. Eu me agachei ao lado dela.

— Está vendo seu irmão?

— Sim. Acho que sim.

— Jip! — gritei. — Escute, filho, saia daí, por favor. Tem ondas do outro lado, e... você pode se cortar com alguma coisa aí dentro.

Segundos depois o vimos surgir na escuridão, engatinhando, tal como tinha entrado.

Quando o vi do lado de fora, peguei-o no colo e, depois de verificar que não tinha nenhum ferimento, cobri-o de beijos.

— O que foi, filho? O que...?

Mas Jip não respondeu. Abraçou meu pescoço e apoiou o rosto em meus ombros. Estava tremendo, e senti lágrimas em suas bochechas. Eu não conseguia entender a causa de tudo aquilo. Tinha sido testemunha de sua briguinha com Beatrice, a guerra de água, a corrida... Não fora nada de mais.

— Foi um dos momentos "estranhos" dele — explicou Beatrice. — Vai passar, é só deixar ele quieto uns minutos.

— Momentos estranhos? — perguntei. — Do que você está falando?

— Às vezes acontece. Mamãe já explicou ao psicólogo. Mas não é nada grave. Ele fica calado, como se estivesse em outro mundo. Às vezes sua, fica nervoso. É só esperar um pouquinho.

Quando voltamos para casa, pus Jip num banho quente. Eu sentia tanto frio que acabei me sentando na banheira em frente a ele, ensaboei seu corpo e a cabeça e aproveitei para enchê-lo de carinho. Ele estava quieto, de olhos fechados para não cair xampu.

— Como está, filho? Já se aqueceu?

— Já...

A água tinha começado a subir e já cobria nossa barriga. Era uma sensação agradável, e o corpo de Jip aos poucos parava de tremer. Continuei ensaboando-o, suas orelhinhas escorregando dentro das minhas mãos como dois pequenos peixes.

— O que aconteceu lá embaixo, filho? Por que você chorou?

Ele não respondeu logo. Demorou mais de meio minuto. Era como se estivesse tirando uma farpa muito dolorosa.

— Fiquei com medo.

Disse isso bem baixinho, como um segredo que só eu pudesse escutar. Também abaixei a voz, até transformá-la num sussurro:

— Medo? De quê?

— De alguém que vinha. Um monstro.

— Um...? — Freei minhas palavras. *Não, não vamos por aí, sr. Harper. Nada de questionar, nem de parecer desconfiado.* — Quem era? Você conseguiu ver?

— Não... — respondeu Jip. — Só "senti". De repente.

— Foi quando sua irmã começou a correr atrás de você? Mas você sabia que era ela, não sabia?

— Sim, mas tinha outra coisa.

— Outra coisa?

Enquanto terminava de lavar o cabelo dele, segurando aquela cabecinha entre minhas mãos e beijando-a à menor oportunidade, pensei de novo na minha mãe, e na minha avó, costurando mais de uma vez o botão de meu tio-avô Vincent e salvando a vida dele naquela manhã, mil anos antes. E no que papai me dissera em Dublin: "Passa de pai para filho".

Por que não?, pensei. *Por que você seria o último?*

— Já aconteceu outras vezes? Esse medo?

— Algumas — respondeu Jip.

— E o que você sente quando acontece?

Jip tinha aberto os olhos. Agora fitava o teto, tentando se lembrar.

— Medo. Sinto que vai acontecer alguma coisa.

— Com você?

— Com alguém — respondeu ele, brincando com a espuma. — Às vezes é uma pessoa.

— Quem, por exemplo?

— O sr. Elfferich, o vigia do colégio.

— O que houve com ele?

— O filho dele morreu num acidente de carro.

— E você sentiu algo sobre isso, não foi?

— Aham.

— Antes que acontecesse?

Jip me olhou, surpreso. Depois concordou com a cabeça.

— Você contou isso à mamãe?

Ele negou.

— A alguém mais? A esse psicólogo aonde foi com a mamãe?

111

Eu imaginava o pobre Jip sentado numa poltrona, guardando aquele segredo inconfessável, enquanto um experiente psicólogo fazia mil e uma perguntas de praxe, longe, muito longe de acertar.

Ele negou com a cabeça.

— Também acontece com você, papai? — perguntou então.

— Acho que sim — admiti. — Às vezes. Também não consigo saber quando.

— É ruim?

Jip estava de olhos bem abertos. Os ouvidos também. Aquela era uma das PERGUNTAS, com maiúsculas. Como: Deus existe? Ou: De onde vêm as crianças? Ou ainda: Por que a mamãe e você não se amam mais? Estava evidente no rosto dele. A boca apertada, os olhos grandes, os ouvidos preparados para absorver aquela importante resposta.

— Não... acho que não é ruim nem bom, Jip. É como ter ouvidos. Às vezes você escuta música, é agradável; outras vezes você escuta barulho, coisas de que não gosta. Acho que é isso. Nem ruim nem bom. Simplesmente, percebemos coisas.

Algum dia vou lhe contar sobre sua avó e sobre sua bisavó. Quando você for um pouco mais velho eu lhe explico mais coisas, filho.

— Tá bom.

— Sempre que isso acontecer, pode falar comigo. Pode me contar, está bem?

— Tá. A gente pode encher a banheira mais um pouco?

— Claro — falei, abrindo a torneira de água quente —, mas não vamos demorar muito, combinado? Senão sua pele fica enrugada.

— Tá bom.

Fiquei calado, sentindo a agradável água quente rodeando nosso corpo. Recostei-me na banheira e o observei, esculpindo navios com a espuma. Senti medo por ele, como se um médico tivesse acabado de lhe diagnosticar a doença mais estranha e incurável do mundo. Era, provavelmente, o mesmo medo que meu pai sentira por mamãe durante toda a vida.

A terça-feira amanheceu com um dia espetacular, e Leo e Marie nos telefonaram bem cedo para avisar que os O'Rourke tinham nos convidado para navegar com eles e os filhos.

O cais ficava a oito quilômetros da cidade, numa pequena enseada protegida do mar que recebia regularmente uma dúzia de veleiros. Foi onde nos encontramos com os O'Rourke e seus dois filhos gêmeos, Brian e Barry, de doze anos, que imediatamente dedicaram sua atenção a Beatrice. Nesse dia ela usava um chapéu de aba larga comprado na loja de Judie e uns óculos escuros que lhe davam um ar de celebridade. Os gêmeos ruivos devem ter ficado impressionados e brigaram para ajudá-la a atravessar a passarela. Mas Beatrice, acostumada com os bruscos embarques e desembarques nos canais de Amsterdam, evitou-os como se fossem dois obstáculos e subiu ao veleiro com um pulo ágil, ante o olhar atônito dos rapazes.

Ri por dentro. Beatrice estava começando a mudar, como todas as garotas nessa idade. Já não se vestia mais de qualquer maneira, nem deixava que Clem cortasse seu cabelo ou lhe fizesse um rabo de cavalo. Na nossa última conversa por telefone, Clem mencionara um garoto que tinha rondado algumas vezes a porta da casa deles, e uma caixa de bombons de Dia dos Namorados que descobrira meio escondida no armário de Beatrice.

"Não acha que é hora de falar de preservativos?", perguntei.

Clem respondeu que já tinha feito isso, no começo do ano.

Muito em breve ela se tornaria uma bela mocinha e toda a sua bagagem genética estava começando a lhe enviar informações sobre como controlar esse novo poder. Mesmo que, por ora, tudo não passasse de um jogo. A coisa só ficaria séria dali a alguns anos. Corações partidos, declarações românticas e algumas lágrimas. Ou coisa pior... uma gravidez precoce, o rapaz errado... mas eu tentava não pensar muito nisso. Como pai, só queria imaginar uma passagem pelo amor adolescente com o mínimo de danos possível.

Eu não via Frank O'Rourke desde a noite do acidente, e aproveitei para agradecer pela ajuda, pois sabia que tinha sido ele quem descera do carro para me resgatar e que me carregara até o carro de Leo. Mas Laura, sua estrepitosa esposa, roubou novamente o protagonismo da cena, relatando o momento em que dissera a Frank o que fazer. O tranquilo Frank apenas concordava, esperando, com uma pesada caixa de Budweiser nas mãos, que ela terminasse.

Percorremos a costa passando em frente a fabulosos despenhadeiros, vastas alvercas e lindas e retorcidas penínsulas coroadas com antigas torres de vigilância ou faróis, ou casas ainda mais isoladas que as nossas. Marie, que em seus anos na Irlanda do Norte adquirira o hábito de observar pássaros e ler sobre o assunto, nos deu uma aula magistral sobre as muitíssimas aves migratórias raras que transitavam por ali naquela época. Afirmou que na primavera se podia identificar exemplares que teriam chegado da África ou do Canadá.

Jip, entre Laura e Marie, ia sentado tranquilamente na parte traseira, com seu colete salva-vidas e uns binóculos pequenos, tentando avistar baleias ou golfinhos na popa do barco. Os gêmeos, na proa, faziam o que era de se esperar: um de cada lado de Beatrice, tentavam chamar a atenção dela fazendo piadas e exibindo seus conhecimentos de navegação. Não deviam ser tão chatos como a mãe, pensei ao ver Beatrice rir das brincadeiras de seus dois novos amigos.

Enquanto isso, perto do leme, Leo e eu tomávamos uma cerveja com Frank, falando sobre o veleiro e sobre navegação.

— Estou convencendo Leo a fazer o investimento da vida dele — disse Frank. — Sei que ele adora navegar, e agora justamente tem um veleiro à venda naquele cais de onde partimos. Você se interessa pela atividade, Harper?

Admiti que eu sempre quisera aprender, mas que sempre era vencido pela preguiça. Frank me incentivou a começar, prontificando-se a me iniciar no assunto.

— A temporada começa em maio e acaba em outubro, dura quase meio ano, e em Donegal tem vento certo.

Ele foi até a proa e chamou um dos filhos para ajudá-lo com as velas, deixando Leo no comando do leme. Inevitavelmente, aquilo me trouxe à memória o artigo de jornal que eu encontrara por acaso em sua casa. Pensei que era um bom momento para fazer umas perguntas.

— Talvez seja uma boa ideia, comprar o veleiro — comentei, tentando trazer o assunto à tona. — Você sabe navegar há muito tempo?

— Há alguns anos. Aprendi na Tailândia, mas só velejei em pequenas embarcações, de seis, sete metros de comprimento, nada tão grande como isto aqui. Confesso que o danado do O'Rourke está me deixando com vontade. O que acha, Pete? Devo gastar minhas economias num veleiro?

— Acho que é melhor considerar a opinião da sua esposa antes de tomar essa decisão.

Não fui eu quem disse isso, e sim a própria Marie, que tinha aparecido por ali em busca de um refrigerante.

— E qual é a opinião da minha querida esposa? — brincou Leo, fazendo biquinho como quem pede um beijo.

Marie lhe deu o beijo e acariciou a careca do marido.

— Nossa aposentadoria não permite certos caprichos. Se você quer um veleiro, devia ter se mandado com aquela milionária alemã que conheceu. Como se chamava?

— Vai começar...

— Sabia que ele teve uma namorada rica, Pete? Era hóspede de um dos hotéis de Dubai onde Leo trabalhou. Todos os dias arranjava alguma desculpa para telefonar.

— Ela investiu bastante em mim — brincou Leo. — Reconheço que sou um cara bonitão. Quem sabe eu não devia mesmo ter ido embora com ela? Talvez agora tivesse um veleiro.

— E eu podia arranjar um professor de aeróbica bem gato, em vez de um velho cheio de caprichos.

— Ei! Quem é o velho aqui!?

Enquanto prosseguia essa briga de casal, entrecerrei os olhos e deixei que a brisa do mar clareasse minhas ideias.

Nos dias anteriores eu tinha conseguido uns momentos livres à noite e feito mais algumas buscas da internet. De certo modo, me envergonhava de cometer aquela bisbilhotice (a ponto de apagar o histórico de buscas do MacBook, por medo de que alguém as visse), mas a lembrança daquele misterioso artigo de jornal escondido nos fundos de um armário ainda era um grande ponto de interrogação dançando na minha cabeça. Essa segunda busca produzira um resultado: a mesma notícia do desaparecimento do *Fury* na hemeroteca eletrônica de um jornal australiano. Mas o texto era ainda mais sumário, se é que isso é possível, e não incluía outras fotos nem descrições do casal desaparecido. Fora isso, não havia mais menções ao incidente; os tripulantes desaparecidos do *Fury* nunca apareceram, ou pelo menos a notícia nunca fora registrada por nenhum jornal.

Eu continuava intrigado também com o retrato do bebê, assinado por J. Blanchard, escondido com o mesmo zelo que o recorte de jornal. As teorias proliferavam em minha mente, mas me forcei a parar de pensar no assunto. Sempre detestei fofocas e não queria alimentar suposições estranhas sobre meus amigos. Fosse qual fosse a solução do enigma, eu não estava interessado: Leo e Marie eram as duas pessoas mais amáveis que eu conhecera em muito tempo, quase como dois tios afastados que eu houvesse reencontrado quando menos esperava, e me negava a especular sobre a vida deles. Também me proibi, terminantemente, de voltar a procurar qualquer coisa sobre eles no Google. "O mau carma é como o cupim", dissera Judie uma vez. "Se você deixar que entre em sua mente, ele o come vivo."

Após cerca de duas horas ao mar, divisamos um bando de golfinhos ao norte e decidimos entrar no oceano atrás deles. Foi um momento desses que ficam gravados para sempre. Lembro um instante em que Jip e eu estávamos na proa do veleiro com aquela maresia fresca no rosto, gritando cada vez que uma onda nos molhava e nos emocionando cada vez que um daqueles maravilhosos animais aparecia ao nosso lado. "Papai! Olhe! Ali tem outro!", exclamava ele, e eu o apertava, bem forte, contra mim, temendo o oceano ao mesmo tempo que o amava.

Naquela noite, enquanto eu preparava o jantar na cozinha, Beatrice se aproximou com cara de "pergunte o que estou pensando".

— Judie é sua namorada?

— Namorada? — falei, tentando equilibrar a frigideira sobre os queimadores. — É uma amiga. Uma grande amiga.

— Mas vocês se beijam, não é?

— Bem... sim. Acho que somos namorados. Você acha isso bom?

— Acho — respondeu ela, enfiando as mãos nos bolsos com ar de quem declara missão cumprida.

— Escute — falei —, por que não falamos de outra coisa? Dos seus namorados, por exemplo.

— Namorados? Eu só tenho um.

— Espere aí! O quê?

— Mamãe já sabe. E deixa.

Touché. Xeque-mate. Ponto, set e partida.

— Bem... vamos arrumar a mesa.

Depois do jantar, surgiu o assunto do colégio e, portanto, a briga que abalara os alicerces daquela sacrossanta instituição. Tudo tinha começado com uma grande humilhação escrita no quadro-negro, encontrada depois do recreio: "Eu posso ser pedante, mas você é uma sem-peito, Bea Harper!". Foi a vingança da maior inimiga de Beatrice, uma tal de Maartje van Ringen, por minha filha tê-la chamado de filhinha de papai dias antes. O que resultou disso? Uma briga, claro. Beatrice tinha sangue quente, e Maartje não ficava atrás. Quebraram uma cadeira e um dos vidros da sala de aula. Belo começo em seu colégio novo. Famílias convocadas. Reunião no gabinete do diretor. Niels, o novo "pai" de Beatrice, teve que usar sua influência para atenuar as consequências.

— Eu odeio aquele lugar, pai. Odeio todo mundo no colégio. São uns metidos. Eu quero sair de lá, quero ir com Klaartje e Chris para o instituto do Leste. Elas dizem que lá o pessoal é normal. Por que tenho que ficar numa escola que me faz mal?

Tentei consolar Beatrice como pude. Prometi que voltaria a falar com Clem e sugeri que, "enquanto dávamos um jeito" (seria preciso ter feito a papelada da mudança de colégio o mais rápido possível, mas Clem continuava inarredável), ela tentasse encontrar algo de positivo naquela escola.

— Não é possível que todos sejam idiotas, Bea.

— Todos, pai. Acredite; é sério.

Parecia um lugar que eu tampouco gostaria de frequentar. Eu ia falar com Clem, mas já sabia o que ela ia responder: "Não estou disposta a arriscar o futuro de Beatrice por causa de um ano difícil. Ela tem possibilidades de se destacar na vida, e meu trabalho é evitar que as desperdice".

Esse era um dos aspectos da nossa relação em que sempre divergimos. Para Clem, minha forma de ver o mundo era "ingênua". Trabalhar com o que se gosta, seguir os instintos e ver no que dá, sem amargurar a existência. "Não se pode deixar nada nas mãos do acaso!" Ela dizia que esse era o erro cometido por noventa por cento das famílias: distrair-se. E considerava que garantir uma boa educação para os filhos era a função número um dos pais. Talvez tudo isso tivesse a ver com a família dela — um pai bêbado, mecânico de pontes no Haarlem, e uma mãe que passava metade da semana jogando cartas na praça — e com sua trajetória de garota trabalhadora, mas não brilhante, que precisou lutar por cada centímetro de avanço na carreira, pagar ela própria a faculdade e conseguir, um pouco tarde, se tornar advogada, como sempre sonhou.

"Nunca se perguntou por que eles me chamam de bruxa e de mandona? É porque sou eu quem os educa, quem eles veem todos os dias."

Não tenho nada a criticar, Clem. Você ganhou o papel de vilã nessa história.

"Primeiro aguentei seus fracassos, depois tive que aguentar seu sucesso. Você se acostumou a ser umególatra, a olhar para o próprio umbigo vinte e quatro horas do dia, e isso pode ser muito bom para um músico, mas como pai e marido você não vale merda nenhuma."

Ela tinha me dito isso numa rua de Amsterdam, mais ou menos um ano antes. Estávamos ao lado de um carro da polícia, onde faziam um curativo de emergência no lábio de Niels, que eu tinha acabado de partir. Nunca a tinha visto tão irritada. Pensei que fosse me dar um soco, e era o que eu desejava. Não cairia mal.

Niels Verdonk, o homem em quem eu tinha acabado de bater naquela tarde, era um arquiteto bastante famoso na cidade, criador de um bairro novo, próximo a Westerdok, com moradias tipo loft que se tornaram a nova fórmula de sucesso imobiliário no centro da cidade. Seu escritório ficava no mesmo edifício em Prinsengracht onde Clem trabalhava. Assim, foi numa festa ao ar livre nos jardins de uma mansão dos canais que os dois se conheceram.

"Acho que podemos fazer isso direito, Peter. Acho que podemos fazer da forma menos dolorosa para nós e para as crianças. Quero um divórcio limpo, sem brigas nem rancores."

Demos a notícia às crianças de maneira perfeita, quase cena de filme, um discurso que receberia a aprovação de qualquer psicólogo familiar; mesmo assim, ver Jip e Beatrice ouvindo aquilo foi talvez uma das piores situações da minha vida. Beatrice negou o fato durante semanas. Agarrou-se à ideia de que estávamos chateados, só isso, e que tudo se ajeitaria. Jip, por seu lado, começou a fazer xixi na cama e a se comportar como bebê, pedindo mais e mais atenção. Então eu entendi por que muitos casais nunca se separam. Cheguei a racionalizar que às vezes a infidelidade não é tão ruim assim: "Olhe, Clem: fique com Niels, viva sua aventura com ele, mas não destrua nossa família, está bem?".

Como desejei não ter filhos naquele momento. Desejei ter vinte e cinco anos, para morrer de dor sozinho. Talvez assim eu tivesse ido viajar, talvez tivesse me embebedado todas as noites, ido a toda e qualquer festa que acontecesse na cidade, em busca de casos fáceis, e assim recuperasse aos poucos a autoestima. Em vez disso, mergulhei na autodestruição.

Virei adepto da dor, empenhado em me torturar. Foi quando parei completamente de tocar. Não conseguia emitir uma única nota, porque passava o dia todo imaginando onde estaria Clem, o que estaria fazendo, se estaria com Niels... Então comecei a persegui-la, primeiro no trabalho, depois nos bares e cafés que frequentava. Às vezes, quando eu estava com sorte, Niels ia almoçar com ela. Os dois se beijavam e andavam de mãos dadas. Outras vezes era pior: eu os seguia até o prédio de Niels e ficava lá esperando, na chuva, imaginando que naquele instante estavam fazendo amor, Clem gemendo daquele seu jeito entrecortado enquanto Niels a possuía. Eu tinha consciência de que era uma atitude irracional, mas meus pés se negavam a dar um passo para me tirar dali.

Max Schiffer me convenceu a sair de casa. Ofereceu que eu ficasse em seu apartamento até que "as coisas se ajeitassem". Chegou a organizar duas ou três festas e um jantar, e convidou todas as suas amigas solteiras (foi numa dessas que conheci um dos meus poucos casos depois do divórcio), para tentar levantar meu moral. Mas o pobre Max logo se arrependeu. Os vizinhos começaram a perguntar quem era aquele sujeito que às vezes dormia na escada fedendo a álcool. Nessa época, eu só me mantinha sóbrio quando ia ver as crianças. Ia buscá-los na escola dia sim, dia não. Depois de dar uma volta com os dois, eu os deixava na porta da (minha antiga) casa. E me perguntava se Clem não tinha aproveitado a oportunidade para transar com Niels. Mas o duro mesmo era dizer adeus na entrada onde antes limpava os sapatos todo dia. E meus filhos me olharem e perguntarem por que é que eu não podia entrar. E, ao me virar para trás, só ver uma rua comprida, numa cidade que de repente não conhecia mais. Num mundo que de repente me olhava com hostilidade.

E continuei jogando esse jogo até que me pegaram. Um vizinho de Niels me viu parado várias tardes em frente ao prédio e deve tê-lo avisado. Niels não disse nada, mas numa dessas tardes, enquanto Clem tomava banho, desceu para me confrontar. Veio por um lado e não me deu tempo de escapar. Disse que podia imaginar o momento difícil pelo qual eu estava passando, mas que podia me acusar de assédio. E que eu fosse embora. Nunca mais queria me ver lá. Comecei a ficar nervoso. Era merda demais ao mesmo tempo, e, para piorar, nesse dia eu estava calibrado com cerveja. Peguei-o pelo pescoço e gritei que crime era seduzir uma mulher casada. Ele era bem mais alto que eu, e me jogou na parede, mas minha vontade de provocar era mil vezes mais forte, de modo que comecei a pular e a dar socos para todos os lados. O resto foi quase uma cena de filme. Os vizinhos chamando a polícia; Clem histérica, gritando que eu estava maluco;

Niels com o lábio partido, explicando aos vizinhos e balançando a cabeça em pesar; eu sentado no chão, fumando um cigarro que um dos policiais tivera a gentileza de me oferecer.

Niels disse que não ia registrar queixa, mas que, se eu voltasse a fazer aquilo, seus advogados iam pular em cima de mim sem dó nem piedade. Pat, Max e outros amigos de confiança tentaram me ajudar. A Fox rompeu contrato comigo, o que acabei recebendo com alívio: eu era incapaz de escrever uma nota depois da outra. Foi quando decidi me afastar de tudo aquilo. Por mais doloroso que fosse, por causa das crianças. Naquele momento eu era um lixo ambulante, um saco de nervos, um ego ferido que só fazia mal aos que me cercavam. Fugi. A casa em Tremore Beach era exatamente do que eu precisava para me curar. Cicatrizar as feridas. Esquecer Clem, Niels e o fato de que um dia eu tivera um casamento feliz. Precisava mudar de pele. Começar de novo. E não podia fazer isso em Amsterdam.

Os advogados se entenderam, partilhamos os bens e pusemos a casa à venda. Como a crise imobiliária prometia retardar esse processo (e o dinheiro), Niels ofereceu que Clem e as crianças ficassem em sua espaçosa casa no Oost, e ela aceitou. Não houve nenhum obstáculo legal para que as crianças fossem morar com Niels, já que ele era um pilar da sociedade holandesa e o pai biológico, um músico em crise e com alguns antecedentes de violência e álcool, estava na Irlanda. Meus advogados me recomendaram que não criasse complicações em relação às crianças, ainda mais porque Clem foi generosa nesse aspecto, não teve o menor problema em compartilhar o tempo com eles. Não era uma mulher estúpida, nem egoísta, muito pelo contrário; e provou isso quando começaram os problemas de Jip. Eu sabia que ela preferiria levá-los numa das exóticas viagens a que tinha se acostumado com Niels, mas deve ter percebido que havia alguma coisa errada, algo com que ela não sabia lidar. Talvez, apesar da cegueira, fosse esperta o suficiente para perceber que o menino precisava do pai.

E posso até ter sido um marido de merda e um pai de merda, egocêntrico, posso ter vivido apenas para o meu trabalho e depois só para curar minha maldita vaidade; posso ter deixado de lado meus filhos quando mais precisavam de mim, e gostaria de ter sido mais forte e suportado a dor de forma mais digna, mas as coisas são como são, e eu estava tentando acertá-las à minha maneira, não à maneira dos filmes de Hollywood, em que os heróis de celuloide têm coração de ferro e sempre conhecem o caminho da bondade e da justiça.

A noite havia esfriado um pouco, então decidi acender o fogo. Não era preciso, mas Jip queria usar a lareira desde o primeiro dia. Enquanto Beatrice praticava acordes num uquelele, Jip e eu fomos desenhar dinossauros numas folhas de papel, deitados no tapete. "Isso é um *Triceratops*, papai", "Esse é o *Estegosaurio*", "Esse é o brontossauro; quando ele rugia, parecia um trovão."

Em determinado momento, enquanto o observava desenhar no papel e me sentia ser acariciado pelos acordes suaves de Beatrice, imaginei meus filhos vinte anos mais velhos: Jip trabalhando a uma grande mesa de desenho e Beatrice com um violino em vez daquele uquelele, rodeada de músicos, tocando em orquestras, viajando.

— Você vai ficar aqui para sempre, papai? — perguntou Jip enquanto espalhávamos no chão seu exército de dinossauros de plástico.

— Aqui na Irlanda?

Jip fez que sim, ainda olhando para seus répteis.

— Não — respondi com naturalidade. — Para sempre, não. Só preciso terminar umas coisas.

— E depois vai voltar para Amsterdam?

— Acho que sim. Ou talvez outro lugar...

Podia ser. Algum lugar longe de Niels, de Clem, longe de todos os amigos que tínhamos em comum na cidade. Talvez alguma cidade ao sul. Perto de Maastricht ou de Breda. Uma casa com terreno, talvez na praia também. Poderia cortar a grama, pintar a cerca e conhecer os vizinhos. Talvez até fossem pessoas simpáticas e interessantes como Leo e Marie, ou talvez não.

— ... mas perto de vocês.

— E Judie vai com você? — perguntou Jip, como se tivesse lido meus pensamentos.

— Vocês gostariam que ela fosse?

Ele fez que sim, com um sorriso. Do outro lado da sala, Beatrice balançou a cabeça num gesto afirmativo.

— Por favor, pai, convence a Judie!

— É — apoiou Jip, pondo um dinossauro nas minhas costas. — Por favor!

— Bem, não sei se ela vai querer. Parece que está muito feliz aqui, com a loja e suas atividades. Ela não gosta muito da ideia.

— Mas vai gostar. É só convidar. Vocês são namorados, não são? Formam um casal legal. Todo mundo diz isso.

— O quê? Quem é "todo mundo"?

— Leo e Marie. Falaram isso no barco, mas você não ouviu.

Eu ri, enquanto Jip continuava colocando uma manada de bichos entre minhas omoplatas.

— E não é bom você continuar aqui sozinho, nesta casa. Não é bom — continuou ela, como se fosse um monólogo ensaiado. — A mamãe arranjou Niels, e agora você tem Judie. Assim está bem. Mas ficar aqui, feito o vovô, sozinho... não.

A referência ao meu pai mexeu comigo. Ergui o rosto. Beatrice tinha baixado o olhar e se concentrava no uquelele, mas estava com as bochechas coradas, como se soubesse que tinha tocado num ponto "sensível" e esperasse uma reação, talvez uma bronca, sei lá.

Mas não fiz nem disse nada. Fiquei calado, porque, entre outras coisas, aquela menina de treze anos me fizera pensar. Em mim, no meu pai, no fato de que nossas vidas naquele momento talvez não fossem tão diferentes assim. Ambos estávamos feridos, nos escondendo, esperando que alguma coisa caísse dos céus.

Nesse momento Jip fez o dinossauro subir pela minha coluna vertebral, até deixá-lo no alto da minha cabeça.

— Ahhh! A selva — disse ele, movimentando o réptil em miniatura pelos cachos do meu cabelo comprido.

Comecei a rir.

— Tome cuidado — falei. — Você pode encontrar feras de verdade aí em cima.

Beatrice tinha começado a dedilhar uns acordes familiares no uquelele.

— *Somewhere beyond the sea...* — cantarolava. — *Somewhere, waiting for me.*

— Ei. Eu tocava essa música quando tinha a sua idade.

— *My lover stands, on golden saaaands* — continuou cantando ela, como se nada estivesse acontecendo, elevando a voz com pose de diva.

Eu me levantei e me sentei ao piano. O piano, que ultimamente mais parecia uma bibliotecária velha e carrancuda que não desejava ser incomodada. *Pois hoje é dia de festa, srta. Velha Caduca. Arrume-se.*

Nada de protocolo, nada de posturas nem rigidez. Jip se sentou nos meus joelhos e lhe dei umas maracas pequenas para se distrair marcando o ritmo. Se meus professores me vissem naquele momento, teriam vomitado, ou pior, me dado um cascudo na cabeça.

E começamos a tocar.

— *And watching the ship, that goes sai-i-iling.*

— O que mais tem nesse livro? — perguntei, indicando um livro de partituras de uquelele que havíamos comprado na loja de Judie. — Alguma dos Beatles?

— "In My Life"? — sugeriu Beatrice, lendo no sumário.

— *There are places I remember...* — cantarolei.

— Quem são os Beatles? — perguntou Jip.

— Sua mãe ainda não deu nenhum disco dos Beatles para vocês ouvirem? Ai, Jesus, acho que vou ter que assumir o controle da educação musical de vocês. Escute só, Jip. Esta é uma das melhores músicas de todos os tempos.

— Como começa? — perguntou Beatrice.

— Não se preocupe com o riff, eu toco no piano. Faça só os acordes.

— Tá.

— E eu, papai? — perguntou Jip.

— Vamos ver... Você tem que marcar o ritmo. Um, dois, três, quatro... É fácil. O tempo todo assim.

Ele sacudiu o *shaker* para cima e para baixo até estabelecer um bom ritmo. A música não era o dom de Jip, definitivamente, mas ao menos conseguia marcar o andamento da melodia.

Depois de algumas entradas em falso, a orquestra Harper começou a funcionar. Foi um grande momento. A velha e frígida bibliotecária vestiu um traje de gala e começou a soar como deveria. E Beatrice tocava o uquelele com personalidade, sem medo. E nós dois cantamos juntos:

> *There are places I remember*
> *All my life, though some have changed*
> *Some forever not for better*
> *Some have gone and some remain*
> *All these places have their moments*
> *With lovers and friends I still can recall*
> *Some are dead and some are living*
> *In my life I've loved them all*

E de repente éramos um grande time outra vez.

Alguém disse certa vez que, se quiser saber se odeia ou ama uma pessoa, deve viajar com ela. Eu acrescentaria: se quer ver a alma nua de uma pessoa, toque e cante uma canção com ela. Pois bem, foi assim que nos despimos naquela tarde. Peter, Jip e Beatrice. Quase sem perceber. Com uma música dos Beatles, talvez a melhor escolha para um ritual desse estilo. E foi assim que fiquei arrepiado e a música voltou a me arrancar uma lágrima, que tentei ocultar como pude, vendo aquelas criaturinhas, meus filhos, ali comigo depois de tudo o que havia acontecido. Suportando, com o melhor dos sorrisos, a tempestade que seus pais tinham armado.

Depois de "In My Life" (em que me surpreendi recordando nota por nota o solo de cravo que aparece no meio do refrão), atacamos com "Sweet Chariot" e "When the Saints Go Marching In". Então Beatrice passou para a guitarra, uma Taylor que tinha passado semanas dentro do estojo. Afinamos o instrumento, e, já com o poder das seis cordas, começamos a tocar algo mais animado. Ela me ensinou uma do Queens of the Stone Age ("No One Knows") em dó menor e mi. Beatrice a cantou inteira, mas tivemos que pular a parte do solo porque era complicada demais para improvisar.

— Pai, nada de pedal de ressonância que isso é rock!

Depois de toda essa agitação, era hora de descansar um pouco. O fogo já tinha virado umas suaves chamas alaranjadas. Lá fora, o mar quebrava mansamente na areia. Ligamos a televisão e começamos a ver *A viagem de Chihiro*, que tínhamos alugado uns dias antes na loja de Judie. Não estava nem na metade do filme quando Jip capotou no meu colo, todo esparramado e com um braço estendido para cima. Beatrice e eu ficamos rindo daquela estranha posição de dormir dele, mas pouco depois ela também começou a cabecear. Antes que Chihiro conseguisse escapar da casa de banhos e libertar seus pais do feitiço porcino, peguei Jip no colo e o levei para o quarto, depois desci e fiz o mesmo com Beatrice, que acordou, abraçou meu pescoço e deu um doce beijo na minha barba de sete dias.

— Espeeeeta.

Naquela noite, soprou um vento estranho. A dor de cabeça, que tinha me poupado durante o dia, recomeçou. *Tic. Tac. Tic. Tac...* como um relógio. Eu já havia tomado metade dos comprimidos e cheguei à conclusão de que aquilo não servia para absolutamente nada.

Fechei os olhos e esperei que ela me deixasse em paz.

4

E ela de fato me deixou em paz. Consegui dormir por algumas horas, mas depois voltou. Foi crescendo até virar uma pontada terrível, que me fez abrir os olhos gritando "Meu Deus!". Eu me vi em meu quarto. Lá fora caía um temporal. Um temporal que sacudia a casa, como das outras vezes. Então eu soube: soube que tinha voltado àquele lugar.

A dor regrediu, como uma serpente se retrai depois de morder sua presa. Ficou no fundo da minha cabeça, em intensidade moderada. O tique-taque que já se tornara um velho e incômodo companheiro de sofrimento. Eu estava encharcado de suor, mas fiquei onde estava, no centro da minha cama desarrumada. Não queria me mexer, mas ao mesmo tempo não queria estar ali. Fechei os olhos e tentei voltar para meus sonhos, mas não era mais possível. Tudo — o temporal, o suor, a dor na cabeça, tudo estava ali para me manter acordado.

Até mesmo as batidas. Lá embaixo, na porta principal.

Isso não está acontecendo. Não é possível outra vez. Não vou me levantar. É outro maldito sonho.

Ouvi. Foram dois ou três sons sucessivos, fracos e distantes, misturados com o vento, mas que vinham claramente do térreo. Com o coração já batendo descontrolado, agucei o ouvido, como acontece quando a gente ouve um rangido na escada e imagina, morbidamente, que pertence aos pés de um assassino, mas torce para que seja efeito do vento, ou apenas as velhas madeiras se ajustando. Ouvi então uma nova batida, dessa vez nítida e forte, que atravessou a casa. Foi como um tapa da realidade. Imediatamente receei que as crianças ouvissem no quarto delas e que, se eu não me levantasse, talvez Jip ou Beatrice o fizessem. E isso seria pior, com certeza muito pior.

Abri os olhos de uma vez.

O que quer agora, Marie?

Eu me lembrei de Judie e da nossa última conversa.

Será que eu estava dentro de um daqueles sonhos lúcidos que ela havia mencionado? Parecia impossível. Tudo à minha volta tinha sabor de realidade. Apalpei os lençóis, meu pijama molhado de suor. Toquei a cabeça na escuridão e senti o cabelo espalhado no travesseiro. O vento lá fora sacudia a casa, mas o que isso tinha de estranho em Donegal?

Volte a dormir.

Respirei fundo, uma, duas, três vezes, e pensei que o pesadelo fosse desaparecer da mesma forma que tinha vindo. Esperei um demorado minuto, mas não ouvi nada. Só o temporal que continuava lá fora. Vento, água, o rumor de um trovão muito longe da costa. Agora durma. Uma ovelhinha, duas, três...

Então soou de novo. Um ruído seco e forte. O som de uma porta de verdade batendo, como se tivesse sido aberta.

Eu me levantei num só movimento, já sem pensar nada nem tomar cuidados. Se aquilo era um sonho, pensei, me lembrando de Judie, era a experiência sensorial mais alucinante que já tivera na vida. Então me lembrei do caderno.

Pisei no tapete. Enquanto caminhava descalço em direção ao armário, senti de maneira consciente meus dedos pisando naquela textura de fios de lã azul. Peguei o puxador do armário e avaliei sua fria temperatura e a sensação detalhada daquele metal gasto entre os dedos. Eu devia ter fumado um belo baseado, ou talvez brincado com alguma coisa tipo mescalina, para perceber tudo aquilo com tanto detalhe. Era real até onde se podia definir a realidade.

Abri o armário e ouvi as velhas dobradiças rangendo, e senti o cheiro das bolinhas de naftalina que alguém tinha espalhado em todas as gavetas e armários antes da minha chegada à casa. Tateei na escuridão até achar meu casaco preto. O pequeno caderno que Judie me dera dias antes estava no mesmo bolso em que o havia largado, junto com um isqueiro e os restos de um Kleenex amassado.

Ora, rapaz, nenhum sonho tem lenços de papel amassados.

Voltei para a beira da cama e acendi o abajur. Deixei a caderneta ali. Era da marca 3M, com capa vermelha e espiral de arame. Reparei até no preço, ainda impresso num adesivo na parte posterior: sete euros e cinquenta. Enfiado no espiral havia um lápis pequeno. Um lápis amarelo e preto, com uma borracha cor-de-rosa na ponta. Tirei o lápis do espiral, abri o caderno e escrevi:

Um temporal me acordou outra vez. Talvez também umas batidas na porta. Não tenho certeza. Vou dar uma olhada. Tudo parece real. Este lápis. A sensação do papel nos meus dedos... tudo é... OBS.: confirmar se o caderno custou 7,50.

Justamente quando estava começando a duvidar do que tinha ouvido, quando já começava a pensar que fora fruto da minha imaginação, voltei a ouvir ruídos escada abaixo. Parecia algo grande sendo arrastado. Depois ouvi um estrondo, mas quase ao mesmo tempo soou um trovão e não consegui localizar onde havia sido o barulho. Escrevi mais umas palavras antes de me levantar:

> Sinto medo, e meu medo é real. Vou dar uma olhada lá embaixo. Ouvi algo sendo movido.

Jip e Beatrice dormiam no outro quarto. Não acendi a luz, mas distingui os dois respirando embaixo dos cobertores, em silêncio. Fechei a porta com cuidado e comecei a descer a escada, descalço. Uma corrente de ar frio vinha da sala, e senti que minha pele se arrepiava sob o pijama.

O térreo estava todo em penumbra. As janelas desenhavam um quadro de pretos e azuis bem escuros. Os vidros tilintavam, sacudidos pelo vento, e as gotas de chuva tamborilavam nos vidros. Uma nova batida atraiu minha atenção para a entrada: a porta estava aberta.

O vento a empurrava, abrindo-a e fechando-a com sua mão invisível, fazendo-a bater no batente. Eram esses os barulhos que eu tinha ouvido. E era essa a origem da corrente de ar frio.

Agora vou até lá e vou encontrar Marie. Viva ou morta.

Respirei fundo e me dirigi à entrada.

Bem, se é o que tem que ser feito, faça de uma vez e acabe logo com isso.

Cheguei ao saguão tremendo, não sei se de frio ou de medo, e segurei a porta. O chaveiro tilintou na fechadura. As chaves estavam no lugar, mas eu podia jurar que naquela noite tinha trancado antes de ir me deitar, com as duas voltas de sempre.

Tive vontade de fechar a porta e voltar para a cama, mas não fiz isso. Se aquilo era real, então eu tinha que achar uma explicação. E se era um sonho, queria entender a maldita mensagem de uma vez por todas.

Abri a porta de repente, como se quisesse surpreender algum fantasma caprichoso que estivesse escondido do outro lado. Mas não havia ninguém. Uma rajada de vento e chuva entrou na casa, molhando meu rosto. Se eu estivesse com o caderno na mão, teria escrito: "A água está gelada, o vento é real. Ouço o mar através da noite. O ar cheira a salitre".

No armário dos fundos havia um par velho de galochas. Peguei-as e calcei meus pés nus. E também joguei nos ombros o grosso impermeável amarelo de pescador. Apanhei as chaves, penduradas naquele *leprechaun* sorridente e travesso, e meti-as no bolso. Depois, procurei o interruptor das lâmpadas do jardim e o acionei. As duas luzinhas acordaram como dois cogumelos fluorescentes brotando no meio da noite.

Tinha quase parado de chover, mas o vento continuava soprando com força. A grama do jardim era penteada ora para um lado, ora para o outro. O mar, negro lá longe, rugia ao quebrar na praia; uma longa pálpebra de areia quase fosforescente que se estendia até muito além do que a vista alcançava.

Então, enquanto observava o horizonte, meus olhos pousaram na cerca. *Quebrada outra vez. Chacoalhando ao vento. Quebrada. Quebrada. Quebrada... Por quê?*

Fui até lá e me agachei ao lado das estacas, observando. Eu tinha acabado a pintura dias antes, a cor da tinta ainda estava radiante. Mas algo a havia agredido brutalmente, arrancado da terra, como da outra vez. Duas estacas estavam partidas e um pedaço de uns dois metros da cerca estava derrubado.

Saber que aquilo "não era real" era o mais enlouquecedor. Porque eu podia tocar no coto de madeira. Podia meter a mão no buraco de terra negra deixado no chão. Fiquei ali, de cócoras, olhando a cerca, a casa, e tentando entender o que estava acontecendo, quando de repente senti que algo brilhava às minhas costas e iluminava fugazmente a fachada da casa. Por um segundo pensei que fosse um relâmpago, mas quando me virei vi uma espada de luz aparecer e desaparecer atrás do Dente do Bill.

Quando voltou a surgir, do outro lado da colina, atravessou o negrume como o feixe prateado de um farol no meio do mar. Mas não era nenhum farol. Porque se mexia. E o movimento vinha da casa de Leo e Marie.

Fiquei imóvel, gélido, sentindo que o vento agitava meu cabelo e fazia o plástico do impermeável ranger.

Será que é para lá que devo ir?, indaguei a mim mesmo. *É lá que vou encontrar a resposta?*

O resplendor percorreu o céu acima das nuvens e a chuva cresceu em intensidade. Achei que tinha entendido o que era aquilo, mas queria enfrentá-lo. Comecei a andar para a estrada, no alto da colina.

O estalar do cascalho sob as galochas, o som do vento revoando na cavidade das orelhas, a chuva gelada molhando meu cabelo. Mais uma vez, era tudo tão real como qualquer coisa que se possa chamar de real. No entanto, eu ainda duvidava. Por isso não ia de carro. Não me atrevia a entrar em uma máquina e morrer dentro dela. Andar era mais seguro. Se eu acordasse no meio daquele sonho, pareceria apenas um idiota de pijama, galochas e impermeável passeando no meio da noite.

Já havia percorrido metade do caminho entre minha casa e o alto da colina quando percebi que as luzes se aproximavam. Como um farol decapitado, aqueles tubos de luz giraram até desaparecer atrás da silhueta escura da colina. E ao mesmo tempo comecei a ouvir o som distante de um motor se aproximando.

Aos poucos, retardei o passo. O brilho daqueles holofotes voltou a se erguer no céu, mas agora, sem dúvida, ia na minha direção. O som do motor crescia acima do rumor do oceano, e um minuto depois, estando eu imóvel no meio da estrada, vi aparecer à minha frente a dianteira iluminada de um carro grande. Um carro que vinha muito rápido. Rápido demais.

Só podia ser Leo. Minha mente associou rapidamente aqueles quatro faróis dianteiros (dois normais, de estrada, e dois de neblina) ao Land Rover Discovery dele. Então levantei os braços e fiquei parado no meio da estrada para que me visse e freasse, e me contasse por que diabo estava dirigindo feito um doido no meio da noite.

Aquele gigante de duas ou três toneladas pulou como um touro enfurecido no Dente do Bill, erguendo uma nuvem de areia e terra que as luzes traseiras fizeram parecer um fio de sangue. Pensei que fosse virar para a esquerda e pegar a estrada de Clenhburran; provavelmente tinha acontecido alguma coisa na casa, uma emergência... Mas, para minha surpresa, aquela besta mecânica foi bem na minha direção, seguindo pelo caminho que descia para minha casa.

— Ei!

Eu estava parado no meio do caminho estreito, com um muro de areia num lado e um barranco no outro, e levei alguns segundos para perceber que ele não teria tempo de frear.

— Pare! — gritei.

O carro desembestou pela estradinha estreita a toda velocidade. Leo devia estar cego ou bêbado, porque não fez a menor tentativa de parar aquela máquina. Olhei para o muro de areia e depois para a beira do barranco. *É um ou outro*, pensei. Acabei me jogando pelo barranco quando o carro já estava quase em cima de mim.

Caí bastante mal, de peito, na areia da beirada, e soltei um gemido sufocado de dor, ao mesmo tempo que aquela besta passava rugindo a poucos centímetros da minha cabeça, soltando uma nuvem de areia que engoli pela boca e pelo nariz e que me cegou. Então senti que minhas costas giravam no vazio e que eu começava a rolar pela parede de areia e terra do morro. Arranhando a pele em raízes e cardos, dando umas belas porradas em algumas pedras, afinal acabei freando num aglomerado de arbustos, cujos espinhos se cravaram em todo o meu corpo. Acho que pensei: *Pronto, acabou. Agora você vai abrir os olhos e estará debaixo do lençol. Não se preocupe com os machucados, vão parar de doer num instante...*

Mas quando abri os olhos, senti que estavam cheios de areia, assim como praticamente toda a minha boca. *Sonhos lúcidos porra nenhuma*, pensei. Aquilo era tão real como prender o pau no zíper da calça. Doía. E os sonhos não doem.

Sentei-me e senti a pancada no peito. Estava com alguma dificuldade para respirar, mas não tinha quebrado nenhuma costela. Cuspi várias vezes até eliminar quase toda a areia da boca. Depois, esfreguei os olhos com a manga do pijama até conseguir abri-los e enxergar com alguma nitidez. Estava ao pé do Dente do Bill, e ali havia duas grandes pedras contra as quais eu podia ter partido a cabeça. Aquilo tinha perdido a graça. Não era nenhuma brincadeira.

Seja quem for, vai ter troco, pensei, trincando os dentes e olhando para o alto.

Meus ouvidos, que ainda funcionavam perfeitamente apesar do restante do corpo, captaram o som do carro freando. E só podia vir de um lugar: aquele carro acabara de frear em frente à minha casa, onde eu tinha deixado meus filhos sozinhos, dormindo no quarto. Um motivo a mais, além da minha gigantesca indignação, para sair correndo atrás deles.

Eu me apressei para chegar o mais rápido possível, apesar de estar mancando e de ser uma dificuldade infernal correr na areia. Podia distinguir os faróis iluminando a fachada principal. As crianças acordariam? Talvez não. O quarto delas dava para o outro lado. Mas o barulho do motor...

Corri na paralela da duna e, quando cheguei ao último trecho da estrada, vi o carro. Estava parado perto da casa, ao lado do meu, só que não era o carro de Leo.

Não, não era o carro de Leo, era outro.

Uma caminhonete grande, tipo General Motors Califórnia, dessas com porta de correr. Quando eu tinha dezessete anos, meu sonho era comprar uma daquelas, pegar a prancha de surfe e percorrer o sul da França, de praia em praia. A cor era cereja ou vinho, notei pela luz que incidia sobre a placa, com aros cromados e umas grandes lanternas traseiras que tingiam o ar noturno de um tom avermelhado.

Vi várias pessoas ao lado da caminhonete. Contei três. Tinham acabado de saltar e se dirigiam para a casa. Quem seriam eles? Daquela distância, não reconheci ninguém.

Eu já estava bem perto, a uns vinte metros da casa, e tinha parado de correr. Agora avançava lentamente, arfando depois da corrida na areia, e, ao ver aqueles sujeitos que eu não conhecia e que quase tinham me atropelado, meu sangue começou a ferver. Estava quase gritando com eles, vocês estão malucos?, ir lá para cima e enchê-los de porrada. Por alguma razão, pensei que talvez fossem turistas que tinham se perdido, ou um grupo de surfistas fazendo farra na costa de Donegal. Iam ouvir poucas e boas, ah, se iam.

Mas então, à medida que eu me aproximava, distingui melhor um deles. Um sujeito gordo, largo como um tanque, sem pescoço. Não era um surfista, nem se vestia como turista. Todo de preto, com um casaco comprido que lhe chegava até o meio da perna, mais parecia um agente funerário, ou um corretor de seguros. Andou até parar bem na frente dos faróis da caminhonete. Estava com uma das mãos nas costas, segurando algum objeto que brilhava. Um objeto que na hora me fez frear os passos. Engolir o grito. Perder a respiração.

Na mão dele havia uma faca comprida.

Foram alguns segundos insuportáveis, os ouvidos ardendo, o coração.

Uma vez, durante um voo Amsterdam-Roma, houve uma pequena avaria na aeronave e o comandante anunciou que precisaríamos fazer uma aterrissagem de emergência. Nunca esqueço o momento em que, ao ouvir a notícia pelo alto-falante, todos nos entreolhávamos como que dizendo: "Ele disse mesmo o que eu acho que disse?", enquanto sentíamos o coração bombeando sangue a litros, preparando o nosso corpo para o pânico. Isto não pode acontecer comigo. Só acontece nas notícias. No cinema. Nos livros... mas não na vida. Não na minha.

Mas estava acontecendo, naquele exato momento, na praia. Eram criminosos. A quadrilha de delinquentes da Europa Oriental que Marie (ou tinha sido Laura O'Rourke?) mencionara naquele jantar, semanas antes. Tinham ido para a minha casa, talvez depois de roubar a de Leo e Marie. O que teriam feito com eles? O que pretendiam fazer conosco?

Grudei as costas na parede e tentei pensar, mesmo com a garganta fechada, mesmo com o coração bombeando sangue em quantidades absurdas, quase a ponto de explodir. Minha nossa, era como esbarrar num tubarão durante um banho de mar de verão — você pode nadar, mas nunca será tão rápido. O melhor é ir direto até ele e dar-lhe um soco entre os olhos.

Voltei a olhar, sentindo que cada centímetro da minha cabeça era perfeitamente visível, mas afinal percebi que não. Naquele momento, o gordo estava andando em direção à casa, mas outra pessoa que viera na caminhonete chegou perto e interrompeu sua passagem. Começou a falar com ele. Pelo que pude ver dali, era uma mulher magra, com roupas escuras, mas estava de costas e não consegui ver o rosto. Por alguns instantes quis duvidar (apesar da faca brilhante) da minha teoria dos criminosos. Talvez estivessem perdidos. Talvez não tivessem más intenções. Que criminoso se deixaria ver e antecipar com tanta facilidade? Depois, no entanto, pensei que era exatamente isso o mais apavorante da história. Eles não se importavam de serem vistos. Eram caçadores numa toca de coelhos indefesos.

O gordo e a mulher discutiam alguma coisa enquanto um terceiro esperava ao lado da GCM cor cereja. Também não podia distingui-lo bem, mas deu para perceber que fumava. Os aros de fumaça que soltava pela boca se elevavam ao céu iluminados pelos faróis da caminhonete.

Reparei que a casa continuava completamente às escuras. Rezei para que Beatrice olhasse pela janela e, vendo aqueles três estranhos, fosse me procurar no meu quarto e que, quando não me encontrasse lá, imaginasse que alguma coisa estava errada e telefonasse para Judie, ou a polícia, ou os bombeiros.

É uma garota esperta, repetia para mim mesmo. *Uma garota esperta, Pete. Vamos, Beatrice, pegue esse lindo iPad que você tanto ama e dê a ele uma utilidade real: mande e-mails, tuítes e mensagens de Facebook para todo mundo. Peça ajuda!*

Caminhei encostado na parede da duna, avançando de lado, os olhos fixos na cena acima. Agora estava bem perto deles. Ouvia os dois falando tranquilamente.

Me dê mais um minuto, só mais um minuto, rezei.

Se eu conseguisse chegar à escada de madeira, poderia subir pela lateral da casa sem ser visto e alcançar os fundos. E depois, fazer o quê? Não sabia. Pegar uma faca na cozinha, ou o machado que pensava ter visto uma vez no depósito. Trancar-me com as crianças no quarto delas e defender a torre como pudesse.

Continuei avançando sem respirar, arrastando-me rente à parede, até que me afastei o suficiente e corri a toda velocidade para a escada. Passei para o outro lado do corrimão e comecei a subir. A caminhonete estava estacionada de tal forma que os faróis não iluminavam o jardim dianteiro da casa e a área da sala; quando cheguei lá em cima, me joguei na grama e fui rastejando até a pequena varanda onde nós costumávamos tomar o café da manhã. Agradeci internamente por não termos recolhido a mesa e as cadeiras do verão e me entrincheirei debaixo delas por alguns instantes para recuperar o fôlego e observar a situação.

O homem gordo avançou em direção à casa com a mão nas costas, escondendo a faca. Na verdade, "gordo" não é a melhor palavra para definir seu físico. Era largo como um armário, mas de pouca estatura. Estava com as mangas do casaco ligeiramente levantadas, das quais saíam dois antebraços do tamanho dos meus bíceps. Ele andava dando pequenos chutes no ar, como se não lhe fosse fácil transportar o próprio corpo. Tinha o rosto moreno, de feições mediterrâneas. Sobrancelhas grossas e cabelo preto. Não se via mais nada. Ao lado dele caminhava o terceiro cara, o fumante, que era mais esguio e se movia como uma cobra em comparação com seu parceiro desajeitado. Tinha um detalhe marcante no rosto: usava óculos escuros de lente redonda, como se ele fosse uma versão maléfica do John Lennon. Usava o cabelo em um corte como um capacete da Segunda Guerra Mundial e colado no crânio como se um balde de água tivesse caído na sua cabeça. Vestia uma jaqueta de couro e uma calça preta fina. Numa das mãos levava uma pistola de cano longo.

O gordo (vamos chamá-lo assim) desapareceu de vista. Na certa se dirigia à porta da casa, mas o clone de Lennon (perdão por usar o boa gente Lennon para descrever um criminoso) foi na minha direção. Fui para debaixo da mesa. As cadeiras estavam em volta. Abracei os joelhos e virei uma bola. Uma bola sem respirar.

Vi as pernas do cara passarem na minha frente. Uns sapatos brilhantes de cor preta, com uma grossa fivela prateada de um lado, de repente pararam ao lado da mesa. Ouvi outros passos apressados na grama. Era a mulher. Reparei nas pernas: elegantes, bonitas. Quando chegou à nossa altura, falou em voz baixa, mas escutei perfeitamente:

— Só a piranha. Os outros ficam aqui. Entendido?

O fumante soltou uma risadinha. Continuou andando para os fundos da casa. A mulher ficou alguns segundos parada ali no gramado e depois voltou para a caminhonete.

"Os outros ficam aqui", dissera ela. "Só a piranha." Nesse momento ouvi que alguém tocava a campainha. Era o gordo. A campainha soou com um volume atroz. O som inundou a casa. Era impossível que as crianças não tivessem ouvido.

Eu estava embaixo da mesa, abraçando os joelhos, morrendo de medo. O sujeito comprido devia estar na porta da cozinha, talvez já a houvesse aberto. Ou então só queria ter certeza de que ninguém sairia de lá sem levar um tiro. O que eu podia fazer? Ele me alvejaria assim que eu virasse no corredor.

Então a ideia surgiu como um grito desesperado. A porta da varanda. Toda manhã nós a abríamos, e muitas vezes ficava mal fechada à noite por culpa de um trinco com defeito. Era minha única chance. Encontrá-la aberta e entrar na sala. Mas até isso faria um barulho que naquele instante seria como uma condenação à morte.

A campainha tocou de novo, e pensei nos meus filhos (*Que não se levantem, por favor, que tentem me achar, que se escondam no banheiro*); depois, girei sobre o traseiro e fiquei de frente para a porta. Pus as duas mãos no vidro e comecei a fazer força para a direita. Notei que o vidro resistia e pensei que não estava com sorte dessa vez, mas na tentativa seguinte o vidro se deslocou um pouco para a direita. Estava abrindo! Era um vidro grande, e o trilho estava imundo. A porta fazia barulho ao se mover, mas, com o ruído do vento, talvez nem o gordo, nem Lennon, nem a mulher notassem nada. Voltaram a tocar a campainha e depois deram umas batidas na porta. Eu já tinha conseguido deslocar o vidro o suficiente para entrar, mas um dos pés da mesa estava no meu caminho e eu não queria me arriscar a fazer mais barulho. Então dei os últimos empurrões na porta e afinal abri a passagem.

Entrei na sala engatinhando, enquanto a campainha tocava pela terceira vez.

— Oi? — gritou uma voz através da porta. — Tem alguém em casa? Escutem... estamos com um problema na caminhonete, tem alguém aí?

Olhei com cuidado para todos os lados. Não havia ninguém por ali, mas eu não podia ter certeza. O clone de Lennon podia ter entrado pela cozinha e estar no corredor àquela altura, ou subindo a escada com sua arma. Fui até a lareira e peguei um atiçador bastante pesado. Arma perfeita para arrebentar um crânio. Com aquilo nas mãos, andei até a entrada da cozinha e me inclinei um pouco. A porta dos fundos continuava fechada. Tinha uma fechadura que se abria com a mesma chave que a principal, além de um trinco que não estava fechado. O pistoleiro devia continuar lá fora, mas também podia ter simplesmente fechado a porta depois de entrar. Eu é que não ia conferir.

Fui para o corredor e espiei em todas as direções. Vazio. Nenhum som de passos. A madeira velha daquela casa era minha melhor aliada.

Subi devagar, de degrau em degrau, o atiçador em punho, olhando para cima e para baixo enquanto meu coração batia como um motor a ponto de estourar. Eu não sabia quem eram aquelas pessoas, por que tinham ido à minha casa dispostos a nos matar, mas isso era o de menos. Quem faz perguntas quando um cão raivoso pula em cima de você e de seus filhos? Ninguém. Simplesmente nos preparamos para acabar com o bicho o mais rápido possível, sem levar muitas mordidas. Eu estava na minha casa, e se matasse aquele homem seria em legítima defesa (e mesmo que não fosse, eu estava pouco ligando para a lei naquele momento).

O corredor do primeiro andar estava escuro e silencioso; a porta do quarto das crianças, entreaberta. Dava para ver através da fresta e não havia luz nenhuma no interior do cômodo, nem sequer o tênue resplendor de uma lamparina. Achei isso estranho e fiquei alerta. A campainha e os gritos daquele homem deveriam ter acordado as crianças, ou quem sabe as tivessem acordado e elas estivessem escondidas em algum lugar.

Sussurrei seus nomes — Jip! Beatrice! — com veemência, mas não houve resposta.

A partir de certo momento não se ouviam mais batidas, nem campainhas, nem chamados. Pensei que o gordo devia estar procurando a forma de entrar na casa sem fazer muito barulho. Ou talvez a víbora de óculos escuros já tivesse forçado a fechadura e logo a seguir estaria com os pés nos degraus, e a escada começaria a ranger. Eu precisava me apressar.

Empurrei a porta do quarto das crianças e ouvi o rangido daquelas velhas dobradiças como uma orquestra tocando. Meu cérebro primitivo já havia então ativado os mecanismos do caçador. Mandara um excesso de sangue aos músculos dos braços, para preparar um golpe mortal. Meus ouvidos podiam captar dez vezes mais som que o normal. Minhas pupilas se dilataram até o limite, prontas para detectar o menor sinal de alarme.

Mas o quarto estava em paz.

Detectei dois vultos, um em cada cama. Fui até o primeiro. Jip já dormia, em sua posição de sempre, com o cobertor até o queixo e a mãozinha aparecendo ao lado do rosto. Pus um dedo em frente à boca dele e senti, com alívio, o calor do hálito que aquele pequeno corpo exalava.

Puxei-o pelo ombro e o sacudi.

— Meu filho — sussurrei. — Acorde.

O coitadinho abriu os olhos, surpreso; ia dizer alguma coisa, mas fiz um gesto indicando que se calasse. Depois, fui até Beatrice e a acordei também.

— Tem gente na casa — avisei. — Não façam barulho. Beatrice, seu celular está aqui?

— Gente? — perguntou Beatrice, assustada. — Ladrões?

— Sim — respondi —, entraram para roubar. Você está com o celular?

— O celular? Sim... mas na sala. Na mochila.

— Droga... tudo bem... tudo bem. Escondam-se embaixo da cama e esperem um segundo. Vou pegar o meu.

— Não vá, pai! — gemeu Beatrice.

— Eu já volto. Escondam-se embaixo da cama.

Beatrice levou o irmão para debaixo da cama dele, que era a mais afastada da porta. Antes de sair do quarto, olhei para um lado e para o outro e tentei divisar alguma coisa no corredor, mas não vi nada. Não se mexia nem uma mosca lá fora.

Saí e atravessei o corredor até o banheiro. Esperei uns segundos para ver se havia alguma reação aos meus movimentos, mas, de novo, a casa só me devolveu um estranho silêncio. Depois saí dali e percorri o corredor com grande rapidez até meu quarto.

O quarto dava para a fachada leste da casa, bem em cima da porta principal. Pus o atiçador em cima da cama, fui para o chão e avancei engatinhando para evitar que alguma daquelas pessoas me visse através da janela. Depois, tentei lembrar onde é que tinha deixado o maldito celular. Talvez estivesse no outro bolso do casaco. Fui até o armário e o abri com cuidado; as dobradiças voltaram a ranger (*Ei, será que fechei o armário, antes?*). Tateei na escuridão para achar meu casaco, depois o puxei até que se soltou do cabide e caiu no chão. Então, quando pus a mão no bolso, senti a textura familiar de um espiral de arame. Era o caderno que Judie me dera.

Então me virei e olhei para a mesinha de cabeceira, onde podia jurar que tinha deixado o caderno minutos antes, depois de nele escrever.

O lápis continuava enfiado na espiral. Abri. A página em que eu havia escrito estava em branco.

Fui me arrastando até a janela, sentindo um misto estranho de emoções. Por um lado, alívio; por outro, uma saudável precaução. Olhei para fora através das cortinas. Vi as estrelas no céu noturno. Nenhuma nuvem, nenhum sinal de tempestade. O mar batendo na praia. Na frente da casa, nada de carros estacionados, e a cerca do jardim inteira, firme, sólida.

Senti as pernas fraquejarem.

Aconteceu outra vez. Meu Deus. Aconteceu outra vez.

Não tinha mais medo de que alguém pudesse me ver. Fiquei em pé e abri as cortinas. Não havia nenhuma caminhonete estacionada na frente da casa. Nenhum assassino rondando minha porta.

5

Contei tudo a Judie naquela noite, quando ela chegou, atendendo ao meu telefonema, que a acordou no meio da noite:

"Dessa vez não venha me falar de sonho lúcido. Não foi sonho coisa nenhuma."

Ela levou vinte minutos para vestir uma calça jeans e atravessar o lamaçal com seu velho Vauxhall. Foi como a chegada de um médico, ou de um anjo encarnado. Jip ainda tremia e Beatrice continuava sentada na cama, engolindo as lágrimas.

Mas eu insistia: "Não foi sonho coisa nenhuma".

Certo, todo o resto havia desaparecido. Para começar, minha própria letra, escrita na caderneta. "Sinto medo, e meu medo é real", lembrava essa frase.

— Mas tem certeza, Pete?

— Tanta quanto tenho certeza de que estou aqui, Judie. Seu caderno custou sete euros e cinquenta, e esse preço aparecia no meu sonho. Tudo. Igual.

Naturalmente, também não havia ninguém lá fora, nem marcas de outro carro que não o meu e o de Judie. Peguei uma lanterna na garagem, acendi as luzes do jardim (que, claro, estavam apagadas) e fizemos uma ronda noturna em volta da casa, junto com Jip e Beatrice, enrolados em cobertores. Os dois não queriam se separar de nós por nada neste mundo. Estavam apavorados, e eu não os culpava.

Para começar, a cerca estava em perfeito estado. Perfeitamente branca e no lugar, sem um arranhão. Expliquei que em meu "pesadelo" a cerca estava quebrada, com os mourões partidos e arrancados do chão. Toquei nela, meti os dedos na terra. E agora estava firme como uma árvore centenária.

Depois entramos na questão da chuva. Judie me disse que não tinha caído uma gota de água em toda a noite, bastava ver a terra para constatar. A estrada estava seca.

— Mas eu andei debaixo de chuva — insisti, passando as mãos pelo cabelo, também seco. — Tenho certeza. Calcei estas galochas e andei durante cinco minutos, até que encontrei o carro e... Mostrei a ela os restos de areia no meu impermeável, nas botas, no pijama. Mostrei os arranhões de quando caíra pelo barranco. Especifiquei em que altura do peito tinha levado a pancada. Se pegássemos a lanterna e subíssemos a estrada, com certeza encontraríamos meus rastros em algum lugar.

— Tudo isso é verdade, Pete — disse ela. E, fazendo um gesto na direção dos meus dois pequenos, acrescentou: — Mas que diferença faz?

Já era madrugada quando as crianças conseguiram dormir. Judie contou três histórias seguidas, do começo ao fim, sem que manifestassem a menor intenção de fechar os olhos. Depois, cantou uma velha balada irlandesa, sua voz enchendo a casa de calor e tranquilidade. Ela afastou os fantasmas. Limpou o ar. A imagem do pai enlouquecido, correndo com um atiçador na mão, foi se desvanecendo na mente dos dois, e ouvi a respiração deles cada vez mais lenta, vi a boca entreaberta, ambos olhando para Judie sob os cobertores, até que as pálpebras pararam de resistir e se fecharam por completo.

— O pai de vocês teve um pesadelo. Está chateado por ter assustado vocês. Agora durmam. Durmam. Amanhã vai fazer um dia bonito.

Judie foi para o meu quarto depois que eles adormeceram. Minha cabeça e meu coração doíam. Tomei remédios para uma coisa e uísque para a outra. E fui me deitar. Judie se sentou na beira da cama, perto de mim. Notei que evitava se deitar ao meu lado, por mais cansada que estivesse. Lá fora começava a amanhecer.

— Se Clem estivesse em Amsterdam, eu os mandaria de volta amanhã mesmo — falei. — Lá eles têm um pai que é um imbecil, mas que pelo menos não está doido.

— Pete... você não está louco. — Judie "roubou" discretamente meu copo de uísque e o colocou na mesinha. Depois, passou os dedos no meu cabelo e começou a acariciá-lo. — Está acontecendo alguma coisa com você, mas não está louco.

— Então o que está acontecendo? E se na próxima visão eu confundir meus filhos com os assassinos e quebrar o crânio de um deles com o atiçador?

Aquilo me soou terrivelmente plausível. Vi como Judie reagiu, mas ela não queria me assustar.

— Não sabemos se haverá uma próxima vez.

— Isso é o que queremos pensar, Judie. Essa é "a parte boa" pelas quais rezamos. Mas hoje eu assustei meus filhos. Tirei-os da cama e gritei com eles, mandei se esconderem. Foi só isso, mas e da próxima vez? Não estou disposto a envolver meus filhos nessa história, nem a você. Agora quero que seja completamente sincera comigo: você acha possível que eu tenha esquizofrenia?

A pergunta lhe arrancou uma breve gargalhada.

— De onde você tirou essa ideia?

— Da internet. Do dr. Google. Li que os esquizofrênicos também sofrem de alucinações.

Judie me pediu um cigarro. Peguei o maço na mesinha de cabeceira e o entreguei a Judie. Ela acendeu um e soltou duas flechas de fumaça pelo nariz.

— Sabe, existem doenças mentais, como a esquizofrenia, que fazem a pessoa "ouvir ou ver" coisas que não são reais. Mas existem muitos outros sintomas e comportamentos associados a essas doenças que você não apresenta, entende? As suas "visões" são muito organizadas, por exemplo, e você sempre consegue saber quando começam e quando terminam.

— E isso me diferencia de um esquizofrênico?

— Isso diferencia você da grande maioria dos casos de esquizofrenia ou transtorno delirante conhecidos, mas não posso garantir que existam outros casos como o seu. Na minha opinião, você é um caso único, que a medicina atual não é capaz de categorizar facilmente. De onde vêm esses três personagens tão bem definidos, mas que você nunca viu na vida? Essa imagem repetitiva da cerca quebrada? Se quer saber, eu diria que Jung ou Freud podem ajudar você mais que uma lobotomia.

— O que você quer dizer? Que tudo isso é como um sonho e que há uma mensagem por trás?

— É pura intuição minha — respondeu Judie. — Mas por que não? Tudo indica que você realmente "vive" dentro dessas visões. Porque se desloca, anda, até pula no barranco quando acha que vai ser atacado. É como se estivesse vivendo um sonho acordado. Como se usasse uns óculos de realidade virtual. Mas isso não altera a função do sonho, nem a pergunta principal a ser feita: por que você está sonhando isso?

— Por que estou sonhando isso? — repeti, de olhos fechados. — Por quê? É como uma ameaça. Algo que está prestes a cair em cima de nós. Um quebra-cabeça que vai formando uma história peça por peça. Na primeira vez, foi Marie. Estava assustada, tinha acontecido alguma coisa. Depois, em Dublin, a foto dos cadáveres...

— Dublin? — perguntou Judie.

Lembrei que não tinha contado minha visão do jornal a ninguém.

— Na noite que passei na casa do meu pai, tive outro... pesadelo. Vi um jornal na mesa da sala. Falava de um massacre, em Clenhburran. Uma família massacrada. Quando acendi a luz, tudo voltou ao normal. Como desta vez. Como todas as vezes. Depois, esqueci.

— Algum outro detalhe que você ache importante?

— Não sei. Não me lembro de mais nada. A cerca sempre está quebrada. Isso faz sentido, porque o sonho sempre se passa na mesma noite. E hoje, esta noite, acho que os assassinos estavam procurando alguém na casa. Uma mulher.

Judie terminou o cigarro e amassou a guimba no cinzeiro. Depois, ficou em silêncio, pensando durante um longo minuto.

— Você acha que eu estou doido, Judie? Porque no momento você é uma das poucas pessoas neste mundo em quem confio. Ultimamente, está tudo muito... muito estranho. Vejo coisas onde não existem. Cheguei a desconfiar de Leo, de Marie... até de você.

— De mim?

— Mas sou um idiota, não se preocupe.

— Não, eu quero saber — disse Judie, muito séria de repente. — Eu quero saber. Por quê?

— Você... você também apareceu num dos meus pesadelos. Foi horrível, horrível como todos os outros. E aí eu achei que você reagiu de uma forma estranha quando viu o nome de Kauffman naquele papel dentro da minha caixa de remédios... Diga que estou errado, por favor. Diga que tudo isso não passa de uma tremenda paranoia.

Vi que ela me encarava, seus olhos negros na escuridão.

— O que acontecia nos seus pesadelos, Pete?

Dei uma longa tragada no cigarro.

— Você quer mesmo saber? É horrível.

— Quero saber.

Tomei o uísque que restava no copo.. As pedras de gelo brincaram em meus lábios enquanto eu bebia.

— Você estava amarrada. Amarrada e assustada. Alguém a perseguia, queria machucá-la, e você me implorava por ajuda. Dizia que iam matá-la. Mas talvez fosse apenas reflexo da realidade, porque muitas noites você... bem, você tem uns pesadelos. Acho que incorporei isso, como todo o resto.

— Amarrada — repetiu Judie. E vi que seus lábios começavam a tremer. — Aparecia mais alguém?

— Sim... — respondi, sem entender por que Judie achava meu sonho tão incrível.

— Um homem? — Quando ela disse isso, tive certeza de que estava assustada.

— Não — respondi. — Minha mãe, me mandando embora desta casa.

Judie levou a mão ao rosto. Não sei se estava chorando, mas respirava de forma alterada. Eu me inclinei para mais perto dela. De repente os papéis tinham invertido: ela era a paciente, e eu, o médico.

— Judie? Você está bem?

— Sim, Pete... Quer dizer, um pouco impressionada.

— Eu disse alguma coisa que...?

— Não, melhor deixar pra lá. Não é o momento.

Peguei-a pelos ombros. A fraca luz do amanhecer que entrava na casa iluminou seu rosto, mostrando uma Judie diferente. Pálida. Apavorada.

Tentei puxá-la em um abraço, mas ela se afastou.

— Sabe, acho melhor eu dormir lá embaixo, no sofá. E você, tente dormir também. Amanhã é outro dia.

— Mas...

— Agora não, Pete. Preciso de tempo, o.k.?

Ela saiu do quarto, e a ouvi arfando no corredor. Sem dúvida eu havia tocado em algum ponto sensível dentro dela, alguma tecla especial. Pensei em segui-la, mas já a conhecia e sabia que não ia ajeitar as coisas naquela noite.

O sol já havia despontado quando consegui dormir. Mas antes tomei duas decisões: a primeira, consultar aquele tal de dr. Kauffman, tentar de tudo para me curar. E logo. Queria acabar com aquilo de uma vez por todas. Recuperar minha vida.

A segunda decisão se referia a Leo e Marie. Se alguma coisa tinha ficado clara, era que tudo aquilo tinha alguma relação com eles. Eu ainda não entendia como, e era o que precisava descobrir.

6

Uma sargento chamada Ciara Douglas me recebeu, no dia seguinte, numa pequena sala de interrogatório da delegacia de Dungloe. O atendente ao balcão, um policial gorducho e de rosto avermelhado, não queria me deixar entrar.
— O que deseja exatamente? — perguntou.— Registrar uma queixa?
— Não, só quero falar com algum encarregado.
— O senhor é jornalista?
— Já disse que não. Sou morador de Clenhburran. Só queria fazer uma consulta.

Mais tarde, pensei que talvez pudesse ter me apresentado como escritor, ou como estudante de criminologia.

Na verdade, talvez nem devesse ter posto os pés lá. Para quê? Perguntar se era possível que personagens saídos dos meus sonhos fossem reais? Mas, naquela manhã, senti necessidade de fazer alguma coisa, de tentar assumir o controle da situação.

— Escute, o senhor pode fazer sua consulta na prefeitura. Eles as passam para a gente e...
— Olhe, é sério. Não vou tomar nem dez minutos. Não tem ninguém aqui que disponha de dez minutos para me atender?

Ciara Douglas era uma mulher alta, de cabelo preto e olhos verdes, com um porte militar. Demorou meia hora para aparecer, com uma expressão de enfado por estar perdendo tempo e de pressa para me despachar.

— Tremore Beach? É aquela prainha ao norte de Clenhburran, não é? Eu não sabia que havia tantas casas por lá.
— Na verdade são só duas. A minha e a dos meus vizinhos, os Kogan. Eles são moradores permanentes, eu só estou alugando a propriedade por alguns meses.
— Muito bem, sr. Harper, vamos ao assunto. O que deseja?

Diante dessa pergunta, e diante do rosto sério da sargento Douglas, de seus galões e seu porte imponente, entendi como tudo aquilo devia parecer infantil. Decidi acrescentar um pouco de imaginação.

— Sabe, é que... outro dia, durante um jantar, uns vizinhos da região mencionaram uns problemas de... de segurança. Quer dizer, que tinham ouvido falar de criminosos agindo na área. Quadrilhas da Europa Oriental, algo assim. E então, enfim, como eu moro sozinho e... É que justamente agora estou com meus dois filhos na casa, visitando... Bem, então eu queria saber se a senhora acha que devo instalar algum tipo de alarme ou de...

Ciara Douglas esticou seus longos lábios até formar um sorriso. Coisa que, naquele rosto, presumi que exigisse grande esforço.

— Olhe, sr. Harper, não posso aconselhá-lo se deve instalar alarmes ou não. O que posso dizer é que houve alguns furtos, sim, principalmente em casas de veraneio desocupadas, a maioria objetos sem importância. Também houve um grande roubo de material de construção perto de Letterkenny, há duas semanas, e foram presos dois criminosos de nacionalidade irlandesa. Nada de europeus orientais.

Ela ficou em silêncio, com as mãos unidas pelas pontas dos dedos, me olhando como quem diz "É o suficiente?". Mas eu ainda não estava disposto a levantar a bunda daquela cadeira de plástico.

— E por acaso ouviu alguma coisa do gênero fora do condado? Sei lá, algo como uma ordem de busca e captura internacional. Gente que anda numa caminhonete assaltando casas...

Essa história de "ordem de busca e captura" eu tirei de um capítulo de *Cops*. Ao ouvir isso, a sargento Douglas deve ter pensado que estava lidando com um aprendiz de detetive particular. Ou um turista entediado. Esperando que a esposa saia do cabeleireiro, talvez?

— Não, senhor — respondeu ela. — Isto aqui é Donegal. Não temos esses problemas, felizmente. Se o senhor se interessa por esse tipo de histórias, deve ir para o sul da Europa ou coisa assim, onde tem gente rica e criminosos de verdade. Aqui o pessoal rouba cobre, televisores de plasma e algum carro para vender no ferro-velho. Nada mais, sr. Harper, pode dormir tranquilo. Alguma outra pergunta?

Os dedos tamborilaram na mesa. Ela me olhou com impaciência.

— Uma última coisa, sim. Alguma vez houve ocorrências em Tremore Beach? Algum incidente fora do normal?

— Está falando de uma das duas casas de lá?

— Sim.

— Posso descobrir, mas sabe de uma coisa? Estou começando a achar que o senhor tem algum outro motivo para me fazer essas perguntas.

— Como assim?

— Não tem nada que queira me contar, sr. Harper? Achei curiosas todas essas perguntas sobre o histórico da casa. Talvez algum problema com os vizinhos?

Fiquei tentado a contar minha história, mas refreei o impulso. Dizer a um policial que você tem pesadelos e que por isso está ali na delegacia? Pareceria digno de internação psiquiátrica. Com meus filhos me visitando (e meu recente divórcio), não era uma ideia muito boa atrair esse tipo de atenção sobre mim.

— Talvez tudo isso seja porque a casa é muito solitária — acabei dizendo.— A corretora me avisou, mas não dei ouvidos. Às vezes, de noite, ouço ruídos que não me deixam dormir, e com esses boatos de quadrilhas assaltando casas... Devo ter nascido para cidades grandes.

Douglas ficou me olhando como se não estivesse engolindo o rumo que eu tentava dar à conversa.

— Acontece muito — disse ela, afinal. — Principalmente se seus filhos estão lá. Talvez seu nível de alerta esteja mais alto que o normal, sr. Harper. Relaxe. Na certa são ovelhas pastando, ou o barulho do vento. Isto é Donegal: aqui, dormimos de portas abertas.

7

Gostei de saber que Marie não estava em casa quando bati na porta dos Kogan, ao meio-dia. Leo me explicou que ela tinha ido a Clenhburran, dedicada aos preparativos da noite de cinema ao ar livre, que seria na quinta-feira seguinte.

— Onde deixou seus filhotes? — perguntou ele, depois.

— Estão com Judie, na cidade. Queriam ver as focas no porto.

— Uma cerveja? — ofereceu Leo, desaparecendo atrás da porta da cozinha.

— Sei que ainda é cedo, mas acabei de chegar de uma caminhada de duas horas e estou com a garganta seca.

— Pelos despenhadeiros? — perguntei, bem alto, enquanto Leo mexia na geladeira.

— Sim, senhor — gritou ele em resposta. — Daqui até Monaghan. Foi de arrebentar. E o ar está com muita umidade. Só espero que não chova justo na noite do cinema.

Leo voltou da cozinha com duas latas de Heineken. Peguei uma e agradeci.

— Ouvi dizer que você vai ser a atração principal da noite. Já preparou o discurso?

— Bem, na verdade ainda não. Vou dizer alguma coisa sobre como é bom morar numa cidadezinha pequena, sobre como as coisas simples nos inspiram... sei lá. Ou talvez tire algum trecho de um livro.

— Lugar pequeno, inferno grande, é isso que eu acho. Agora essa fofoqueira da Laura O'Rourke anda dizendo por aí que somos milionários só porque eu liguei para perguntar pelo veleiro. É esse tipo de coisa que a gente fica sabendo entre as prateleiras do armazém de Durran! Mas, enfim, Frank é um santo homem. Está me aconselhando bem, talvez eu faça uma extravagância. Adorei essa ideia do veleiro, sabe?

As crianças não paravam de lembrar como tinham se divertido no barco. E Leo me disse que talvez pudéssemos repetir o passeio antes que os dois voltassem para Amsterdam. Isso, o que aconteceria dali a uma semana e meia.

Sentamos nos sofás em frente à lareira.
— Deve ser difícil se afastar deles de novo, não é?
— Bastante — respondi. — Acabaram de chegar e daqui a pouco já vão embora.
— Dá para ver que eles são incríveis, Pete. E que adoram você. Mas de qualquer maneira você pretende voltar em breve para lá, não?
— Acho que sim — acabei respondendo. — Quando terminar de gravar umas coisas, vou ter que tomar uma decisão. É provável que eu volte para a Holanda, mas alguma outra cidade que não Amsterdam. Tenho uns amigos em Haarlem, posso me estabelecer lá. Eu veria os meninos toda semana. Pode dar certo...

Leo tomou um longo gole de cerveja.
— Vamos sentir falta de você, amigo.
— E eu de vocês, Leo. Mas Peter Harper ainda vai ficar um bom tempo por aqui. E você e Marie? Ainda não passaram por vento e frio suficientes? Até quando vai adiar seu sonho de morar na Tailândia?
— Aaah... — Ele sorriu, seus olhos se enrugando. — Não sei, Pete. A gente tem muitos sonhos, mas o tempo passa, vamos ficando velhos e os sonhos se transformam em porcelanas que a gente olha, tira a poeira e mais nada. Não sei se algum dia sairemos daqui. Já falei que Marie está apaixonada por este lugar. E a gente vai para onde nossa mulher vai, não é mesmo?

Concordei em silêncio. Senti outra vez o olhar de Leo sobre mim.
— E em relação a Judie, se me permite perguntar? Vai incluí-la nos seus planos?

Sorri e tomei um gole longo. *Ora, ora, e fui eu quem vim aqui fazer perguntas.* Depois, olhei para Leo e quis lhe dizer algo com meu sorriso e meu olhar, mas ele parecia estar esperando uma resposta concreta.
— Não sei. Ela parece muito feliz aqui, com a loja e seu mundo cósmico. Acho que não vai ser tão fácil convencê-la.
— Talvez seja apenas questão de pedir. — Leo riu ao dizer isso. — Se essa tonelada de rugas que tenho no rosto me ensinou alguma coisa, é que às vezes basta a gente dizer em voz alta o que quer e tudo começa a se ajeitar. Ela é uma grande garota.
— Também acho — respondi —, e quando a vejo com os meninos... também imagino coisas. Mas tenho medo de fazê-los passar outra vez pela mesma situação. Entende?
— Entendo...

Creio que Leo fosse dizer mais alguma coisa, mas o telefone tocou na cozinha, e ele se levantou para atender. Pouco depois voltou à sala.

— Essa porcaria de serviço de gás. Acho que não poderia funcionar pior se fizessem de propósito. Agora dizem que vão demorar uma semana para passar por aqui, e estamos sem gás há dois dias. Ainda bem que é verão. Em todo caso, acho que vou ao Andy's comprar umas latas de gasolina para os geradores. Tem alguma coisa para fazer agora?

Espremi a lata de cerveja entre os dedos.

— Na verdade, Leo, vim falar uma coisa com você.

Leo franziu o cenho durante alguns segundos e depois sorriu.

— É imaginação minha ou você ficou muito sério? Bem, seja o que for, pode me contar.

— Quer um? — ofereci, pegando o maço de Marlboro do bolso da camisa.

— Acho que vai levar um tempo...

— É sério assim?

— Bem, estou vindo de Dungloe. Fui à polícia.

O olhar de Leo congelou. Ele bebeu um gole da lata e aceitou um dos meus Marlboros.

— Diga lá.

Como uma confissão que queria fazer havia muito, a história saiu dos meus lábios como uma tromba d'água. Tudo voltou a desfilar diante dos meus olhos, com todos os detalhes, sem a menor dúvida ou lacuna em minha memória: os pesadelos que não paravam; o jornal na casa do meu pai em Dublin; e tudo o que acontecera na noite anterior. A porta batendo no marco, as luzes do outro lado do morro, a caminhonete que quase me atropelou no Dente do Bill, a queda pelo barranco. E, depois, aqueles dois homens e a mulher. A faca comprida e brilhante.

Enquanto rememorava tudo isso, eu esperava que Leo me interrompesse com uma das suas tiradas. Que fizesse uma piada e descartasse tudo aquilo. Mas nada disso aconteceu. Pelo contrário: Leo me escutava em silêncio absoluto. Em seu rosto só havia seriedade. Nem preocupação, nem temor, nem incredulidade. Ouvia cada uma das minhas palavras como se quisesse memorizá-las.

Quando terminei, só o mar e as gaivotas que sobrevoavam a casa interrompiam o silêncio profundo que se estabeleceu entre nós dois. Leo tinha se recostado no sofá e me olhava com os braços cruzados, imóvel. Naquele exato momento, poderia ter me dado um soco ou começado a chorar, e nenhuma das duas coisas me surpreenderia em absoluto.

— E então, o que acha de tudo isso? — perguntei, acendendo outro cigarro. No cinzeiro à minha frente tinham se acumulado quatro guimbas em menos de meia hora.

Leo despertou. Desfez o nó dos braços e se inclinou para a frente, expirando longamente, os cotovelos apoiados nas coxas. Lançou um olhar perdido em direção à mesinha onde se acumulavam fotos dele e de Marie.

— Minha nossa, o que quer que eu ache? Achávamos que tudo isso tivesse passado... mas agora vejo que estávamos enganados. Não sei o que dizer, Pete.

Ele roubou um cigarro e acendeu. Continuei calado.

— Conheço você e acho que é um cara sério. Não o imagino exagerando nem inventando coisas. Se está me contando isso, é porque aconteceu, ou pelo menos você acredita firmemente que aconteceu. Só posso lhe dizer que nenhum carro estranho passou pelo Dente do Bill esta noite e que nenhuma caminhonete com três pessoas estacionou na sua casa, pelo menos não na dimensão em que eu vivo. E nada, nem ninguém, atacou Marie. Mas de nada adianta dizer isso.

— E se for algo mais? — perguntei.

— Algo... como o quê?

— Algo como... — Olhei para o teto, consciente de como soaria estúpido e insano o que eu ia dizer.

— Uma premonição? — concluiu Leo por mim, depois bebeu o que restava na lata e dirigiu o olhar para o oceano. — É isso o que você pensa?

— Bem... Pode parecer idiota, mas, sim, é isso o que eu quero dizer. Que algo de ruim está para acontecer. Algo que ameaça a todos nós. Você, Marie, Judie, a mim, meus filhos... Tem uma coisa que nunca contei a vocês sobre minha família, Leo. Soa um tanto ridículo, mas minha mãe acreditava que tinha um dom, uma sensibilidade especial... para prever acontecimentos. Eu tenho a estranha teoria de que está acontecendo o mesmo comigo, amplificado por esse raio que fritou minha cabeça.

Leo me olhou fixamente, mas não respondeu.

De fato, soa estúpido quando dito em voz alta, pensei durante aquele longo silêncio.

Ele se levantou e andou pela sala, de lá para cá, massageando o rosto e me dirigindo uns olhares de vez em quando. Notei que tinha ficado realmente tenso. Bem, era natural. Afinal, eu estava lhe dizendo que achava que uma quadrilha de assassinos planejava experimentar suas facas de caça nele e em sua esposa.

— Digamos que seja isso mesmo — disse ele, por fim. — Por que acha que eu poderia ajudá-lo?

— Ainda não sei bem. Mas pode ser que isso tenha alguma relação com Marie. Tudo começa com ela... e esses homens a perseguem. Pelo menos é o que entendo de tudo isso. Eu... Por nada neste mundo quero me meter onde não sou chamado, mas preciso fazer uma pergunta: você acha que essa minha teoria pode ter algum fundamento? Existe algum motivo para que alguém possa perseguir sua esposa?

— Nenhum — respondeu ele enfaticamente. E se virou, como se quisesse esconder o rosto. — Não... nenhum motivo.

Não acreditei. Então, foi como se minha boca agisse sem minha permissão. Abri os lábios e falei (realmente falei) em voz alta:

— Quem é Jean Blanchard, Leo?

Saiu sem permissão. Não consegui me impedir, embora tivesse proibido a mim mesmo de falar do assunto. Mas intuía que Leo estava a um passo de se abrir, de fazer alguma revelação. Talvez aquilo funcionasse como o gatilho. A gota que faltava para o copo transbordar.

Leo interrompeu seus passos e ficou em silêncio, parado no meio da sala durante alguns segundos. Depois, virou-se para mim.

— De onde você tirou esse nome? — Sua voz soava como um trovão. Acho que foi a primeira vez na vida que vi aquele homem zangado.

Naquele momento, senti uma vergonha tremenda. Não consegui sustentar o olhar de Leo. E expliquei tudo. Disse a verdade. Contei que tinha subido com Jip para ele ir ao banheiro naquele jantar de boas-vindas e que por acaso encontrara aquela tela.

Depois disso, eu podia esperar qualquer coisa. Que Leo me expulsasse a pontapés de sua casa, me chamando de bisbilhoteiro, que brigasse comigo e nunca mais voltasse a me dirigir a palavra. Mas, em vez disso, ele deu um longo suspiro, como se quisesse esquecer o que havia acabado de ouvir, e se deixou cair no sofá, à minha frente.

— Jean Blanchard é um nome muito antigo, um pseudônimo que Marie usava há muitos anos para assinar seus quadros. O último que pintou com esse pseudônimo, a tela que você encontrou por acaso na estante, é um retrato de Daniel, nosso único filho.

A palavra ecoou no ar. Entrou em meus ouvidos e bloqueou minha respiração por um segundo.

— Seu... filho?

Leo ergueu o olhar. Ao ver a expressão de dor em seu rosto, me arrependi profundamente de ter feito a pergunta. Fiquei em silêncio. Não queria abrir a boca nem para pedir desculpas. Eu me sentia um completo babaca.

— Se ele estivesse vivo — começou Leo —, teria a sua idade, talvez um pouco menos. Mas morreu antes de fazer um ano. Foi uma dor tão profunda que nos fez enlouquecer. Chamava-se Daniel. Nasceu no Brasil, em 1972, prematuro de sete meses. Disseram que foi isso a causa da insuficiência cardíaca. Só viveu três meses, como uma borboleta, como um anjinho. Só o vi sorrir uma vez, no interior daquela caixa de vidro que foi tudo o que ele viu do mundo, e aquele sorrisinho ficou gravado a fogo em mim.

Ele fez uma pausa. Então, continuou:

— Marie pintou esse quadro quando estava mergulhada em uma depressão terrível. Nunca se desfez dele, embora jamais o tenha pendurado na parede. Às vezes, de noite, desenrolava a tela e ficava olhando. Sorria para a pintura, sussurrava coisas. Dizia que era capaz de falar com ele. Eu fiquei muito preocupado e decidi procurar emprego em outro lugar do mundo, o mais longe possível de lá. Foi assim que terminamos no Oriente Próximo, primeiro, e depois no Sudeste Asiático, para escapar dessa lembrança terrível. Nunca mais quisemos ter filhos. Acho que foi uma consequência natural para nós dois. Deixamos o tempo correr, nos acostumamos a ficar sozinhos. No fundo, acho que nunca superamos o medo.

— Sinto muito, muito mesmo, Leo — falei. — E lamento ter tocado nesse assunto... eu...

— Não se preocupe, rapaz. Não me importa se é seu cérebro ou é Deus falando com você. Agradeço muito por ter transmitido o aviso, se achava que era necessário. Mas confesso que fiquei triste.

Ele não me mandou embora, mas entendi que era esse seu desejo.

É assim que lhe retribuo pelo jantar, por sua gentileza, querido Leo: bisbilhotando suas coisas e resgatando lembranças dolorosas.

Saí da casa com o coração na mão. Queria dar meia-volta, bater a cabeça na porta e lhe pedir perdão mil vezes.

8

— Acho que estou ficando louco, Judie. Quero consultar esse médico.

Eram quase oito da noite e estávamos na cozinha da pensão Houllihan. As crianças tinham acabado de jantar e já estavam no beliche, Beatrice lendo *Crepúsculo* e Jip jogando Angry Birds no iPad. Judie tinha nos convidado a passar a noite lá, longe daquela casa que ainda dava calafrios neles, e eu agradecera imensamente. Tentei manter o sorriso diante das crianças durante a tarde toda, enquanto circulávamos pelo vilarejo e durante a reunião em que decidimos os detalhes da minha apresentação na noite de cinema. E consegui, mais ou menos. Quando me vi sozinho com Judie, lavando a louça do jantar, não aguentei mais.

— Foi um dia de merda. Fiz papel de ridículo na delegacia e, o que é pior, acho que magoei um amigo.

Judie não demorou a deduzir a quem eu me referia.

— Sim. Leo — confirmei. — Fui à casa dele para conversar. Na verdade, fui pedir que me dissesse o que eu queria ouvir: que não estou doido, que existe uma razão para tudo o que está acontecendo comigo. E o que consegui foi mexer em velhas feridas, obrigando-o a falar de um episódio muito doloroso. Além de confessar que fuxiquei as coisas dele na noite em que as crianças chegaram.

Judie me lançou um olhar gélido.

— Você fez isso?

— Quase sem querer, mas fiz. Descobri umas coisas que pareciam meio estranhas, escondidas numa prateleira da estante. Algo me mandou olhar lá. Quer saber? Acho que está na hora de eu lhe contar uma coisa sobre minha família. Um dom um tanto estranho que os Harper têm.

Quase sussurrando, entre um prato e outro, falei da minha mãe. Do tio Vincent, do acidente da Aer Lingus e da voz que falou comigo na noite do temporal, antes de sair de casa. E de Jip, de sua estranha correria nas rochas e de como às vezes "sentia" coisas que iam acabar mal. E, enquanto falava, percebi que estava agindo como meu pai. Tinha tentado ocultar tudo aquilo, esconder debaixo do tapete, pensando que o segredo talvez desaparecesse se eu não o mencionasse.

— E agora você tem todo o direito de pensar que sou um doido — concluí ao terminar o relato.

— Talvez você não esteja assim tão louco.

Perguntei a que estava se referindo, mas ela pôs o dedo nos lábios e me pediu que a seguisse. Passamos junto ao quarto dos beliches e vimos que Jip já estava dormindo, com o iPad no chão ao lado da cama. Na cama de cima, Beatrice estava recostada com uma pequena lanterna, absorta no livro.

Descemos a escada em silêncio. Lá embaixo, ao lado da porta da rua havia outra que dava para a loja. Judie a abriu, e avançamos na penumbra da loja, entre casas-farol, maquetes de navios e estantes de livros de segunda mão, até os fundos.

— Quero ter certeza de que não vão ouvir.

— O quê?

— Uma coisa que eu devia ter lhe contado na outra noite, quando você me contou que teve aquele sonho comigo. Mas, primeiro, pode repetir o que viu?

Ela foi se sentar e abriu a caixinha onde guardava a maconha.

— Olhe, Judie, não sei se quero repetir. Já fiz bastante confusão por hoje. E vi que você ficou abalada com isso. Não quero magoar mais ninguém.

— Vamos, Pete, eu é que estou pedindo.

Certo, disse e descrevi novamente a imagem: Judie de pés e mãos amarrados, dentro da caixa do meu piano, numa grande banheira de sangue, pedindo minha ajuda. Um homem estava prestes a chegar e ia machucá-la.

Ela tinha enrolado um baseado fininho, que acendeu enquanto eu contava a visão. Quando terminei, me olhou com um misto de medo e fascínio.

— É incrível, Peter, realmente incrível.

— O quê?

— Tudo se encaixa, principalmente depois do que você me falou sobre sua família. Acho que chegou o momento de eu lhe contar uma coisa. Aquele homem, Donald Kauffman. É verdade que ele foi meu professor, mas também... também me atendeu. Fui paciente dele.

— Você?

— Sim. Houve um período na minha vida em que precisei de ajuda. Antes de ir à Índia. Tive um... — ela deu mais uma tragada no baseado e completou soltando a fumaça: — Sofri um acidente.

Eu me sentei. Estiquei o braço até encontrar a mão dela. Apertei-a.

— Por isso as cicatrizes, não é? E os pesadelos.

Ela confirmou com a cabeça.

— Não foi nenhum acidente de moto, na certa você já imaginava isso. E os pesadelos... fazia muitos anos que eu não dormia mais de uma noite com ninguém. Você foi o primeiro. Já sabia que ia acabar fazendo perguntas. Eu pretendia lhe contar algum dia... na verdade, queria contar, mas tinha medo. É como abrir uma porta que vai deixar entrar muita dor.

Ela deu uma tragada talvez longa demais e me ofereceu o baseado. Aceitei. Ela exalou uma grande nuvem de sabor aromático.

— Você também é uma das poucas pessoas em quem confio, Peter. Faz muito tempo que não conto esta história, mas acho que você tem o direito de saber. — Ela engoliu um suspiro. — Teve um homem que me fez mal, Peter. Muito mal. Ele me feriu aqui do lado, mas isso foi só um arranhão comparado com o que fez à minha cabeça. — Ela fez uma pausa. — Ainda me aparece à noite. Aquele rosto...

Judie apertava minha mão entre seus dedos, com força, na certa sem perceber.

— Foi há cinco anos. Eu morava em Londres, trabalhava no Princess Grace como psicóloga residente. Isso é o que as pessoas aqui de Clenhburran sabem sobre minha vida em Londres. Mas tem mais. A verdadeira razão pela qual parti.

"No verão, eu ia almoçar todo dia no Regent's Park, e fiz amizade com um homem chamado... — Ela parou por um instante, como se o surgimento do nome em sua mente lhe provocasse dor. Mas aguentou firme. Continuou: — Chamava-se Pedro. Era português e trabalhava num dos restaurantes baratos próximos à estação de metrô. Sempre tinha falafel, meu prato favorito, por isso eu ia lá quatro dias por semana. Conversávamos um pouco, depois eu ia para o parque me sentar ao sol, levando a comida e um livro.

"Depois de um mês indo lá, percebi que Pedro olhava muito nos meus olhos, que era mais educado que o normal e que se lembrava de cada detalhe que eu contava a meu respeito. E eu também gostei dele. Estava solteira, tinha rompido com um namorado de mais de três anos e não estava procurando nada sério. Só queria conhecer gente nova, só isso, e Pedro me parecia divertido. Tinha um sorriso lindo e sempre falava de sua cidade em Portugal, das praias, da comida e do vinho. Gostei dele, embora talvez não fosse bem meu tipo, e uma noite aceitei seu convite de tomar um drinque. Fomos a um bar perto do parque, depois do trabalho, e Pedro insistiu em ir buscar as bebidas, para que eu não precisasse me levantar da mesa. 'No meu país, os homens se encarregam de tudo', disse ele, sorrindo. O que senti foi uma espécie de delírio romântico. Quanto tempo fazia que eu não me deixava cortejar?

"Bebemos e conversamos. Tudo ia muito bem até que comecei a me sentir enjoada e sonolenta. Cheguei a fazer uma piada sobre isso, bocejando: que ele não deveria pensar que eu estava entediada em sua companhia, devia ser o cansaço acumulado da semana. Ele sorriu e disse que não via nenhum problema. Afinal, era sexta-feira, não? Eu tinha o direito de estar cansada. E mencionou outro lugar, um pouco mais animado, que talvez me despertasse. Era uma boate na mesma rua, e lá fomos nós. Mas na dose seguinte comecei a fechar os olhos enquanto Pedro continuava me falando de sua vida, de seus planos de comprar uma pequena propriedade em Madeira... e por fim ele me propôs me levar em casa. 'Você não pode pegar o metrô desse jeito', brincou. 'Vai acordar no final da linha.'

"Naquele momento, morta de cansaço, a boate e aquele barulho já estavam borrados, e pensei que tinha ficado bêbada rápido demais. Por um instante me passou pela cabeça que estava cometendo um erro, que não deveria entrar num carro com aquele desconhecido, mas o senso de ridículo funcionou em mim, sem contar que eu já estava praticamente dormindo quando Pedro me ajudou a ir embora. Antes de eu apagar de vez, ainda cheguei a pensar que nem tinha dado meu endereço. Que burra eu fui, não é?"

Judie respirou fundo. Uma lágrima escorreu por seu rosto, mas ela sorriu. Apertei sua mão.

— Escute — falei —, não precisa me...

Mas ela continuou como se não tivesse me ouvido.

— Ele me estuprou — prosseguiu, com um fio de voz, apertando depois os lábios. — Enquanto eu dormia... e depois, quando abri os olhos. Estávamos num lugar horrível. Um quarto sem janelas. Depois, soube que era um porão em Brixton. Ele tinha me amarrado na cama. Os pés e as mãos, Peter, como no seu sonho.

— Caramba.

Peguei o maço de cigarros no bolso da camisa. Tirei o último e acendi.

— Fiquei dois dias lá, Pete, e de certo modo continuo lá. Uma parte de mim ficou para sempre naquele lugar. Percebi que tinha havido outras. Vi arranhões nas paredes, roupas de mulher e manchas no chão que só podiam ser de sangue. Imaginei logo qual seria meu destino. Eu sabia demais sobre ele, conhecia seu rosto. Ele nunca me deixaria sair viva daquele lugar.

"De manhã, antes de sair, ele injetava uma substância no meu braço: heroína. Passei a maior parte do tempo desacordada, mas quando estava desperta e me dava conta de tudo, começava a gritar, ou pelo menos tentava gritar através da mordaça. Eu lutava contra aquelas tiras de couro, puxava, disposta até a amputar a mão se fosse preciso, até que finalmente uma delas começou a ceder. Passei a vida toda reclamando dos meus pulsos magros, e agora eles iam salvar minha vida. Que irônico, não?

"Vi que eu conseguia colocar o polegar por baixo da tira, mas parava por aí, por causa do osso. Não pensei duas vezes: comecei a dar umas pancadas secas com o braço, bem fortes, numa posição que desse para deslocar o osso. Finalmente consegui soltar uma das mãos, e tirei a mordaça. Comecei a gritar pedindo socorro, tão alto que fiquei rouca.

"Se Pedro tivesse usado algemas, eu hoje estaria morta, mas o desgraçado deve ter pensado que eu ia ficar o dia todo apagada. Graças a Deus, errou. Aquele maldito degenerado tinha matado a própria mãe, e depois usou o mesmo porão para cometer mais três assassinatos. Três mulheres que com certeza tinham mãos mais largas que as minhas, ou que não resistiram à droga como meu corpo resistiu. Três mulheres, uma de trinta e oito anos, outra de quarenta e um e uma de dezenove, dadas como desaparecidas em Londres, como tantas outras pessoas. Nunca procurei saber muito sobre elas. Quanto tempo passaram lá, como aconteceu. Só pedi à polícia uma fotografia de cada uma, e sempre que posso tento vê-las em meus pensamentos e enviar-lhes um sorriso. Pensar que elas me ajudaram é um grande consolo para mim. De algum jeito, elas me disseram: 'Você consegue, Judie! As tiras vão deixar você escapar! Faça o que eu não consegui!'.

"Quando Pedro abriu a porta naquela tarde, eu soube que meus gritos tinham chegado a algum lugar. Ele estava assustado, frenético. Comecei a gritar de novo. Ele se ajoelhou sobre mim e me deu três socos no rosto, me deixando inconsciente. Depois, disse que ia se livrar de mim como tinha feito com as outras, e me detalhou como quem fala com um espelho: ia me cortar em pedaços na banheira e queimá-los, um por um, no fogão da casa. Mas, como eu tinha me comportado mal, ia colocar a mordaça de novo e me esquartejar ainda viva.

"Para minha sorte, um vizinho acionou o alarme e a polícia chegou a tempo. Já tinham suspeitado do lugar, porque meses antes um taxista avisou ter visto um homem levando por ali uma mulher bêbada que correspondia à descrição de uma das desaparecidas. A vítima anterior. Meus gritos e o telefonema desse vizinho, um rapaz indiano chamado Asif Sahid, a quem ligo todos os anos para desejar feliz Natal, ativaram todos os alarmes. A polícia bateu na porta, e Pedro disse que eu ia pagar por ele ter sido descoberto. E enfiou uma faca de açougueiro aqui nas costelas, duas vezes, antes de levar três tiros no peito de um policial."

— A cicatriz...

— Sim. Isso foi o final, mas a história não acabou aí, claro. Depois disso, foram seis meses sem conseguir dormir. O pavor me dominava. Os pesadelos vinham a qualquer momento do dia ou da noite. Eu acordava gritando... ou melhor, uivando de terror. Afinal, descobri um pequeno truque: ir dormir em albergues de mochileiros. Rodeada por trinta pessoas, entre roncos e peidos: só assim eu conseguia descansar.

"Mas não era só isso. Uma noite, quando eu estava no hospital de plantão, na solidão do corredor, vi um homem que parecia Pedro. Mesmo tendo visto o atestado de óbito e o cadáver, tive medo de que ele tivesse sobrevivido de alguma forma. Fui me trancar num quarto da limpeza e passei a noite escondida. Chorando.

"Comecei a me drogar. Primeiro com drogas legais, que eram fáceis de conseguir no meu trabalho, depois com outras mais fortes. Passei cinco ou seis meses assim. Não podia ficar sozinha nem um minuto, comecei a frequentar bares, a fazer amigos, os mais corpulentos, fortes e violentos que pudesse encontrar. Fiquei arisca, fiz coisas... Até que um dia acordei numa casa que não conhecia, com um sujeito que não conhecia, e percebi que estava no caminho para o inferno. Além do mais, no hospital me fizeram um grande favor: fui despedida. Meu coordenador, um sujeito que odiei naquele dia mas que hoje respeito profundamente, veio me dizer que eles tinham tentado 'fazer vista grossa' para minhas repetidas faltas e para o estado em que eu chegava ao hospital, mas que sinceramente achavam que eu não estava em condições de trabalhar. Foi quem me indicou Kauffman. Ele sabia que eu o conhecia e admirava, porque falava dele e do seu método de hipnose na hora do café, quando ainda tomava café, e me sugeriu marcar uma consulta com ele em Belfast. Quer dizer, na verdade ele me obrigou a ligar. E lá fui eu.

"Kauffman ouviu minha história e disse que me ajudaria, mas que eu precisava ir a Belfast. 'Meu método é intensivo, mas funciona. Em um mês podemos dar um jeito em grande parte do problema.'

"Foi a primeira vez que vim à Irlanda, e amei este país desde o começo. Nos fins de semana, quando não tinha consulta com Kauffman, eu alugava um carro e viajava pelo norte. Foi quando pensei em morar neste lugar algum dia. Numa dessas vezes, acabei por acaso aqui, em Clenhburran, e assim conheci a sra. Houllihan. Era uma tarde horrível, e a loja dela era a única aberta. Ela me serviu um chá e ofereceu me hospedar na casa dela. Naquele tempo, não havia nenhuma pensão em Clenhburran. Era uma mulher encantadora. Uma viajante, que tinha percorrido meio mundo. Passamos a noite conversando, e, embora eu não tenha contado toda a minha história, acho que de certa forma ela intuiu tudo, ou pelo menos boa parte. Confessou que queria se aposentar dentro de alguns anos e que não conhecia ninguém disposto a assumir o negócio. Acho que sabia que eu ia aceitar, e não se surpreendeu muito quando o fiz... Mas antes quero viajar para um lugar distante, como você fez', falei.

"'Está bem, querida', ela me respondeu. 'Só não demore muito.' Naquela noite, dormi sem ajuda de nenhuma droga nem outras táticas, pela primeira vez em um ano. E no dia seguinte, quando acordei e fui ao porto, e vi aqueles velhos jogando comida para as focas, me apaixonei de vez por este lugar.

"Um mês e meio depois, Kauffman e eu tínhamos feito grandes progressos. Eu ainda tinha pesadelos, e Kauffman foi sincero sobre isso: 'Vão continuar, Judie, talvez para sempre. São a cicatriz de uma ferida muito grande. Mas pelo menos a ferida em si parou de sangrar'. E era verdade. Com a hipnose, consegui afastar aquele monstro de mim, transformá-lo numa voz opaca e imprecisa, da qual agora eu conseguia me defender. Então me vi pronta para pegar minha mochila e sair por aí. E foi o que fiz. Vietnã, Tailândia, Índia, Nepal. Retiros espirituais, meditação. Aprendi a controlar minhas emoções, a aceitá-las como algo inevitável, mas colocando-as no seu lugar. Um lugar que me permitisse seguir em frente. E quando me senti pronta para voltar, a sra. Houllihan continuava me esperando para poder se aposentar e ir morar em Tenerife."

— Que bom que você voltou — falei, pegando a mão de Judie e a beijando. — Que bom que encontrei você aqui, que as linhas da sua mão a trouxeram para Clenhburran.

— Eu também fico contente, Peter. Agora você sabe a verdade. Talvez não esteja assim tão louco.

— Tem razão. Mas, de qualquer jeito, quero falar com Kauffman. Não confio mais em mim mesmo. Preciso tentar assumir o controle de tudo isso, e no momento o nome dele me parece a única opção razoável. Você pode me ajudar a marcar uma consulta o mais cedo possível?

— Sem problemas, Peter — respondeu Judie. — Vou dar um jeito.

9

Donald Kauffman me recebeu em sua casa na rua Archer, em Belfast, quatro dias depois. Judie havia ligado para ele na terça-feira, mas o médico tinha uma agenda tão apertada que só conseguiu, como favor pessoal, marcar uma consulta no domingo, seu dia de descanso.

Kauffman era um homem de uns sessenta anos, baixo, vivaz, com uma voz forte e decidida e olhos grandes de coruja. Tinha pelos saindo das orelhas, e usava um pulôver fino de gola rulê. Parecia um homem brilhante, e de fato, segundo Judie, era uma verdadeira eminência no campo da hipnose clínica, autor de livros adotados em universidades do mundo inteiro e criador de métodos inovadores que mudaram a forma de trabalhar de muitos psiquiatras e psicólogos em sua área. Toda essa energia produtiva e esse conhecimento se concentravam naquele homem nervoso e magro que se encontrava ali à minha frente.

O consultório ficava no subsolo da casa, um espaço acolhedor e bem iluminado por cujas janelas se viam as pernas dos transeuntes na rua. As prateleiras cheias de livros chegavam até o teto, e na escrivaninha, um pequeno móvel de madeira, uma pilha de livros quase surreal rodeava uma pequena máquina de escrever que exibia no rolo uma folha de papel já com alguns escritos.

Eu me desmanchei de tanto agradecimento quando cheguei, mas ele balançou a mão, descartando tanta diplomacia.

— Não se preocupe — disse. — Judie é uma boa amiga.

Kauffman me ofereceu um chá e me fez sentar num confortável sofá de couro marrom-claro. Foi direto ao ponto:

— Judie me adiantou um pouco do seu caso, pelo telefone, mas talvez seja melhor você mesmo contar a história, para começarmos.

Afundado naquele sofá de couro, relatei tudo desde o começo: o raio, o aparecimento de Marie no meio da noite, a notícia de jornal macabra na casa de meu pai; depois, a caminhonete e seus três maléficos ocupantes, fossem gângsteres ou assassinos, sei lá o que eram. Descrevi cada um deles, a mulher de pernas bonitas, o gordo que andava como se chutasse portas e o réptil silencioso de óculos escuros e cabelo lambido. Não quis deixar nada de fora.

Com seu olhar penetrante e sua aura de feiticeiro, Kauffman ouvia concentrado, sem fazer nenhuma anotação. Estava sentado no braço do sofá, os braços cruzados, e se mexeu apenas duas vezes durante a hora que passei relatando meus pesadelos. Era como estar no médico, falando de uma tosse que me atormentava: só de expor o problema, metade dos sintomas já sumia.

Ele fez algumas perguntas. Alguma vez eu tinha olhado as horas? Respondi que não; nunca, sabe-se lá por quê... Alguma vez tinha ligado para alguém? Meu telefone só vivia desligado. Por que eu não tinha acordado meus filhos logo que ouvi as batidas na porta? Não queria assustá-los, expliquei.

— Fale sobre essa última noite, Harper. Em que momento acha que os bandidos desapareceram?

— Não sei. Acho que quando voltei para dentro de casa.

Ele fez um intervalo para fumar, e aproveitei para ir ao banheiro. No vestíbulo, liguei rapidamente para Judie perguntando se estava tudo bem. Jip e Beatrice tinham ficado um pouco preocupados naquela manhã, ao saberem que eu não iria ao zoológico com eles porque tinha consulta marcada.

— Estão se divertindo à beça, não se preocupe — respondeu ela. — E por aí? Como está Donald?

Contei que naquele momento estava fumando um cachimbo. Judie deu uma risada.

— É um truque que ele usa para conseguir uma pausa. Faz isso sempre.

Ela me contou que iam almoçar no Burger King e que depois pretendiam ver um desenho animado no cinema. Kauffman tinha sugerido uma sessão intensiva, que talvez se prolongasse até as cinco ou seis da tarde.

— Quando eu sair daqui hoje, vamos todos jantar fora — falei.

Voltei ao subsolo. Kauffman estava fumando seu cachimbo e lendo algumas anotações num caderno. Eu me sentei no sofá, aceitei mais uma xícara de chá e perguntei o que ele achava de tudo que eu contara.

— Um caso estranho, não vou mentir — respondeu ele, sem tirar os olhos dos papéis. — Já ouvi relatos parecidos, porém mais fragmentários, enquanto seu caso é como uma grande ópera. Você tem um cérebro realmente interessante.

Sorri, embora não fosse exatamente o tipo de elogio que eu gostasse de receber.

— Desculpe a brincadeira, Harper. Quando você passa a vida ouvindo histórias, tem que gostar quando aparece uma que foge ao comum. Como a sua. Sem dúvida o choque elétrico produzido pelo raio está na raiz das suas visões.

Funcionou, a meu ver, como um grande amplificador emocional, talvez por via psicossomática. É por isso que todas as tomografias não apontam anomalias. Acredito, sinceramente, que você não tem um problema físico.

— Quer dizer então que estou imaginando minha dor de cabeça?

— Não digo que imagine, mas talvez a causa dessa dor não esteja onde pensamos. Você está tomando uma medicação que não faz o menor efeito, o que é forte indicador de um transtorno psicossomático comum. Por outro lado, e antes de analisar qualquer coisa, vou lhe dar o telefone de um ótimo neurologista em Dublin. Se quiser uma segunda opinião, pode procurá-lo. Diga que foi indicação minha.

Depois, Kauffman abordou as visões e os episódios alucinatórios, que não hesitou em qualificar de parassonia.

— Tenho certeza quase absoluta.

Eu tinha me deparado com o termo em minhas pesquisas na internet. Sabia que significava algo bem próximo ao sonambulismo.

— E como se explica que eu me lembre perfeitamente de tudo?

— Para começar, isso é o que você pensa — disse Kauffman. — Porque não existe a menor prova de que você "vivencia" de fato aquilo que recorda. Ninguém gravou nem presenciou seus movimentos. Como pode ter tanta certeza de que se jogou morro abaixo? Talvez só tenha tropeçado na porta, e o sonho interpretou dessa maneira. Pela descrição que fez da casa, você pode ter se sujado de areia em qualquer outro lugar. É possível que seja tudo reconstrução, sr. Harper. Elaborações que sua mente faz a partir de experiências sensoriais reais induzidas pelo sonambulismo. É muito comum confundir isso com sonhos lúcidos ou viagens astrais.

— Mas e da primeira vez que ocorreu? Dirigi meu carro, acordei os vizinhos na casa deles. Aquilo não foi uma reconstrução. Eu estava lá.

— Não duvido que tenha ocorrido assim, pelo menos em relação aos acontecimentos *per se*, mas há casos comprovados de pessoas que dirigem e até mesmo fazem sexo durante episódios de sonambulismo. Eu mesmo tive uma paciente que cozinhava dormindo e às vezes sonhava que ganhava prêmios de culinária. Não se torture, sr. Harper. Essas visões são uma explicação terrível que seu cérebro, por algum motivo, está dando aos seus passeios noturnos.

— Mas de onde eu tirei essa história? A caminhonete, aqueles três personagens tão reais... Eu até ouvia as vozes deles.

— Olhe, isso pode ter saído de qualquer lugar. Talvez sejam pessoas com quem você cruzou duas vezes na vida, em outra cidade, dentro de um trem. O cérebro é capaz de armazenar uma informação como fisionomias durante décadas e depois evocá-las num sonho, como se sua mente o tivesse produzido do nada. Conhece *A interpretação dos sonhos*, de Freud? Há uma história muito apropriada nesse livro, de um homem que sonha que está curando animais com uma planta medicinal cujo nome lembra ao acordar: *Asplenium rota muralis*. Esse homem, Delboeuf, fica surpreso quando descobre, no dia seguinte, que o nome sonhado não apenas é real como corresponde a uma planta medicinal. Sobretudo porque ele não tem o menor conhecimento de plantas medicinais! Dezesseis anos depois, o mistério é desvendado quando ele encontra por acaso, ao visitar um amigo na Suíça, um livrinho de plantas medicinais secas com anotações feitas com sua própria letra! Um belo dia, dezesseis anos antes, a mente de Delboeuf tinha registrado, armazenado e esquecido o nome dessa planta, até que certa noite, enquanto sua mente elaborava um sonho, decidiu resgatar essa informação de um canto empoeirada e trazê-la à tona.

"Acontece assim em muitas situações. A primeira explicação que nos vem à cabeça é uma resposta paranormal: vidas passadas, reencarnação, até visões divinas, como você pode pensar que está tendo. Mas a resposta é cem por cento científica. Obscura, mas científica. A memória e o cérebro humano são vastos universos nos quais a ciência só conseguiu introduzir uma pequena sonda, Harper. Chegamos à Lua, mas não conseguimos explicar o que acontece na nossa própria cabeça! No seu caso, que tem uma mente artística e criativa, acostumada a expressar sentimentos profundos e inconscientes, as sequelas de um choque elétrico como o que sofreu podem muito bem ser a causa desses episódios tão radicais. Quanto à forma que eles assumem, seu simbolismo, poderíamos fazer um ano inteiro de psicoterapia até entender. Por que você sonha com essas ameaças, que sentimentos ocultos, até proibidos, está tentando mobilizar em seus sonhos...

— Você acha que estou tentando dizer alguma coisa a mim mesmo com essas visões?

— Tente responder por si mesmo. Você considera que tem uma vida perfeitamente feliz e harmoniosa?

— Não — respondi, sem nem precisar pensar. — Eu... Bem, eu me divorciei recentemente. Foi uma situação muito difícil. Com dois filhos envolvidos... e acho que também afetou minha profissão. Vivo de compor música, e estou sofrendo um bloqueio criativo.

— E não pensou que todas essas visões podem ter relação com seu divórcio?

— Com meu divórcio? Mas como...?

— De mil maneiras imagináveis. — Kauffman moveu as mãos no ar. — Sua vida foi desfeita, seu equilíbrio foi por água abaixo. Pode ser que esses "ataques" que você sonha sejam revisitações desse trauma. Um meio que seu cérebro arranjou de lembrar essas coisas, talvez porque você o esteja "obrigando a esquecer" cedo demais.

O médico tirou o cachimbo da boca e deixou o olhar se perder no vazio do aposento, como se estivesse procurando um fantasma.

— Pode ser também a consequência de um sentimento exagerado de proteção em relação aos seus filhos. Sua função de pai se viu diminuída depois do divórcio, e agora que eles voltaram a estar sob sua responsabilidade, talvez sua mente se distraia criando uma ameaça que lhe dê motivos para reafirmar sua função protetora. — Ele devolveu o cachimbo aos lábios e sorriu, como se quisesse se desculpar por ter "viajado" por alguns instantes. — Bem... são apenas teorias. Teríamos que fazer uma terapia para encontrarmos a explicação, mas isso levaria tempo. A prioridade agora é seu sonambulismo. Você está preocupado, e com toda razão, por conta dos seus filhos. Mas é mais provável que acabe machucando a si mesmo se continuar tendo episódios tão intensos. Já ouviu falar de hipnose clínica?

— Você vai me hipnotizar? — perguntei, sem conter um leve sorriso que se insinuava em meus lábios.

Kauffman também sorriu.

— Entendo seu sorriso de incredulidade, sr. Harper. A televisão e alguns charlatães ajudaram a criar um mito errôneo sobre a hipnose, mas acredite quando lhe digo que é uma disciplina de eficácia reconhecida e comprovada no mundo médico, especialmente no tratamento do sonambulismo. Você não vai perder a consciência, pelo menos não necessariamente, nem ficar à minha mercê; não vou mandá-lo assaltar bancos, como naquele famoso filme de Woody Allen. Saiba também que toda a experiência seria gravada em fitas confidenciais e que eu lhe entregaria uma cópia da gravação. Concorda em participar de um tratamento desse tipo?

— Faço o que for preciso para me curar.

Já eram duas da tarde e as venezianas do consultório estavam completamente fechadas, para reduzir a luminosidade, mas Kauffman tinha deixado uma janela entreaberta, por onde entrava um pouco de brisa e barulho da rua. Ele subiu a sua casa e voltou com uma câmera de vídeo, que agora estava montada em um tripé e apontada para mim.

— Não sou nenhum feiticeiro, sr. Harper, apenas um guia. Você é que precisa me abrir todas as portas. Quero que relaxe tão profundamente a ponto de esquecer que está aqui comigo. Vá relaxando o corpo, parte por parte, enquanto respira ritmadamente. Você é músico, com certeza pode me dizer em que andamento está respirando. Andante? Ah!, viu? Agora precisamos reduzir um pouco, primeiro até adágio. Enquanto isso, concentre sua atenção nos dedos dos pés, nos tornozelos... Dá para sentir? Estão tirando férias, liberte-os, deixe-os completamente mortos. Agora, vamos subir. Esses joelhos ainda estão muito duros...

Não sei quanto tempo levei para passar de adágio a *moderato*, mas chegou um momento em que Kauffman pediu que eu imaginasse o que começou a descrever:

— Você está andando por um deserto. A temperatura é agradável. Sopra uma brisa fresca. Quero que repare num ponto a uma distância de menos de um quilômetro. É a ponta de uma pirâmide, consegue ver? Não há mais nada na planície. Continue respirando e se aproxime da pirâmide.

Por alguma razão, minha mente escolheu pintar de cor-de-rosa a areia daquele deserto. Era um lugar agradável, como ele descrevera. Nuvens esverdeadas no céu. Andei até chegar à ponta daquela pirâmide, que na minha mente parecia ser de cobalto, muito escura, e Kauffman indicou que eu procurasse uma porta num dos quatro lados da pirâmide. Disse que eu a reconheceria quando a visse, e de fato estava lá. Uma porta em formato de elipse, quase encoberta pela areia. Tracei o contorno com os dedos e depois fui tirando a areia que a cobria até encontrar uma argola.

— Puxe — ordenou a voz (do médico).

Puxei.

— Você vai ver uma escada rente à parede, e abaixo está tudo muito escuro. Entre e comece a descer a escada. Respire uma vez e desça um degrau. Respire de novo e desça outro...

Era fácil. Um degrau, depois outro. Sempre havia um degrau esperando sob meus pés, e tive a sensação de que uma verdadeira eternidade transcorria enquanto descia, mas isso não me importava muito. As pirâmides são gigantescas e parece que essas escadas levam até bem embaixo.

Mas era bom descer aqueles degraus. Muito bom, na verdade. E a voz sempre ali, me dizendo o que fazer.

— Quando chegar ao final da escada, pegue uma tocha e siga pelo corredor. Já estamos perto. Estamos muito perto, Peter.

O corredor era estreito e continuava descendo. Eram degraus grandes, como os que vi uma vez nas ruas de Veneza. E as paredes de tijolinhos me recordavam o ginásio do meu colégio em Dublin. "Dez voltas de castigo, Harper." "Sim, senhor!"

Continuei descendo na escuridão, sem fazer perguntas. De que adiantava? Nesta vida, a gente faz o que pode. Aposte em suas cartas como se não houvesse amanhã, Peter. Eu estarei à sua espera, querido menino.

— Quem está aí com você, Pete?

— Desculpe, pensei que fosse minha mãe.

— Não se preocupe. Continue andando. Respire.

Afinal, chegamos. Não sei quanto tempo levou. O santuário era um lugar imenso e antigo, com uma abóbada ampla iluminada por centenas de velas distribuídas pelo chão. Lembrava a sala de audições do conservatório de Amsterdam. "Hoje é dia de apresentação, mas o público ainda não chegou."

— Concentre-se, Harper. O medo ajuda. Faça dele um aliado.

A voz me pediu que reparasse numa grande tela branca que havia no centro da sala. Uma grande tela de cinema.

— O que você quer ver, Peter? O que quer ver na grande tela?

— Posso escolher mesmo?

A tela desenhou o rosto de Clem.

Era aquele mesmo dia que vez ou outra me voltava à mente. O dia em que o calor virou frio. Quis me lembrar dele muitas vezes, mas minha memória sempre me oferecia uma imagem distorcida.

Clem sentada na cozinha, com um pulôver cinza-escuro, rodando uma colherinha dentro de uma xícara de chá já frio. Esperando por mim.

"Cadê as crianças?"

"Com minha mãe, Peter. Não queria que estivessem em casa hoje... Preciso lhe dizer uma coisa..."

Então, como que por mágica, a grande abóbada, o sumo santuário, evaporou no céu.

— Aonde vamos agora, Harper? — perguntou a voz, de algum lugar.

— Boa pergunta! — gritei. — Também quero saber.

Então me vi no Dente do Bill, à noite. O grande cúmulo-nimbo preto pairava em cima do morro, prestes a desabar sobre mim. Ou já tinha desabado?

— O que você está vendo?

A trilha. A trilha desenhada pelo raio ainda flutuava. Uma cicatriz fosforescente no ar, um rasgão, uma fissura no vazio. Estava desenhado no mesmo lugar onde caíra, ao lado da velha árvore. E as ramificações se estendiam como dedos de bruxa, absurdamente compridas.

Fui até lá com cuidado, porque ainda podia soltar uma faísca e me fritar na hora. Agora estava a um metro. Será que eu podia tocar? Estendi a mão e senti algo que parecia um vidro. Uma imensa parede de vidro, quebrada. E através da parede, entre dois daqueles grossos ramos de luz, vi que alguém se aproximava na noite, no meio da chuva.

Demorei um pouco a reconhecê-lo, enquanto dava uns passos para trás, assustado. Era um daqueles gângsteres?

Demorei a reconhecer. Estava com a barba descuidada, uma camiseta branca ensopada de sangue, os olhos pesados de cansaço. Você está um lixo, é o que eu dizia a mim mesmo quando me olhava no espelho de manhã. E era exatamente o que via agora. Um reflexo de Peter Harper no outro lado do vidro.

Mas o outro Harper estava ferido e assustado. Ele também tinha me visto e começou a andar em minha direção. Veio mancando e apertando um lado do corpo. O rosto estava inchado e um filete de sangue caía pelo canto da boca.

Então se aproximou do vidro, ficou quase tão perto quanto eu estivera antes de me afastar. Levantou o braço e deu um soco naquele vidro. Tudo retumbou.

O rosto dele. Nem se incomodava em abrir a boca. Era como se estivesse com suas (minhas) próprias bolas nas bochechas. Alguma ferida sangrava lá dentro. E os olhos pareciam loucos. Alguma coisa se quebrara no velho relógio que levava nos ombros.

— Pete, você continua aí?

Outra batida no vidro. E outra. O outro Harper queria que eu abrisse uma porta para ele. Uma porta inexistente.

Comecei a tremer.

— O que você quer? — gritei.

— Pete, é hora de começar a subir de novo. Tudo bem?

— Não! Espere. Agora não.

Apesar da repulsa e do medo, fui até o vidro quebrado e alinhei meus olhos aos do meu monstruoso reflexo. Ele me encarava assustado, e vi lágrimas de sangue escorrendo por suas faces.

— Diga, Peter. Vamos, diga. O que está acontecendo?

— Vamos contar até três, sr. Harper. Um...

A luz foi ficando cada vez mais forte. Senti que me despedia daquele lugar.

— Anda, desgraçado! Diga logo! Eu preciso saber.

O Peter inchado de pancadas não estava com as bolas nas bochechas. Quando abriu a boca, soltou um pouco de fluido escuro. Então se aproximou do vidro o máximo que pôde, e aproximei o ouvido de sua boca.

— ... Dois...

E ouvi umas palavras sussurradas, produzidas por uma garganta rouca e desesperada.

— É tarde demais. Estão todos mortos.

— ... Três.

10

No final daquele longo dia, Judie e as crianças apareceram na rua Archer.

Kauffman tinha preferido não encontrar Judie antes da sessão, talvez para evitar qualquer "familiaridade" anterior à consulta, mas mudou de atitude assim que ela chegou. Abraçou-a demoradamente, como quem reencontra um grande amigo depois de muitos anos. Judie não conteve algumas lágrimas. Naquela manhã, durante o café no hotel, eu a tinha achado nervosa, e ela admitiu que tudo aquilo — ir a Belfast, encontrar Kauffman — a remetia a dias muito dolorosos de seu passado.

"Cheguei aqui como um fantasma e saí como uma pessoa. Sempre que ponho os pés nesta cidade, fico com os nervos à flor da pele."

Os dois trocaram algumas palavras enquanto as crianças observavam uma coleção de figuras de porcelana que estava a uma distância perigosa de suas mãos, na cômoda do vestíbulo. Prometeram rever-se muito em breve, talvez em Clenhburran, disse Kauffman, que não conhecia a cidade. Depois, quando nos despedimos, ele me abordou no corredor, enquanto Judie e as crianças já estavam na rua, e disse que seria bom voltar a nos encontrar.

— Surgiram algumas questões interessantes durante a experiência. Seria bom repeti-la.

Combinamos de nos falar em agosto ou setembro, quando as crianças já tivessem voltado para Amsterdam. Ele me aconselhou que, até lá, eu procurasse viver sem tensões, desfrutasse dos meus filhos e ficasse o mais longe possível dos remédios.

— Se tiver outra visão, tente anotá-la, e me escreva se voltar a acontecer.

No dia seguinte, viajávamos em silêncio sob chuva, minha cabeça ainda mexida pelo encontro com Kauffman. Depois daquele longo e intenso dia no consultório, eu não conseguira pregar o olho. E Judie também não estava bem. Voltar a Belfast a deixara muito abalada. Durante a noite, que havíamos passado em quartos diferentes do hotel, ela tivera pesadelos muito fortes. Beatrice dormiu com ela no quarto de casal e me contou no café da manhã.

"Não parava de se mexer. Parecia assustada com alguma coisa. Eu acordei, e depois disso dormimos abraçadas."

Fizemos uma parada na Calçada dos Gigantes. O mau tempo não impediu que Beatrice e Jip saíssem do carro prontos para explorar aquele quase irreal labirinto de colunas basálticas, que naquele dia apareciam e desapareciam no meio da neblina baixa.

Deixamos que eles corressem entre as montanhas de estacas e, num momento em que sumiram atrás de uma das colunas, aproveitamos para dar um beijo intenso. Com a presença das crianças e nosso acanhamento de adultos, tínhamos esquecido o sabor dos nossos lábios. Quando nos separamos, fiquei admirando a beleza do rosto de Judie, marcado por uma ou duas rugas da maturidade, algumas sardas no nariz.

Ouvimos as crianças gritando e rindo ao longe. Peguei as mãos de Judie e olhei fixamente para ela.

— Sabe... eu queria conversar uma coisa com você.

Senti seu corpo tremer ligeiramente. Havia soado exatamente como deveria: uma conversa importante.

— Não — continuei, rindo. — Antes que você se assuste e saia correndo, não tenho nenhuma aliança guardada no bolso.

Ela assentiu com a cabeça, sem dizer nada.

— Estou pensando em voltar para a Holanda, ou ir para a Bélgica, no final do ano. Quero ficar mais perto das crianças. Percebi que preciso delas, que fazem parte da minha vida e que não posso fugir disso. Vê-las de três em três meses é tempo demais.

O rosto de Judie mudou de cor. Ela apertou os dentes, uma pitada de inquietação despontou em seu olhar. Talvez, afinal de contas, ela preferisse a aliança. E talvez aquilo estivesse parecendo um adeus.

— Está certo... — disse ela. — Concordo... É o que você deve fazer. São duas crianças incríveis. Merecem que o pai esteja por perto.

Senti que ela puxava as mãos, como se se quisesse soltar. Eu as segurei.

— Espere — falei. — Estava pensando se você não queria ir comigo.

E depois de dizer isso comecei a ficar nervoso e a me sentir com catorze anos, convidando para um encontro a menina de que eu gostava na estação de trem de Tarah, em Dublin.

Judie arregalou os olhos. Deu uma breve risada.

— O quê? Para a Holanda?

— É… para o continente. Alemanha, Holanda, Bélgica. Podemos escolher o lugar, desde que haja um trem direto para Amsterdam. Escute, Judie, posso ajudar você a começar de novo, abrir uma loja como a da sra. Houllihan em outro lugar. Você é trabalhadora e tem muito talento, com certeza faria dar certo. Em qualquer lugar do mundo.

Ela riu.

— Eu… eu não sei o que dizer, Pete. Obrigada. Obrigada por contar comigo em sua vida. Eu não esperava por isso.

Tampouco era bem o que eu esperava (que tal um SIM decidido, que ela se jogasse em meus braços, dizendo que iria comigo para onde eu fosse?). A chuva amainou um pouco.

— Claro, Judie… Bem, é natural que eu queira isso. Não acho que estou forçando as coisas, mas ultimamente tenho sentido algo especial por você. Que o que temos é mais forte que uma simples aventura. E queria saber se você também sente o mesmo.

— Sim, sinto — disse ela, enxugando um pouco os olhos. — Mas é… muito inesperado.

"Inesperado." Aquilo parecia levar a um "Sinto muito, MAS…". Meu coração ameaçava despencar até os pés.

— Posso pensar um pouco? Não quero que isso pareça um não, mas você me pegou completamente desprevenida. Por favor, entenda, eu… eu não sou de tomar uma decisão dessas assim, tão de repente. Desculpe se não soa muito romântico.

Apertei os dedos dela entre os meus.

— Não se preocupe. Nunca falamos sobre isso. É uma loucura. Desculpe. Foi uma coisa idiota colocar você contra a parede.

— Não, Peter… Está tudo bem, só preciso que você entenda. É uma decisão… grande. Seria uma mudança e tanto.

— Claro, Judie.

As crianças surgiram de trás de uma das colunas. Duas figurinhas envoltas em impermeáveis, um vermelho, outro amarelo.

— Papai! Judie! — chamaram. — Venham ver! Encontramos um caranguejo gigante!

Sorri o melhor que pude. Judie também representou bem quando encontramos o caranguejo, e também depois, no carro, voltando para Clenhburran, debaixo de chuva. Fui colocando um CD atrás do outro até chegarmos ao vilarejo. Não estava com muita vontade de falar.

167

TERCEIRA PARTE

1

Uma caminhonete preta, com as palavras "Blake Audiovisuais", estava estacionada em frente à loja de Chester que mantinha seus dois portões abertos. Dois atarefados técnicos totalmente vestidos de preto entravam e saíam levando caixas, alto-falantes e rolos de fio.

— Onde vão montar a tela? — perguntou Donovan.

— Lá no final do porto, ao lado da mureta — respondeu Chester.

— Não estou vendo nenhum andaime. Queria saber como pretendem fazer.

Chester, Donovan e o sr. Douglas haviam tirado a manhã livre para observar o ambiente no porto. Recostados na lateral da loja de selos e cigarros com umas latinhas de cerveja na mão, os três se dedicavam a observar e comentar o movimento de pessoas e de equipamentos.

Naquele dia seria realizada a noite de cinema ao ar livre, e no vilarejo havia um clima de festa. A ideia, que meses antes eles criticavam no pub e pela qual não demonstraram muito interesse, agora os deixava intrigados. As mulheres tinham organizado toda aquela confusão? "Com que dinheiro? Ah! A verba da Prefeitura para cultura! Nem sabíamos que esse dinheiro existia. Ano que vem, nós é que devíamos pleitear! Podemos colocar uma tela gigante para o Seis Nações. O que acham?" Todos concordaram, felizes, segurando suas latinhas, conscientes de que isso provavelmente não ia acontecer e que as mulheres, com sua discreta mas tenaz forma de avançar pelo mundo, terminariam levando a melhor no ano seguinte também.

— Como vai, sr. Harper? — cumprimentaram quando cheguei. — Soubemos que vai tocar piano nesta noite. Estamos ansiosos para ouvir. Vai uma cerveja?

Recusei, com um sorriso. Só tinha ido comprar cigarros e um jornal. Não viram Judie? Não estava na loja, e umas mulheres me disseram que devia andar pelo porto.

— Acho que a vi no entreposto de pesca. Não nos deixam entrar lá, por isso estamos aqui. Mas o senhor vão deixar. Entre e depois venha nos contar o que as mulheres estão fazendo lá dentro.

Deram umas boas gargalhadas. Chester mostrou seus seis únicos dentes com o orgulho de quem exibe uma medalha. Depois, entrou comigo na loja e fizemos a transação habitual. Cigarros, o *Irish Times* e o mais recente romance de mistério. Quando voltamos à rua, Donovan tinha perguntado ao técnico onde pretendiam montar a tela, e como. O técnico, um garoto de cabelo e barba ruivos, muito gordo e suado, explicou que não havia "nada para montar" porque os filmes seriam projetados em um grande inflável ancorado em quatro pontos do chão, para evitar que a brisa noturna fizesse a tela balançar. Os quatro ficaram surpresos.

— Um inflável? Quer dizer, como esses castelos que montam para as crianças?

— É — respondeu o técnico —, mas com um lado branco, preparado para refletir a luz do projetor.

— Caramba, por essa eu não esperava — comentou Donovan.

Aproveitei o momento para me apresentar ao técnico como o músico que ia abrir o evento. Aparentemente, o piano estava chegando.

— Vamos colocá-lo embaixo da tela e tirá-lo quando o senhor terminar — informou ele —, mas mande trazer o mais cedo possível, para testar bem o som.

Depois disso, me despedi do pequeno batalhão de "engenheiros" e fui para o entreposto, uma grande nave de concreto e ferro oxidado que era o centro logístico do evento. Lá, uma dúzia de mulheres limpava as cadeiras e organizava uma grande quantidade de comida e bebida que seria servida à noite. Chocolate quente Cadbury para os pequenos, litros de água quente e saquinhos de chá Barry's, um barril de cerveja. O pessoal do Andy's ia montar uma barraquinha de doces que teria até uma pequena máquina de pipoca. Vi Judie e Laura O'Rourke trabalhando em uma mesa ao fundo, dobrando cobertores que a paróquia tinha doado para o caso de esfriar durante a noite.

— E seus filhos? — perguntou Judie assim que me viu.

— Arranjaram amigos novos e me abandonaram.

Naquela manhã, quando chegamos ao vilarejo, os gêmeos O'Rourke estavam esperando Beatrice ao lado da loja da sra. Houllihan.

"Marcamos pelo WhatsApp", explicou ela quando perguntei como tinha feito para combinar o encontro sem telefone.

Também estavam ali duas meninas inglesas, amigas dos O'Rourke ("Ah, sim, Becky e Martha", disse Laura O'Rourke, "duas meninas encantadoras"), que estavam passando o verão numa praia a oito quilômetros da nossa, e um garoto um pouco mais velho, filho mais novo dos Douglas, os donos do pub. O rapaz, que se chamava Seamus, os convidara para dar uma volta em seu pequeno barco a motor, e Beatrice foi me pedir permissão para ir também. Um dos garotos O'Rourke estava com ela, para ajudar a me convencer.

"Só vamos até a enseada. Temos coletes salva-vidas para todos, inclusive Jip. Voltamos no fim da tarde, a tempo do filme."

No fundo, não era má ideia deixá-los soltos, já que naquela manhã eu tinha que levar o piano da sra. Douglas até o local do evento, testar o som e me preparar para o pequeno concerto que me esperava à noite. Além disso, imaginei que, depois de uma excursão de três dias com Judie e o pai, as crianças iriam querer um pouco de independência para aproveitar o verão e os novos amigos. Dei um pouco de dinheiro para comprarem comida no Andy's e depois os chamei para ouvir algumas instruções:

"Beatrice, não se afaste do Jip e não o deixe ficar sem colete salva-vidas, certo?"

"Sim, pai."

"E você, Jip, obedeça à sua irmã e não saia de perto dela. Entendido? E não tire a camiseta. Você ainda está um pouco resfriado."

"Sim, papai."

"E não façam loucuras só porque os outros fazem, está bem?"

"Sim, papai", responderam os dois, dessa vez em coro.

Depois, entrei na loja de Judie, o quartel-general do evento, onde, naquela manhã, se respirava um clima de atividade acalorada. Três mulheres, sentadas no balcão, corrigiam à mão um erro na impressão dos programas. "Duzentas e cinquenta cópias, todas erradas", queixava-se a sra. Norton, sem levantar a vista do papel. "Diz oito e meia, mas deveria ser oito, então temos que arredondar o "3" para virar um "0" duzentas e cinquenta vezes, e não se preocupe, sr. Harper, que sua parte está correta. O discurso de abertura, a cargo da sra. Douglas, será às sete e meia. Depois vão chamá-lo ao palco às sete e quarenta e, depois de umas palavras, começa seu concerto. Deve terminar pouco antes das oito, e então vem o primeiro filme.

Perguntei por Judie e me disseram que estava no porto. Um caminhão tinha descarregado meia centena de cadeiras dobráveis num dos entrepostos, e um pequeno grupo de mulheres estava lá tirando a poeira e as arrumando em filas.

— E então, como vão as coisas? — perguntei. — Precisam de ajuda com o ponche?

— Aqui está tudo sob controle — respondeu Judie. — E o piano?

— Deve estar chegando, não?

Judie me olhou surpresa.

— Mas... não recebeu minha mensagem?

— Mensagem? — perguntei. — Qual?

Ao mesmo tempo meti a mão no bolso do casaco, onde guardava o celular. Tirei-o e vi o ícone de um envelope fechado no alto da tela. Dizia: "A sra. Douglas não vai poder trazer o piano. Você pode ir buscar na casa dela? Elijah Road, 13. Depois do Andy's, à direita".

Enviado quase duas horas antes.

— Puxa, não tinha visto. Desculpe.

— Ainda dá tempo — disse ela. — Você resolve isso...?

Saber misturar uma ordem do tipo "se não fizer isso eu mato você" com uma deliciosa voz musical era um dom de Judie que nunca deixava de me surpreender. Eu, naturalmente, não ia explicar a ela que um pianista não deveria transportar seu instrumento horas antes de um concerto. Que na verdade deveria ficar com as mãos nos bolsos e relaxar. Mas aquilo não era o Royal Albert Hall, e sim um entreposto de pesca em Clenhburran, e eu tinha me comprometido a dar uma força.

— Não sei se cabe no Volvo — falei. — Talvez reclinando os assentos...

— A sra. Douglas disse que o primo dela tem uma caminhonete, se for preciso, mas ele mora em Dungloe. Você pode tentar com seu Volvo primeiro. Se não couber, me liga? — Pela voz, ela parecia estressada.

— Tudo bem — respondi. — Vou ver o que posso fazer.

Acenei com a cabeça em despedida para as senhoras e saí dali a passos largos.

No caminho até o carro, passei de novo pelos homens aglomerados inutilmente em frente à loja de Chester. Todos me cumprimentaram, mas não parei para falar nada. Segui com rapidez pela rua até a loja de Judie, em frente à qual tinha deixado o Volvo. Quando estava chegando, vi Marie sair da loja. Senti meus pés freando um pouco, como se quisessem dar meia-volta e sair correndo na direção oposta.

Era a primeira vez que cruzava com ela desde minha conversa com Leo, que tampouco tinha voltado a ver. No dia seguinte àquela conversa catastrófica na casa dele, ainda tentei telefonar, mas não o encontrei, e logo a seguir fui para Belfast com Judie e as crianças. Passei os três dias na estrada tentando esquecer tudo, pensando que na volta teria que ligar e conversar com ele. A imagem de seu rosto entristecido por aquelas lembranças que eu tinha reavivado continuava me machucando.

Marie levava consigo uma caixa de papelão, cheia (como vi quando fui falar com ela) dos programas do evento corrigidos à mão. Explicou que ia deixá-los no porto e me perguntou o que eu estava fazendo. Contei do mal-entendido com o piano e de minha missão de buscá-lo na casa da sra. Douglas.

— Puxa, perfeito — disse ela, colocando a caixa no teto do meu carro. — Então você me leva com essa caixa, e em troca eu ajudo com o piano.

Concordei, um pouco surpreso, pois esperava um pouco de frieza por parte de Marie. Será que Leo não lhe havia contado nada? Abri o carro e a ajudei a pôr a caixa no banco traseiro. Depois, ela se sentou ao meu lado, e dei meia-volta na direção da saída do vilarejo.

Como eu não sabia se Leo tinha contado a Marie sobre nossa conversa, não toquei no assunto. Ela me perguntou como tinha sido a viagem a Belfast e, antes que eu começasse a contar nossa excursão pela Calçada dos Gigantes, disse que sabia, por Leo, que eu tinha consultado um especialista em sono.

— Como você está? Acha que serviu para alguma coisa?

Haviam se passado três dias desde minha visita à clínica de Kauffman, e eu realmente sentia uma melhora. Dormia bem, por horas seguidas, e minha dor de cabeça diminuíra até se transformar quase num ínfimo desconforto, que aparecia principalmente no final do dia e que se combatia facilmente com uma aspirina. Contei a Marie que Kauffman estava convencido de que minha dor de cabeça era psicossomática e que eu também estava começando a achar o mesmo.

— Psicossomática? Quer dizer... inventada?

— Algo assim.

— E aqueles sonhos, aqueles pesadelos tão reais? Leo me contou que você teve outro.

Então ele contou, pensei.

— Sim — respondi dois segundos depois, e tentei um tom casual —, mas Kauffman tem a teoria de que é tudo inventado. Algo como estar acordado e dormindo ao mesmo tempo. Eu me levanto da cama, ando pela casa e pelo jardim e vou contando uma história para me distrair.

— E o que *você* acha, Pete?

— Eu só quero que tudo isso passe, Marie. Vou marcar outra consulta com Kauffman depois das férias de Jip e Beatrice. Fazer terapia. O que for necessário. Só quero recuperar minha vida, voltar à normalidade.

Tínhamos chegado ao cruzamento da Main Street com a estrada regional. Deixei passar dois grandes trailers com placas da França, depois avancei e virei à direita.

— Sabe, Pete, Leo me contou o que aconteceu — disse Marie. — O que vocês conversaram, aquilo que encontrou na nossa estante. O retrato de Daniel.

Senti meu sangue gelar.

— Disse também que você acha que tudo isso pode ser um aviso, uma espécie de premonição.

Eu tinha que pegar a primeira rua depois do Andy's, mas passei batido. Nem lembrei.

— Desculpe por ter remexido na sua casa, Marie.

Marie pôs a mão em cima da minha, no volante, como um pedido para que eu não a interrompesse. Percebi que havia passado da entrada para a Elijah Road e procurei algum lugar na estrada para fazer o retorno.

— Tudo bem, Pete. Não vou mentir: nós ficamos magoados. Mas entendemos. Leo ficou muito triste naquele dia, mas depois pensou em lhe telefonar. Eu disse que esperasse até sua volta. Sabemos que você é um bom sujeito, sabemos disso desde o primeiro dia. Lembra? O dia em que entramos na sua casa, quase sem pedir licença, e você nos olhava quase que perguntando quem eram aqueles dois velhinhos tagarelas.

Comecei a rir, e ela também.

— Nós custamos a fazer amigos, Pete — continuou —, cada vez mais. Talvez seja a idade, ou quem sabe nossa vida de nômades. Mas acontece que fomos ficando exigentes, cuidadosos com as pessoas, e abrimos nosso coração a pouquíssima gente. Gosto de pensar que você é um desses poucos.

— Eu também, Marie.

— Muito bem, então vamos esquecer tudo isso. Leo não vai levar nem um minuto para perdoá-lo, e mais fácil ainda com uma cerveja na mão. Quanto aos seus pesadelos... bem, tomara que esse médico tenha razão e não passem de uma alucinação, mas se ainda houver alguma pergunta que queira nos fazer, qualquer coisa que não esteja clara, pode falar.

— Qualquer coisa? — perguntei, tentando parecer engraçado, mas na verdade tinha, sim, uma pergunta a fazer.

— Sim, Pete. Seja o que for.

Pensei em tocar no assunto do artigo do jornal, do *Fury* e do casal desaparecido, mas simplesmente achei que era uma péssima ideia. Queria retomar minha amizade com Leo e Marie e esquecer tudo aquilo de uma vez por todas.

Vi uma pequena entrada num lado da estrada e virei rapidamente para manobrar e fazer o retorno. Chegamos ao chalé dos Douglas em silêncio. Era uma casa de um branco resplandecente, rodeada por um jardim obsessivamente sobrecarregado de anõezinhos, libélulas de plástico e outros elementos artificiais. Keith, o filho mais velho da sra. Douglas, tinha sido encarregado de nos esperar. Na sala, cheio de teias de aranha, encontramos o piano. Um piano digital Korg, de oitenta e oito teclas, pedais e uma bela armação que felizmente era desmontável. Aquilo devia ter um som decente.

Inclinamos os assentos do carro, e Keith me ajudou a colocar o teclado, a armação e uma banqueta na parte traseira, onde, depois de três tentativas, conseguimos encaixar tudo numa perfeita diagonal.

Feito isso, regressamos ao vilarejo, e no caminho nem Marie nem eu voltamos a tocar no assunto. Falamos do tempo, do filme e do sexo dos anjos. Era minha vez de convidá-los para jantar, e prometi fazê-lo antes que as crianças fossem embora.

Estacionei o mais perto possível do porto, ao lado da cerca que cortava o acesso pela rodovia ("NOITE DE CINEMA AO AR LIVRE DE CLENHBURRAN. Desculpem o incômodo"); depois consegui que Donovan e outro rapaz me ajudassem a carregar o mostrengo até o grande carpete que os técnicos da Blake Audiovisuais tinham estendido aos pés da tela inflável e que serviria como um pequeno palco para o evento.

Um dos técnicos já estava testando o projetor e o equipamento de som; ouvia-se um fio de música saindo dos alto-falantes. Ao ver o piano chegar, ele foi dar uma olhada.

— Trouxe os cabos? Vamos precisar de dois, para a saída estéreo.

— Cabos? — perguntei, fazendo minha melhor cara de surpresa. — Pensei que vocês tivessem cabos.

O rapaz suspirou e enxugou o suor da testa. Precisávamos de dois cabos, com pelo menos um metro e meio cada um, para conectar a saída estéreo do teclado à mesa de mixagem. Olhamos dentro da caixa do piano e na banqueta (onde havia um livro de partituras de Clayderman e um de músicas dos Beatles para principiantes). A sra. Douglas nunca precisara ligar seu piano em amplificador nenhum, de modo que ela não dispunha de cabo.

— Deixe eu ver no caminhão — disse o rapaz.

Mas não estávamos com sorte. No caminhão havia cabos de microfone, que não serviam para o teclado.

— Ninguém pediu para trazermos esses cabos — disse o rapaz. — Será que vocês não arranjam algum?

— Eu tenho em casa — respondi, olhando o relógio. Faltavam quinze minutos para as seis e meia. — Se eu for depressa, volto em menos de meia hora. Ainda teríamos um tempinho para passar o som.

— É bom trazer dois — lembrou o rapaz. — Porque senão vai soar em mono.

— O.k.

Fui correndo para o carro. Lá dentro, de janelas fechadas e a salvo dos ouvidos de algum passante, me senti livre para dizer em voz alta o que pensava.

— Mas que merda, por que você aceitou fazer isso?

Arranquei e saí do vilarejo a boa velocidade.

Levei menos de quinze minutos para chegar em casa. Àquela hora, o mar parecia em chamas. O sol, grande e laranja, encoberto apenas por umas nuvens tênues, irradiava sua luz com força. A praia estava vazia e se viam um ou dois veleiros no mar. Lembrei-me de Jip, Beatrice e sua expedição à enseada. Esperava que não resolvessem fazer alguma loucura e ir para o mar aberto.

Manobrei o carro e estacionei de frente para a estrada, para poder sair mais rápido depois. Quando entrei em casa, fui direto procurar a caixa de utensílios que guardava na sala. Lá tinha cabos, carregadores, um HD externo e outros apetrechos para conectar meu teclado ao computador e poder gravar coisas. Encontrei rapidamente o que procurava: dois cabos longos e grossos, que solucionariam o problema (eu deveria ter me lembrado de pegá-los antes de sair de casa naquela maldita manhã).

Voltei para o carro, joguei-os no banco do carona e liguei o motor, disposto a melhorar minha performance pelas suaves colinas, agora com o sol a meu favor. Quanto mais cedo chegasse, mais tempo teria para testar o som, e eu tinha uma séria desconfiança de que aquele Korg resistiria a soar bem de primeira. Assim, enquanto colocava o cinto com uma das mãos, com a outra soltei o freio de mão ao mesmo tempo em que acelerava, pensando que ia sair em disparada para a frente. Mas, para minha grande surpresa, a direção do movimento foi justamente a contrária. Eu tinha deixado a marcha a ré engatada, e o carro recuou com força. Antes que pudesse tirar o pé do acelerador, senti que tinha batido em alguma coisa.

CRACK!

O motor então silenciou e o carro parou totalmente.

— Merda! — rosnei, puxando o freio de mão. — É devagar que se vai longe.

Foi só quando já estava destravando o cinto e tentando calcular em que podia ter batido, que pensei em uma hipótese sinistra. *Não é possível, seria uma piada de péssimo gosto*, disse para mim mesmo.

O temor foi aumentando à medida que abria a porta, saía do carro e dava a volta até a traseira. Não havia nenhum vaso de planta nem qualquer outra coisa que pudesse funcionar como obstáculo para o carro, exceto aquilo que tinha em mente.

Afinal, cheguei e constatei. Como quem valida uma teoria que tinha noventa e nove por cento de chances de ser verdadeira.

O para-choque tinha investido contra a cerca, a um metro e meio da entrada, partindo ao meio quatro estacas. Além do mais, havia arrancado tudo da terra e arrastado um metro pelo chão.

A cerca.

Se alguém me visse naquele instante, teria certeza de que eu estava louco. Fiquei ali em silêncio, de braços cruzados, balançando a cabeça, apavorado, diante daquele "pequeno" incidente doméstico. Por alguma razão, me veio à mente a imagem do dr. Kauffman, de seu rosto confiante e seguro me dizendo que tudo aquilo era produzido por meu subconsciente.

"Você viu essa imagem em algum lugar, memorizou, e agora sua mente a devolve para que se divirta com ela."

Tem certeza disso, dr. Kauffman? Não me lembro de ter quebrado nenhuma cerca na minha vida. Só esta.

Eu me agachei em frente ao pedaço de cerca arrancado da terra e olhei fascinado para aquilo, como alguém que assiste ao nascimento de uma serpente dentro de um ovo. Era exatamente igual ao que eu tinha visto nos dois pesadelos, com os mourões derrubados na grama formando uma espécie de caminho, como o teclado de um piano. Senti que aquilo era a última peça de um quebra-cabeça recém-completado. A última mensagem.

Tive o impulso de erguê-la, como se fosse adiantar alguma coisa. Então me ajoelhei na grama e peguei duas das estacas, na tentativa de endireitá-las. Mas aquele caos de madeira e farpas voltou a cair. Estava quebrado, destroçado, irremediável.

Creio que falei alguma coisa em voz alta, algo como *Peter, isto não passa de mais uma maldita coincidência.* Mas no fundo eu estava pouco me importando. Tinha deixado de ouvir todos aqueles conselhos "razoáveis". Liguei o carro e arranquei, talvez com uma vaga ideia se formando: ir embora da cidade naquela mesma noite.

— Podemos dormir na sua casa esta noite?

Judie arregalou os olhos, um tanto surpresa.

Eu tinha acabado de testar o som do piano. Estava tudo pronto para começar. As cinquenta cadeiras da plateia já estavam ocupadas por moradores locais e visitantes, aos quais um batalhão de mulheres entregava cobertores, embora a noite estivesse bastante agradável. Nos arredores do auditório improvisado via-se um monte de gente que não havia conseguido lugar (alguns sortudos ocupavam uma espécie de lounge que Chester instalara em frente a sua loja), mas que também queria assistir ao evento. Era uma noite de verão perfeita. Sem vento e com um belo céu estrelado como pano de fundo para a grande tela onde agora se projetava uma sucessão de fotografias de atores dos anos 1950 e 1960, armazenadas no HD do computador de Judie.

— Sim, claro que podem, Peter — respondeu ela. — Algum problema?

— Não, não é nada. É só que isso aqui vai terminar tarde e... — A verdade é que o avançado da hora nunca tinha me impedido de dirigir pelos quinze minutos que nos separavam da praia. — Bom, vai ser mais tranquilo para as crianças.

— Claro — disse Judie, franzindo ligeiramente o cenho. — Claro. Você sabe que adoro tê-los aqui. Além do mais, a pensão está vazia hoje. Mas... tem certeza de que está tudo bem?

Fiquei tentado, muito tentado, a lhe contar: *Lembra aquela cerca que eu vi quebrada em todos os meus sonhos, Judie? Lembra que você me disse que devia significar alguma coisa? Bem, pois escuta só: agora está quebrada, como eu previ que ia acontecer. Eu sonhei isso. Tive uma premonição, como falei. E, se a cerca quebrou, o resto também vai acontecer. Marie, os homens da caminhonete... tudo. Entendeu, Judie?*

Mas não contei. Por quê? Talvez porque Judie tinha coisas demais a fazer naquela noite e eu não quisesse incomodá-la — de novo — com meus problemas da quarta dimensão. Talvez por medo de que ela racionalizasse aquilo.

A cerca quebrou, e daí? Vai ver que você fez de propósito. Vai ver que, no fundo da sua mente, você queria que tudo se encaixasse, que tudo isso tivesse uma linda explicação. Kauffman concordaria com essa teoria, sim, senhor.

Ou talvez eu não conseguisse admitir totalmente. Que a cerca estava quebrada. E essa ideia foi ganhando força ao longo da noite.

Às sete e meia em ponto, a sra. Douglas e Judie empunharam o microfone e fizeram um nervoso "tap, tap, estão ouvindo?", que foi respondido com piadas e comentários do público. Fez-se um breve silêncio, e os dois refletores que a Blake Audiovisuais havia instalado sobre tripés nos dois lados do palco projetaram uma forte luz branca. Eu estava num canto, de braços cruzados, tentando me concentrar no que ia tocar.

— Queridos vizinhos e visitantes — começou a sra. Douglas —, sejam bem-vindos à primeira edição da Noite de Cinema ao Ar Livre de Clenhburran.

Aplausos. Vivas. A sra. Douglas sorriu.

— Há poucos meses... — Ela teve que levantar a voz. — Há poucos meses, quando nossa amiga Judie Gallagher propôs esta ideia, nós, mulheres da organização cultural do vilarejo, quase rimos. Era quase uma ironia... fazer um ciclo de cinema ao ar livre em Donegal, nada mais nada menos... — Ouviram-se umas risadas e murmúrios. — Mas ao mesmo tempo tinha algo de idealismo e aventura que nos agradou, e parece que os deuses tiveram o mesmo sentimento, porque nos deram de presente uma linda noite de verão para a estreia. Muito bem, vamos aproveitá-la antes que se contradigam!

Mais risos, alguns aplausos, e a sra. Douglas tinha o público nas mãos. Olhei para as pessoas ali sentadas, mas a luz dos refletores não me deixava ver além das primeiras fileiras. Havia começado a anoitecer, e me perguntei se as crianças já teriam voltado. O gêmeo O'Rourke disse "à tarde", mas a que horas se referia exatamente? Bem, com certeza estavam bem, talvez estivessem até sentados numa daquelas cadeiras, esperando para ver o pai tocar.

— Selecionamos dois títulos para iniciar o ciclo, esta noite — continuou a sra. Douglas. — Um breve curta-metragem e um longa. Judie vai fazer uma breve apresentação dos dois. — E a sra. Douglas passou o microfone a Judie.

Ela havia trocado de roupa no último minuto, agora usava um vestido preto bastante justo. Também tinha prendido o cabelo e colocado uma rosa vermelha na cabeça que combinava com a cor intensa de seu batom. Judie pegou o microfone e sorriu para o público, enquanto começava a apresentar os filmes.

— Obrigada, Martha; boa noite, amigos...

"Não existe a menor prova de que você vivencia de fato aquilo que recorda", foram as palavras de Kauffman, apenas três dias antes. "Ninguém gravou, nem presenciou seus movimentos. É possível que seja tudo reconstrução, sr. Harper. Com frequência se confunde isso com sonhos lúcidos ou viagens astrais."

E se foi mais uma visão?, pensei. *E se na verdade eu não quebrei a cerca?*

Mas eu a tinha tocado, com minhas próprias mãos. E devia haver alguma marca de tinta branca no para-choque do carro. Então decidi: ia voltar lá naquela mesma noite, para conferir. Talvez até chamasse Leo para ver com seus próprios olhos. E quem sabe o dr. Kauffman também, no dia seguinte. Ou melhor, por que não todos os meus amigos? A polícia, o Exército...

— Peter?

De repente vi Judie olhando para mim, assim como fazia a sra. Douglas, com uma expressão de pressa.

Despertei do transe, desmanchei o nó que tinha feito com os braços junto ao peito e dei um passo para a frente, pisando no palco.

— E agora, com vocês, nosso ilustre vizinho: sr. Peter Harper!

Uma grande ovação encheu o porto. Era a primeira vez que me aplaudiam em muito tempo. Foi como provar um prato delicioso que não comia havia anos.

Fui até o microfone e disse algo como "Boa noite, pessoal". Nunca gostei muito de me dirigir ao público, e sempre procuro ser breve. Falei como era uma "boa ideia" o cinema ao ar livre e como estava "feliz" pelo convite para abrir o evento. Depois, Judie me fez duas ou três perguntas sobre minha carreira. Eu me concentrei em seu rosto bonito e em seu sorriso, e respondi de um jeito meio cômico. Enfim, me sentei para tocar. Quando pus os dedos no teclado, consegui tirar todos os outros pensamentos da cabeça e — contrariando todos os prognósticos — toquei verdadeiramente bem. Era uma peça nada complicada, e naquela noite uma energia especial vibrava em meus dedos, como se eu quisesse me esconder entre as teclas do piano e ficar lá para sempre, e o público deve ter sentido isso, tanto que explodiu numa gigantesca ovação quando toquei o último acorde e baixei as mãos do piano.

Não lembro muito bem o que falei depois, quando Judie foi me levar o microfone, mas lembro que ouvi o público pedir "mais uma". Então senti que aquilo tinha sido uma grande ideia e, vendo Judie sorrir, entendi que talvez houvesse também um pouco de conspiração no fato de eu estar ali tocando naquela noite, me reencontrando com o público. Eram aquelas cem pessoas o que dava sentido a minha música. Nem os executivos da Fox, nem Pat Dunbar, nem as estrelas da televisão, tudo aquilo não passava de neblina. Toda a minha autopiedade, todo o meu sofrimento, meu isolamento naquela casa me fizeram esquecer qual era minha verdadeira profissão: contar uma história com música. E uma história sem público é como uma festa sem convidados.

Jip e Beatrice chegaram correndo, pela beira-mar, assim que os aplausos cessaram e fui me sentar numa cadeira reservada na primeira fila. Jip foi para o meu colo e Judie abriu um espaço para Beatrice. Quando o filme começou, eu só queria esquecer tudo de ruim e me concentrar naquele momento de pura felicidade. Pensei em voltar a tocar. Formar uma banda e sair viajando por aí. Tinha acabado de me vir à mente uma ideia muito melhor que qualquer melodia que pudesse ter me ocorrido. Talvez tocando, talvez não: com quase toda certeza, as ideias voltariam a mim.

Mas, antes de tudo isso, faltava resolver umas coisas.

2

Uma última coisa. E aquela noite era a oportunidade perfeita. As crianças estavam com Judie na pensão, seguras. Ninguém correria perigo a não ser, talvez, eu mesmo. A casa me chamava... tinha me dado um sinal claro, e eu precisava ir, sozinho, naquela noite, para descobrir um último segredo. Eu sabia de tudo isso, como também sabia que não deveria ter saído de casa naquela noite do temporal, meses antes. Assim como minha avó sabia que tio Vinnie não deveria pegar o ônibus escolar. E assim como eu sabia que minha mãe não viveria mais um ano quando a vi pela última vez em roupas normais, atravessando as portas daquele hospital.

Depois do filme, a festa se transferiu para o Fagan's, onde todo mundo insistia em me pagar uma cerveja. Aceitei-as com diplomacia, uma atrás da outra, enquanto as crianças tomavam refrigerante com seus novos amigos, todos sentados nos barris dos fundos do pub, brincando e contando histórias. Beatrice se gabou de ter um pai importante, e duas amigas dela (as inglesas) se aproximaram de mim timidamente para pedir um autógrafo.

— Beatrice disse que você não se incomoda...

Leo e Marie também compareceram. Eu estava rodeado pelas mulheres da organização, Donovan e sua turma, até mesmo Teresa Malone (toda encostada em mim, à direita), mas mesmo assim consegui abrir espaço e alcançar Leo através da multidão. Ele me deu um daqueles sorrisos que enrugavam seu rosto quase todo e bateu nas minhas costas.

— Foi fantástico, Peter. Ficamos de pernas bambas.

— Obrigado, Leo, de verdade. Escute... — Abaixei um pouco a voz, para que ninguém ouvisse. — Acho que lhe devo desculpas.

O grande Leo Kogan me deu um tapinha e sorriu.

— Esqueça, Pete. Já desculpei você.

— Mas...

— Não é preciso nenhum mas, estou falando sério. Você cometeu um pequeno erro, talvez nem isso. Sei que tem um bom coração. Isso vale mais que uma indiscrição. Por mim, assunto esquecido.

— O.k. Mas pelo menos vai aceitar que eu lhe pague uma cerveja.

— Eu estava pensando justamente nisso, que já faz semanas que não nos sentamos na sua varanda para ver o pôr do sol tomando umas boas cervejas belgas. Além do mais, aquela sua cerca vai precisar de uma segunda demão muito em breve...

Meu sorriso fraquejou um pouco quando ouvi a menção à cerca, e quase contei a Leo o que havia acontecido naquela tarde. Mas afastei a ideia. *Não estrague as coisas de novo. Não toque no assunto*, pensei. Depois, prometi que iria ao Derry naquela semana para comprar algumas Tripel Karmeliet que tinha visto a bom preço. E nós dois as beberíamos olhando para o sol, como deve ser.

Depois de trocarmos mais algumas palavras, Leo e Marie se despediram. As crianças também estavam cansadas, e por volta das onze avisei a Judie que queríamos ir embora. Ela ainda precisa fazer algumas coisas, então me deu as chaves da pensão, dizendo que nos instalássemos lá tranquilamente.

— Vou dormir no escritório para não incomodar.

Coloquei as crianças na cama. Eles me contaram sobre o passeio de barco que fizeram e de como um caranguejo tinha subido no joelho de Jip. Beatrice parecia fascinada por Seamus, o rapaz que havia pilotado o barco pela enseada. Contou que ele lhe tinha ensinado a mergulhar de cabeça da amurada da embarcação. Tentei me lembrar dele, com a impressão de que era um pouco velho para Beatrice, mas, enfim, devia ser mais atraente que os gêmeos O'Rourke, ainda mais porque os garotos mais velhos sempre têm mais magnetismo. Pensei que estava vendo nascer um amor de verão, cem por cento *made in Donegal*.

Pouco depois eles adormeceram profundamente e eu fiquei quieto, olhando a estrutura do beliche acima de mim, pensando se não deveria ir dormir também e esquecer tudo aquilo.

Judie chegou à meia-noite e meia. Ouvi a porta da pensão se abrindo e voltando a se fechar, depois os passos dela através da loja. Como tinha dito, foi dormir no escritório. Isso facilitaria bastante as coisas.

Meu relógio marcava duas e meia da madrugada quando decidi que era hora de agir. A pensão estava em silêncio. As crianças dormiam no beliche. A respiração tranquila e os pequenos corpos debaixo dos cobertores me encheram de ternura. Eu me despedi dos dois com um beijo delicado.

Fui me vestir no banheiro e desci a escada tentando não fazer barulho. Dos fundos da loja, seria difícil que Judie me ouvisse abrir a porta e sair.

O vilarejo dormia em silêncio após a grande noite. A rua inteira parecia um retrato escuro da madrugada. Cortinas fechadas, gatos nos telhados e o som distante da televisão de algum insone.

O Volvo estava estacionado nas proximidades do porto. Arranquei como se tira uma farpa. Rápido. Sem hesitar. Alguém deve ter ouvido o motor, deitado em sua cama. Pode até ser que algum vizinho tenha olhado pela janela para bisbilhotar um pouco. Avancei devagar pela rua principal até deixar para trás as últimas casas da Main Street. A um quilômetro e meio dali, peguei o estreito caminho na direção à praia.

A noite estava ainda mais escura naquela grande planície apagada. O céu era claro. As estrelas brilhavam como botões de prata naquele imenso vazio. No solo, a turfa negra parecia um cobertor amassado no chão. As luzes do carro iluminavam árvores secas e pássaros noturnos. E de vez em quando me alertavam de alguma curva muito fechada e imprevista. Mas, felizmente, naquela noite eu ia devagar.

Aos poucos o horizonte surgiu. O braço dourado de um farol explorava, a oeste, a vasta profundidade do oceano.

Cheguei ao Dente de Bill pouco depois. As luzes do carro iluminaram o velho olmo mutilado pelo raio. Girei o volante para a esquerda e comecei a descer a encosta. A casa me recebeu adormecida, às escuras. À medida que me aproximava, os faróis foram iluminando a cerca. Não sabia o que seria melhor: encontrá-la inteira, sólida, e ver que meu cérebro continuava brincando comigo ou... quebrada. Como estava. Em pedaços no chão.

A cerca continuava quebrada. Não tinha sido uma visão.

Estacionei a dois metros dela, iluminando-a com os faróis. Na escuridão da noite, aquilo era exatamente como nas minhas visões. Naquele momento, NADA era muito diferente. Exceto, talvez, por não haver uma tempestade explodindo acima da minha cabeça.

Saí do carro. Fechei a porta e fiquei parado em frente à casa. Estava ali. Na encruzilhada de caminhos à meia-noite. Tinha desenhado o pentagrama. Tinha acendido as velas, e estava pronto para chamar a Loira do Banheiro no espelho. A tábua ouija bendita. A vela dos mortos erguendo sua chama no centro do quarto.

Vamos! Já começou! Apareçam agora!

O vento respondeu ao conjuro. A grama dançava no jardim, e ouvi um grilo cantando em algum lugar. Nada além disso.

Esperei durante pelo menos meia hora, andando em volta do carro e fumando, até começar a me desesperar. Talvez não bastasse ficar quieto. As visões sempre começaram quando eu estava dentro da casa. *Tudo bem, então. Vamos entrar.*

Abri a porta com tanto cuidado como se fosse um intruso. Tudo estava como eu tinha deixado ao sair, naquela mesma tarde, apressado para o concerto. A caixa de material continuava no chão da sala, rodeada de cabos e outras peças espalhadas no tapete.

Fui me sentar no sofá. Lá fora, as ondas do mar eram o único som. Outro cigarro. Olhei as revistas sobre a mesa, tive vontade até de ligar a televisão. Aquilo era ridículo.

Talvez eu estivesse enganado. Chegara a pensar que tinha o poder de invocar aquilo, de fazer funcionar quando eu quisesse. De onde havia tirado uma ideia dessas?

Então me levantei. Fui à cozinha e peguei um copo de água. Subi, e no andar de cima entrei em todos os quartos. O das crianças estava com as camas desarrumadas, roupas e livros espalhados alegremente pelo chão. Juntei tudo. Pelo menos aquela visita não seria completamente inútil.

Depois, fui para meu quarto. A cama também estava desarrumada. Deitei-me no colchão e tirei os sapatos. Dobrei o travesseiro duas vezes, para me recostar nele. Peguei o cinzeiro da mesinha e o pus na barriga. Mais um cigarro. Agora sobravam apenas três. Acendi um e soltei uma grande baforada de fumaça no espaço vazio do cômodo.

É melhor dar o fora daqui, Peter Harper, e parar de bancar o idiota. Não vem ninguém esta noite. Nenhuma Marie de camisola. Nenhuma caminhonete cheia de assassinos. É melhor dar o fora com seus filhos, e com Judie, e esquecer essa história para sempre. Amanhã é outro dia, e, quem sabe?, talvez essas visões não voltem nunca mais.

Fechei os olhos e pensei em Judie, numa noite de dois meses antes, enquanto fazíamos amor naquela mesma cama. Gemendo em cima de mim, sem cerimônia. Ninguém podia nos ouvir naquela casa de praia, e ela gostava disso. Gostava de poder levantar a voz quando chegava ao clímax. De gritar para os quatro ventos.

Outra tragada no cigarro.

Queria que ela estivesse aqui agora.

Então senti. O latejar. Crescendo dentro da minha cabeça. Começou como sempre, com um suave pulsar nas têmporas, uma espécie de palpitação nas veias, e foi crescendo, ocupando mais espaço no crânio, crescendo para dentro, como fones apertando mais e mais meus ouvidos.

Abri os olhos. Apaguei o cigarro no cinzeiro. Estava para acontecer.

Em questão de segundos, o batimento se tornou a mesma dor suprema que eu sentira nas outras vezes, um prego comprido que entrava em meu ouvido e atravessava a carne mole do meu cérebro de um lado ao outro. Tapei os ouvidos com as mãos e uivei de dor, como se um dentista invisível estivesse perfurando um molar já enegrecido pela cárie. Rodei na cama até cair no chão, junto com o cinzeiro, as guimbas e um monte de cinzas. E no instante exato em que ia abrir a boca para gritar, o prego de repente saiu. O molar foi arrancado. A dor se dissolveu no ar. E fiquei ali no chão do quarto, ofegando.

Um barulho veio do jardim. Alguém tinha fechado a porta de um carro.

Lá fora, o vento começava a soprar. A chuva batia no telhado.

Abracadabra. Funcionou.

De novo o silêncio. Permaneci deitado no chão do quarto, com os ouvidos bem abertos e sem fazer nenhum ruído.

O som de um motor. Vozes. Estavam lá. Outra vez. Em frente à casa.

Aquilo era mágica. E eu a dominava. Quase comecei a rir histericamente do meu sucesso, mas tive que me conter, apertei a boca. Agora, o importante era o passo seguinte.

Fui me arrastando pelo tapete do quarto até a janela. Aquelas velhas cortinas amareladas nunca me agradaram muito, mas naquela noite agradeci por não tê-las jogado no lixo. Lentamente, grudado na parede como um réptil, fui me levantando até poder olhar pela janela... *et voilà*! Lá estavam meus velhos amigos. Todos reunidos de novo.

Em frente à cerca, estacionada ao lado do Volvo, estava a caminhonete GMC Califórnia cor cereja, com aros cromados, toda acesa feito uma espaçonave. Os quatro faróis dianteiros e os dois traseiros iluminavam a área em frente à casa como o cenário de um especial de meia-noite.

E ali, naquele cenário, se desenrolava um novo capítulo da peça. Algo que eu nunca tinha visto, mas que, de certa maneira, já imaginara. O gordo e a cópia maléfica de John Lennon puxavam uma mulher para a caminhonete. A mulher estava desmaiada ou morta, os pés descalços iam se arrastando pelo chão, entortados para dentro. Os braços eram as abas por onde os dois homens a puxavam. Estava com a cabeça caída e usava a mesma camisola com que eu a vira na primeira vez. Marie. Os homens a colocaram sentada na ponta da caminhonete e acenderam uma luz interna.

Pude ver então que estava viva, mas parecia fora de si. Cambaleava como se estivesse drogada e não parava de dizer coisas aos homens. Implorava, chorava.

A outra mulher apareceu por uma das laterais da casa. Eu não distinguia bem o rosto dela, só o cabelo castanho preso num rabo de cavalo. Sua figura magra e esguia, toda vestida de preto, avançou resoluta até a caminhonete e se postou em frente a Marie. Segurou-a pelo cabelo, puxando cruelmente, até fazê-la levantar a cabeça. Deu-lhe duas bofetadas. Depois, gritou alguma coisa que não consegui ouvir e deu mais duas pancadas fortes na cabeça.

— Desgraçada, filha da puta — sussurrei.

Era hora de parar de ficar olhando como um covarde e fazer o que tinha ido até ali fazer. Eu era o dono daquilo, precisava me lembrar disso o tempo todo. *Sou o dono desta visão.*

Mas meu corpo pesava, o chão era duro e eu tinha dificuldade para respirar aquele ar que me rodeava. Estava com medo. Um medo genuíno.

Eu me afastei da janela. Voltei a rastejar pelo chão e deslizei para fora do quarto. Uma vez fora, fiquei em pé. Sabia (e isso era uma das vantagens de ser um velho amigo daquela loucura) que o grupo de assaltantes se reduzia a três pessoas e que as três estavam lá fora. Então me lancei, com cuidado, escada abaixo, disposto a fazer alguma coisa; ainda não sabia muito bem o quê. Na sala, a paisagem também tinha mudado. Não vi a caixa de cabos no chão; a porta da varanda estava escancarada, deixando entrar a tempestade; as cortinas voavam como as vestes de um fantasma; e o piso e a televisão estavam encharcados da chuva. A mesa tinha tombado e as revistas cobriam o chão. No sofá, todas as almofadas estavam espalhadas.

Um aroma familiar pairava no ar. Eu o reconheci imediatamente, porque me lembrou os furiosos e pirotécnicos réveillons em Amsterdam: era cheiro de pólvora.

Ouvi portas sendo fechadas lá fora. Não os deixaria escapar. Corri até a lareira e peguei o atiçador.

Vão me dar um tiro e vou morrer, mas isto é um sonho, não é? Será que se morre nos sonhos?

Saí correndo para o vestíbulo, gritando feito um possesso, brandindo o atiçador como uma espada de Artur: *FILHOS DA PUUUTA!*

Estavam subindo na caminhonete e fechando as portas. Não deviam ter me visto, nem ouvido meu grito de guerra. Saltei a escada de pedra e as luzinhas do jardim, tentando alcançá-los. A porta lateral da caminhonete se fechou com força e o veículo avançou, manobrou violentamente, chegando a bater na lateral do meu carro, e saiu dali erguendo uma grande nuvem de poeira e areia que as lanternas traseiras deixavam avermelhadas.

— PAREM! — gritei com todas as forças. Mas a caminhonete continuou morro acima.

Não, isto não termina aqui, vamos chegar até o final. Até as últimas consequências. Você sabe para onde a levaram. Para a casa dela. E Leo também deve estar lá, vivo ou morto. Pegue a droga do seu carro e tente segui-los.

Corri para o carro e tentei abrir a porta, mas estava fechada. Estava fechado, embora eu tivesse certeza de que o deixara aberto. *Claro, só que "isso não aconteceu hoje"*, pensei. As chaves deviam estar no *leprechaun*.

Voltei para dentro de casa a toda. Procurei no chaveiro, mas estava vazio. Por quê? Fui à sala, onde parecia ter havido uma briga. O cheiro de pólvora era mais intenso ali, e mais ainda, percebi, à medida que me aproximava da porta da cozinha. O que tinha acontecido lá? As luzes estavam apagadas, mas o brilho emitido pelos eletrodomésticos me permitiu distinguir três pessoas sentadas à mesa. Quietas na escuridão.

Um homem e duas crianças. De treze e oito anos, aproximadamente.

Fiquei parado no vão da porta, incapaz de dar um passo para a frente ou para trás, congelado. O som do atiçador batendo nos ladrilhos do piso soou a quilômetros de distância da minha cabeça.

Abri a boca para dizer alguma coisa. Para fazer uma pergunta àquelas três figuras quietas na penumbra. Mas não articulei uma só palavra. De que adiantaria?

Jip estava de olhos abertos. Olhava para a frente com uma expressão relaxada. Tinha os braços apoiados na mesa, os dois punhos unidos por fita isolante. Haviam atirado num lado de sua testa, em diagonal. O buraco parecia gigantesco em sua cabecinha. Uma verdadeira cratera, por onde quase não saía sangue. Em contrapartida, por trás se via o crânio aberto como uma caixa de surpresas, e uma massa pendia dali, se esparramando na cadeira.

Beatrice não era mais Beatrice. Estava jogada para trás, sem rosto. Não se distinguia a boca dos olhos. Era uma confusão de formas destroçadas. As mãos também estavam atadas com fita isolante; as pernas, cruzadas de uma forma irreal.

E finalmente vi o homem, que só podia ser eu mesmo. Por mais impossível que pareça, eu estava frente a frente com meu próprio cadáver.

O corpo tinha caído para a frente, de encontro à beirada da mesa. Estava com a boca entreaberta, como se estivesse dizendo alguma coisa bem no instante em que atiravam num dos olhos. Como se estivesse xingando a bala que vinha atravessar-lhe o crânio.

Alguém gritava, uivava de dor dentro da minha cabeça, mas minha boca estava inviolavelmente fechada. Fui até a mesa e fechei os olhos de Jip. As pálpebras frias cederam à pressão como asas de uma borboleta. A pouca lucidez que me restava naquele momento me fez derramar uma lágrima solitária.

Depois, evitei olhar de novo para Beatrice, cuja cabeça parecia um precipício. Horrível demais. Pensei em cobri-la com um saco plástico. Não queria que ninguém a visse daquele jeito.

Olhei para mim mesmo. Para o olho aberto que olhava para a frente, como se eu ainda estivesse vivo. E, enquanto fazia isso, senti que escorregava para baixo. Que afundava numa longa e profunda toca de coelho.

— Está aqui! Pete, Pete. Meu Deus!
— Ele está...?
— Não... ainda está respirando. Rápido, me ajude a levá-lo para o carro!

Sirenes. Sirenes. Sirenes.
— Sinto muito, Clem. Sinto muito mesmo. Nossos filhos. Nossos filhos!
— Calma, Pete.
— Está delirando. Pobre rapaz.
— É melhor voltar a dormir. Por que esse alarde todo?
Sirenes. Sirenes. Sirenes.

Eram policiais. Os policiais que estavam vigiando aqueles cadáveres no jornal do meu pai. De repente me vi cercado por eles. Rostos desconhecidos que me observavam inexpressivamente. Estavam me levando para algum lugar, e eu só queria ver meus filhos, mas eles diziam:
— Seus filhos estão bem, Peter.

E me seguravam por um braço, pelo outro. Por que me diziam isso de Jip e Beatrice quando sabíamos que não era verdade? Em determinado momento me cansei daquelas mãos, quis correr para trás, voltar para a casa. Queria ficar com meus pequenos. Mas as mãos me seguraram com mais força, não queriam me deixar ir. E me revoltei. Levantei o braço em um movimento brusco, e senti que tinha tocado no fundo. Alguém gritou, e então vi aquele enxame se precipitar sobre mim. E reagi outra vez, dando socos a esmo.
— Malditas vespas, me deixem em paz!

Lutei com todas as forças, queria esmagá-las e sair correndo. Mas então alguém me pegou pelo pescoço e apertou até eu não conseguir mais respirar. E nesse instante uma das vespas pousou no meu braço e cravou seu ferrão em mim. E voltei para minha toca escura.

3

Embaixo. Lá embaixo, meus olhos dançavam dentro das pálpebras. Era uma sensação agradável, de puro bem-estar. Eu via meus olhos dentro das órbitas, rodando como dois pequenos planetas. Era um sonho agradável, até que começou a deixar de ser.

Alguém tinha tirado a tampa do ralo da banheira de água quente onde eu flutuava. O nível da água começou a baixar, e senti frio. Meu corpo estava nu, desprotegido. Tão frio que estava quase congelado, e não conseguia mexer as mãos. Tentei aproximá-las do corpo, mas não consegui.

Então surgiu uma voz de algum lugar:

— Isto aqui é o hospital de Dungloe. Está me ouvindo?

Tentei falar, mas minha língua estava entorpecida. Eu soava como um bêbado pedindo a última dose. Suspirei, desistindo de falar, e tentei abrir os olhos, mas era tudo uma branquidão celestial. Senti uma presença ao meu lado e, quase no mesmo instante, uma espetada no braço esquerdo.

— Agora você vai descansar.

Sonhei com Clem, vestida de bruxa numa festa de Halloween. Era a mãe mais bonita de todas. Eu a observava, encantado, enquanto conversava com uns amigos, e pensava: *Você é o homem mais sortudo da Terra*, ao vê-la enfeitiçando com sua varinha todas as crianças em volta. Eu também estava enfeitiçado.

Sonhei com meu apartamento de estudante em Amsterdam. No edifício, todo mundo era músico. Estávamos numa festa, tocando e bebendo vinho quente. Era Natal.

Sonhei com o dia em que Beatrice nasceu.

Abri os olhos lentamente. A princípio, a luz tinha muita intensidade, mas foi se atenuando até que as sombras começaram a virar coisas.

Observei o teto, os dois tubos de luz fluorescente, as pequenas partes descascadas que tinham sido toscamente repintadas. Havia uma janela num lado do aposento através da qual se via uma árvore, balançada por uma brisa suave. Ouvia-se o barulho de carros passando numa rua próxima.

Minhas mãos continuavam imóveis, alguma coisa as prendia nas laterais da cama. Fiz um pouco de força, mas aquilo era mais forte que eu.

— Peter, você está com as mãos amarradas. Tivemos que fazer isso de noite. Você se lembra de alguma coisa? Sabe por que está aqui?

A pessoa que falava estava à minha esquerda. Demorei a achá-la, até que afinal apareceu diante de meus olhos, um pouco imprecisa, mas a reconheci. Era a médica ruiva, Anita Ryan. Ergui o pescoço, querendo me levantar, mas minhas mãos estavam presas. Deixei-me cair de volta no travesseiro. Ainda flutuava num enjoo agradável e não tinha forças para lutar. Eu me lembrava de ter gritado e me debatido contra dezenas de mãos que tentavam me conter. Queria ver meus filhos, mas eles não deixavam. Pensei que estavam conspirando contra mim e tinha certeza de que meus filhos haviam sido assassinados, mas eles, aquelas vozes, me diziam que estava tudo bem.

— Meus filhos — falei. Minha voz saiu rouca e minha garganta doía como se eu tivesse passado a noite gritando num show de heavy metal. — Onde estão meus filhos?

— Na sala de espera, perfeitamente bem. Daqui a pouco você vai poder vê-los.

— Daqui a pouco? Por que não agora?

— Queremos ter certeza de que se encontra em perfeito estado antes de vê-los. Você sofreu um grande choque, Peter. Lembra alguma coisa do que aconteceu?

— Eu...

Fechei os olhos e retornei imediatamente àquela visão. Até os piores pesadelos se diluem na manhã seguinte e viram lembranças vagas que a gente esquece em um dia ou dois, mas aquilo continuava fresco, intacto na minha memória. Não era pesadelo coisa nenhuma.

— Seus amigos o encontraram desmaiado no chão da sua casa. Por algum motivo tinha dirigido até lá, no meio da noite. Não lembra por quê?

— Não... não me lembro de nada.

O rosto da médica ganhava definição. Seus bonitos olhos verdes me observaram durante alguns segundos. Depois os dirigiu para uma bolsa de plástico transparente que estava pendurada num dos lados da cama. Então descobri um tubo fino que saía dali e terminava no meu braço esquerdo, injetado nele.

— O que é isso? — perguntei. — Por que colocaram isso em mim?

— É um calmante. Tivemos que injetar para que você não se machucasse. Estava muito agitado.

— Quero ver meus filhos.

— Relaxe, Peter, que vai vê-los logo. Agora precisa descansar. Ficar bem.

A médica falava comigo como se fala com uma criança, mas eu também não devia parecer muito adulto naquele momento. Ela escreveu alguma coisa nuns papéis e avisou que voltaria em cinco minutos.

Voltei a olhar o teto. A luz fluorescente. A árvore do outro lado da janela. Lentamente fui entendendo tudo o que tinha acontecido.

"Seus amigos o encontraram..."

Alguém entrou no quarto. Era a médica, acompanhada de uma enfermeira e um auxiliar, que trazia uma maca.

— Agora vamos fazer uma ressonância — disse a dra. Ryan —, e precisamos levá-lo para outro setor do hospital. Peter, eu conheço você, confio em você e sei que vai ficar calmo quando soltarmos suas mãos. Não vai?

O auxiliar, um homenzarrão que poderia muito bem ser praticante de luta livre, me olhava com uma expressão ameaçadora. A cara da outra enfermeira não era muito melhor. Eu devia ter aprontado uma confusão daquelas.

— Vou ficar calmo — falei. — Prometo. Acho que posso ir andando.

O auxiliar sorriu como se aquilo fosse um truque.

— Vamos levar você — disse ele, batendo na maca. — É mais confortável.

O teto mudou de cor: agora era laranja. Lâmpadas diferentes. Quadradas. Contei uma dúzia delas ao longo de um corredor comprido. Havia gente ali, gente desconhecida. Alguns de jaleco, outros com roupa comum. Todos me olhavam com pena, talvez querendo saber por que eu estava prostrado naquela cama. "Parece muito jovem, talvez seja um câncer", "Alguma coisa do coração", "Não... não... repare nos olhos. E esse cabelo comprido: deve ser droga."

Outro quarto. Pessoas que falavam entre si sem prestar muita atenção em mim. O donut gigantesco outra vez.

Voei de novo, agarrado por quatro braços. Deixaram-me em outra maca estreita e fria, e depois uma máquina me engoliu por inteiro. Fechei os olhos, não queria ver nada. Mas o barulho era horrível. Sons mecânicos de todos os lados e uma voz me dizendo:

— Agora relaxe, sr. Harper.

Os efeitos do Valium foram se diluindo e meu estômago começou a rosnar, exigindo comida; eu devia ter pulado várias refeições. Quando voltei para o quarto, alguém tinha pensado em tudo isso. Uma enfermeira apareceu empurrando um carrinho que cheirava a comida. Estacionou ao lado da cama e tirou do carrinho uma bandeja, que pôs numa mesa móvel perto de mim.

Exatamente nesse instante, a dra. Ryan foi falar comigo.

— Escute, Peter, não acho necessário voltar a amarrar suas mãos, mas você precisa saber que está sob estrita vigilância. Ontem, durante a crise, agrediu dois auxiliares que o atendiam. Entende a gravidade do caso?

— Sim.

— A direção do hospital pediu que avaliemos a necessidade de transferi-lo para um centro psiquiátrico, mas estou a par da sua situação pessoal, então vamos fazer o possível para que fique aqui até entendermos exatamente o que aconteceu. Está bem?

— Está bem.

A dra. Ryan trocou umas palavras com a enfermeira e as duas saíram do quarto. Cinco minutos depois, a enfermeira voltou na companhia de Judie. Com umas grandes olheiras no rosto. A cara limpa, sem maquiagem, o cabelo preso num rabo de cavalo. Usando um pulôver comprido de lã escura e calça jeans. O aspecto de quem pula da cama no meio da madrugada.

— Se quiser, posso ficar aqui com você — disse a enfermeira.

— Pode deixar — respondeu ela. — Obrigada.

A enfermeira me olhou com desconfiança, depois olhou novamente para Judie. *Nossa, acho que fiz uma bela reputação neste hospital.*

— Se precisar de alguma coisa, use o botão de emergência. O posto de enfermagem fica a vinte metros.

Judie concordou sorrindo. A enfermeira saiu, nos deixando a sós no quarto.

— Eu sinto muito, Jud — falei.

Não me ocorria outra forma de começar aquilo.

Ela se aproximou e pôs a mão na minha testa.

— Pelo quê, Peter? Você não fez nada de errado.

— Por ter assustado vocês. Sinto muito por tudo isso.

— Não foi nada, Pete. Está tudo bem.

Aquilo pareceu o "está tudo bem" que se diz aos loucos.

— Como estão as crianças?

— Bem... — respondeu ela, sem soar convincente. — Mas estão preocupadas. Todos nós estamos, Peter.

Judie pegou a mesa móvel pela extremidade e a empurrou até deixar a bandeja de comida na minha frente.

— Agora é melhor você comer alguma coisa.

— Traga um telefone aqui, Judie. Tenho que ligar para Clem. Isto saiu do meu controle. Ela precisa vir buscar as crianças.

Tirá-las daqui o quanto antes, para bem longe. Antes que...

— Fique calmo, Peter. Não é um bom momento para tomar decisões.

— Amarraram minhas mãos, Judie — falei, com um sarcasmo amargo. — E me deram Valium na veia. O que mais vão fazer? Não quero que eles viajem sozinhos para Amsterdam. Você! Você poderia ir com eles!

Judie ficou em silêncio, o rosto corado.

— Não dá — respondeu ela.

— Como assim?

— Sabe, o assistente social do hospital entrou em contato com a embaixada holandesa. Estão tentando localizar Clem.

— Ah, meu Deus...

Eu sabia o que significava aquilo. Assistentes sociais. Embaixadas. Já tinham feito meu diagnóstico.

— A médica diz que você não se lembra de nada — continuou Judie. — É verdade?

— Não. Eu menti.

— Por quê?

— Não acredito que ela possa me ajudar.

— Omitir as coisas também não vai ajudar. Na outra noite você me escondeu outra coisa, não é verdade? Você tinha quebrado a cerca, como acontecia nas suas visões. Tinha quebrado a cerca com o carro. Foi por isso que voltou para casa?

— Foi... Mas como você sabe...?

— Estive lá hoje de manhã, Peter — disse ela, antes mesmo que eu concluísse a pergunta. — Fui pegar umas coisas e vi. Por que não me falou?

— Eu não tinha certeza se era verdade. Além do mais, que droga, não queria estragar a noite de ninguém. Estou cansado de ser Peter, O Oráculo. Quando me encontraram?

— De madrugada. Jip acordou para ir ao banheiro e viu que você não estava no quarto. Eles foram me acordar. Pensei que você estivesse com insônia, dando um passeio pela rua, mas quando não vi seu carro, comecei a me preocupar de verdade. Primeiro liguei para sua casa. Talvez você tivesse esquecido alguma coisa e voltado para apanhar. Mas ninguém atendeu. Então liguei para Leo. Foi ele quem encontrou você.

— Na cozinha?

— Sim... caído no chão. Ele pensou que tivesse sido um ataque do coração, por isso chamou a ambulância. Depois viu que não era nada disso. Você estava delirando. Dizendo coisas. Falando sobre mortos. Dizendo que...

— Eu sei o que estava dizendo, Judie. Foi o que eu vi, não é nenhum pesadelo. Não é nenhuma alucinação. É... é...

— É o futuro, certo?

A palavra me pareceu perfeitamente lúcida e precisa no meio daquela conversa. Eu tinha pensado nela mil vezes, mas jamais imaginaria que soasse tão adequada em voz alta.

Confirmei com a cabeça.

— É, é o que eu acho.

— A cerca quebrou, exatamente igual às suas visões. Isso comprova tudo. Suas visões vão acabar acontecendo. Essa é a sua teoria, não é?

Confirmei. Judie sorriu. Desconfio que era a reação mais saudável frente à maluquice que estávamos vivendo.

— Não se preocupe — respondi. — Tenho certeza de que ninguém vai acreditar na minha história. Afinal de contas, é impossível. Ninguém pode ver o futuro. Por isso decidi ficar quieto e não contar nada à médica. É como a navalha de Ockham: "Em igualdade de condições, a explicação mais simples costuma ser a correta". E a explicação mais simples é que estou louco, sofro de esquizofrenia e deliro. Esse é o diagnóstico, não é mesmo?

— Não há diagnóstico, Peter, mas ontem você reagiu com muita violência ao entrar no hospital. Partiu o lábio de um dos seguranças e derrubou no chão uma enfermeira que estava tentando lhe dar uma injeção. Some a isso dois filhos pequenos e um divórcio recente, e a equação dá um resultado muito feio. A má notícia, Peter, é que estão tentando assumir a guarda deles até Clem chegar.

— O quê?

— Leo está falando agora com o diretor do serviço social. Está tentando convencê-los de que Marie e ele podem se responsabilizar, mas você sabe como são as coisas quando tem crianças na história.

— Não! Isso... é um erro.

— Sinto muito, Peter. Muito mesmo.

— Posso vê-los? Só um minuto, por favor.

— Daqui a pouco. Temos que esperar a decisão. Mas eles estão bem, querem ver você.

— O que eles sabem?

— Dissemos que você foi buscar alguma coisa na casa e caiu da escada. Acho que não convenceu, mas eles vão fazer um esforço para acreditar se você não disser nada.

— Tudo bem.

Ela se levantou e foi em direção à porta.

— Escute, Judie — falei, antes que ela saísse. — Toda essa história das visões... fica entre nós, o.k.? Não quero piorar as coisas. Acho que não ajuda muito dizer a eles que eu vejo o futuro.

Ela assentiu.

— E outra coisa — continuei. — Prefiro que as crianças passem a noite com você. Se for possível.

— Pode deixar — respondeu ela. — Agora coma, senão o almoço vai esfriar.

A dra. Ryan chegou uma hora depois, acompanhada de outro médico, um sujeito jovem e magricela com cabelo crespo e uns óculos redondos. Era o residente de psiquiatria. Não tinha me atendido na emergência, mas ele é quem havia orientado os enfermeiros, pelo telefone, a injetar o calmante (que afinal não era Valium, e sim algo chamado neuroléptico). Tinha feito uma análise completa do caso, com a ajuda de vários depoimentos, entre eles o de Leo e o de Judie, e naquela mesma tarde havia conversado bastante com o dr. Kauffman, por telefone. O médico me informou que não tinham certeza se eu poderia voltar para casa tão cedo como eu esperava.

— Sabe, sr. Harper, fazemos isso pela sua própria segurança e a dos seus filhos.

Ao ouvir isso, minha vista ficou nublada e senti náuseas.

Ele devia ter uns dez anos a menos que eu, parecia ter crescido numa boa família. Tinha cara de quem joga golfe com o sogro e é casado com uma mulher bonita. Agora eu não era mais um igual, um cara que podia ter cruzado com ele no posto de gasolina, com quem poderia bater um papo amistoso em outro momento; agora eu era um de seus "casos". Tinha deixado de ser uma pessoa para me transformar num "caso".

— Eu sou esquizofrênico? — perguntei, por fim.

Ele ficou em silêncio por um tempo.

— A esquizofrenia é um diagnóstico evolutivo, sr. Harper. Precisam ser cumpridos certos critérios, ao longo de um tempo determinado, para termos certeza. Por enquanto só sabemos com segurança que o senhor sofreu um episódio psicótico agudo. Mas ainda não podemos descartar nada.

— Tive outros — falei. — Vi mais coisas. E me chame de Peter, por favor.

— Está bem, Peter. A dra. Ryan me falou sobre o acidente que você sofreu semanas atrás. Por enquanto, conhecendo seu histórico, vamos tentar ser otimistas e relacionar os fatos de agora ao acidente. Kauffman apoia essa teoria. Além disso, as alucinações visuais sugerem algo diferente de esquizofrenia. Em todo caso, recomendei que você fique internado aqui por mais uma ou duas noites, para podermos realizar uma série de exames. Queria saber se contamos com seu consentimento.

— Como assim? É voluntário?

Os dois médicos se entreolharam. Percebi que estava para ouvir algo de que não ia gostar.

— Olhe, Harper — respondeu o médico —, digamos que é melhor que você se disponha voluntariamente.

— O que aconteceria se eu não aceitasse?

— Tudo ficaria mais complicado. Acredite. Neste momento, o mais importante é a segurança dos dois menores, além da sua própria. E eu não posso recomendar sua alta agora. Teríamos que entrar em contato com o juizado, esperar um médico legista analisar o caso. Também seria preciso falar com a assistência social e...

— Vamos, Peter — interveio a dra. Ryan. — Um ou dois dias, no máximo. Sabemos que você não tem nenhum antecedente de violência. É pura formalidade.

— Mas meus filhos...

O jovem psiquiatra pigarreou.

— O assistente social do hospital aceitou que seus amigos fiquem com eles provisoriamente, pelo menos até que a mãe seja localizada. Parece que ela está viajando.

— É, foram à Turquia. Ela está com o novo marido, um homem chamado Niels Verdonk. É um arquiteto famoso. Tente entrar em contato com ele.

A dra. Ryan anotou o nome num papel.

— Por enquanto ninguém se opõs a que seus filhos fiquem com seus amigos. Além disso, Judie é formada em psicologia e todo mundo que a conhece opina que você está em seu perfeito juízo.

Ri.

— Olhe, prometo que vou fazer todo o possível para acelerar o processo.

Joguei a cabeça para trás e fechei os olhos com toda a força que pude, desejando que tudo aquilo fosse um maldito sonho. Que o raio jamais tivesse caído em mim. Que eu nunca tivesse tido aquelas visões. Mas quando abri os olhos continuava no mesmo quarto, e os dois médicos continuavam esperando minha resposta.

— Está bem — falei, finalmente.

Jip e Beatrice entraram como duas crianças entrariam no quarto de um defunto. Tímidos, assustados, mas com os olhos arregalados. Ficaram impressionados quando me viram, mas logo se adaptaram à situação e, quando eu sorri e pedi um abraço, pularam em cima de mim como dois pequenos tigres.

Jip me perguntou se ainda doía, e falei que "um pouco", mas que, segundo a médica, ia passar logo. Beatrice ficou calada. Eu lia a desconfiança em seus olhos: *Se papai caiu da escada... cadê a perna engessada? O colar ortopédico? Pelo menos um mísero hematoma para mostrar?* Mas, como Judie tinha previsto, logo começou a rir de outras coisas.

Judie, Leo e Marie entraram um minuto depois. Marie trouxe um grande buquê de flores e uma caixa de bombons embrulhada num papel que dizia "Recupere-se logo!". Leo vinha cheio de bom humor. Brincou dizendo que ia me comprar um capacete e me obrigar a usar sempre. Era um humor muito próprio, espetacular, eficaz, mas no fundo de seus olhos eu sentia uma faísca, uma nuvem negra cada vez que me olhava.

Passei o resto da visita tentando parecer animado diante dos meus filhos, mas sentia meu sorriso como uma máscara precária, a ponto de cair no chão a qualquer momento. Seus rostos me transportavam diretamente à cena da noite anterior. Olhava para Beatrice e via aquela cratera na cabeça, aquele pedaço de crânio destroçado. E Jip, com um buraco na testa e um longo rabo de cavalo de "coisas" caindo para trás. Eu mordia a língua e os apertava contra mim, enchendo-os de beijos, enxugando as lágrimas antes que as vissem. O mesmo acontecia com Marie, que passou quase toda a visita no outro lado do quarto, conversando com Leo e Judie. Eu ainda sentia calafrios, pois a via sendo arrastada por aqueles homens, agredida, humilhada, talvez prestes a ser executada em poucos minutos.

Ocultei tudo perfeitamente e representei meu papel. Os meninos iam passar a noite com Judie e fazer pizza caseira com formas engraçadas. Iam jogar Banco Imobiliário e ver um filme da Pixar. E papai voltaria para casa no dia seguinte, porque a médica disse que precisava ficar mais uma noite no hospital. Papai estava bem, não havia motivo para se preocupar. Eu gostaria de acreditar nisso também.

Despediram-se por volta das oito. Judie, as crianças, Leo e Marie. Leo foi o último a sair do quarto. Não sei se foi de propósito ou não.

— Leo — chamei —, pode esperar um segundo?

Ele freou os passos como se estivesse esperando esse momento. Virou-se, sorrindo pesadamente.

— Diga, Pete.

— Duas coisas. Primeiro, obrigado por me resgatar.

— De nada, rapaz. Se bem que você me deu um baita gancho na cara. — Riu.

— Desculpe... eu estava fora de controle. A segunda coisa é... sobre o que vi ontem à noite.

Seu rosto ficou sombrio ao ouvir isso.

— Peter, acho que não quero ouvir.

— Eu sei. Eu também não gostaria, mas não posso deixar de falar. Escute, velho amigo. Pode ser que eu esteja maluco e que tudo isso não passe de uma alucinação. Só vamos saber com o tempo. Se em dois meses eu estiver internado num manicômio, de braços imobilizados dentro de uma camisa de força, então esqueça o que vou lhe dizer, está bem? Neste caso, só se preocupe em me mandar flores de vez em quando e esconder uma garrafa de uísque dentro do vaso.

Leo esboçou um sorriso.

— Ora, Pete...

— Não. Escute. Até chegar o momento. Até que esses médicos decidam se estou louco ou não, peço que me faça um favor. Está bem?

— Certo.

— Você tem uma arma? — perguntei.

O rosto de Leo se iluminou numa grande surpresa.

— O quê?

— Um revólver, um rifle, qualquer coisa.

— Para quê, Pete?

— Seja o que for, fique preparado. Ponha munição na arma e deixe perto da sua cama, está bem? Em todas as minhas visões... eles têm armas. Se eu tiver razão, você vai precisar de uma arma de fogo para se defender.

— Está bem, garoto — disse Leo, olhando para a porta. — Vou pensar.

— E se aparecer uma caminhonete na sua casa, uma General Motors cereja, com aros cromados e três pessoas dentro, uma mulher e dois homens, não deixe que se aproximem de vocês. Certo? Atire sem fazer perguntas. Você vai fazer isso? Diga que sim, droga.

— Vou fazer, Pete. Prometo.

Respirei fundo e suspirei.

— Tomara que tudo isso seja mesmo uma loucura, Leo...

Nesse momento Marie entrou, em busca do marido. Leo me deu a mão e apertou com força enquanto me lançava um olhar estranho.

— Cuide-se, Peter.

Assenti.

Marie se aproximou outra vez. Olhou-me fixamente, e olhei para ela, ambos em silêncio.

— Cuidem-se, Marie.

— Vamos fazer isso, Pete — respondeu ela.

E pensei ter visto um temor profundo em seus olhos.

4

O psiquiatra de cabelo crespo e óculos se chamava John Levey. Passamos toda a manhã seguinte conversando em seu consultório no hospital. Ele perguntava e eu respondia, sem pressa alguma. Falei sobre o divórcio, razões pelas quais tinha saído de Amsterdam, meu trabalho, meus filhos. Falei sobre tudo que ele quis. Não escondi nada, tentei ser educado, civilizado, inofensivo... Não fiz isso à toa: ele tinha a chave do meu futuro imediato. Voltar para casa... ou para aquele edifício branco, rodeado de jardins onde as pessoas conversam com as moscas.

Falamos sobre as visões. Ele tinha conversado com Kauffman no dia anterior e já estava a par dos episódios, mas quis ouvir minha versão dos acontecimentos. Eu contei, tentando não soar excessivamente "emocional", como se estivesse relatando um sonho. O jovem médico, com uma camisa de gola amarela e um pulôver Lacoste verde, com sua calça de veludo cotelê fino e seus sapatos Burton Derby, fez umas anotações e ficou olhando para o papel. Era um garoto de universidade e mestrado. Um garoto crescido entre homens importantes que não aceitam falhas. Agora tinha um problemão pela frente e por nada no mundo admitiria que não sabia como enfrentá-lo.

Ele falou de delírio persecutório, de parafrenia e de paranoia. De pessoas submetidas a um grande estresse emocional (um divórcio recente, problemas graves no trabalho, lhe parece familiar?) e com a autoestima no chão. Nessas pessoas, principalmente nas mais inteligentes, o inconsciente constrói uma ilusão. Algo que dá um novo sentido à existência. Algo nascido da vontade de sobreviver à dor. Mas às vezes essa ilusão é nociva, ela nos destrói, nos afasta da verdadeira essência da vida.

— Será que pode estar acontecendo isso com você, Peter?

— Ah, claro, John, é uma possibilidade. Realmente é uma possibilidade.

John Levey, o jovem psiquiatra de trinta e três anos, queria acertar o diagnóstico, queria que todos os livros que lera em sua bela e cara universidade tivessem sentido, portanto deixei que pensasse assim. E também deixei que pusessem três remédios embaixo da minha língua e me mandassem de volta para o quarto. Na certa é dessa forma que os loucos começam.

Louco, Pete.

À tarde, enquanto eu nadava nos efeitos do calmante, minha mente brincava com essa possibilidade.

Louco. Acabar louco. Terminar a vida louco. Num lugar qualquer, em algum canto. Ser uma alma penada dessas que circulam de bata hospitalar num corredor com cheiro de desinfetante. Gente que não compete mais na vida. Dez comprimidos por dia. Viver atordoado, capado quimicamente, às vezes até com o cérebro cortado ao meio. Passear no meio de jardins. Sentar nos bancos e passar o dia inteiro olhando os pássaros, falando com as flores. Uma aposentadoria antecipada. Talvez não fosse tão ruim. Eu não teria que compor, não haveria música, nem fracassos.

Eles me falavam de visões, de sonhos, de sonambulismo, e me dispus a acreditar nessas coisas, mas no fundo havia a certeza, certeza absoluta de que tinha visto, ouvido e sentido tudo aquilo. Tinha marcas no corpo e cicatrizes abertas na mente. O medo, o terror absoluto ao ver aqueles homens assaltando minha casa, e o resultado atroz de seus crimes. Tudo era real. Não se tratava de pesadelos, sonhos lúcidos, nem viagens astrais. Eu tinha vivido aquilo. E, de repente, sem outra explicação, tudo se desvanecia. Era como uma brincadeira macabra. Como o desenho animado de Michigan J. Frog, o sapo que só cantava (ópera) quando estava sozinho com o dono e ficava calado quando ele tentava mostrá-lo ao mundo.

Louco.

Talvez não houvesse mais volta. O raio tinha rompido alguma coisa na minha cabeça e ninguém via. Mas quantas coisas a ciência desconhece? E para toda essa cinzenta confusão de alterações incompreensíveis existe uma palavra:

Louco.

A sociedade criou lugares próprios para eles. E, a menos que eu conseguisse resolver aquele enigma, a menos que respondesse à Grande Pergunta, talvez estivesse começando a ficar.

Louco.

Os remédios, o almoço e uma noite insone me deixaram a tarde toda de olhos fechados. Dormi uma sesta prolongada, e quando acordei já estava escurecendo. A árvore que eu via da janela balançava e soltava uns galhos pequenos. Soprou um vento forte e o céu escureceu.

Chamei a enfermeira, que demorou alguns minutos a aparecer. Era uma jovem loura com grandes e entediados olhos azuis.

— Hoje estamos com pouco pessoal — disse ela, se desculpando. — Já venho trazer o jantar.

Respondi que não se preocupasse com o jantar e perguntei as horas. Ela disse que eram seis e meia da tarde. Um trovão soou ao longe.

— Vem aí um temporal?

— Ah, sim, senhor — respondeu ela. — Uma tempestade de verão. Tinham anunciado um tempo bom para esta noite, mas veja só.

— Uma tempestade...

— Como?

— Nada. Desculpe... você sabe se o dr. Levey está no hospital? Eu gostaria de falar com ele.

— Não, senhor — respondeu ela. — Acho que foi embora por volta das cinco e meia. Mas está de plantão em casa. Precisa de alguma coisa?

— Não, não, pode deixar. Não é importante. Eu queria falar com meus filhos. Pode trazer meu telefone? Deve estar no casaco.

A enfermeira abriu o armário e procurou nos bolsos do meu casaco até achar o celular. Quando o trouxe, quis saber se preferia carne ou peixe para o jantar. Escolhi carne.

Quando me vi sozinho, liguei para a loja de Judie. Tocou dez vezes, ninguém atendeu. Eram quase sete da noite e a loja já devia estar fechada, mas era para Judie estar com as crianças na pensão. Ou não? Depois tentei o celular dela, mas também não atendeu. Onde teriam se metido?

Comecei a ficar nervoso e mal-humorado, principalmente ao pensar naquele desgraçado do John Levey, com seu sorriso de filhinho de papai, e no fato de que tinha ido embora me deixando lá mais uma noite. Como se aquilo fosse um parque de diversões em que a gente quer ficar para sempre.

E ainda por cima aquele maldito temporal.

Uma tempestade de verão; é perfeitamente comum nesta época do ano.

Comecei a me perguntar o que aconteceria se eu me levantasse daquela cama, vestisse a roupa e fosse embora. Soaria um alarme? Colocariam a polícia atrás de mim? Segundo a dra. Ryan, eu estava "sob estrita vigilância" e meus filhos ficaram com Judie porque a direção do hospital achava "mais humano" que mandá-los para um abrigo provisório. Em resumo, era melhor eu não dar nenhum passo em falso. Eu não tinha dúvida de que Levey adoraria assinar minha ordem de internação num hospital psiquiátrico, talvez não muito longe dali, e me transformar em sua cobaia particular. Ele nunca tinha conseguido publicar um grande artigo que o tornasse famoso na comunidade científica, e eu seria uma grande história. Destruir minha vida e a da minha família e dos meus amigos era um preço pequeno a pagar.

Voltei a tentar o celular de Judie, e dessa vez a ligação nem completou. A voz eletrônica da gravação informava que o número se encontrava indisponível ou fora da área de cobertura.

Onde diabo você se meteu, Judie?

Fui dar um passeio com as crianças no vilarejo. Talvez até Monaghan, porque afinal você nunca os levou, ou então estamos comendo pipoca no porto. Relaxe, Peter Harper.

Passei mais meia hora inquieto na cama, ouvindo o vento e os trovões ao longe, ainda distantes da costa. *Eu podia ir até Clenhburran dar uma olhada por lá*, pensei. *Passear um pouco, respirar, ter certeza de que todo mundo está bem, e voltar ainda esta noite. Judie pode me trazer de carro. Ninguém vai notar. Afinal, a enfermeira se queixou de que estão com pouca gente hoje.*

Então senti o telefone vibrar entre meus dedos. *Muito bem, é Judie. Graças a Deus.*

— Alô?

— Peter?

A voz do outro lado não era de Judie. Nem de Leo, nem de Marie. Demorei um segundo para reconhecer.

— Imogen?

— Em carne e osso, querido. Como vai?

Ainda desconcertado, sem entender por que Imogen estava me telefonando naquele momento, só consegui responder com um curto:

— Bem. Tudo bem.

— Desculpe a demora, é que estava na Escócia visitando algumas propriedades e voltei a Londres há dois dias. Você não gostaria de morar num castelo? Descobri uma torre reformada a uns trinta quilômetros de Edimburgo... Bem, mas não liguei para falar disso. Já consegui o que você queria.

— O que eu queria? — perguntei, sem conseguir me lembrar.

— Sim, a pesquisa, lembra? Você queria saber se havia algo estranho na casa. O fantasma que sua amiga disse ter pressentido.

— Ah! Meu Deus. Tinha até esquecido, desculpe.

Um trovão retumbou ao longe.

— Bem, não encontrei nada sobre fantasmas, mas andei conversando com uma colega que trabalhava com essa propriedade antes de mim. Ela me contou uma história curiosa. Lembra que mencionei um rapaz alemão que alugou a casa antes de você? O pesquisador de aves migratórias. Devia ser um sujeito meio estranho, um acadêmico desses que passam o dia lendo teses mas não sabem nem fritar um ovo quando chegam em casa. O cara contou uma história estranha sobre seus vizinhos, os moradores da casa do outro lado do morro. Disse que alguém tinha invadido sua propriedade e que haviam sido eles. Laurie, a outra corretora, perguntou se o alemão queria registrar uma ocorrência, mas ele disse que não. Que não estava faltando nada, que era só uma intuição. Ele contou que certa vez, de um dos observatórios de pássaros, tinha visto os dois, por acaso, se encontrando com "forasteiros". Não sabemos de onde ele tirou essa história. Pagou seis meses, mas só ficou cinco. Foi embora sem recuperar o dinheiro do depósito. Você teve algum problema desse tipo?

Demorei a responder. Meu coração tinha começado a pular dentro do peito e senti a boca seca. Minha respiração, rápida e ansiosa, havia deixado meu corpo desidratado.

— Não... não sei — acabei dizendo.

— Está tudo bem, Pete? Se quiser, posso conseguir uma troca. Não vai custar nada, é por minha conta. Temos outras casas livres na região. Quer dizer, nem tantas assim, porque já estamos no início da alta temporada, mas sempre podemos encontrar alguma coisa.

— Não, não precisa, Imogen. Está bem. Obrigado por tudo. Agora preciso ir...

Desliguei. E finalmente entendi como estava sendo estúpido.

Tudo se encaixava. As últimas peças estavam no lugar. Tinha chegado...

... a última noite em Tremore Beach.

5

Esperei até trazerem o jantar. A enfermeira se chamava Eva e, embora estivesse com bastante pressa para continuar seu percurso pelo corredor com o carrinho de bandejas, consegui puxar um pouco de papo. O caso era que outra enfermeira, Winny, estava de lua de mel e uma terceira, Geraldine, tinha adoecido; Luva supostamente estava de plantão em casa, mas havia ligado dizendo que uma das filhas tinha vomitado até a alma por causa de uma bactéria no estômago. Com isso, restara apenas ela para atender metade do andar.

— A organização é assim por aqui. Todo mundo some, e depois a gente tem que se virar para resolver os problemas de meio mundo.

Falei que não precisava se preocupar comigo. Qual era minha medicação?

— Um comprimido de olanzapina e outro destes azuis antes de dormir. Acho que posso deixar tudo aqui, afinal, já são oito horas...

— Claro, pode ir tranquila. Vou tomar logo depois do jantar, para não esquecer.

Assim que Eva fechou a porta do quarto, pulei da cama e fui me vestir. Dei graças a Deus porque ninguém tinha resolvido tirar de lá minha roupa ou meus sapatos. Teriam arruinado meu plano. Mas estava tudo dentro de uma sacola plástica, junto com o paletó e alguma roupa extra que Judie fora buscar na minha casa e deixara ali. Depois de me vestir, pus o robe hospitalar por cima e saí do quarto.

Atravessei o corredor entediada e lentamente, como faria um internado, olhando para dentro dos quartos, alguns deles abertos, onde se viam pessoas assistindo televisão, visitantes falando com muita energia e doentes sentados em suas camas, olhando para o vazio. Com minha barba de três dias, meu cabelo comprido e descuidado e o robe, eu parecia mais uma daquelas almas capturadas pela doença. As pessoas me olhavam com dó, e eu lhes devolvia um olhar cheio de profundidade.

No vestíbulo, encontrei o balcão da recepção deserto. Eva ainda devia estar distribuindo o jantar.

Lá fora, já nos degraus da entrada, vi um homem e fui até ele. Era um sujeito magricela, com o rosto chupado e uns olhos quase transparentes. Pedi um cigarro. Ele me atendeu resmungando.

— O maço não está barato, amigo.

Fumei em silêncio, esperando que aquele tipo mal-humorado fosse embora e ao mesmo tempo observando a estrada sem movimento. Como ia fazer para chegar a Clenhburran?

Lá fora, o vento começava a rugir. Eu conhecia bem aquele som. Aquele assobio furioso. Logo depois viriam as nuvens em forma de espiral, carregadas de raios. Mas ainda havia tempo.

— Parece que esta noite vai cair uma daquelas — comentei, puxando conversa, mas o tipo mal-humorado fez que não ouviu. Continuou fumando seu cigarro, impassível.

Minutos depois, como um verdadeiro emissário dos céus, um táxi apareceu e foi parar bem ao pé da escada. Eu ainda estava de robe hospitalar, e o tipo mal-humorado continuava ali, saboreando seu maldito cigarro. O que fazer? Se tentasse pegar o táxi ainda de robe, despertaria suspeitas.

Os passageiros saltaram e o taxista nos olhou pelo vidro.

— Precisam de táxi? — perguntou, dirigindo-se a nós.

Eu já ia responder alguma coisa, mas o sujeito de mau gênio se encarregou de despachá-lo antes que eu pudesse abrir a boca.

O táxi deu meia-volta e sumiu. E o mesmo fez o personagem mal-humorado, pouco depois. Fiquei sozinho na escada, meu cigarro acabou. Olhei para dentro e, como vi o saguão do hospital ainda deserto, decidi agir rápido. Tirei o robe e o escondi embaixo de um pequeno banco de madeira. Em seguida, recuperado meu aspecto de cidadão normal, desci a escada e me dirigi à saída do hospital.

Havia um ponto de ônibus ali ao lado. A linha 143 percorria toda a estrada regional, desde Dungloe até a entrada de Clenhburran. A questão, agora, era saber quando ia passar. Na Irlanda, esperar um ônibus no fim de semana era, e continua sendo, esperar um milagre.

Decidi ficar ao lado do poste e pedir carona. Naquela região, era comum encontrar moradores "esticando o dedo" para percorrer alguns quilômetros sobre quatro rodas. O hospital ficava perto de Dungloe e quase todo o tráfego que passava ia nessa direção, mas imaginei que não demoraria a ver algum carro na direção oposta.

Passaram três ou quatro carros, mas nenhum deles parou, mesmo com a garoa fina que tinha começado a cair. Imagino que meu aspecto não ajudasse muito. Tentei sorrir abertamente, ou fazer cara de tristeza. Tentei até agitar os braços como se fosse uma emergência, mas com isso só consegui que o motorista pisasse fundo no acelerador.

Então, pouco depois, um carro vinha saindo do estacionamento do hospital. Corri até a cancela da saída e o abordei quando parava.

— Estão indo para o leste? — perguntei, fazendo um gesto com o polegar.

— Estou há meia hora esperando o ônibus.

Na direção ia um rapaz bem jovem, e, ao lado, uma mulher mais velha.

— Sim — respondeu o garoto. — Para onde vai?

— Clenhburran.

— Ah... conheço. Posso deixar você no cruzamento do posto de gasolina.

— Imaginei que estivesse se referindo ao Andy's. — Dali são só uns três quilômetros a pé.

— O.k. Obrigado.

Entrei no banco traseiro daquele confortável e velho Toyota cheio de garrafas de Gatorade vazias e jornais. O rapaz se chamava Kevin e aquela senhora era sua avó. Tinham ido visitar a mãe dele, que estava internada para tratar um tumor no ovário.

— E você?

— Eu?... Ah... um velho amigo. Arrebentou as costas num acidente. Foi colocado numa armadura de gesso, mas fora isso está ótimo.

A avó perguntou o que eu tinha dito e Kevin repetiu minha resposta, bem mais alto. Essa foi mais ou menos a tônica de toda a viagem. Kevin fazia uma pergunta, eu respondia e Kevin repetia minha resposta para a avó, que parecia muito contente com praticamente tudo que ouvia. No rádio tocava um sucesso dos Frames: "Revelate".

"Tudo que eu preciso é de uma revelação."

O Andy's surgiu depois de uma curva. Ao longe, ainda bastante longe, a frente da tempestade tinha a silhueta de um fantasma titânico. Uma camada escura que se estendia para onde quer que se olhasse. Calculei que ainda devia faltar uma hora para que aquilo chegasse à costa.

Kevin entrou no posto de gasolina para me deixar.

— Eu levaria você até sua casa, mas estamos com um pouco de pressa — desculpou-se o rapaz.

Respondi que não se preocupasse, que eu chegaria antes de começar a chover. De fato, eram só dez minutos até o vilarejo, e chegando lá eu encontraria Judie e as crianças na pensão. Eu me despedi, agradecendo primeiro a ele e depois, mais alto, à avó. Então o Toyota voltou para a estrada e desapareceu depois da primeira curva.

O Andy's tinha um bar de beira de estrada, desses lugares onde você nunca deve comer um sanduíche ou tomar um café se não quiser ter dor de barriga pelo resto da viagem, mas eu tinha pulado o jantar e meu estômago estava começando a roncar. Pensei, por um instante, em passar lá e comprar uma barrinha de chocolate, mas decidi que seria melhor encontrar Judie e as crianças primeiro.

Estava olhando para o bar quando reparei em uns carros estacionados ali. Caminhonetes.

Anda, Pete, atravessa logo a droga da estrada e vai procurar as crianças e Judie.

Viajantes, certamente. Sempre havia muita gente percorrendo o norte do país no verão. De camping em camping. Às vezes as distâncias eram longas, e eles precisavam parar para descansar.

Uma delas era uma van cinza, mas a que estava bem ao lado era...

... eu via praticamente só a frente, mas distingui algo que me deixou paralisado na beira da estrada...

O inconfundível logotipo da General Motors Company.

Dessas com porta de correr. Quando eu tinha dezessete anos, meu sonho era comprar uma daquelas, pegar a prancha de surfe e percorrer o sul da França, de praia em praia.

Cor cereja. Aros cromados.

Não podia ser outra. A caminhonete dos meus piores pesadelos.

6

Não havia nenhum carro abastecendo naquele momento. O vento espalhava as folhas de um jornal entre as bombas de combustível. Nos alto-falantes do posto se ouvia a transmissão de um jogo de *hurling* entre Leinster e Munster.

Uma das folhas foi parar embaixo do chassi da caminhonete General Motors, que, à luz tênue do estacionamento, parecia vazia.

Não pode ser. Vou só dar uma olhada para descartar essa ideia ridícula. Não é possível tanta coincidência.

Fui até lá fingindo olhar os produtos à venda fora da loja de conveniência. Lenha e turfa para lareiras, sacos de gelo, ração para cães, jornais. Às vezes o pessoal não quer nem descer do carro para comprar um jornal. E depois perguntam por que o infarto é a causa número um de mortes na Irlanda.

Cheguei à esquina. A van cinza era a que estava estacionada mais perto da loja, e logo a seguir estava a caminhonete GMC.

Senti as pernas começarem a tremer.

Era uma GMC novinha, brilhante. Modelo Savana, cor cereja, placa de Belfast. Havia muitas, claro, muitas caminhonetes como aquela no mundo. Uma General Motors Savana cereja, mas quantas delas tinham aros cromados? Imagino que poucas.

Estava tão puto que fechei os olhos e pensei: *Acorde no hospital agora mesmo e coma o jantar.* Mas quando os abri, continuava lá.

No para-brisa havia um grande massacre de mosquitos, o que me fez pensar que estavam viajando havia muitas horas. Também reparei no ambientador pendurado no espelho retrovisor, que tinha o logotipo da Hertz estampado. "De aluguel", pensei, como se isso fizesse sentido.

Fiquei olhando umas latas de óleo para carro enquanto tentava memorizar o número da placa. Pensei que a tivesse fixado, mas esqueci um minuto depois. Minha cabeça estava a mil por hora. Fui para a entrada do posto e as portas automáticas se abriram. À esquerda, atrás do balcão, uma adolescente com acne me cumprimentou gentilmente. Respondi com um aceno de cabeça. Minha garganta estava seca e estrangulada pelo medo, eu não conseguiria emitir uma palavra sequer. À direita ficavam a cafeteria e o minimercado. Andei entre duas estantes cheias de revistas, pacotes de batatas fritas e chocolates, até que finalmente ultrapassei uma coluna que me impedia de ver os clientes às mesas do café. Peguei uma revista e fingi que a folheava. Podia até ter sido uma revista pornográfica com animais e eu não notaria.

Havia duas mesas ocupadas. Numa delas jantava uma família — supostamente, os donos da van cinza estacionada ao lado da GMC. Duas crianças da idade de Jip corriam em volta da mesa brigando pela posse de algum brinquedo, enquanto os pais almoçavam em silêncio, compensando com uma expressão envergonhada a algazarra dos filhos.

O outro grupo estava ao lado de uma das janelas. Eram quatro pessoas. Três delas — uma morena, um homem muito gordo e outro mais magro, com óculos escuros redondos e o cabelo cortado rente, como um capacete — eu já conhecia. O quarto, que nunca tinha visto, era um cara parrudo e alto que estava sentado ao lado da mulher e que nesse momento estudava um mapa rodoviário. Os outros tomavam café e comiam sanduíche em silêncio, olhando o celular ou atentos ao mapa. Parecia que estavam procurando alguma coisa e que ainda não tinham encontrado. Tremore Beach?

É difícil descrever o que passou pela minha cabeça naquele instante. Tentei manter a revista nas mãos e os lábios fechados, mas o que queria era gritar. Pensei em tentar detê-los ali mesmo. Matá-los. Jogar gasolina e atear fogo.

Observei-os durante alguns minutos enquanto pensava no que fazer. Quatro personagens com certo ar exótico, que podiam ser confundidos com homens de negócios ou talvez gente do cinema. Eu era o único que sabia quem eles eram, e também o único que sabia o que pretendiam fazer. Devolvi a revista à estante. Fui ao balcão e comprei uma caixinha de chicletes. A adolescente com acne me ofereceu três pelo preço de duas se eu preenchesse uma pesquisa. Respondi que não tinha tempo e pus uma nota de dez no balcão.

— Só uma coisa, querida — falei. — Está vendo aqueles quatro sentados ali nos fundos?

— Sim.

— Não a família, mas os três homens e a mulher. Está vendo?

— Sim, sim, claro.

— Eles vieram nessa caminhonete, não é? — perguntei, apontando para a GMC que se via através da janela. — Aquela de cor cereja. Está vendo?

— Sim — respondeu ela. — Por quê?

— Ah, por nada. Acho que os vi esta manhã em Dungloe, tenho a impressão de que são gente de cinema. Talvez estejam procurando uma locação para algum filme.

— Sério? — disse a garota, arregalando os olhos. — Minha irmã Sarah quer ser atriz.

— Então você devia falar com eles quando saírem.

E saí dali, andando devagar para a estrada, a cabeça e o estômago quase explodindo de nervosismo. Atravessei a pista com cuidado. Naquele momento, teria sido fácil que um caminhão passasse por cima de mim. Além do mais, os quatro assassinos estavam perto da janela e eu não queria que vissem ninguém correndo apavorado em direção ao vilarejo.

Quando já estava no outro lado da estrada, peguei o celular do bolso e tentei ligar de novo para Judie. Dessa vez, uma voz me informou que o número não estava disponível. Depois, tentei falar com Leo e Marie. O telefone da casa estava ocupado e os celulares, fora de área. Olhei para a tempestade retumbando ao longe e deduzi que o mau tempo tinha começado a interferir nos telefones. Por outro lado, reconheço que não estava raciocinando muito bem. Não tinha ideias claras, só um pânico terrível. Poderia ter implorado ajuda a algum motorista (será que passou algum?), ou me desviado para a High Street e passado pelo Fagan's para alertar todos os que estivessem lá, mas a única coisa que fiz foi correr. Queria chegar à loja de Judie, proteger meus filhos e só depois fazer as mil ligações que precisava fazer, a começar pela casa de Leo e Marie, a polícia, o Exército, o que fosse.

Peguei a estradinha local de Clenhburran, primeiro a passo normal e depois, quando me vi distante o suficiente do posto de gasolina, acelerando até estar correndo no limite das minhas forças.

Aguentei dez minutos nesse ritmo, correndo como não fizera nos últimos dez anos. Enfim precisei parar, respirar e controlar um enjoo terrível. Os remédios que tinha tomado no hospital na certa não ajudavam muito, nem os dez cigarros diários. Odiei meu corpo mole e choramingão, enquanto procurava encher os pulmões de ar para evitar um inconveniente vômito.

Olhei para a estrada. Imaginava que aquela caminhonete me ultrapassaria a qualquer momento, e então só me restaria gritar ou me jogar debaixo das rodas. Comecei a andar rápido, numa espécie de marcha desesperada e exausta, enquanto meus pulmões faziam esforços asmáticos para continuar se enchendo de ar.

Quando finalmente alcancei as primeiras casas de Clenhburran, havia começado a chover. O vilarejo estava deserto. Todo mundo devia estar se refugiando no Fagan's, com muita cerveja e uma vasta reserva de conversas e histórias que durariam o resto da noite.

Desci a Main Street sem cruzar com ninguém, exceto duas crianças que me olharam com um sorriso malévolo ao me ver andando com tanta pressa e sem fôlego. A loja de Judie estava fechada, e pela vitrine não se via luz alguma. Segui direto para a porta da pensão e dei umas batidas impacientes e fortes, como se fosse meu último ato antes de cair morto.

Após alguns segundos de silêncio, que aproveitei para recuperar um pouco o fôlego, ouvi passos descendo a escada correndo.

Judie. Graças a Deus.

Mas a pessoa que abriu não era Judie, e sim um cara grande, com uma vasta barba ruiva, que tive a impressão de já ter visto alguma vez, mas não lembrava onde.

— Pois não, amigo?

Engoli saliva antes de falar.

— Onde... está Judie? — Minha voz saiu sufocada e rouca, e o cara não disfarçou a surpresa. Parou com as mãos na cintura, ocupando todo o espaço da porta.

— Judie? — disse o barbudo, me olhando de cima a baixo. Eu devia estar com um aspecto terrível. — Quem quer saber?

Eu queria gritar, mas não tinha forças.

— Ela está com meus filhos... por favor, diga a ela que é o Peter.

Essas palavras fizeram efeito.

— Ah, claro! Você é o pai das crianças. Já saiu do hospital? Judie pensava que fosse ficar mais uma noite...

— É... me deram alta — respondi.

— Ah, que bom, parabéns. Olhe, a Judie não está aqui. Foi para a casa de uns amigos, na praia.

Ao escutar isso, senti o chão se abrir debaixo dos meus pés.

— Como...?

— Acho que a culpa é nossa, sabe? — continuou o cara, agora muito amistoso comigo. — Aparecemos esta tarde sem sobreaviso. Como a pensão quase sempre está vazia, nem telefonamos, e Judie não quis nos deixar na rua.

Então eu soube de onde conhecia aquele cara. Era um dos músicos que tocavam no Fagan's. Por culpa dele, meus filhos ainda estavam em perigo. Judie os levara para o lugar onde tudo estava prestes a acontecer... justamente naquela noite!

— Você tem um carro? Preciso que me empreste o carro.

— Nunca vimos para cá dirigindo. Você sabe — disse ele, dando uma piscadela e fazendo o gesto de beber com a mão. — Mas se quiser posso lhe emprestar uma bicicleta. Judie tem algumas no quintal.

Olhei para um lado e o outro da rua, que estava deserta. Se eu entrasse no Fagan's pedindo ajuda, podia ser que alguém se oferecesse para me levar... mas talvez demorasse demais a conseguir isso. A caminhonete não tinha aparecido em todo esse tempo, e me lembrei dos caras sentados confortavelmente tomando café. Talvez estivessem esperando até ficar bem tarde. Mas isso era uma coisa sobre a qual eu não tinha nenhuma certeza.

— Sim — respondi, afinal. — Vou pegar uma dessas bicicletas.

O fantasma continuava crescendo no horizonte. Preto, cada vez mais preto. Uma gigantesca cabeça se formou no centro daquela parede de nuvens, uma espécie de planeta que ameaçava explodir sobre nós.

Pedalando na bicicleta velha, eu sentia as pernas tensas e endurecidas. O vento da tempestade freava meu esforço para avançar. A chuva saturava meus olhos, e a luz fraca daquela hora do dia não ajudava a ver com clareza as curvas caprichosas do caminho.

Eu nunca tinha percorrido a pé o trecho entre Clenhburran e o Dente do Bill, nem em dias de clima bom. Sempre ia de carro, e, como quase nunca cruzava com alguém (com exceção, talvez, de Leo e Marie), dirigia rápido, a uns oitenta ou noventa quilômetros por hora, de modo que o trajeto levava cerca de quinze minutos. Naquela noite, porém, a estrada parecia infinita. Já estava pedalando com todas as minhas forças havia uns quinze ou vinte minutos e ainda não avistava o mar. Era como se uns duendes tivessem entortado a estrada para que ela não acabasse mais.

Cheguei a uma primeira elevação do terreno, onde uma árvore morta e solitária me saudou com seus galhos em forma de garras retorcidas. Parei um segundo para me recuperar da subida inclemente. Salvo engano, eu tinha percorrido mais ou menos um terço do trajeto. Olhei para trás e vi as luzes de Clenhburran esfumadas na chuva como uma aquarela. Nenhum veículo despontava na estrada.

Tentei de novo o celular, mas dessa vez nem cheguei a ouvir a gravação da operadora. Ali, no meio da turfeira, o ícone de cobertura do sinal não tinha nenhum traço.

Vamos. Continue. Não pare nem morto.

Ali começava uma longa descida, e me lancei pela ladeira sem parar de pedalar. Eu me lembrava que havia uma curva logo depois, e me preparei para virar, mas a curva chegou antes do que eu esperava. Na certa estava rápido demais, ou peguei a curva pelo lado que não deveria. Em todo caso, já era tarde quando senti a borda da estrada sob as rodas, tarde para os freios, que mesmo assim patinaram antes de causar algum efeito nos pneus. Senti a bicicleta sendo projetada no ar, depois bateu em três ou quatro pedras antes de parar diante de um obstáculo maior e me fazer perder o equilíbrio. Caí de lado num piso esponjoso e úmido e bati o ombro com força em algo bem duro.

Ouvi um barulho, mas não tinha fôlego sequer para gemer de dor.

Merda. Merda. Merda!, gritei para aquele chão ermo e estéril, enquanto a chuva acabava de ensopar a parte do meu corpo que ainda não estava toda emporcalhada de lama e água. Senti uma dor terrível no ombro esquerdo. Não estava quebrado, porque conseguia movê-lo um pouco, mas com certeza estava deslocado ou torcido. Então me levantei. Achei a bicicleta na beira da estrada. Peguei-a com o braço direito e a pus de novo no asfalto. Depois montei com cuidado, tentando não apoiar o braço no guidão, e apoiei o pé no pedal direito. Tomei impulso, mas então vi que o pedal não girava.

Desci e, depois de amaldiçoar todos os demônios e duendes da Irlanda por aquele azar, deitei a bicicleta no chão e a levantei com as rodas para cima. Peguei a corrente preta e o eixo do pinhão e tentei encaixá-los, mas o problema parecia ser em outro lugar. A corrente tinha travado no cubo da roda, em algum lugar sob uma proteção de plástico que, só para melhorar as coisas, estava aparafusada no corpo da bicicleta em três pontos.

Tentei arrancar a proteção, mas tinha sido diabolicamente bem fixada, as bordas de plástico tão afiadas que me tiraram sangue de dois dedos. Pensei em pegar uma pedra e parti-la na marra, mas acabei desistindo. Num ataque de fúria primitiva, dei um pontapé na bicicleta e a larguei no meio da estrada. Segui em frente andando depressa.

Vamos, droga, quebre essas pernas se for preciso, mas seja rápido.

Eu não podia correr toda aquela distância, sabia disso, mas saí andando o mais rápido que pude. Havia uma colina suave mais adiante e, se eu não estivesse enganado, depois vinha só uma planície, que terminava no Dente do Bill. Eu levaria vinte minutos, mas ia chegar.

Os relâmpagos, que até aquele momento estavam contidos entre as nuvens, começaram a cair ao longe, talvez ainda no mar. A cada descarga, o resplendor iluminava a terra durante alguns segundos e projetava sombras compridas no chão daquela vasta estepe inclemente, varrida pela água e pelo vento, onde eu era como um inseto de asa quebrada me arrastando com dificuldade.

Fazia anos que meus lábios não diziam uma prece. Fazia anos que eu não me lembrava de Deus, mas naquele momento foi a única coisa que me ocorreu. Pedir perdão por tê-lo esquecido, e um favor especial: que me desse tempo, só um pouco mais de tempo, para chegar onde estavam meus filhos.

E talvez Deus tenha me escutado e entendido mal meu desejo. Ou talvez tenha entendido perfeitamente, mas decidiu fazer uma pequena brincadeira. Foi o que pensei quando vi minha sombra se alongar no chão à minha frente. Primeiro pensei que fosse um raio, mas a sombra permaneceu ali e lentamente a terra foi se iluminando aos lados. Então entendi o que estava acontecendo.

Eu me virei e vi os faróis de um veículo se aproximando. Era tarde demais para me jogar na margem da estrada ou tentar me esconder, por isso fiquei parado no meio do caminho, a mão protegendo os olhos das luzes fortes. Foi o que me ocorreu fazer, ficar ali parado e impedi-los de prosseguir.

Quando chegaram mais perto, levantei a mão e sorri. A caminhonete começou a frear e pude vê-la com mais clareza. Era, naturalmente, a GMC Savana cor cereja.

7

Andei devagar até o veículo, cauteloso, pensando que ia gaguejar de terror se fosse obrigado a dizer alguma coisa. Vi a janela do motorista descer. Atrás do vidro apareceu o cara novo, de mandíbula forte, que eu vira no posto de gasolina. Tinha um rosto atraente, parecia um galã de filmes dos anos 1960. Ao lado dele estava a mulher, cuja fisionomia vi então pela primeira vez. Sob o cabelo escuro preso num coque, tinha um rosto redondo, lunar, os olhos como dois pedaços de pedra preta, brilhantes, frios.

— Graças a Deus vocês apareceram! — exclamei. Minha voz soou angustiada. — Minha bicicleta quebrou lá atrás e...

— Nós vimos — interrompeu o sujeito de mandíbula larga, com um sotaque claramente americano. — Ficou no meio da estrada. Quase passei por cima, sabia?

— Ah, sinto muito, de verdade. Eu...

Nesse momento a mulher, que olhava para a frente sem prestar atenção em mim, disse algo em francês. O motorista concordou levemente com a cabeça. Depois sorriu, mostrando duas fileiras de dentes grossos e brancos, e apoiou o braço na janela.

— Mora na praia?

— Moro — respondi. — Estão indo para lá?

Era uma pergunta estúpida, já que a estrada só tinha um destino.

— Viemos visitar uns amigos — acabou dizendo o motorista. — Talvez você os conheça. Chamam-se Leo e Marie Kogan.

Se os conheço, seu bandido filho da...

— Claro que conheço. São meus vizinhos.

— Seus vizinhos! Que coincidência — exclamou o cara. Depois olhou pelo retrovisor e se dirigiu aos passageiros do banco traseiro: — Randy, Tom, abram espaço aí atrás. É vizinho de Leo e Marie. Vamos levá-lo para casa.

Ouvi o som da porta de correr se abrindo e deslizando pelo trilho.

— Fique à vontade, amigo, vamos poupá-lo de um longo passeio debaixo de chuva.

No banco traseiro estava Randy, o alto e longilíneo clone de Lennon, com os óculos redondos que escondiam os olhos e o cabelo que parecia coberto de alcatrão. Estava sentado de costas para o motorista; eu me sentei à frente dele, ao lado do gordo, que se chamava Tom.

Prazer em conhecê-los finalmente, pensei.

Tom indicou um lugar ao seu lado e comentou algo que não entendi, mas acho que era sobre meu aspecto. Randy esboçou um sorriso. O sorriso de uma cobra que vai devorar um rato.

— O que aconteceu com sua bicicleta, colega? — perguntou Randy.

Tinha uma voz rouca e áspera, como se alguém lhe houvesse cortado duas ou três cordas vocais e substituído por lixa. Tal como o motorista de mandíbula de aço, seu sotaque era inequivocamente americano. Seu hálito cheirava a cigarro.

— Derrapei e caí — respondi, apertando o ombro. — Essa filha da puta quase me matou. Mais tarde venho buscá-la.

Senti que minha voz tremia um pouco e que minha garganta estava cheia de saliva e nervosismo. Firmei a voz e tentei me acalmar. Tom e Randy trocaram um sorriso.

— Claro, mais tarde — disse Tom.

Curtiram a piada em silêncio, cúmplices. Por pouco não começaram a rir ali mesmo, na hora. Tinham uns sorrisos de lobos, de predadores. Mas eu não precisava do sorriso deles para saber; já tinha visto o que eram capazes de fazer.

Tentei me concentrar. A caminhonete ia a uma boa velocidade, logo estaríamos no Dente do Bill. O que eu deveria fazer? Pular em cima do motorista, enfiar os dedos em seus olhos, provocar um acidente? Duvidava que isso funcionasse. Talvez o gordo cortasse meu pescoço com a faca (que na certa tinha guardado em algum lugar, talvez escondido sob a capa preta) antes que eu pudesse contar até três. Observei discretamente a cabine: tudo muito escuro. Observei as mãos de Tom e de Randy; Tom as mantinha quietas, sobre as coxas, enquanto Randy estalava os dedos, com nervosismo. Não havia nada visível, mas as armas não deviam estar muito longe. Talvez, se eu conseguisse pegar alguma... Mas como? Bem, não podia deixá-los chegar à casa de Leo e Marie. Judie e as crianças estavam lá. Eu tinha que pensar em alguma coisa... e rápido.

Então notei que Randy me olhava fixamente. Tinha uma boca pequena, com dentes pequenos e afiados.

— Você tem cigarro?

— Não, sinto muito — respondi, levando a mão à camisa, onde ainda estava a caixinha de chicletes que havia comprado no Andy's. — Mas posso lhe oferecer um chiclete.

— Aguente até chegarmos, Randy — gritou o motorista.

— Vai se foder, Frank. — Depois recusou meus chicletes com um gesto depreciativo. E assim fiquei sabendo como se chamava o motorista. — Você mora aqui o ano todo? — perguntou ele.

— Só por alguns meses — respondi. — Aluguei uma casa de veraneio.

— De veraneio — repetiu, com sarcasmo. — Ouviu isso, Tom? Na Europa chamam isto de verão.

O gordo Tom sorriu e concordou com a cabeça, apoiada num pescoço quase inexistente. Aquela escória não conseguia ocultar sua índole. Fediam a delinquência, e na certa estavam pouco se importando. Vai ver já tinham decidido me matar de qualquer jeito.

— Vocês são americanos? — perguntei.

Eu não sabia se deveria fazer perguntas, mas pensei que era o mais natural, dada a situação.

— Todos menos Manon — respondeu Randy, apontando na direção da mulher. — É francesa, sabe? *La France* — disse, exagerando um sotaque francês. — Nós todos fomos colegas de Leo. No hotel. Ele já lhe contou, não foi?

— Ah, sim. O hotel — respondi.

— Estamos viajando por aqui e pensamos em fazer uma surpresa.

— Bacana.

— Veio com a família? — perguntou Tom. — Passar as férias, talvez?

Sorri, e depois tossi para ganhar um pouco de tempo para pensar.

— Sim. Venho aqui há muitos anos, conheço quase todo o vilarejo. Aliás, vou dar uma pequena festa esta noite. Vocês estão convidados. Digam também a Leo e Marie, quando os encontrarem.

— Ah, uma festa, que bom! Ouviu, Manon? — disse Tom, virando-se para trás. A mulher continuava em silêncio, olhando para a frente. — Quem sabe conseguimos convencer Leo e Marie? Aí vamos todos juntos. Sua casa fica muito longe da deles?

Vi a mulher pelo espelho. Ela sorria com frieza.

— Não... não fica longe. E vem bastante gente à festa. Fiquem animados.

Mentir sobre a festa, dizer que estava esperando visitas à noite, me pareceu uma boa ideia. Talvez aqueles assassinos fossem mais devagar se estivessem esperando muita gente por perto. Aquilo me inspirou a continuar mentindo. Quando Randy me perguntou se nossas casas ficavam longe uma da outra, percebi que aqueles caras nunca tinham estado lá. Não conheciam a região, o que contava a meu favor. Isso, e o fato de que não havia uma única placa em toda a estrada.

Já estávamos quase no Dente do Bill quando pigarreei e disse:

— Quando chegarmos ao cruzamento, podem me deixar lá. Eu desço a pé pra minha casa.

— Nem pensar, amigo — respondeu Frank, ao volante. — Vamos levá-lo até a porta da sua casa. Não tem problema.

— É isso mesmo — acrescentou Randy. — Não vamos deixar você a pé com a chuva que está caindo. Se é amigo de Leo e Marie, é amigo nosso.

Este último comentário provocou risadas nos três homens. Imaginei por quê. Manon, por sua vez, continuava em silêncio, olhando para a frente. Pensando, será?

O que ficava claro era que aquela gente não tinha a menor pressa. Estavam prontos para avançar sobre os Kogan como uma águia avança sobre um rato adormecido, e o mais inteligente seria dar uma olhada em volta. Além do mais, pensei que talvez já tivessem decidido ir me pegar depois de se encarregarem de Leo e Marie. Só para apagar qualquer rastro. Ou talvez fossem fazer isso antes.

Então me ocorreu um plano. Era bastante arriscado, mas na hora me pareceu brilhante: levá-los diretamente à casa de Leo e Marie. *Com sorte, Leo se lembrará do que eu disse e, vendo a caminhonete, nos receberá a tiros. Fico preparado para me jogar no chão. Quando os assassinos descobrirem que os enganei, todo mundo já estará alertado. Leo tem um rádio. Podemos nos trancar na casa dele e aguentar firme lá dentro.*

Era minha única chance.

Os faróis da caminhonete iluminaram a velha árvore do Dente do Bill. Engoli em seco. Era o momento do tudo ou nada, mas àquela altura pouco me importava falhar. Só havia duas maneiras de terminar aquela noite: com ou sem uma bala na cabeça. E agora eu só pensava em Jip, Beatrice, Judie e nos meus amigos, em dar a eles uma oportunidade de se livrar daqueles monstros. Mais nada. Eu morreria tranquilo se conseguisse salvá-los.

— Agora vire à direita, por favor — falei quando senti que a caminhonete começava a desacelerar no cruzamento. Falei com a voz firme. Minha mentira soou como uma perfeita e confiante indicação de trânsito.— Vamos deixar você na sua casa, amigo — repetiu Frank, ao volante. — É por aqui?

— É — respondi, tentando parecer seguro e à vontade. — A casa dos Kogan é à esquerda, descendo por esse caminho. Eu moro numa um pouco maior, descendo à direita. — Apontei para a casa de Leo e Marie.

Após um silêncio de poucos segundos, mas que pareceram eternos, Manon olhou para o motorista e assentiu. Frank virou à direita e rumou para a casa de Leo e Marie. Parecia que tinham engolido a história. Agora eu precisava manter a farsa enquanto pudesse.

A tempestade estava bem em cima da praia. Os limpadores dos para-brisas, na velocidade máxima, não davam conta de toda a água que caía; era como se estivéssemos dentro de um lava-louças. Aquela cena era familiar: a mesma tempestade caíra sobre mim três vezes nos últimos meses.

A caminhonete desceu a colina lentamente até a casa, onde havia luzes acesas. Rezei para que Leo não nos visse chegar e fizesse algum gesto de sair para nos receber (e, se o fizesse, que fosse a tiros). Além do mais, lembrei que na caixa de correio pendurada junto à grade do quintal não estava escrito Harper, e sim (mesmo que em letra bem pequena) Kogan.

— Podem parar aqui mesmo — falei, quando ainda não estávamos muito perto. — Lá na frente tem muita areia, e com esta água os pneus podem patinar.

Parabéns, Peter. Hoje você está inspirado.

— Tem certeza, amigo? Vai ficar encharcado.

— Sem problemas. São só cem metros. Depois de toda a ajuda que vocês me deram, posso muito bem dar uma corridinha na chuva.

Frank me deu ouvidos outra vez. Freou uns vinte metros antes da casa e manobrou um pouco para deixar a porta corrediça de frente para o caminho. Quando parou, bem devagar, peguei a alça, deslizei a porta e pulei para a areia.

— Obrigado por tudo — gritei através do vento. — Vocês me livraram de uma boa.

Frank baixou o vidro da janela e observou a casa com os olhos brilhando. Ao lado dele, a mulher acendeu um cigarro, a chama iluminando seus olhos de pedra, de boneca inanimada.

— Bela casa — disse Randy, sorrindo entre os bancos dianteiros.

E não gostei de como ele sorriu.

— Obrigado — respondi, sustentando o olhar como pude. — Mandem lembranças a Leo e Marie. E digam que estou esperando por eles, venham todos. Vai ser divertido.

A janela voltou a subir e Frank manobrou a caminhonete na direção do Dente do Bill.

Comecei a andar apressadamente em direção à casa, sentindo falta de ar outra vez. Quando cheguei à porta, olhei para trás e vi as luzes da caminhonete desaparecendo atrás da primeira curva. Com o coração quase saltando do peito, bati na porta com força.

— Leo! Marie! Abram!

A história se repetia. Uma noite de temporal. Batidas na porta. Uma visita inesperada.

8

Quem me recebeu foi Leo. Dessa vez, nem esperei para ver a reação dele. Empurrei a porta e invadi a casa, levando comigo toda a água e a sujeira da praia e do temporal, sujando o tapete.

— Feche a porta! — gritei enquanto limpava os olhos na manga do casaco.

À minha frente estava Leo, de calça jeans e camisa xadrez, me olhando espantado e com uma interrogação desenhada nos olhos.

Olhei para um lado e para o outro, procurando as crianças, Judie, Marie. Esperava encontrar todos juntos na sala, jogando algum jogo e tomando chocolate quente. Mas não havia ninguém.

— Onde estão meus filhos, Leo?

Minha voz saía trêmula. Na verdade, todo o meu corpo parecia um terremoto. A tensão que havia acumulado dentro daquela caminhonete, cercado de assassinos, precisava explodir por algum lado. Eu tinha vontade de chorar, de gritar, mas a prioridade era ter meus filhos de volta. Um em cada braço.

— Pete! — exclamou Leo. — O que aconteceu? O que você está fazendo aqui?

Marie apareceu na porta da cozinha, com um pijama violeta. Eu me voltei para Leo e falei o mais rápido que pude, mas não pude evitar que as palavras tropeçassem umas nas outras:

— As crianças, Leo, onde estão? Não dá tempo. Eles já chegaram. Temos que protegê-las.

— Calma, Pete. Estão bem, com Judie. O que houve? Você saiu do hospital?

— Sim... sim... Quando a tempestade começou, pensei que... pensei que seria esta noite. E acertei. Eu os encontrei no Andy's... Leo, as pessoas dos meus sonhos já chegaram. Eles... a mulher... os homens... a caminhonete. Estão aqui. Tentei vir a tempo para avisar, mas sofri um acidente... e os encontrei no caminho. Consegui enganá-los. Disse que esta era minha casa, e eles me trouxeram aqui. Pensei que fosse encontrar vocês todos juntos. Onde estão Judie e as crianças? Não os encontrei na pensão. Fui lá e me disseram que eles estavam aqui com vocês.

Leo lançou um olhar para Marie que só podia ser traduzido como *Volte à cozinha e ligue para o hospital*.

— Pete, escute aqui — disse ele, tentando disfarçar as evidentes surpresa e preocupação. — Você disse que alguém o trouxe até aqui de caminhonete? Não vi nenhuma luz de farol se aproximando.

— Leo, não... Eu não estou tendo uma visão. — Hesitei em afirmar isto, pois seria possível que Leo não tivesse visto nenhuma luz? Mas a garota do posto os vira. Aquilo era real. — Tem quatro assassinos lá fora, e quando perceberem que os enganei vão voltar aqui e matar a nós três. Onde estão as crianças?

Leo foi até a janela e olhou para fora. Também olhei. Não se via nenhuma luz, o que era estranho numa noite fechada como aquela. Era de se esperar que víssemos pelo menos os faróis da caminhonete a caminho da minha casa.

— Pete, por que não se senta um pouco e conversamos um instante? — disse Leo.

Recuei.

— Mas que droga, Leo, estou dizendo a verdade! — gritei. — Onde estão meus filhos?

A expressão dele se alterou.

— Estão na sua casa, Pete — respondeu Marie, da porta. — Com Judie. Foram buscar roupa para passar a noite. Disseram que iam voltar logo.

Ouvir isso foi como levar uma martelada. Pus as mãos na cabeça, apalpando as têmporas como se tivesse localizado ali um botão para rebobinar aquela conversa. E me deu um branco por alguns segundos.

Na casa... estavam na casa... e eu tinha enviado os assassinos diretamente para lá... A caminhonete devia estar quase chegando. A faca. A faca comprida do gordo. Como eu tinha sonhado. Agora deviam estar rodeando a casa. Prontos para entrar. Judie devia ter visto a caminhonete chegando. Talvez até tivesse saído para ver quem era...

Corri até a cozinha, pois sabia que havia um telefone lá, mas tropecei no tapete e caí antes de alcançar a porta, batendo com força o mesmo ombro que havia deslocado. Quis gritar da dor, mas só consegui bufar, como um animal agonizante. Meu gemido tinha som de morte.

— O telefone — pedi a Marie, levantando a cabeça. — Temos que avisá-los!

Eu só via os pés dela, com uns chinelos confortáveis cinza-pérola, mas de alguma forma soube que Leo e ela se entreolhavam. Certamente Leo fazia gestos com as mãos. *Vamos acalmá-lo primeiro, depois chamamos uma ambulância.*

— Marie. Acredite, por favor. Eles estão aqui. Vai ser esta noite. Telefone para minha casa... pelo amor de Deus... acredite!

Apoiado em um cotovelo, ergui o olhar. O rosto bonito de Marie estava transfigurado por um terror absoluto. Não era só o assombro de me ver ali, todo encharcado e sujo de areia, implorando pela vida dos meus filhos. Era algo mais. Ela estava horrorizada com a possibilidade de eu a estar alertando.

— Por favor...

Marie assentiu, virou-se e desapareceu na cozinha. Eu me virei para falar com Leo e pedir as chaves do carro, mas vi que ele já estava junto à porta, pegando seu casaco de couro marrom de aviador.

— Vou dar uma olhada.

Então aconteceu. A porta se abriu de supetão, derrubando o cabide e todos os casacos e paletós pendurados. O vento invadiu a casa como um longo tentáculo faminto. Durante alguns segundos, creio que todos pensamos que se tratava da força do furacão, mas então surgiu Randy, todo molhado, com uma pistola na mão.

Até aquele momento, eu tinha chegado a duvidar de mim mesmo. Mas ele atravessou a soleira da porta, apontando a arma para a cabeça de Leo, que levantou os braços e começou a recuar. E aquilo não era nenhuma visão.

Foi tudo muito rápido. Pensei que ele fosse matá-lo na mesma hora. *Pronto. Acabou.* Pensei que seria rápido, e esperei, todo encolhido, o som do tiro. Acabariam comigo em seguida, e logo depois, com Marie. Fim da história. Entretanto, Randy encurralou Leo ao lado do sofá e deu-lhe uma forte coronhada na cabeça, fazendo-o cair no sofá como um boneco. Perto da porta da cozinha, comecei a me arrastar para trás, até que minhas costas bateram no marco da porta. Randy apontou a pistola para mim.

— Quieto aí, seu espertinho filho da puta — disse ele, sem levantar a voz, o cabelo molhado todo colado na cabeça e ainda com os óculos escuros completamente desnecessários.

Fiquei parado ao lado da porta, e nesse momento ouvi um som muito leve às minhas costas: era como outra porta se fechando suavemente. A cozinha estava ligada à garagem, que por sua vez tinha uma saída, pela lateral da casa, para a praia.

Claro, disse uma voz que parecia surpreendentemente calma, na minha cabeça. *É agora que Marie sai correndo pela praia, até sua casa. É agora que ela bate à sua porta, no meio da noite. Mas você não está lá para abrir, Peter. A história é diferente. Mudou.*

Era uma nova versão da história. Com um novo final?

Atrás de Randy apareceu Tom, "o Gordo", também com o cabelo e a roupa ensopados. Era como um tanque militar feito de carne e ossos. Atravessou a sala na minha direção e, sem dizer uma palavra, me deu um chute na barriga. Eu me dobrei em dois, sentindo que meus intestinos tinham se rompido.

— Não gosto nada dessa chuva de merda — disse ele, pisando no meu rosto.

— Estes sapatos não são de chuva, e agora estão fodidos por sua culpa.

Ele pisou com força na minha cabeça. Comecei a vomitar, sentindo todo o peso daquela baleia humana sobre meu crânio. Era o fim. Senti que minha cabeça ia explodir como uma melancia. Mas o peso cedeu um pouco.

Finalmente, ele tirou o pé.

— Já vai chegar sua vez.

Fiquei estendido no chão, olhando para a frente. Leo estava esparramado no sofá, a cabeça sangrando. Talvez estivesse morto. Vi Randy falando ao celular. Estava se comunicando com alguém lá fora.

— Sinal verde, Manon. Tudo em ordem.

As luzes da caminhonete não demoraram a surgir atrás dos vidros. Pela porta, vi que parava a metros da casa, depois da cerca do jardim. Minha jogada não tinha funcionado, a caminhonete nem se afastara muito da casa... *Pelo menos, pensei,* com alívio, *isso significa que Judie e as crianças estão a salvo.* Ainda havia esperança.

A mulher apareceu na porta. Ficou na soleira, observando a cena. Eu continuava no chão, apertando a barriga, tentando respirar. O chute do gordo tinha acabado comigo. Leo se mexia um pouco, delirando no sofá. Vivo. Randy havia tirado o casaco e se sentara à nossa frente. Controlava a nós dois tranquilamente. Nem segurava a pistola, que aguardava no sofá enquanto ele procurava alguma coisa nos bolsos.

— Que inferno... devo ter deixado naquele posto. Tem certeza de que não tem cigarro, Tom? — gritou.

Mas Tom não ouviu. O gordo estava no andar de cima, revistando a casa. Eu ouvia móveis sendo derrubados, vidros sendo quebrados. Imaginei que estivesse procurando Marie.

Manon olhou para Randy.

— E a mulher? — perguntou.

— Não sei — respondeu Randy. — Tom está procurando. Esse corno pode ter avisado, mas o velho eu peguei desprevenido, disso tenho certeza.

Manon se virou e foi na minha direção. Eu me encolhi todo e me preparei para um novo chute ou coisa pior, mas ela apenas se agachou na minha frente, pegou meu cabelo pelas têmporas e puxou, me fazendo girar o rosto. Nossos olhos ficaram frente a frente.

— Boa tentativa. Na certa pensou que engolimos sua mentira, vizinho.

Então pôs um objeto diante dos meus olhos. Era um desses aparelhos de GPS, mostrando um mapa muito detalhado da área costeira de Tremore Beach. Um ponto vermelho flutuava sobre a casa de Leo e Marie, à direita do Dente do Bill.

— Vocês sabiam — falei. — Por que esperaram, então?

— Você não levou nem dez segundos para desconfiar de nós. Como descobriu?

Abri a boca para dizer algo e senti que escorria um pouco de vômito pelo queixo. Sorri.

— Você não acreditaria.

Ela soltou meu cabelo e deixou minha cabeça cair no chão. Depois se levantou e gritou, chamando Tom.

O gordo desceu a escada alguns segundos depois.

— O andar de cima está limpo. Nada. Vou olhar na garagem.

— Merda — murmurou Manon.

Ela pegou outro aparelho que levava no cinto e falou por ele. Não era um celular, mas uma espécie de walkie-talkie.

— Frank... A mulher não está aqui. Dê uma volta na casa para ver se descobre alguma coisa. Fique atento! O vizinho já sabia.

Ela voltou a se agachar e vi surgir entre seus dedos a lâmina brilhante de um estilete. Aproximou-a de um dos meus olhos.

— Diga onde está a mulher, senão você perde um olho.

— Não sei — respondi, mas foi difícil resistir com aquela navalha tão perto do meu olho.

— Vou tirar o direito, sabe? E você vai ter que comer.

— Já disse que não sei. Leo estava sozinho quando cheguei.

Senti a lâmina tocar a cavidade do meu olho. A mulher começou a apertar, e fechei os olhos. Pensei por um instante que um olho era bastante dispensável, desde que não tocasse em meus dedos. *Existem olhos de vidro. Vou poder continuar tocando piano.*

— Como soube quem somos? — repetiu ela.

Eu realmente tinha conseguido surpreendê-los. Fiquei contente. Voltei a sorrir. Então senti um tapa ardendo no rosto. Manon soltou minha cabeça, que bateu no tapete.

Tom, o Gordo, voltou da garagem. Disse que não havia nada, mas que alguém podia ter saído pela cozinha se quisesse.

— A porta está sem ferrolho. Aposto que ela saiu por lá.

Manon se levantou e foi até o sofá.

— Acorde o velho — ordenou. Depois, pegando o walkie-talkie, gritou: — Frank! A mulher pode estar na praia. Vá dar uma olhada.

Minha cirurgia ocular ainda demoraria um pouco para acontecer, o que foi um verdadeiro alívio. Tom, o Gordo, me pegou por baixo dos ombros, ergueu meus noventa quilos como se fosse um litro de leite e me levou para o sofá.

Randy estava dando uns tapas em Leo. Meu amigo tinha uma ferida na lateral do rosto e sangrava bastante, mas mesmo assim abriu os olhos. Uma vez cumprida sua tarefa, Randy voltou a se sentar no mesmo lugar, pegou a arma e apontou para nós.

— Bem, sr. Blanchard — disse então Manon, atrás do sofá. — Está me ouvindo?

Leo demorou alguns segundos para fixar a atenção na mulher.

— Meu nome é Leonard Kogan — disse. — Vocês pegaram a pessoa errada.

— Sabemos perfeitamente quem é você, Leonard Blanchard. E você sabe perfeitamente quem somos nós, e por que estamos aqui. Assim, feitas as apresentações, vamos parar de perder tempo. Onde está sua mulher?

— Eu já disse que você está enganada — insistiu Leo. — Não me chamo Blanchard, e sim Kogan. Vocês estão cometendo um erro terrível. Sou apenas um turista americano...

Manon desceu a mão e a pousou no ombro de Randy.

— O joelho direito.

Randy mirou com precisão e, antes que pudéssemos nos mexer, apertou o gatilho. Soou como um golpe forte e seco, e de repente Leo se dobrou para a frente. Levou as mãos ao joelho e caiu na mesinha. Corri para segurá-lo pelos ombros e o puxei até sentá-lo de novo no sofá. Leo apertava a boca com tanta força que parecia que ia quebrar os dentes.

— Vamos ver se nos entendemos, sr. Blanchard — disse Manon, alto —, e é bom que seja rápido.

Leo estava com as mãos no joelho. Um jorro de sangue escorria por entre seus dedos e molhava a perna da calça.

— Sua puta desgraçada — respondeu Leo, com os dentes apertados de dor.

— Marie está visitando uma amiga em Londres e só volta daqui a uma semana. Você veio à toa.

— É mentira — disse Randy. — O outro joelho?

— Espere — respondeu Manon. — Não queremos que ele morra. Tom, o que me diz?

— A mulher estava aqui. Com toda certeza. Na cozinha tem mil panelas e um bolo no forno, e aposto meu anel de prata que esse velho não sabe fazer nem um hambúrguer. O vizinho deve ter avisado. Ou então ela fugiu quando nos ouviu entrar.

Manon pegou o walkie-talkie. No outro lado se ouviu o barulho do vento.

— Frank?

— Nada... não estou vendo nada — respondeu Frank no meio da chuva. — Vou um pouco mais à frente.

Os olhos da mulher pousaram em mim.

— Tudo bem, amigo. Não temos nenhum motivo para matar você, mas é o que faremos se não falar. Onde está a mulher?

— Não sei — respondi. — Não a vi. Juro. Deve estar mesmo em Londres.

Randy apontou a pistola para minha cabeça. Estava sentado confortavelmente no sofá, com as pernas cruzadas e a arma erguida como uma taça de champanhe. Pronto para me matar.

— Acabo com ele? — perguntou, dirigindo-se a Manon.

Manon não tinha tanta pressa quanto Randy para ver sangue. Pegou o walkie-talkie de novo e chamou. Frank tinha rodeado a casa toda e não vira nada. Ela perguntou se ele achava que Marie podia ter fugido pela praia. Frank respondeu que era "uma possibilidade".

— Talvez quando Randy e Tom entraram na casa. A mulher saiu por trás bem nesse momento, enquanto estávamos na caminhonete.

Randy ergueu a pistola à altura dos olhos. Estava apontando para minha cabeça.

— Manon?

— Não, ainda não — respondeu ela. — Vamos ver quem está na outra casa. Talvez seja verdade que ele tem família e até que está organizando uma festa. — Ela fixou seus belos olhos malvados nos meus. Não pude conter uma reação nos cílios, nas sobrancelhas, no rosto... Manon captou no mesmo instante. — Sim, sim... acho que tem alguma verdade nisso tudo. E talvez ele não fique bancando o valente quando vir o que vamos fazer. Vamos trazer todo mundo para cá e nos divertir um pouco juntos, até que nos digam onde está Marie.

— Não! — gritou Leo.

Eu estava tão aterrorizado, tão desesperado, que não pude me permitir ficar calado.

— Vocês estão perdidos — falei. — Já avisamos a polícia, pelo rádio. Eles estão chegando.

— Não deu tempo — interveio Randy.

Mas Manon ficou em silêncio, avaliando a possibilidade. Continuava preocupada com minha reação rápida, o que era lógico. Se alguém tivesse usado o celular (e supondo que funcionasse), a polícia já podia estar a caminho.

— Tom, procure o rádio.

— No quarto do primeiro andar — respondeu ele. — Mas estava desligado. Não tiveram tempo...

— Deixe que eu decido! — gritou ela. — Vá lá para cima e reviste o andar todo de novo. Talvez haja alguma janela aberta. E destrua o maldito rádio.

Tom subiu correndo. Logo depois se ouviu um estrondo. Enquanto isso, Manon expôs o plano na nossa frente, talvez porque, para eles, já estávamos mortos.

Era preciso ser rápido: Randy ficaria conosco enquanto Frank continuaria lá fora vigiando, com o walkie-talkie ligado. Tom e ela dariam uma olhada na outra casa. Não acreditavam que fosse haver uma festa, mas precisavam ter cuidado. Quem sabe Marie havia tido tempo de chegar lá, se realmente, como achavam, tinha fugido pela porta dos fundos.

O que eu estava pensando, e imagino que todos os outros também, era o seguinte: será que uma mulher de sessenta e cinco anos conseguiria percorrer mais de três quilômetros de praia em menos de quinze minutos? Eu duvidava, mas, se ela tivesse chegado (e eu rezava por isso), Judie e as crianças tinham uma chance.

Saíram da casa Tom e Manon, deixando Randy e Frank para nos vigiar. Ouvimos o motor da caminhonete e vimos as luzes pelos vidros da sala, enquanto manobrava. Pouco depois, o barulho se diluiu no vento. Pensei naquela caminhonete subindo pelo Dente do Bill e que ia descer, a toda velocidade, para minha casa. A história não havia mudado tanto, afinal de contas.

Randy estava sentado à nossa frente, com a pistola em uma das mãos, apoiada na coxa. Leo, ao meu lado, se contorcia de dor. O sangue da ferida parecia sair com menos força, mas ele tinha começado a tremer. Seus dentes batiam como castanholas.

— Preciso fazer um torniquete, senão vou me esvair em sangue.
— Silêncio! — gritou Randy.
— Mas é verdade — intercedi.
— Calem a boca, vocês dois — disse Randy, apontando a arma.
— Que merda está acontecendo aí dentro? — ouvi Frank perguntar, da porta.
— O velho está sangrando — gritou Randy em resposta.
— Então faça alguma coisa, porra.

Randy me lançou um olhar entediado e fez um gesto com a pistola.

— Está bem, ajude o velho. Mas não saia deste sofá.
— Mas como...? — comecei.
— Com sua camisa, Pete — respondeu Leo, sua voz transmitindo pressa. — Tire-a e torça. Vai ser suficiente.

Randy se levantou e foi até a porta, sem deixar de apontar a arma para nós. Falou com Frank, que estava em algum lugar no saguão da casa, e pediu um cigarro.

— Que merda, cara — ouvimos Frank dizer. — Não dá para aguentar até a gente terminar?

Desabotoei rapidamente a camisa, a tirei e comecei a torcê-la. Quando ficou pronto, ia amarrá-la na coxa de Leo quando notei que ele gesticulava.

— Deixe que eu faço isso — disse ele. — Você segura a almofada.

Achei estranho, mas vi que Leo me olhava fixamente e entendi que havia mais alguma coisa ali. Segurei a almofada com as duas mãos e apertei bem. Enquanto isso, ele passava a camisa em torno da perna. Nesse momento nossas cabeças ficaram muito próximas, e Randy, pelo contrário, estava bem distante, esperando que Frank encontrasse um cigarro e um isqueiro no casaco.

— Tem uma arma aqui — sussurrou Leo enquanto prosseguia com o torniquete. — No meu tornozelo direito, dentro de uma cartucheira. Pegue. Ele não está olhando. É nossa única oportunidade.

Olhei para ele, surpreso. *Então você acreditou em mim, seu velho teimoso. Graças a Deus.*

Randy continuava na porta, esperando que Frank encontrasse o cigarro e fazendo brincadeiras sobre o "tempo maluco" que fazia lá fora. O vento e o barulho do mar não me deixavam ouvir muito mais. No entanto, ele certamente pensava que um velho de sessenta anos ferido numa perna e um quarentão espancado não representavam uma grande ameaça para os dois.

Eu estava virado na direção de Leo, segurando a almofada, e Randy estava num ângulo em que não podia ver minhas mãos. Soltei uma delas e comecei a descê-la lentamente pela perna direita da calça de Leo, apalpando em busca de alguma coisa. O sofá era baixo, por isso quase não precisava me abaixar. Afinal senti um volume logo acima do tornozelo.

— Depressa! — sussurrou Leo. — Ele está vindo.

Num movimento rápido, subi a bainha da calça e tateei em busca da arma. Senti a textura áspera da coronha entre os dedos e puxei a arma assim que ouvi os passos de Randy voltando. Olhei para Leo, que me devolveu o olhar sem poder dizer uma palavra. O que eu deveria fazer? Atirar logo?

Não atirei. Sentia o cano da pistola de Randy apontado para nós, e ele devia ser mil vezes mais rápido que eu. Decidi esconder a arma debaixo de uma das grandes almofadas do sofá, entre as pernas de Leo. Ele me olhou com reprovação — um deslize nos meus dedos e eu teria explodido suas bolas.

Enquanto Randy se jogava no sofá, Leo sacudiu um pouco a perna direita para que a bainha da calça voltasse a cobrir a cartucheira.

— Como está isso? — perguntou Randy, soltando uma longa baforada, agora muito mais relaxado.

— Bem — respondi. — Ele vai aguentar.

Randy pôs o cigarro na boca, apoiou os pés na mesinha que havia entre os dois conjuntos de sofá e poltronas e, com a mão livre, pegou uma das fotos que estavam ali, ao lado de um pequeno abajur.

Soltou um assobio.

— Esta é a sra. Blanchard? Uau! Bonita, hein — comentou enquanto jogava a cinza no tapete. — Se bem que agora ela deve estar com uns anos a mais, não é? Mesmo assim, uma beleza. De repente eu fico um tempinho com ela...

— Nem sonhe, seu merda — respondeu Leo.

— Ei! Olhe os modos, amigo. E, antes de mais nada, deixe que sua mulher decida. Quando eu botar a arma na cabeça dela, talvez não se importe se eu abrir a braguilha e me aliviar um pouquinho. Você tem filhas, vizinho?

— Você vai morrer esta noite, Randy — respondi. — Juro que vai.

Olhei para Leo e percebi que, com Randy à nossa frente, apontando a arma, eu tinha possibilidades quase nulas de pegar minha arma e atirar, a menos que o distraíssemos de algum jeito. Tinha que haver uma maneira.

— Não — respondeu ele —, seria até bonito. Um final para um livro. Mas esta noite quem vai morrer, de uma forma "lenta e dolorosa", como nos ordenaram, são vocês. E vou logo dizendo que hoje estou com uma coceira "lá embaixo" e vou me divertir à beça com todas as suas mulheres e meninas, uma por uma. Frank também, não é mesmo, Frank? — gritou, tirando o cigarro da boca e dando uma gargalhada.

Frank não respondeu.

— Vocês não deviam ter feito aquilo. Agora vão pagar pela traição, sr. Blanchard. E a família do seu vizinho também.

— Do que ele está falando, Leo? — perguntei. — O que vocês fizeram?

Leo me olhou surpreso. Eu lhe devolvi um olhar gelado.

— Não contou nada ao vizinho? — disse Randy. — Seus amigos devem ter contado uma bela mentira. Na certa pintaram um lindo retrato deles. Mas são uns dedos-duros, uns ladrões. Por isso vão terminar com um buraco na cabeça.

— Cale a boca, sua cobra venenosa — rosnou Leo.

— Deixe-o falar! — gritei. — Quero saber qual é o motivo de tudo isso. Vocês colocaram minha família em perigo. Eles vão trazê-los e...

— Não se meta — respondeu Leo secamente. — Isto não é problema seu, Peter.

Pensei que Leo tivesse captado minha intenção. Ou talvez não, talvez tivesse dito aquilo a sério. Em todo caso, era justamente o que eu queria.

— Como não é problema meu, seu velho de merda? — gritei. — Você mentiu o tempo todo, dizendo que foi um honesto segurança de hotel, e agora vão matar todos nós!

Randy ria, se divertindo com a cena.

— Feche essa maldita boca, senão eu mesmo vou aí fechar — respondeu Leo.

— Ah, é? — gritei.

E me joguei contra ele. Sabia que ia machucá-lo, mas passei por cima do joelho ferido e fiquei bem à sua frente, agarrando-o pela camisa e gritando. Ele sentiu dor de verdade e soltou um uivo. Randy, atrás de mim, ria, mas logo depois começou a mandar que me afastasse de Leo. Também ouvimos Frank, à porta, gritar alguma coisa. Então vi que Leo tinha deslizado a mão para debaixo da almofada e apontava o revólver para minha barriga. Era agora ou nunca. Eu me afastei de repente, me jogando no chão, e logo em seguida ouvi um terrível estouro acima da cabeça. BAM! Depois veio um grito sufocado, um gemido de dor.

Fiquei no chão por alguns segundos. Soaram mais dois tiros. Um deles quebrou um vidro; uma das janelas que davam para o jardim, como soube depois.

Vi os sapatos de Randy debaixo da mesa, girando enquanto o corpo desabava no sofá. Então seu rosto apareceu à minha frente, os óculos ligeiramente tortos mostrando dois olhos pequenos, sem vida, o cigarro ainda queimando entre os lábios.

— Ei, Peter — ouvi às minhas costas.

Era Leo. Também estava no chão.

— Acertou o outro? — perguntei.

— Acho que sim, mas não tenho certeza. Tenho a impressão de que o vi cair, mas ele atirou. Talvez esteja vivo. Não consigo me mexer, por que não dá uma olhada? — disse ele, me passando o revólver.

Tive uma agradável sensação de segurança quando peguei a arma, sentindo o metal nas mãos. Se pudesse escolher, ficaria imóvel como uma estátua entre aqueles dois sofás. Mas Manon e o gordo já deviam estar com meus filhos e Judie. Talvez até fosse tarde demais, mas se Deus nos tinha dado aquela única oportunidade, eu teria que aproveitar, e rápido.

Pensei que o melhor ângulo para tentar atirar era à esquerda do sofá, onde jazia o cadáver de Randy. Então me arrastei até lá, enquanto Leo escorregou para trás do sofá, para me deixar passar.

Levantei a cabeça lentamente, com o revólver diante do nariz, disposto a abrir fogo. Frank não estava lá, ou pelo menos não dava para vê-lo daquele ângulo. A porta principal tinha ficado aberta, permitindo ver parte do saguão, onde a chuva continuava entrando com força. Mas onde estava Frank?

Se ele estivesse agachado ao lado da porta, devia estar de costas, de forma que eu só conseguiria atingi-lo se as balas atravessassem a parede. Fiquei quieto por alguns segundos, mas depois pensei melhor: eu não podia me permitir ficar imóvel, porque meus filhos estavam prestes a ser massacrados. Assim, num surto de loucura suicida, me levantei e corri até o vão da porta empunhando o revólver. Com o cano cruzando a soleira da porta, apontei cegamente para a esquerda e disparei duas vezes. A noite se encheu de fumaça e cheiro de pólvora. Depois saí, mas não havia ninguém.

— Cuidado, Pete! — gritou Leo às minhas costas.

Olhei para trás e vi Frank cambaleando na porta da cozinha. Devia ter feito o percurso oposto, para nos caçar por trás. Abriu fogo contra Leo, que tinha se levantado de seu esconderijo, e acertou. Leo caiu atrás do sofá. No mesmo instante, apontei e apertei três vezes o gatilho, mas foram só dois disparos. As balas acabaram.

Dei sorte. Acertei no pescoço, e vi o sangue escuro jorrar em spray no marco da porta e na parede cor-de-rosa da sala. Frank, o Mandíbula, ainda permaneceu em pé por dois ou três segundos até finalmente desabar à porta da cozinha. A arma caiu de suas mãos.

Corri e a peguei do chão. Ele ainda estava vivo, tremendo e se contorcendo como um boneco com as pilhas fracas. Uma pequena poça de sangue se formava no tapete, debaixo do pescoço do homem. Vi que ele me olhava e pensei em matá-lo, mas não tive coragem. Depois olhei para Leo: tinha sido ferido no braço, que apertava, com uma careta de dor.

— Leo!

— Vá. As chaves do meu carro estão no casaco. Corra! Vou chamar a polícia.

Não pensei duas vezes. O casaco de Leo estava ao lado da porta, e as chaves, no bolso. Saí da casa e deduzi que o carro estava na garagem. Encontrei por ali o walkie-talkie de Frank, caído na escada do vestíbulo. Será que ele tivera tempo de avisar os outros?

Abri a garagem e entrei no 4x4 de Leo. Liguei o motor e saí disparado rumo à escuridão.

9

Quando parti com o carro de Leo, senti uma dor no abdômen como se estivessem me enfiando uma navalha. Eu não sabia, mas Tom, o Gordo, tinha destroçado uma das minhas costelas com aquele chute. A dor no ombro continuava, e também um leve enjoo provocado pelo quase esmagamento da minha cabeça, mas nada disso me importava muito. Nem o fato de ter acabado de matar um homem. Deve haver quem veja a coisa de outra forma, mas, para mim, matar aquele cara foi um ato fácil e necessário. Eu ainda sentia o tremor nas mãos, ainda ouvia o som violento e via aquele corpo caindo como um saco de areia. *Fim da linha para você, Frank. Antes você do que eu.* Mas tampouco isso me importava.

O que importava, o que realmente importava, era chegar a tempo.

A tempestade estava no auge. Se aquilo era, como afirmam algumas mitologias, um ato de amor entre os deuses do céu e da terra, então eles deviam estar no terceiro ato de uma trepada histórica. A grande mãe da guerra estava pousada sobre a costa, um titânico cúmulo-nimbo que devia ter quilômetros de altura. Dos seus barrancos escorriam os raios, como grandes chicotadas acertando o oceano e os penhascos. O mar se contorcia, dolorido, elevando suas tropas em direção ao céu, como garras de espuma querendo afugentar um exército de vespas.

E, sulcando esse momento raro, o Land Rover de Leo Kogan, ou Leo Blanchard, chegou ao Dente do Bill, saltou como um cavalo enfurecido e voltou a cair pesadamente no chão. Naquela velocidade, e considerando as três toneladas do modelo Defender, provocaria a morte de qualquer ser que viesse pela estrada. Um ser humano estouraria feito um boneco d'água. Um veículo se deformaria até virar uma casca mortal, se sofresse um impacto frontal com aquele monstro veloz. Mas eu não estava pensando em nada disso. Mantinha o volante reto, com as duas mãos, e pisava fundo no acelerador, ao mesmo tempo em que pensava como gostaria que tudo aquilo não passasse de uma visão muito extensa e que, ao chegar em casa, encontrasse tudo em paz. Como queria que fosse mais uma das minhas malditas alucinações. Que eu estivesse doido de pedra.

"Fugiu do hospital, roubou o carro do vizinho e bateu no portão. Felizmente, os filhos estão a salvo. Quanto a ele, enfim, dizem que está morando num lugar muito bonito, cercado de enfermeiras e jardins."

Por falar na minha cabecinha, a dor começou quando eu ainda estava lá em cima, no curto trecho plano do Dente do Bill.

Pensei que podia ser consequência das pancadas que levara do gordo, mas não. Era perfeitamente reconhecível: minha velha amiga, a dor aguda, o latejar que se originava no centro do crânio. Clap-clap-clap-clap-clap-clap-clap. E crescendo.

Clap-clap-clap-clap-clap-clap-clap. E dessa vez — a derradeira — ia bater todos os recordes.

Fiquei tentado a fechar os olhos e levar as mãos às têmporas. E gritar de dor. Não latejava mais como um espinho no centro do meu cérebro, uma agulha enfiada no córtex cerebral; agora se expandia como nunca. Abriu-se como uma flor, como a boca de um tubarão emergindo no interior da minha cabeça.

E mordeu.

E nesse instante senti outra vez, embora não possa ter certeza, aquela luz caindo dos penhascos de vapor e água que se erguiam sobre mim. Acho que foi um raio, não pode ter sido outra coisa. Tudo ficou branco por alguns instantes, enquanto a dor chegava ao clímax, como se um médico maligno tivesse decidido me eletrocutar até o nível mais alto e o mantivesse ali, esperando para ver quanto tempo minha cabeça levaria até estourar como uma melancia.

Eu apertava os dentes com tanta força que pensei que ia quebrar todos eles, como uma louça de cristal, mas continuei segurando firme o volante e mantendo os olhos abertos, mesmo com muita dificuldade, e foi assim que vi o que vi.

Foi como um filme. Levou menos de um segundo.

Judie e as crianças tinham se distraído um pouco. Já haviam preparado as mochilas com pijamas, toalhas e escovas de dentes, mas agora estavam na sala e Beatrice queria tocar piano para Judie. Os dois gostavam de ficar com ela. Estavam preocupados com o pai, mas era um verdadeiro consolo que Judie estivesse lá. Judie era boa, bonita e esperta. Queriam que Judie fosse a nova namorada do pai. Para eles, Judie seria algo assim como uma irmã mais velha. E era muito bom ter uma irmã mais velha como ela!

Eles precisavam voltar, repetia Judie, carinhosamente, enquanto Beatrice brincava com as teclas do piano, mas então ouviram um barulho e viram umas luzes inundando a sala. Judie foi olhar por uma das janelas e Beatrice saiu correndo para a porta principal, decidida a abrir porque pensava que fosse o pai.

Mas então Jip, que já estava com a mochila nas costas, gritou:

— Não abra! A gente tem que se esconder!

Isso aconteceu no mesmo instante em que Judie avistou a caminhonete manobrando, distinguiu a forma, a cor, os aros cromados, e sentiu um calafrio percorrendo a espinha.

— Vamos — gritou ela. — Pela porta dos fundos. Rápido!

As crianças correram pela cozinha, mas então, quando abriu a porta, Judie se deteve. Seu rosto ficou pálido. Por quê?

Ouvi um rugido sobre minha cabeça, algo que fez a terra tremer. Um trovão. Isso me fez recuperar a consciência. Eu estava no Defender de Leo. Voltei a ver a noite através do vidro cheio de gotas de chuva, vi os faróis apontando para a praia e percebi que estava a bordo de uma bala de canhão. O carro estava descontrolado, quase saindo da estrada.

Pisei no freio até o fundo, imprimindo uma dolorosa força com a perna direita, mas o carro já vinha derrapando no cascalho, e aquilo não fez mais que acelerar as coisas. Acho que tive sorte de estar a bordo de um Defender e não do meu velho Volvo, que com toda certeza teria capotado ao sair da estrada. Mas o 4x4 de Leo se comportou relativamente bem. Entrou de frente no declive e aterrissou sobre as rodas dianteiras, me fazendo beijar o volante e quase perder dois dentes. Depois, deslizou pela areia em direção à praia, e, nos poucos segundos que durou essa queda, tentei retomar o controle. Pensei que poderia desenhar uma curva e entrar na praia em paralelo à costa, mas meus nervos me fizeram girar o volante rápido demais, e vi que um dos lados do carro se ergueu no ar. Por alguns segundos se manteve num equilíbrio perfeito, mas afinal caiu sobre o lado direito. O impacto foi seco, e tive tempo de me preparar. Bati a cabeça no vidro da janela e senti que meu flanco se cravava na maçaneta da porta, mas não passou disso. O carro freou lentamente na areia e ficou ali parado, debaixo da chuva.

Pensei que tivesse dormido. Devo ter perdido a consciência por alguns segundos apenas, mas, quando despertei, um forte cheiro de gasolina me rodeava. Aquilo me assustou. Pensei que o carro fosse explodir (não é o que acontece nos filmes?), ou pelo menos pegar fogo.

Eu me revirei todo para ficar de joelhos e subi, apoiado na alavanca do freio de mão, até alcançar a porta do carona, que agora era como uma claraboia no teto daquela jaula. Abri-a sem dificuldade e, com os pés apoiados com firmeza na caixa de marchas, passei primeiro a cabeça, depois as costas, até que metade do meu corpo estava para fora. Mas então me lembrei da pistola. Voltei a me jogar dentro da caminhonete e comecei a procurar na escuridão. Devia ter ficado junto às portas da esquerda, ou embaixo de algum assento, mas eu não enxergava nada naquela escuridão. *Tenho que encontrar. Tenho que encontrar.*

Não encontrando a pistola dentro do carro, e com o motor exalando uma espécie de gás, temi que aquilo tudo explodisse. Voltei a subir e saí dali.

Pulei para a areia sentindo que poucas partes do meu corpo não doíam. Tudo se repetia de uma forma estranha. Eu voltava a estar embaixo do despenhadeiro, depois de uma queda. Todos os acontecimentos que vira naquelas premonições tinham se misturado, tinham mudado em decorrência da minha intervenção, formando uma nova criatura.

Corri na direção de casa.

Levei uns cinco minutos para me arrastar pela praia até minha casa. A fachada estava iluminada pelos faróis da caminhonete. Fui me aproximando por um lado da duna, como tinha feito em outra visão, mas dessa vez não ouvi nenhuma conversa no lado de fora. Em compensação, vi luzes na sala, iluminando a varanda, mas de onde eu estava não dava para distinguir ninguém. Peguei a escada de madeira e comecei a subir pelo lado oposto, pisando na areia e não nos barulhentos degraus.

Lá em cima, escondido atrás de um dos grandes vasos que havia na varanda, vi algo mais.

Judie estava sentada no sofá, com as mãos amarradas e um filete de sangue escorrendo por uma das têmporas. Manon, a sua frente, parecia ter se cansado de bater nela. Judie estava de cabeça baixa, com uma sobrancelha toda arrebentada, e não dizia nada, não implorava nem chorava.

Será que Manon estaria falando pelo walkie-talkie, ou só tentando? Ela afastou o aparelho do rosto e o olhou como se não funcionasse. Imaginei que tivesse tentado falar com Frank, e estava começando a ficar nervosa por não conseguir. Gritou alguma coisa para Judie, que negou com a cabeça. Como resposta, Manon desceu a mão com o walkie-talkie contra o rosto dela, e Judie caiu de lado no sofá.

Tive vontade de me levantar e pular pela janela para matar aquela puta. Então me lembrei: *No galpão, Peter: tem um belo machado.*

Na sala não havia sinais do gordo. Assim como não via meus filhos, nem Marie. Desci deslizando pela areia, como um lagarto, e fui me arrastando para contornar a varanda até ficar fora do ângulo de visão da sala. Eu só queria saber onde estavam Jip e Beatrice, e essa pergunta adquiria um toque especial de terror quando pensava que também não tinha visto Tom, o Gordo.

Cheguei ao galpão pela parte de trás do jardim, e, do meu novo esconderijo, observei a casa. Havia uma luz acesa no quarto das crianças. Estariam eles lá em cima? Com Tom? Será que o gordo estava "se divertindo" com minha filha?

Era uma hipótese tão terrível que minha mente se negou a continuar pensando nessa direção.

Entrei no galpão e peguei o machado. Era uma ferramenta pequena, para cortar lenha, mas pesada o suficiente para rachar uma cabeça adulta. De posse da machadinha, atravessei o jardim e me dirigi à porta da cozinha, mas percebi uma sombra se deslocando rapidamente ao meu lado, como se houvesse uma aranha correndo rente à parede.

A faca de Tom, o Gordo, foi a única coisa que distingui entre as sombras e a chuva, um brilho prateado caindo na direção do meu pescoço. Levantei o braço instintivamente, e a mão dele foi bloqueada pelo cabo da machadinha. Só então vi seu rosto. Um sorriso largo, cheio de dentes, e uns olhos vazios: parecia um monstro.

A força dele me obrigou a desistir da defesa. Quando a faca ficou livre outra vez, pulei para trás e golpeei com a machadinha. Tom, o Gordo, poderia ter gritado para avisar Manon, mas não o fez. Em vez disso, sorriu em silêncio para mim e moveu a faca habilmente, traçando desenhos no ar.

— Quer brigar? — disse ele, tranquilo, se colocando à minha direita.

Eu me movi com ele. Como a Lua e a Terra. Como dois planetas em órbita perfeita, eu dançava ao som de seus passos. Veio à minha mente um velho conselho sobre brigas de faca que tinha ouvido, ou lido, ou visto alguma vez na televisão: "Numa briga de faca, a regra número um é nunca tentar pegar a mão que segura a faca. A regra número dois é ir para o contra-ataque. A regra número três: ninguém dura muito se só quer se defender".

A faca de Tom era como uma cobra dançando hipnoticamente diante dos meus olhos. Ele era mais rápido do que eu pensava. Ziguezagueava em passos rápidos e curtos, e eu tentava acompanhar seu ritmo.

— Você não vai conseguir. Não tem a menor chance — disse ele. — Entregue-se. Eu serei rápido.

— Frank e Randy também disseram isso — respondi. — E agora estão mortos.

Pensei que o acovardaria um pouco, mas minha frase não pareceu produzir efeito algum. Ele manteve o sorriso imperturbável.

— Mentira — falou, dando passos curtos à minha direita. Eu percebia o que ele estava tentando: me encurralar contra a parede.

Saí dando um pulo para o outro lado, e ele reagiu com um golpe de cima para baixo que passou a centímetros do meu peito.

Voltei a me afastar e brandi a machadinha à altura da cabeça.

Usar o contra-ataque parecia fácil, mas no meio da noite, debaixo de uma tempestade furiosa e com o corpo destruído, eu sentia que mais cedo ou mais tarde aquela ponta ia acabar encontrando meu fígado, meu rim ou um dos meus pulmões. E Tom não deixava nunca de sorrir.

— Não resista, amigo. Você sabe o que vai acontecer. Sabe que não pode contra mim. Você é o quê? Advogado? Engenheiro? Não sabe brigar. Tem mãozinhas de menina.

Ele deu um pequeno pulo na minha direção, mas recuei. Deu duas facadas no ar, e baixei a machadinha com tanta falta de jeito que quase o cravei no meu próprio joelho. Tom aproveitou para tentar outro corte, e dessa vez quase acertou. A ponta da faca arranhou minha face direita, e senti um fluxo quente de sangue pelo rosto. Tínhamos nos afastado da casa. Estávamos agora no extremo do jardim mais distante da praia. Notei que o gordo me empurrava contra outra parede, agora a da colina. Cada vez que eu tentava me desviar, ele avançava, apontando a faca, me fazendo voltar para o caminho reto. Quando eu estivesse ali, encurralado, seria fácil me furar. Não haveria espaço para fugir.

Então, quando eu ia retrocedendo, meu pé topou em alguma coisa: o bueiro de concreto da fossa sanitária. Continuava ali, sem tampa. Eu tinha pensado em cobri-lo duas vezes, primeiro quando a lâmina do cortador de grama quebrou e, depois, quando Jip tropeçou nele. Naquele momento, fiquei contente de ter esquecido de fazer isso. De repente, vi claramente: o "mãozinha de menina" tinha uma oportunidade.

Como um gato no alto de um muro, comecei a andar colocando um pé atrás do outro até ficar mais ou menos na metade do bueiro. Concentrado nos meus braços, Tom não percebeu o negrume que se abria debaixo dos pés. Ergui um pouco mais a machadinha, para manter seus olhos no alto e girei um pouco para a direita, obrigando-o a fazer um movimento para me impedir de sair da emboscada. Foi quando seu pé esquerdo pisou em falso. Eram só uns vinte centímetros de altura, mas foi o suficiente. O buraco o desconcertou. Olhou para baixo, assustado, pensando que tivesse caído numa armadilha maior, e aproveitei para avançar e descer o machado em sua cabeça. Como eu era um pouco mais alto, o golpe foi quase perfeito. Ouvi um *crac* seco, seguido apenas de um gemido estranho, surpreendido. Ele caiu como um boneco; soltei o cabo, deixando a arma cair no chão. Tom, o Gordo, era passado, e eu tinha ganhado uma briga impossível de ganhar.

De repente, tudo mergulhou num silêncio estranho. Continuava chovendo, e o vento do mar sacudia a casa; os relâmpagos nasciam e morriam lá no alto, às vezes entre as nuvens, outras vezes chicoteando algum ponto terra adentro. E mesmo com isso tudo, eu, por alguma razão, achei que o mundo tinha ficado em silêncio. Que cada passo que dava se ouviria a quilômetros de distância.

Quando fui abrir a porta da cozinha, reparei nas minhas mãos. Dizer que estavam tremendo era pouco. Estavam se sacudindo. Eu me sentia incapaz de pegar a maçaneta. Minhas pernas também se sacudiam. Eu tinha matado dois homens naquela noite, o último dos quais partindo o crânio com uma machadada. Acho que não estava me saindo completamente mal.

Abri a porta da cozinha com cuidado, o coração na mão, lembrando a última visão que tivera ali, naquele lugar. Mas quando entrei, a cozinha estava vazia. Não havia crianças sentadas nas cadeiras, amarradas com braçadeiras e executadas brutalmente. Assim, meu medo diminuiu um pouco.

— Obrigado, Deus — murmurei.

Fui até uma gaveta e a abri. Tive que segurar o pulso direito com a mão esquerda para pegar uma faca sem fazer barulho. Não muito grande, mas manuseável e com uma boa ponta. A mesma que eu tinha usado dias antes para cortar tomate enquanto beijava Judie. Apertei-a entre os dedos. Naquela noite, eu já tinha matado com pistola, com machado... não via por que não podia estrear com uma faca.

— Tom? — gritou Manon, da sala. — É você?

A cozinha e o corredor estavam às escuras. Colei as costas na geladeira e esperei. Se Manon aparecesse, eu a pegaria pelo pescoço e enfiaria a faca nos seus rins.

— Tom...? — repetiu a voz, e então suspirou, quase dando uma risada. — Ahhh... entendi, não é o Tom.

Então ouvi duas terríveis explosões, e a porta da geladeira saltou pelos ares bem ao lado da minha bochecha. Caí sentado no chão e me arrastei para um canto, o mais longe possível da porta. Pensei que seria o fim, que Manon ia aparecer pela porta e me executar ali no chão, feito um rato. Mas isso não aconteceu.

— Quem é? Blanchard? O vizinho? Nossa mãe. Frank e Randy, que dupla de imbecis.

— A polícia está a caminho! — gritei. — Você já era!

A resposta de Manon foi outro tiro que entrou direto pela porta e saiu quebrando um dos vidros da janela.

— A mulher está aqui comigo — disse ela. — E vamos sair juntas agora mesmo. Se vocês mostrarem o focinho, eu a executo.

Por algum motivo, ela não se atrevia a ir à cozinha. E, como falava no plural, devia pensar que Leo estava comigo. Também seria lógico que tivéssemos as armas de Randy e Frank. Ouvi um grito (de Judie) e a voz de Manon mandando que ela se mexesse. Senti passos no chão e ouvi a janela do mirante sendo puxada. Estavam indo para a varanda. Lembro que nesse instante pensei em sair pelos fundos e tentar emboscá-la quando fosse entrar na caminhonete com Judie, mas então ouvi um grito, seguido de outro, e alguém berrando um palavrão. Fiquei em pé e corri até a sala. Lá, embaixo da moldura da vidraça, havia três mulheres envolvidas numa briga: Manon e Judie, às quais se juntou Marie, que havia surgido do nada.

Na hora eu não entendi, mas depois soube que Marie tinha visto o carro de Tom e Manon entrando bem quando chegava à casa, depois de correr desesperadamente pela praia. Ela se escondera na escuridão do jardim e me vira chegar também, mas não se mexeu; estava arrasada e assustada demais. Quando ouviu os tiros, foi de novo até a casa e se deparou com Manon, saindo de costas com Judie. Aproveitou a oportunidade para pegá-la pelo pescoço e tentar libertar Judie, e nesse exato instante eu apareci na porta da sala.

Os acontecimentos, tal como presenciei (e foram registrados no depoimento que prestei à polícia), se desenrolaram da seguinte maneira: Manon soltou Judie ao ser surpreendida por Marie, que se precipitou para a mão que segurava a arma. A pistola estava apontando para o teto da casa, e Marie lutava com as duas mãos para mantê-la assim, mas Manon libertou um punho e começou a bater na barriga de Marie. Judie, depois de cair de joelhos no chão, reagiu e se voltou contra Manon, enlaçando-a e tentando parar aqueles socos em Marie, mas Manon se livrou dela com um forte chute e assim conseguiu baixar a arma e abrir fogo.

Eu já estava atravessando a sala e quase pulando nas três mulheres, quando houve aquela explosão na altura do peito de Marie e vi o corpo daquela bela mulher tremendo todo ao receber o impacto da bala. O pijama violeta se tingiu de vermelho-escuro, mas ela ainda se manteve de pé por alguns segundos, até cair sobre as plantas da varanda.

— Marieeeeeee! — gritei.

Pulei feito um bombardeiro em cima de Manon, derrubei-a no chão e senti quando seu corpo foi freado pela moldura da vidraça. Mesmo assim, ela conseguiu manter a pistola na mão e fez um disparo, que se perdeu na escuridão da noite. Pulei para imobilizá-la e logo em seguida senti a força de seu corpo. Era como tentar esmagar uma cobra com uma vassoura. Consegui agarrar o pulso que empunhava a arma, mas o outro se torceu e afinal, em menos de um segundo, lançou a palma aberta contra meu pescoço. Um golpe seco na traqueia, e de repente eu estava sufocado. Levei instintivamente a mão ao pescoço, e então ela me bateu debaixo do bíceps, causando outra onda de dor intensa que me desarmou o braço direito, depois desferiu um golpe no flanco que me fez cambalear para um lado.

Num piscar de olhos, aquela víbora tinha me aniquilado. Escapou das minhas pernas com várias joelhadas e terminou sentada na minha barriga.

Nos encaramos. Um fio de sangue caía pela lateral da testa dela. O cabelo estava todo desgrenhado. Os olhos negros, cheios de fogo.

— Pode se despedir, filho da puta.

Através das pálpebras feridas, vi o cano da pistola. Estiquei inutilmente o pescoço, sabendo que a seguir soaria uma explosão e tudo acabaria como tinha aparecido nos meus sonhos. Com um buraco no olho de Peter Harper e seus miolos esparramados no chão de sua bela casa de praia na Irlanda. O jornal que meu pai leria no dia seguinte seria o mesmo que eu já tinha visto. Corpos cobertos por lençóis. Grandes larvas brancas. E meu pai voltaria a beber, a fumar, a fazer tudo que tirava mamãe do sério. Não viveria muito depois daquilo. Talvez algum dia tomasse coragem para se jogar na linha do trem.

Tudo tinha se realizado. Todas as cartas estavam na mesa. A noite de temporal, Marie correndo pela praia, a cerca quebrada. Os quatro assassinos e a caminhonete; a faca de Tom, o Gordo; o acidente na colina. O alpendre. O machado. A história da minha própria morte, que acontecia de três formas diferentes: uma improvável catástrofe natural, uma facada e um tiro na cabeça.

— Quieta, sua filha da puta — disse então uma voz.

Era Judie. Havia se levantado e segurava o atiçador da lareira com as duas mãos. Tinha acabado de concluir um *back-swim* e o atiçador estava no alto, prestes a cair sobre a bola: no caso, a cabeça de Manon. Manon também viu isso e ficou de boca aberta. Tentou levantar o braço na direção de Judie, mas esta foi mais rápida. O atiçador caiu com toda força no rosto daquela víbora e o esmagou. Não sei descrever o que quebrou e o que ficou no lugar, porque o rosto de Manon estava cheio de sangue e ela caiu no chão como um embrulho de peixe morto.

Quando me levantei e abracei Judie, senti que seu corpo tremia todo. Ela tinha os olhos fixos em Manon.

— Eu a matei? — perguntou, soluçando.

— Espero que sim.

Marie jazia no chão, com a boca e os olhos abertos.

Judie foi correndo chamar uma ambulância, mas longe, bem longe dali, em meio ao rugido do vento, já soavam sirenes.

10

Depois de dois dias viajando pela Anatólia Central, Clem recebeu dois recados quase simultâneos quando seu celular voltou a ter sinal. Na primeira mensagem, Joost Ligtvoet, um adido da embaixada holandesa na Irlanda, pedia que entrasse em contato; era a mensagem enviada na noite anterior aos acontecimentos, quando perdi o juízo em casa e acabei no hospital. A segunda mensagem era minha. Dizia: "Você tem que vir para Donegal o quanto antes. Aconteceu uma coisa horrível".

Uma conexão Istambul-Londres-Derry, quase sem tempo para respirar, e ela chegou ao hospital de Dungloe no dia seguinte, por volta das quatro da tarde. Apesar das minhas mensagens (uma recebida a cada troca de avião) e das palavras tranquilizadoras do funcionário da embaixada que foi buscá-la no aeroporto, Clem chegou branca feito uma vela.

Patrick Harper havia chegado algumas horas antes. Pegou o táxi mais caro de sua vida em Dublin (finalmente, alguma coisa o fez sair de casa) e foi a Dungloe na mesma manhã. A essa altura, dezenas de jornalistas, policiais e curiosos se aglomeravam nos corredores e na frente do hospital, e meu pai engoliu em seco e trincou os dentes, se preparando para o pior. Quando encontrou o filho e os netos em segurança, assumiu o controle da situação, como se tivesse retomado seu trabalho de chefe de estação. Cuidou das crianças, falou com a polícia, com os jornalistas, manteve todo mundo (firme como uma rocha) longe dos nossos quartos e, quando Clem apareceu, foi o primeiro a explicar tudo:

— Houve um tiroteio, uns homens assaltaram a casa de Peter, mas as crianças se esconderam na praia e ficaram lá, nas pedras, até que foram buscá-los de madrugada. Voltaram com um resfriado e alguns arranhões, mas estão bem.

Clem correu para abraçar os filhos. Abraçou-os durante longos cinco minutos, percorreu cada centímetro da pele deles, do cabelo, encheu-os de beijos. Depois, e só depois, abriu os olhos e percebeu que estava na Irlanda.

— Foi Jip quem deu o alarme, disse que a gente precisava fugir, e Judie entendeu de primeira. Ela mandou a gente sair pela porta dos fundos — contou Beatrice à mãe, ainda aos soluços, diante dos olhares estupefatos de Niels e do meu pai. — Mas, chegando lá, disse que viria num minuto. Jip e eu descemos a duna correndo. Ele me puxava feito um doido. Dizia que tínhamos que ir para as pedras, para a gente se esconder numas cavernas pequenas. Ficamos lá por um tempo, até que ouvimos uns tiros. Eu comecei a chorar, pensei que tivessem matado Judie, mas Jip não me deixou sair. Mais tarde apareceu alguém procurando a gente. Era papai.

Clem e Niels haviam chegado ao meio-dia. Tinham o rosto bronzeado e o aspecto de não terem dormido muito. De certa forma, foi bom vê-los. Gostei de Niels não ter feito a bobagem de ficar fora do quarto ou algo assim. Entrou, apertou minha mão e me perguntou como estava. Respondi que estava bem. Na última vez que nos víramos, eu tinha acabado de rasgar o lábio dele com um soco; agora eu é que estava com duas costelas quebradas e a boca cortada. Era uma sombria ironia, que fez os três rirem.

— Mas o que aconteceu? A polícia não explica quase nada. Só disseram que houve um tiroteio na casa do seu vizinho, uns assaltantes. O apresentador do noticiário disse que houve tiros, que seus vizinhos ficaram feridos...

Todo mundo queria saber a história, mas a história era difícil de contar, e eu estava preocupado com outras coisas.

Alguém tinha notícias de Leo ou Marie? Minha última lembrança era de Judie pressionando a ferida de Marie naqueles poucos instantes que se seguiram à chegada da polícia e das ambulâncias, enquanto eu procurava meus filhos na praia. Quando voltei com eles, vi levarem as duas numa ambulância. Marie estava com um aspecto horrível, com o rosto mais branco que a Lua, coberto por uma máscara de plástico que a ajudava a respirar. Antes que pudéssemos falar qualquer coisa, a ambulância saiu em disparada. E, no alto do Dente do Bill, vi outras sirenes descendo em direção à casa de Leo. Eu o deixara no chão da sala, com duas balas no corpo, e agora ninguém sabia me dizer se estava vivo ou morto.

Papai foi fazer umas perguntas e voltou ao quarto dizendo que meus vizinhos não estavam em Dungloe.

— Foram levados para outro lugar, não sei onde, nem por quê.

Mais perguntas sem resposta.

— Disseram que à tarde você estava no hospital, por conta de uma crise nervosa, mas que saiu sem avisar. É verdade?

Essa parte da história também interessou muito aos detetives que foram ao hospital de manhã bem cedo.

— Conte-nos exatamente como você foi parar no vilarejo, se deveria passar a noite no hospital.

Não menti. Contei que escapuli porque tivera um mau pressentimento em relação a minha família. Detalhei toda a viagem, do hospital de Dungloe até Clenhburran, incluindo o menino e a velha que me levaram de carro, que, aliás, estavam voltando de uma visita a alguém com um tumor no ovário (eles entraram em contato com a administração do hospital para confirmar a história), minha parada no Andy's e, mais tarde, na pensão de Judie, onde peguei uma bicicleta emprestada. Tudo absolutamente comprovável, inclusive meu acidente na estrada e o fato de que os criminosos também me deram carona e me deixaram em alerta desde o primeiro momento, e por isso, graças a Deus, pude avisar Leo e Marie a tempo. Os detetives anotaram tudo, mas não pararam de trocar olhares de desconfiança.

— Fale outra vez sobre esse pressentimento; quando foi que aconteceu?

Vi-os no corredor, conversando com a dra. Ryan e com John Levey, o psiquiatra. Ambos negavam com a cabeça, meio atordoados, e eu tinha uma ideia do que estavam pensando: não havia nenhum motivo para me acusar, mas minha história era difícil de engolir.

Talvez por isso, dois policiais ficaram na porta do meu quarto durante todo o dia, até o meio da tarde. A essa altura, eu finalmente tinha conseguido ver Judie e estávamos no quarto junto com meu pai e Niels. Clem tinha ido dar um passeio com as crianças depois de elas prestarem depoimento, e ela, papai e Niels não pouparam agradecimentos pela corajosa decisão de Judie de ficar na casa e enfrentar os criminosos, atitude que lhe custou muita pancada e um pequeno corte na sobrancelha. No entanto, todo mundo continuava se perguntando: "Como vocês souberam que vinham agredi-los? Como anteciparam as intenções deles?".

— Alguma coisa no jeito deles — respondeu Judie, enquanto apertava minha mão. — E temos ouvido muitas notícias ruins ultimamente. Roubos em lojas. Que depenaram uma casa perto do Fortown com os donos dormindo lá dentro. Coisas assim. Quando vi aquela caminhonete, algo me deixou em alerta.

— Deus a abençoe pelo seu instinto, srta. Gallagher — disse meu pai.

Os detetives pareceram engolir essa história com mais facilidade, talvez porque Judie, com sua carinha de anjo — adornada com dois curativos —, inspirasse mais confiança.

Mais tarde, fiquei sabendo que a dra. Ryan, Levey e Kauffman fizeram um relatório conjunto sobre minhas supostas "visões antecipatórias". Qualificaram a situação toda como uma "feliz coincidência", que ajudou a nos deixar alertas quanto a um ataque. "Algo, naturalmente, desligado por completo da realidade." Esse relatório também menciona minha visita à delegacia de Dungloe e a conversa com a sargento Ciara Douglas, que confirmou meu depoimento: "Ele estava genuinamente preocupado com a segurança de sua casa. Parecia um tanto paranoico. Talvez isso o tenha ajudado a sobreviver, afinal de contas".

— São casos isolados — opinou um vizinho no noticiário da televisão, aquela mesma tarde —, mas até hoje, pelo que dizem, nunca havia acontecido. Disseram que é uma quadrilha da Europa Oriental. O certo é que não se trata de um boato inventado pelo comércio para vender alarmes; foi real, e nossas pequenas comunidades isoladas devem ser mais protegidas, ou então se defender como fez o sr. Harper, passando por cima de quem for. Se quer saber minha opinião, eu estou contente: hoje o mundo tem quatro filhos da puta a menos.

Ao anoitecer, chegaram outros detetives. Eles nos informaram que Leo e Marie tinham sido transferidos para o hospital de Derry. Estavam vivos, mas Marie precisava ser operada com urgência.

— Ela corre risco de vida?

— Só vamos saber amanhã. Agora eu queria ver com o senhor alguns pontos do depoimento de Leo, se não se importa...

Havia quatro cadáveres a explicar. Não nos deixaram em paz até meia-noite.

Algo parecia ter mudado no dia seguinte. A polícia tinha desaparecido. Fomos informados de que haviam chegado umas "informações de última hora".

Também nos comunicaram que Marie estava fora de perigo. "O estado dela é bastante delicado, mas a recuperação é favorável."

Podíamos voltar para casa, mas não deveríamos sair do país por alguns dias. Ainda haveria perguntas e comparecimentos ao tribunal.

Clem e Niels ficaram mais um dia, até Judie e eu recebermos alta. Depois, insisti em que voltassem para Amsterdam, com as crianças. Quanto mais cedo se afastassem daquele lugar, daquela casa, mais cedo Jip e Bea começariam a esquecer tudo. Prometi aos dois que não demoraria muito a vê-los novamente.

— Promete, pai? — disse Beatrice.

— Prometo, filha. Assim que toda essa confusão for resolvida, vou encontrar vocês em Amsterdã.

Não foi fácil me separar deles, enquanto o táxi esperava ao lado da pensão de Judie. Meio vilarejo estava lá. Alguns amigos que Beatrice e Jip fizeram naquele curto mas intenso verão em Donegal apareceram para se despedir e levar flores e presentes. Também estavam Laura O'Rourke, a sra. Douglas e metade dos funcionários do Fagan's. Todo mundo nos bajulando, mas sem fazer muitas perguntas, pois a essa altura já havia uma história oficial: "Assaltantes são mortos em violenta tentativa de roubo em Donegal". Nem Judie nem eu iríamos contradizê-la.

Correu o rumor de que os comerciantes de alarme antirroubo e os cursos de autodefesa estavam se beneficiando com a notícia. O sr. Durran tinha começado a vender sensores de movimento para jardim e alarmes falsos. A jovem atendente do Andy's apareceu na televisão e, entre risadas nervosas, disse que os quatro criminosos lhe causaram uma péssima impressão. Que tomaram quatro cafés *espressos* e um deles esqueceu um maço de cigarros na mesa. E que pareciam ser de origem caucásica, mas ela não tinha certeza... Pelo menos o depoimento dela ajudou a dissipar algumas suspeitas sobre mim. Ela contou que naquela tarde me viu entrar no posto de gasolina, que perguntei sobre aquelas pessoas e que depois saí de lá às pressas.

Numa pequena coluna publicada no editorial do *Irish Times* do domingo 21 de julho, um delegado manifestou suas "sérias" dúvidas de que os assaltantes pertencessem a uma "quadrilha comum de ladrões", informando que a Interpol havia começado a colaborar no caso e que muito em breve haveria novas informações.

Essas novas informações nunca foram divulgadas.

Papai passou mais uma semana com Judie e comigo na pensão. O velho rabugento parecia ter renascido. Da noite para o dia, se tornara outra pessoa. Preparava o café da manhã para nós e proibia Judie de trabalhar na loja.

— Mas que diabo, deixa comigo. Vocês não estão em condições de fazer nada.

Talvez do que ele estivesse precisando na vida era de uma missão, afinal de contas. Fiquei contente quando o vi animado outra vez, mas depois de uma semana convenci-o a voltar para Dublin. Prometi que em breve apareceria por lá.

Enquanto isso, continuávamos sem notícias de Leo e Marie. Telefonei para o hospital de Derry e me disseram que já tinham ido embora.

— A mulher se recuperou totalmente e os dois saíram numa ambulância rumo a Dublin, dois dias atrás.

Paradeiro? Desconhecido.

Os celulares deles não funcionavam. Tentei falar com os detetives, que me disseram que Leo e Marie haviam ido a Dublin para prestar depoimento e que se reuniram com agentes da embaixada americana. Aparentemente, o caso tinha "passado para outras mãos".

— Quais mãos?

— Não sei, sr. Harper. Mas posso lhe dizer duas coisas: esses tipos que os atacaram não eram criminosos comuns, como dizem as notícias. Não eram ladrões. E seus amigos tampouco eram pessoas muito normais.

Um mês se passou. O vilarejo voltou a uma calma relativa. Fiquei morando com Judie na pensão, pois minha casa, assim como a de Leo, continuava interditada pela polícia. Nenhuma notícia de Leo e Marie. Nenhum telefonema. Nada.

No dia 26 de agosto, as casas foram liberadas. Imogen Fitzgerald organizou meus papéis para que eu pudesse rescindir sem multa o contrato de aluguel. Além disso, coordenou os contatos com os técnicos da companhia de seguros e o batalhão de limpeza que restaurou a propriedade em poucos dias. Também me ajudou com a agência de mudanças internacionais. No dia 15 de setembro, eu entregaria as chaves e diria adeus a Clenhburran.

Judie continuava sem me dar uma resposta sobre a proposta de ir comigo para Amsterdam, e eu respeitava seu silêncio. Ainda estávamos feridos. Fracos. Muitas noites eu acordava aos gritos. Tom, o Gordo, aparecia ao pé da minha cama disposto a se vingar. A machadinha, ainda cravada na cabeça dele, tinha cortado em dois seu sistema nervoso e fazia a boca tremer e os olhos girarem... Agora, era Judie quem me acordava dos pesadelos. Ela me abraçava, me dava um beijo doce na bochecha, e, uma ou duas horas depois, eu voltava a dormir.

Em 8 de setembro voltei à casa pela primeira vez desde aqueles acontecimentos. Judie insistiu em me acompanhar, mas preferi ir sozinho. Precisava ir sozinho.

Fazia uma manhã chuvosa e cinza quando cheguei a Tremore Beach. Tive um leve calafrio ao ver a cerca, refeita e presa com cordas enquanto se firmava.

Contornei a casa e fui para o jardim, até o lugar onde estaria o cadáver de Tom, o Gordo, se não o tivessem enfiado num saco plástico e o levado embora dali. Os funcionários de Imogen tinham dado uma mão de tinta vermelho-argila no bueiro da fossa sanitária, talvez para disfarçar alguma mancha teimosa. Parei de frente para aquela estranha lápide e não rezei por sua alma. Simplesmente fiquei lá, olhando e pensando naquela noite. O som do crânio se partindo em dois ainda ressoava em meus ouvidos. *Você procurou, amigo.*

Entrei na casa, que me recebeu adormecida, com o som das gotas de chuva repicando no telhado. A varanda tinha um vidro novo. O tapete e os móveis haviam sido retirados. Imogen disse que levariam mil anos para voltar a alugá-la, porque agora a casa tinha má fama, além de ser cara e muito isolada. Mas era bonita. Ideal para um artista em busca de refúgio.

Havia umas caixas de papelão no sótão, da mudança. Fui buscá-las e as levei para a sala. Não havia muito o que embalar: roupa e alguns livros, além dos instrumentos. Enviaria tudo para meu estúdio em Amsterdam. Depois pensaria no que fazer. Max Schiffer me oferecera sua casa. Pat Dunbar também. O bom Pat não parava de ligar desde que o caso saíra na imprensa. De algum jeito (e eu tinha minhas suspeitas), meu nome acabou vazando para a imprensa: "Compositor Peter Harper é vítima de assalto em seu refúgio na costa irlandesa". A notícia era quase épica. Eu aparecia como um herói que defendera os filhos e os vizinhos com um machado na mão, conseguindo derrubar dois assaltantes. Esse tipo de notícia, como se sabe, é bastante apreciado nos tabloides, e agora Pat estava recebendo dez ligações por semana perguntando pelos meus projetos.

— Publicidade grátis, Pete (quer dizer, só me custou duas costelas quebradas), você não pode mais recusar. Dá para sentir o cheiro do dinheiro. Todo mundo quer suas composições. Você precisa voltar a trabalhar.

Uma hora depois eu estava sentado no chão da sala, embrulhando minhas coisas. A chuva tinha diminuído e lá fora a luz começava a se extinguir. A casa estava esfriando, então me levantei e fui buscar um pouco de lenha para acender a lareira. Voltei à sala com as últimas reservas de tora e galhinhos que havia no galpão. Eu ia sentir saudade daquele lugar, pensei, apesar de tudo. Levantar de manhã e ouvir os pássaros, as ondas do mar. Apanhar lenha e acender o fogo. Cortar a grama. Ver Leo correndo pela praia, sair, chamá-lo e convidá-lo para uma cerveja.

Comecei a fazer fogo na lareira, pensando que algumas daquelas revistas empilhadas ao lado do sofá talvez pudessem prestar seu último serviço à casa em forma de calor. E no instante em que eu acendia um fósforo para acender uma das bolas de papel de jornal que estavam na base da pirâmide, nesse exato instante aconteceram duas coisas ao mesmo tempo. A primeira foi que o vento soprou através da lareira e apagou o meu fósforo. A segunda, que alguém bateu na porta da casa.

Três batidas. Na madeira.

Meu coração se encolheu, parei de respirar. Não, não podia ser verdade.

As batidas se repetiram.

Eu me levantei e fui andando sem pressa até lá. Atravessei a sala, cheguei ao vestíbulo. Nem perguntei, não levantei a voz. Para quê? Abri o trinco, girei a maçaneta e abri a porta.

Uma pessoa me esperava do outro lado. Uma pessoa que eu conhecia. Toda molhada, dos pés à cabeça. Com um sorriso no rosto.

— Harper! Ainda bem que abriu logo! — disse Teresa Malone, a carteira do vilarejo. — Eu já ia sair correndo!

— Te... Teresa? — falei, quase gaguejando. — O que está fazendo aqui?

Ela estava toda coberta com uma capa de plástico, dos pés à cabeça. A motoneta, cujo motor eu não tinha ouvido por causa do vento e da chuva, estava estacionada ao lado do meu Volvo, no jardim.

— Judie me disse que você veio para cá e, bem, pensei que devia... Apesar de ter calafrios só em imaginar. Não sei como você conseguiu voltar aqui. Sabe, chegou uma coisa em seu nome. Um pacote para Peter Harper. Achei que devia vir trazer pessoalmente.

E me entregou, numa sacola de plástico. Um pacote pequeno, com meu nome escrito em cima, sem o endereço, e a orientação: "Entregar em mãos".

— Veio dentro de outra caixa, com o endereço dos correios. Quando abri, vi que tinha seu nome, só seu nome.

Olhei o pacote.

— Sabe de onde veio?

— Não tinha remetente, mas o carimbo era inglês. Chegou numa caixa maior, com o endereço da agência postal do vilarejo.

— Ou seja, é alguém daqui do vilarejo. Alguém que conhecia a nós dois.

Ficamos nos olhando, com um meio sorriso.

— Teve notícias deles? — perguntou Teresa.

Neguei com a cabeça.

— Ontem vieram dois caminhões de mudança — contou Teresa. — Esvaziaram a casa. Sei disso porque meu primo Chris conhece um detetive policial de Dungloe que precisou servir de testemunha. Perguntou para onde iam levar tudo, e lhe disseram que para um depósito. Que não tinha endereço. De alguma forma, todos nós já imaginávamos, entende? Que nunca mais voltariam para cá. E não me surpreende. Depois de uma coisa dessas. Mas esperávamos talvez uma despedida. Alguma coisa...

Seus olhos se desviaram para o pacote que eu tinha nas mãos.

— Obrigado, Teresa. Obrigado por trazer.

— Ouvi dizer que você também vai embora. É verdade? — perguntou ela, pondo a mão no meu braço. — Lamento muito o que aconteceu com você e seus filhos. Lá no vilarejo continua todo mundo horrorizado. Prometa que vai se despedir de nós antes de ir embora.

— Prometo, Teresa.

Sua mão desceu suavemente pelo meu braço, até minha mão, e ali ficou.

— Eu ficaria chateada se você fosse embora sem se despedir, sabe, Harper? Quero me despedir de você.

— Quando eu for embora — falei, retirando a mão dela suavemente e pousando-a na maçaneta da porta, que comecei a abrir —, você vai ser a primeira a saber. A primeira cerveja é por minha conta.

Eu me despedi com um sorriso amplo e deixei que a srta. Malone voltasse para sua motoneta, sob a chuva, e se despedisse com duas buzinadinhas trêmulas antes de seguir rumo ao Dente do Bill.

Depois fechei a porta, acendi a lareira e abri o pacote. Só havia uma coisa lá dentro: uma carta.

Fui para perto do fogo, abri e comecei a ler.

Peter,

Gostaria de ter tido mais tempo para escrever, mas não sei onde você vai estar daqui a uns meses, nem onde eu mesmo vou estar, e queria garantir que ao menos recebesse uma explicação. Não estou autorizado a entrar em contato com você e lhe escrevo quase em segredo, mas me sinto na obrigação. Tenho uma grande dívida com você e com sua família, e acho que merecem pelo menos saber a verdade.

Em primeiro lugar, espero que suas feridas estejam cicatrizando bem, assim como as de Judie. Rezo para que seus filhos estejam em perfeita saúde e para que este pesadelo, pelo qual me sinto responsável, termine logo e se transforme numa lembrança desagradável que algum dia vocês vão conseguir esquecer, ou pelo menos contar como uma aventura.

Depois, quero lhe agradecer por ter salvado nossa vida. Marie levou um tiro que a deixou em estado grave, foi quase fatal, mas reagiu muito bem à cirurgia e agora está fora de perigo, graças a Deus. É uma mulher forte. Quanto ao meu joelho e ao tiro no ombro, creio que nunca mais vou poder pegar pesado na corrida, como antes, mas pelo menos estou vivo para contar. E tudo graças a você.

Se você não tivesse aparecido na porta da nossa casa naquela noite... se não tivesse insistido que eu usasse um revólver, tudo teria sido bem diferente. Naquela tarde, depois de visitá-lo no hospital e ouvir seu aviso, tentei esquecer isso, mas não consegui. Subi ao sótão e limpei um velho revólver que comprei anos atrás. A princípio, decidi deixá-lo à mão, em algum lugar da sala, talvez, ou debaixo do travesseiro. Mas naquela noite, na noite em que tudo aconteceu, seus filhos iam passar a noite lá em casa e não quis deixar uma arma solta. Além do mais estava caindo uma tempestade... Seria possível que você tivesse razão, afinal de contas? Seja como for, a arma acabou no meu tornozelo, você acabou aparecendo... e salvou nossa vida, Peter. Deu uma oportunidade a Marie de sair correndo, ganhou tempo. E levamos alguns tiros, mas acho que sem você não teríamos a menor chance, sem sua cabeça-dura, sem sua loucura, sem seu dom...

Você tem um dom, Pete. Não sei de onde o tirou, mas cuide dele, conserve-o como um tesouro. Sei que sofreu por isso, mas penso que também pode lhe trazer coisas boas. Quem sabe. Quem sabe um dia você veja o número ganhador da loteria e de repente... O fato é que ninguém conseguiu prever o que aconteceria, só você. E tinha razão, sempre teve, desde o primeiro dia. Mas nós mentimos, tivemos que mentir. Ou melhor: omitimos a verdade.

Imagino que agora você esteja nos odiando por termos sido tão teimosos. Você sabia desde o primeiro dia que tudo isso ia acontecer, e, com nossa resistência a acreditar, pusemos sua família em perigo. Sinto muito, Peter, muito mesmo, mas em nenhum colégio do mundo ensinam a gente a acreditar em fantasmas, em visões... principalmente quando preveem seu pior pesadelo. Na verdade, tentamos não dar muita importância à coisa.

Quase lhe contei tudo naquela tarde. Quando você falou de Daniel, da tela que encontrou em nossa estante... Quase saí correndo atrás de você, porque senti que aquilo era uma estupidez. Eu o senti como amigo desde o dia em que nos conhecemos, Peter, a primeira amizade que fiz em muitos anos. Gosto de sua alma. Dá para ver através dela, e o que se vê é bom; por isso, quase lhe revelei nosso segredo. Mas minhas pernas se recusaram a se levantar. Minha velha e estúpida cabeça me convenceu a não fazê-lo. "E se eu estiver errado?", pensei. "E se este rapaz estiver escondendo alguma coisa?" Marie confiava em você. Nunca duvidou que fosse gente boa. Disse que você podia ter pressentido alguma coisa de forma inconsciente; ou talvez nós tenhamos deixado escapar detalhes demais, ou algo que na sua mente não se encaixou bem; que tenhamos falado demais com você. Eu, no entanto, fiquei na dúvida. Naquela primeira noite, depois que você bateu na porta da minha casa, permaneci acordado, tentando imaginar todas as possibilidades. "Será que isso é parte de um plano? Ele não estará querendo tirar alguma coisa da gente?" Deve ser uma deformação profissional, depois de passar tantos anos tendo que desconfiar de tudo, tentando não me deixar enganar pelas aparências. Ainda mais sabendo que alguém quer nos matar.

Fiz umas pesquisas sobre você. Investiguei sua vida, sinto muito, mas acho que agora só me resta pedir desculpas. Sei que não é nenhum consolo, mas investiguei também o homem que alugou a casa antes de você, um alemão meio esquisito que gostava de observar pássaros. Aquele sujeito me deixava nervoso de verdade, cada vez que eu virava a cabeça o via em cima de alguma pedra, com os binóculos apontando para minha casa. No caso dele — e isto é um segredo entre nós dois, porque Marie não sabe de nada —, certa tarde entrei na casa para dar uma olhada. Ele deve ter desconfiado, mas nunca se manifestou a respeito. Acabou indo embora alguns meses depois.

A esta altura você já deve ter imaginado. Sim, Leo e Marie Blanchard somos nós. Pelo menos, fomos. Nada a ver com Kogan, um sobrenome aliás um tanto estranho, que nunca foi do meu agrado. O novo, que acabaram de nos dar, é bem mais normal. Por segurança, também estreamos novos nomes. Como você há de entender, não posso dizê-los, mas soam bem. Combinam conosco.

Esta foi uma das mentiras que lhe contamos, e juro que não há muitas outras. Quase todo o resto é verdade: que eu trabalhava como segurança de hotéis, que Marie pintava quadros e viajava comigo. E é verdade que em 2004 eu já pensava na aposentadoria. Como lhe contei, estava viajando havia vinte e cinco anos, tinha morado em uma dúzia de cidades, já me sentia cansado. Cansado da vida de nômade, de não poder fazer mais que dois ou três bons amigos em cada lugar antes de ter que recomeçar.

Marie e eu pretendíamos comprar uma propriedade perto da praia de Phi Phi, na Tailândia, abrir um pequeno hotel ou uma pensão e envelhecer por lá, pegando um bronzeado e navegando. Disse adeus ao hotel onde eu trabalhava, disposto a começar uma nova vida. Entretanto, naquele mesmo mês, sem estar procurando, recebi uma ótima oferta de um pequeno e novo resort "seis" estrelas de Hong Kong. Um contrato de um ano como "assessor", para organizar a segurança do hotel e montar uma equipe. "Seis estrelas": sabe o que isso significa? A remuneração era quase quatro vezes o meu salário normal. Isso deveria ter acionado meu alarme. Em tempos em que o ramo da segurança ficava cada vez mais desvalorizado, de onde saía todo esse dinheiro? Mas fui ambicioso. Aquele trabalho nos daria o que faltava para realizarmos nossos planos de ir morar na Tailândia. Aceitei a oferta, e nos mudamos para lá naquele mesmo verão. Foi o erro que me custou mais caro na minha vida.

Comecei a trabalhar no dia 2 de maio, e não demorei muito a notar que havia algo errado. Depois de muitos anos nesse ofício, a gente já reconhece certas coisas, principalmente as que não se encaixam, e naquele lugar havia muitas que cheiravam mal, ou melhor: fediam. O diretor do hotel, um sujeito completamente inexperiente, me fez um estranho discurso de boas-vindas que parecia formulado para mandar uma mensagem nas entrelinhas: "Temos clientes muito especiais e ilustres. A discrição é a regra número um do resort, sr. Blanchard. Espero que entenda. Fidelidade e discrição". Depois, era só comparar a atividade do hotel, relativamente baixa, com o dinheiro que eu via circular. Aquilo cheirava a peixe morto. Eu devia ter pedido demissão no primeiro mês, mas não o fiz. Acho que pensei: "Não se meta onde não é chamado. Termine o contrato, ganhe em um ano o que ganharia em quatro e dê o fora daqui".

Poderia citar muitos outros pontos que foram me convencendo do meu erro. Os clientes, que eram tudo menos "gente limpa", para começar. Bastava olhar para eles, em suas grandes limusines estacionadas na entrada, seus capangas de ternos baratos, suas putas e os bacanais que aconteciam nas suítes, onde eu só botava os pés para tirar alguma puta bêbada ou alguém com um olho em mau estado. Dia após dia, fui me convencendo de que, depois de passar anos trabalhando honestamente, eu tinha ido parar num ninho de serpentes. Aquilo era o que em linguagem policial se chama um "esquema", e eu estava metido até o pescoço. Mas só parcialmente, porque meu trabalho era de assessor. Montava câmeras, explicava procedimentos, mas eles colocavam seu próprio pessoal nos computadores, nas salas de vigilância. Em todo caso, eu sempre tinha a chave de toda a informação. Sabia como acessá-la e, tendo em vista as circunstâncias, achei melhor planejar uma saída de emergência.

Naturalmente, "eles" também me mandavam seus sinais. Muito dinheiro, presentes. Compraram um Porsche para festejar meus seis meses de contrato e premiar "um trabalho bem-feito, com dedicação e lealdade". Lealdade, eis a palavra número um nesse mundinho, Pete. Davam joias a Marie quase todo mês. Joias que ela não queria aceitar, mas que não deixei devolver. Outro erro. Mas estávamos na metade do contrato, e eu já tinha percebido que seria perigoso pedir demissão àquela altura. Então, mais ou menos no oitavo mês, aquele diretor de meia-tigela me chamou a sua sala para me oferecer um contrato de tempo indeterminado na "casa". Eles estavam muito contentes comigo e queriam que "eu fizesse parte da grande família". Só vendo como isso soa na boca de um criminoso. E a cara que ele fez quando, depois de agradecer, franzi o cenho e disse que na verdade tinha outros planos. "Aposentadoria? Mas o senhor é muito jovem, sr. Blanchard. Seria decepcionante vê-lo partir tão cedo. Para os nossos investidores, seria um pequeno dissabor, sabe?"

Depois daquilo, tudo mudou. Eu fui reparando. Menos trabalho. Menos reuniões com o diretor. As portas foram se fechando, e a princípio fiquei contente. Tinha mandado a mensagem, e eles a captaram de primeira. Até que uma noite, voltando para casa, dois carros me fecharam na estrada. Mandaram que eu saísse por um desvio e me levaram para uma área afastada do porto. Ali estava, à minha espera, uma estranha comitiva de homens vestidos de azul-escuro, presidida por um cara grisalho chamado Howard, que se apresentou como responsável da Interpol na China.

"Esta mesma noite, em Hong Kong, prendemos um assassino de aluguel que estava com isto", disse ele, me mostrando uma pasta. Dentro, havia fotografias minhas e de Marie, nosso endereço, a placa do nosso carro. "Eles lhes deram 'a carta de liberdade, mas iam se encarregar de vocês no final do ano. Um acidente na estrada ou uma explosão doméstica, é o que costuma acontecer com aqueles que não 'se batizam'. Vocês não podem mais retomar a vida que levavam, sr. Blanchard. De maneira alguma. Mas podem fazer algo por si mesmos. A Interpol tem um programa de proteção a testemunhas similar ao WITSEC americano, mas em nível internacional. Para entrar, vocês precisam colaborar conosco."

Em outras palavras, Marie e eu já estávamos mortos sem saber, e a Interpol nos oferecia uma ressurreição como única saída: passaportes novos e algum dinheiro para recomeçar a vida em outro lugar. Em troca, tínhamos que ajudá-los numa coisa, e essa coisa estava nos computadores do resort. Nomes, telefones, datas a que eu tinha acesso.

Eles nos deram muito pouco tempo para pensar. Imagine só aquela noite, quando contei tudo a Marie. Saímos de casa a pé, sem pegar o carro, e ficamos num shopping center, rodeados de gente, durante quatro horas, até quase fechar. Dormimos num hotel, nem passamos mais em casa. Às quatro da madrugada, telefonei para Howard e disse que aceitávamos o trato. Eles mandaram dois agentes ao hotel, e lá planejamos o que aconteceria no dia seguinte. Um deles passou a noite inteira tomando café, sentado no sofá com uma arma na mão. O outro pegou uma cadeira e ficou vigiando a porta. Pediram que ficássemos longe das janelas. Só dormimos uma ou duas horas.

Eu ainda tinha acesso a certas coisas no resort. Teria que fazer tudo em um dia e depois desaparecer. Naquela manhã, eu estava com os nervos à flor da pele, mas tentava disfarçar. Tinha passado metade da vida perseguindo ladrões, e agora seria um deles. Escolhi um dos rapazes menos espertos para enrolar. Falei que ia verificar o software do servidor e que para isso precisava entrar um segundo na sala de vigilância. Lá dentro, copiei tudo: quase mil arquivos num dispositivo do tamanho de uma unha. Coloquei-o debaixo da língua para passar pela revista, procedimento que eu mesmo tinha instaurado ali, e saí dizendo que ia almoçar no outro lado da rua. Nunca mais apareci.

Assim começou todo o processo, nossa vida como testemunhas sob proteção. Na mesma tarde vieram mais agentes. Um total de oito, em dois carros blindados. Disseram que iríamos para uma casa isolada na baía de Dashen, mas isso era falso. Nosso sangue valia ouro para a Interpol, e isso incluía desconfiarem até de nós mesmos, do que pudéssemos ter contado a algum conhecido. Não podíamos voltar para casa. Eles nos comprariam roupas novas, tudo de que necessitássemos, porque não podíamos nos expor. Tínhamos que deixar para trás nossa casa, nossos vizinhos, nossos livros, nossa roupa, os quadros de Marie... Foi horrível. Quase entramos em choque. Lembro que Marie começou a regar as plantas antes de partir. Era tudo tão estúpido. Não podemos sequer deixar o gato com a vizinha? Nem isso.

Usando gorro, chapéu e óculos escuros, chegamos a uma casa na fronteira chinesa, um antigo quartel com câmeras, grades e guardas vinte e quatro horas por dia. Sugeriram que eu mandasse uma curta mensagem ao hotel: um familiar meu tinha adoecido e eu precisara viajar de repente. Em breve daria mais notícias. Ficamos duas semanas naquele lugar, trancados como uns delinquentes. Foi terrível. Eles nos tratavam feito gado, e em duas ocasiões perdi a paciência, porque não nos deixavam sequer olhar através das malditas grades. Marie se esgotou de tanto chorar, e eu também. Foi a única vez na vida que me alegrei de que nosso filho Daniel não estivesse vivo, pois não precisaria passar por aquilo.

Na segunda semana de reclusão, nos chamaram para dar duas notícias: a primeira, que a "organização" já estava ciente da jogada e nossos nomes e fotos circulavam pelas redes de criminosos profissionais. Na época, minha cabeça estava cotada a cem mil dólares. Nada mau, não acha? A segunda, que a Interpol tinha conseguido marcar o julgamento e só precisávamos esperar mais dois meses para testemunhar. Enquanto isso, teríamos que nos reunir secretamente com o promotor e o juiz do caso, uma vez só, em um lugar que não nos seria revelado. Nesses dois meses de espera, seríamos transferidos para outra localização, no Laos.

Tivemos que dar uma procuração ao advogado da Interpol, que se encarregou de tudo: a venda da nossa casa, uma transferência bancária para a Suíça. Assinamos papéis em que abríamos mão de tudo, porque o plano era desaparecer do mapa. Depois de assim declarar em juízo, Leo e Marie Blanchard desapareceriam para sempre.

Passamos aqueles dois meses nas montanhas do norte de Laos, com quatro agentes da Interpol. Enfim chegou o dia do julgamento. Tomei um avião particular até um aeroporto das forças navais chinesas, em Sai Kung, e dali segui para o tribunal numa caminhonete camuflada. Usando passa-montanhas e colete à prova de balas, entrei pelos fundos, sentei numa cabine de vidro blindado e jurei dizer a verdade. Falei para um reduzido grupo sobre meu contrato no resort e como tive acesso à base de dados que colocara à disposição da Interpol. As perguntas duraram cerca de duas horas, e ao fim disso me deixaram ir embora. "Obrigado e boa sorte", concluiu o juiz.

Leo e Marie Blanchard faleceram numa linda noite estrelada. O mar estava liso como vidro, e soprava vento do sul. Assim que trocamos de embarcação, assim que pusemos os pés naquela lancha a motor e abandonamos o *Fury*, deixamos nossa vida para trás. Nossos amigos e parentes não podiam suspeitar de nada, e os assassinos se confundiriam pensando que algum outro tinha conseguido antes que eles. Determinamos um ponto, a várias milhas da costa de Macau, onde nos encontramos ao anoitecer com outra lancha. Dali, rumo a um aeroporto particular na ilha de Phen-Hou. De lá para Cingapura. Inglaterra. Europa. O mais distante possível.

Moramos oito meses em Londres, enquanto eram feitos todos os preparativos. Um novo sobrenome: Kogan. Lembro até que achei engraçado quando o li. Um passaporte novo, uma certidão de nascimento (Salt Lake City, Utah), dois cartões Visa e uma conta na Suíça em que se dissolveram nossa casa, nossos carros, o veleiro e as economias de toda uma vida. Parece fácil, não? Pois não foi nada fácil, acredite. Imagine que todos os seus amigos, todas as pessoas que o conhecem acham que você está morto. Imagine que nunca mais vai poder telefonar para eles desejando um feliz Natal. Que nunca mais vai saber deles. É como estar morto de verdade. Um fantasma. O instrutor do programa de proteção nos repetiu mil vezes a importância de jamais entrarmos em contato com qualquer parente ou amigo, nem sequer através de uma carta sem remetente; o simples fato de saber que continuávamos vivos seria um estímulo para a "organização" retomar a busca.

"Seu carro explodiu ontem em Hong Kong, enquanto um reboque o retirava do estacionamento onde estava havia quatro meses. O motorista ficou ferido, felizmente sem maiores consequências."

Em Chelsea, o bairro onde morávamos em Londres, havia uma banca de jornais internacionais. Costumávamos dar um olhada neles todos os dias. Nada foi divulgado, exceto nosso desaparecimento a bordo do *Fury*, num jornal local de Hong Kong.

No entanto, não conseguíamos nos adaptar àquela nova vida. Vivíamos enclausurados, sem contato com ninguém. Temíamos que algum detalhe sobre nós chegasse a alguma pessoa indevida. Imagino que entre os moradores do bairro tínhamos a reputação de sermos um simpático porém retraído casal de expatriados. Fazíamos nossas compras, sorríamos para os vizinhos, mas não participávamos de nada. Se por qualquer razão alguém começava a se aproximar, a evitávamos. Nunca aceitávamos convites para festas. Estávamos sempre ocupados.

Aquilo começou a nos desgastar. Viver como fantasmas não fazia parte de nossa natureza. Conversamos sobre tudo isso com o instrutor do programa, que propôs nos mudarmos para um lugar mais afastado, alguma comunidade rural. Ele conhecia alguns casos que tinham funcionado. O perigo de nossas identidades chegarem a ouvidos inapropriados era menor numa cidade isolada. "Por que não tentam a Irlanda ou a Escócia? Há lugares idílicos lá para cima. Frios, mas seguros. Sem muita gente."

E foi assim que chegamos a Clenhburran, Peter, e desde que chegamos eu soube que criaríamos raízes ali. Não era minha sonhada praia na Tailândia, mas era uma praia, um retiro, e de qualquer forma já havíamos chegado à idade de fazer isso. E, pela primeira vez desde que fugimos de Hong Kong, eu me senti livre. Marie fez amigas, e eu voltei a me atrever a conversar, a contar minha vida, sempre com o cuidado de não mencionar esse "pequeno episódio", mas sem mentiras. Não funciona, se você quiser ter amigos de verdade.

E era esse meu plano, mais ou menos: ficar aqui, envelhecer ao lado da minha lareira, da minha esposa e de uma xícara de chá. Viver os anos que tivesse que viver e depois partir em paz. Não sem antes escrever uma última carta, contando a verdade a todas as pessoas que deixaria para trás, a mesma verdade que hoje conto a você.

Mas eles nos encontraram. E o pessoal do programa de proteção não entende como aconteceu. Sugeriram que foi falha nossa, que quebramos o protocolo de segurança... mas insisti que não. Fomos os dois defuntos mais perfeitos da história. Jamais voltamos a telefonar ou escrever para alguém. E só Deus sabe como sofremos por isso. As beatas do vilarejo consideram Marie uma devota sem igual, mas na verdade cada vela que ela acende é em recordação de algum dos amigos que deixamos para trás e com quem nunca mais poderemos falar.

Quem sabe, simplesmente, nossa história correu de boca em boca e acabou chegando mais longe do que deveria. Ou talvez os dedos da máfia sejam inescapavelmente compridos. Ou quem sabe alguém nos reconheceu na rua e isso acendeu o pavio. Quem sabe. O caso é que nosso amigo Peter Harper salvou nossa vida, e isto, sim, ninguém pode explicar.

Então, agora estamos na estrada outra vez. Não sei para onde, espero que para algum lugar menos frio, perto do mar, tomara, onde não seja muito caro comprar um veleiro. Sabe, acho que vou pegar todo o meu dinheiro e comprar aquele veleiro dos meus sonhos. Vamos morar nele e pode ser que, como nossa última aventura, eu proponha a Marie cruzar os oceanos. Desapareceremos novamente no grande azul, e dessa vez para sempre. Se a vida me dá um limão, faço uma limonada. Vou aproveitar para realizar um sonho. Esse é o espírito, não? Enfim. Em breve lhe conto mais. Você é fácil de seguir. Um cara famoso.

Falando nisso, chegamos à parte dos conselhos. Primeiro, os mais práticos. Agora que você sabe quem enfrentamos, talvez se pergunte se corre perigo de se tornar alvo de uma vingança e se você deve temer a "organização". Meus amigos da Interpol fizeram uns ajustes no atestado da polícia, limpando seu nome em tudo o que foi possível. Lá diz que você liquidou Tom e Manon em legítima defesa. Eu fiz o mesmo com Randy, e Frank se esvaiu em sangue no nosso tapete e morreu antes de chegar a primeira ambulância. Assim acabamos com toda a quadrilha, o que me deixa contente. Quatro filhos da puta a menos no mundo. Eram um grupo de mercenários, segundo os caras da Interpol, e se algum deles tivesse sobrevivido a máfia mandaria executá-lo por ter falhado tão estrepitosamente contra dois velhinhos e uma família com crianças. Claro que eles não tinham um Peter Harper em sua equipe. Acredito que você não precise se preocupar, mas nunca é demais ficar de olho aberto. Ou talvez você nem precise. Confie em seu instinto.

Próximo conselho: sobre Judie. Hoje em dia é muito comum essa história de liberdade, mas é uma palavra mal compreendida. Às vezes se fala em liberdade quando do que queremos dizer é "medo de avançar na vida"; tudo bem, sei que sou um velho caduco, e se quiser pode jogar este conselho na primeira lixeira que encontrar pela frente, mas se você é capaz de ver o futuro, eu sou capaz de ver o coração das pessoas, e digo que talvez, só talvez, exista um medo dentro de você. Medo de amar outra vez. Tal como o medo que prende seu pai a uma cadeira lá em Dublin (desculpe eu ser tão intrometido, mas posso me permitir este luxo já que não nos veremos nunca mais), porque alguém o magoou e agora está zangado com o mundo e não quer lhe dar nenhuma oportunidade. E isso talvez se transfira à sua música. Criar é um ato de confiança absoluta. Foi o que você me disse uma vez, não foi? Um ato de liberdade, de autêntica liberdade. E você foi procurá-la numa praia, na beira do mar, onde se supõe que os homens sejam livres, mas no fundo continua trancado naquele aposento pequeno sem janelas chamado dor. Espero que esse maldito pesadelo tenha servido para fazer você despertar. Rezo para que isso aconteça.

Gostaria de poder lhe dizer tudo isso pessoalmente. Tomaríamos uma cerveja belga juntos, apreciando o entardecer pela última vez. Foi um grande prazer conhecer você e tê-lo como amigo, Peter. Espero que algum dia a vida volte a cruzar nossos caminhos.

Marie manda um enorme beijo. Sei que ela vai sentir saudade. Com toda certeza, algum dia vai acender uma vela para você, Judie, Jip e Beatrice, e pensaremos nos quatro onde quer que estivermos.

Até sempre, Peter. Seu amigo,

LEO

11

Em 15 de setembro, depois de entregar as chaves da casa e me despedir do caminhão de mudança, vesti meu melhor casaco, arranquei umas flores silvestres da estrada de Tremore Beach e fui à loja de Judie.

Encontrei-a sozinha, lendo um livro e deixando-se acariciar por um fugaz raio de sol que atravessava a vitrine da loja. Pensei então que talvez estivesse disposta a passar o resto da vida naquele lugar tranquilo, amável, que havia escolhido, e isso me fez me sentir um tanto culpado pelo que ia fazer.

Judie sorriu ao me ver entrar.

— Como está elegante, Peter! E estas flores?

— São para você, srta. Gallagher — falei, entregando-lhe o ramo.

— Ah, que gentil, sr. Harper — respondeu ela, levando-as ao nariz. — Flores de despedida. — Sua voz soou sombria, melancólica.

— Escute, minha estimada dama — comecei, um pouco nervoso —, na verdade não são flores de despedida. Vim justamente para esclarecer isso. Quero lhe fazer uma pergunta... na verdade, repeti-la. Uma vez alguém disse que as coisas boas merecem duas oportunidades, ou três ou quatro. E um velho amigo me disse que essas coisas requerem certa formalidade, então...

Dei a volta no balcão, me coloquei em frente a Judie e apoiei um dos joelhos no chão. Ela sorriu e pôs as mãos no peito, emocionada.

— Judie Gallagher: sou um coração ferido, um coração medroso, mas, ainda assim, um coração. E você é a mulher mais inteligente, doce e sensual que eu poderia sonhar em encontrar neste mundo. Não me ocorreria pedir isto se não estivesse completamente seguro, mas estou. Estou apaixonado por você, Judie. Amo você e quero que venha comigo. Quero construir uma vida ao seu lado. Não posso ficar aqui, preciso dos meus filhos, preciso vê-los crescer e quero ajudá-los, e por isso, de forma sem dúvida egoísta, peço que você cruze os mares ao meu lado. Sei que é um pedido difícil. Que você já encontrou um lugar no mundo, e agora estou tentando arrancá-la daqui. Mas é a única possibilidade que me passa pela cabeça. Não quero ir embora sem você. E não quero deixá-la para trás. Você é... é boa demais para se abrir mão.

Os olhos dela brilhavam. Uma lágrima lhe escapou e desceu por seu lindo rosto até os lábios. Ela fungou e pegou um lenço, sem soltar as flores.

— Peter...

— Sim ou não, Judie — exigi. — Eu aceito se for um não. Vou amar você para sempre, mas preciso saber agora.

Ela escorregou da cadeira para o chão e pegou meu rosto com as duas mãos. E nos beijamos. Um beijo longo e doce, de olhos fechados, que nos sequestrou do mundo, que nos fez sonhar juntos, que nos elevou... até que ouvimos a porta da loja se abrir, e a sra. Douglas nos encontrou ajoelhados atrás do balcão.

— Vocês estão bem, meninos?

— Sim — respondeu Judie. — Sim, sra. Douglas. Ótimos. — Ela então se levantou e puxou minha mão para que eu me levantasse também. — Escute — disse, apertando meus dedos entre os seus —, a senhora conhece alguém interessado em assumir esta loja? Acho que acabei de desistir.

Uma semana depois, na véspera de pegar um avião para Amsterdam, eu estava na casa de meu pai, em Dublin. Tínhamos ido jantar no pub e cantado juntos "The Irish Rover" e "Molly Malone", e tínhamos bebido cinco canecas cada um. Estávamos celebrando a vida, disse ele. "A vida é para celebrar." Judie iria para a Holanda dois meses depois, quando resolvesse seus assuntos em Donegal, e papai iria também. Disse que queria viajar mais. Estar perto das pessoas que amava.

Depois do pub, tive que arrastá-lo pela ladeira da Christ Church até a Thomas Street, onde mijamos juntos numa esquina, pai e filho unidos no crime. Fomos cantando pela rua, acordando os vizinhos. Depois, já em casa, levei-o para o quarto e o deixei roncando na cama, ainda com a roupa de sair. Dei-lhe um beijo na testa e desci para a sala, tomando cuidado para não me espatifar na escada por causa da bebedeira.

Caí no sofá da sala e dormi logo. Não tinha mais dor de cabeça, e os pesadelos estavam sumindo. No início, uma noite inteira de sono era uma vitória; agora, lentamente, tinha se tornado rotina. Foi o que contei a Kauffman alguns dias antes, quando telefonei para cancelar minhas sessões. Ele ficou contente por mim, mas lamentou perder um caso tão interessante. Disse que gostaria de continuar com a hipnose. Compreender de onde eu tirava aquele tipo de premonição. Eu o aconselhei a esquecer, se não quisesse ver seu nome nas prateleiras de ocultismo dos shoppings...

Mas naquela noite, em Dublin, tendo adormecido depois daquela feliz bebedeira, aconteceu outra vez.

Abri os olhos no meio da noite e vi minha mãe sentada à mesa da sala, com sua bata verde, me olhando.

Dessa vez não havia nenhum sinal da doença em sua pele. Ela ainda tinha o cabelo, saudável e brilhante como sempre. Seus olhos estavam entreabertos, um sorriso nos lábios.

Ela apontou para o piano, o velho piano de parede. Pedia que eu fosse até lá, que tocasse mais uma vez para ela, como fazia quando era menino. Naquelas tardes de chuva em que ela cantarolava as peças que eu precisava ensaiar inúmeras vezes seguidas. Obedeci. Sentei na banqueta, levantei a tampa e comecei a tocar. Uma melodia lenta, bonita, que parecia ter estado ali desde sempre, à minha espera. Uma peça inteira, revelada no sonho.

Quando acordei, minha mãe não estava mais lá, mas a música continuava em minha mente.

Agradeci a ela, peguei um caderno de partitura e comecei a escrever.

Agradecimentos

A ideia deste livro nasceu num vilarejo da costa de Donegal, na Irlanda, durante o ano de 2008. Nessa época eu morava em Dublin e fui passar umas férias curtas com uns amigos numa casa isolada em frente ao mar. Houve raios, acidentes e outras aventuras, mas nada do que é contado aqui, nem as localizações e os personagens, corresponde à realidade.

A partir de então, desde o primeiro germe da ideia até o texto final, várias pessoas colaboraram na criação de *A última noite em Tremore Beach*. Quero, aqui, reconhecer sua importância na realização da obra.

Em primeiro lugar, Ainhoa, minha namorada, que nunca deixou de acreditar na história e sempre me deu excelentes conselhos para cenas e personagens. Ela é capaz de fazer isso e preparar o jantar ao mesmo tempo, enquanto fico com meu lápis de um lado para o outro falando dos meus problemas. Obrigado pela paciência infinita e por ser tão boa como companheira e conselheira literária.

Minha mãe, Begoña, e meu irmão Javi, que foram os primeiros a ler a obra, e que me deram os primeiros incentivos, comentários e fizeram valiosas correções. Suas impressões ajudaram muito a esboçar personagens como Judie e Peter, assim como a relação de Peter com os filhos. Meu irmão Julen me deu grandes ideias sobre a "sensibilidade" de Peter Harper. Ele também é o criador do magnífico book-trailer do livro, que se pode ver na internet.

Obrigado também a Pedro Varela e Laura Gutiérrez, médicos e amigos, que me ajudaram nos aspectos médicos da história. Tentei me ajustar o máximo possível aos procedimentos hospitalares e psiquiátricos que eles me explicaram (além dos termos farmacológicos), mas, em função do relato, é possível que tenha tomado certas liberdades, pelas quais me responsabilizo totalmente.

Quero agradecer também a meu agente, Bernat Fiol, que apostou na história e também fez alguns comentários que ajudaram a torná-la mais dinâmica e forte.

A minha editora na Ediciones B, Carmen Romero, que propôs o grande título e arredondou a história com sugestões muito acertadas.

Para finalizar, agradeço a todos os leitores e leitoras que me escreveram durante estes dois anos, incentivando e perguntando pelo "seguinte". Bem, este era o seguinte. Espero que tenham gostado.

MIKEL SANTIAGO,
Amsterdam, janeiro de 2014

ESTA OBRA FOI COMPOSTA PELA ABREU'S SYSTEM EM CAPITOLINA REGULAR E IMPRESSA EM OFSETE PELA GRÁFICA BARTIRA SOBRE PAPEL PÓLEN SOFT DA SUZANO PAPEL E CELULOSE PARA A EDITORA SCHWARCZ EM MARÇO DE 2017

A marca FSC® é a garantia de que a madeira utilizada na fabricação do papel deste livro provém de florestas que foram gerenciadas de maneira ambientalmente correta, socialmente justa e economicamente viável, além de outras fontes de origem controlada.